SUTTON KRiMI

Das Feengrotten-geheimnis

Ein Thüringen-Krimi

SUTTON KRIMI

Dieses Buch ist ein Roman. Personen und Handlungen sind frei erfunden. Ähnlichkeiten mit lebenden oder verstorbenen Personen sind nicht beabsichtigt und rein zufällig.

Sutton Verlag GmbH
Schweickhardtstraße 1
72072 Tübingen
www.suttonverlag.de
Copyright © Sutton Verlag, 2014
8. Auflage, 2024
Gestaltung und Satz: Sutton Verlag
Titelbild: Matthias F. Schmidt, Fotograf, Erfurt,
www.fotograf-erfurt.de

ISBN: 978-3-95400-389-1

Druck: CPI books GmbH, Leck

Über den Autor

Nach einer Assistenzzeit im ehemaligen DEFA-Studio für Dokumentarfilme studierte Rolf Sakulowski an der Hochschule für Film und Fernsehen »Konrad Wolf« in Potsdam-Babelsberg. Seit 20 Jahren dreht der erfahrene Autor und Regisseur Filme im In- und Ausland. Daneben gibt er auch Filmseminare und arbeitet zu Themen polizeilicher Krisenintervention. »Das Feengrottengeheimnis« ist sein Debüt als Krimiautor.

Meiner tollen Familie gewidmet

1

HEILIGABEND 1913

Der schwarze Berg hatte ihm kein Glück gebracht. Zitternd drückte sich Wilhelm Brunner an die feuchte Wand des verfallenen Stollens. Das spärliche Licht der flackernden Grubenlampe vermochte die lauernde Dunkelheit nicht mehr zu durchdringen. Wieder durchlief den alten Bergmann ein leichtes Beben. Bisher hatte er es als eine Folge der kalten Höhlenfeuchte abgetan, die sich schon seit Stunden schleichend seines Körpers bemächtigte. Doch mittlerweile musste er sich eingestehen, dass es die pure Verzweiflung war, die in Wellen von ihm Besitz ergriff. Er war allein in dem verfluchten Bergwerk, und es stand nicht zu erwarten, dass jemand nach ihm suchen würde. Dafür hatte er selbst gesorgt.

Eine warme Träne rollte über die faltige Wange des alten Mannes und vermischte sich mit den Tropfen stumpfen Bergwassers, die von der dunklen Stollendecke auf ihn herabfielen. Er hatte gegen alle Regeln verstoßen. Er hatte es getan, um ihr in dieser Weihnachtsnacht ein ganz besonderes Geschenk zu machen. Sie verdiente es, denn sie würde bald sterben.

Elsbeth. Seine geliebte Ehefrau. Fast ein ganzes Leben lang umsorgte sie ihn schon, mit einem verschmitzten Lächeln im Gesicht, dem ihre Armut nichts anhaben konnte. Nie hatte sie sich beklagt. Und jetzt fiel sie dieser elendigen Schwindsucht anheim. Der Arzt machte ihnen nicht viel Hoffnung. Ein langsames, aber unerbittliches Ende.

Und so konnte Wilhelm Brunner seit Wochen nicht viel mehr tun, als Elsbeth zwischen den kraftraubenden Hustenkrämpfen mit einem Tuch sanft über die fiebernasse Stirn zu streichen. Und ihr ein hoffnungsvolles Lächeln zurückzugeben, von dem er selbst nicht mehr wusste, wie er es Tag für Tag zustande brachte. Elsbeth hatte Besseres verdient als diesen schleichenden Tod. Eine letzte Freude wollte er ihr machen. Zum Heiligen Abend. Dem Fest, das ihr so wichtig war. Etwas, das sie all die Liebe spüren ließ, die er in den Jahren ihres Zusammenseins nie richtig auszudrücken vermochte.

Deshalb war er heute Morgen unter einem Vorwand im Kontor des Bergrats erschienen und hatte in einem günstigen Augenblick den Schlüssel zum alten Bergwerk an sich genommen.

Nein, es gab kein Zurück mehr. Wie auch immer der heutige Tag für ihn zu Ende gehen würde. Fröstelnd nahm Wilhelm Brunner seine Grubenlampe vom Schotterboden auf und tastete sich weiter in den schwarzen Stollen hinein. Er hatte einen verbotenen Weg eingeschlagen. Verboten, weil er als altgedienter Bergmann genau wusste, dass ein Alleingang in dem halb verschütteten Stollensystem zu den Tabus seiner Zunft gehörte. Verboten, weil er ins Unbekannte führte.

Der Berg wirkte beängstigend und fremd. Aber es verlieh Brunner ein wenig Sicherheit, mit den Händen über die schartige Struktur der gehauenen Stollenwände zu tasten, die Bergleute Generationen vor ihm in das Schiefergestein getrieben hatten.

Schritt für Schritt drang er weiter in den niedrigen Tunnel vor. Hinter einer Linksbiegung stieg der Schotter unter seinen Füßen plötzlich merklich an. Der alte Bergmann blieb erneut stehen. Einen Moment zögerte er, als könne er dadurch seine düstere Vorahnung Lügen strafen. Dann nahm er allen Mut zusammen und richtete sein Grubenlicht nach oben.

Der Verbruch war viel schlimmer, als er befürchtet hatte. Zusammengestürzte Felsbrocken türmten sich vor Brunner auf und füllten den Stollen bis unter die Decke. Ein undurchdringlicher Wall, aus dessen steinerner Umarmung oberschenkelstarke Grubenhölzer wie umgeknickte Streichhölzer ragten.

Die Halde lag ruhig da. Doch Wilhelm Brunner wusste, dass das eine Täuschung war. Der Berg lauerte. Auf einen unüberlegten Schritt, eine unbedachte Bewegung. Hier war der Weg zu Ende. Und ein Zurück gab es nicht. Zu viele Stunden war Wilhelm Brunner schon durch das Labyrinth der alten Gänge geirrt. Hatte sich blenden lassen von seinem ehrgeizigen Plan. Die Angstkrämpfe kehrten zurück, und diesmal waren sie mächtiger als jemals zuvor.

Als Bergmann war Wilhelm Brunner nie sonderlich erfolgreich gewesen. Ganz im Gegensatz zu seinem berühmten Vater Jakob, der es zum jüngsten Steiger seiner Zeit gebracht hatte, als die alte Grube »Jeremias Glück« noch geöffnet war. Der respektiert und gefürchtet wurde. Und der sein Leben hier im Berg verloren hatte.

Brunner versuchte zu überschlagen, wie lange er nun schon im Bergwerk war. Jedes Gefühl für Zeit schien verloren. Nur ab und zu wurde die unheimliche Stille von einem sanften »Plopp« unterbrochen, immer dann, wenn ein Tropfen des allgegenwärtigen Grubenwassers in eine der schlammigen Pfützen fiel. Unendliche Einsamkeit umklammerte Brunners Herz. Er dachte an Elsbeth, die ihn sicher schon seit Stunden zurückerwartete. Hatte er sie am Ende ihres Lebens ein für alle Mal im Stich gelassen?

Der Gedanke an seine Frau machte ihm wieder Mut. Ganz langsam bewegte er sich rückwärts über das lose Geröll. Nach jedem kleinen Schritt hielt er inne und warf einen beschwörenden Blick auf die Wand aus Bruchsteinen und Balken, die sich wie ein lauerndes Tier vor ihm auftürmte. Dann, allmählich, entzog sich die Trümmerhalde dem spärlichen Licht seiner Grubenlampe. Er legte die entscheidenden Meter zurück, die ihn aus dem unmittelbaren Gefahrenbereich brachten.

Die konzentrierten Minuten hatten Kraft gekostet, aber in Brunner auch eine Hochstimmung erzeugt, die an Euphorie grenzte. Der Berg hatte ihm eine Falle gestellt, und er war nicht hineingelaufen. Er hatte die Lage eingeschätzt und richtig reagiert. Doch diese Hochstimmung brach sofort wieder zusammen, als ihm die bittere Konsequenz bewusst wurde. Hier ging es nicht weiter. Er hatte sich endgültig verirrt.

In diesem Moment spürte er einen leichten Lufthauch, der aus einer Nische schräg hinter ihm heranzog. Die unscheinbare Felshöhlung war ihm bisher entgangen. Brunner begutachtete die Stelle. Etwa in Augenhöhe trat das Gestein zurück und bildete einen schroffen Sims, an dessen Ende ein dunkles Tunnelloch zu erahnen war. Obwohl er hier erst vor Kurzem vorbeigekommen war, hatte er die versteckte Öffnung nicht bemerkt. So, als wolle sie sich absichtlich vor ihm verbergen. Brunner hob seine schwielige Hand und hielt sie einige Augenblicke vor den engen Durchbruch. Tatsächlich. Er hatte sich nicht getäuscht. Der leichte, aber stete Luftzug war deutlich zu spüren.

Von neuer Hoffnung erfüllt, stemmte sich der Bergmann nach oben. Sein eigenes Gewicht drückte ihn unbarmherzig auf das spitze Gestein und presste ihm die Luft aus der Lunge, aber schließlich gelang es ihm, sich hinaufzuziehen. Vor Brunner öffnete sich ein enger Tunnel, der nicht viel breiter war als seine Schultern und dessen Höhe einen halben Meter kaum übertraf. Ein Teufelsloch. Aber der alte Bergmann klammerte sich verzweifelt an die winzige Hoffnung, irgendwie nach draußen zu gelangen. Er unterdrückte die Warnrufe, die in seinem Kopf aufschrien, und das Herzklopfen, das bis zu seinem Hals hinauf pulsierte. Langsam schob er sich in die enge, dunkle Röhre. Ignorierte den Regen aus kleinen Bergkieseln, den er mit jeder seiner Bewegungen auslöste. Kroch auch dann noch weiter, als der Tunnel immer enger wurde. Dem Luftzug nach. Der Rettung entgegen.

Schließlich umklammerte das schroffe Felsgestein Brunners Körper von allen Seiten. Obwohl sich der Bergmann flach auf den Boden presste, spürte er das Gewicht des ganzen Gebirges auf seinem Rücken lasten. Zentimeter für Zentimeter arbeitete er sich voran, immer unterbrochen von minutenlangen Pausen, in denen er gegen die aufbrandende Panik ankämpfte. Dann verlor sich das Licht der Grubenlampe, die er Stück für Stück vor sich her schob, plötzlich im Nichts.

Der Kriechstollen weitete sich zu einem unterirdischen Hohlraum, dessen Größe in der Dunkelheit nicht zu bestimmen war. Mit letzter Kraft schälte sich Wilhelm Brunner aus dem Tunnel und ließ sich an der Wand der unbekannten Höhle zu Boden sinken. Den sanften Luftzug spürte er noch immer. Doch die Hoffnung auf ein Entkommen verlor sich in der schwarzen Unendlichkeit.

Mit der Erschöpfung kehrte auch die übermächtige Angst zurück, die sich tief in die Gedärme des Bergmanns fraß. Immer öfter vernahm er jetzt das Rascheln herabrieselnden Grubengesteins. Ab und zu zerriss der bedrohliche Hall kullernder Schieferbrocken die bedrückende Stille. Etwas im Berg war in Bewegung geraten. Brunner hielt den Atem an. Da war noch ein anderes Geräusch. Ein merkwürdiger Klang, der ganz entfernt an eine menschliche Stimme erinnerte. Nicht viel mehr als ein Hauch.

»Wilhelm?« Hatte er da seinen Namen gehört? Oder spielten ihm seine Sinne einen Streich? Zitternd stand der alte Mann auf. Zögernd hob er seine Lampe in die Höhe. Dann ließ er seinen Blick dem wandernden Licht folgen.

Wilhelm Brunner erstarrte.

2

Als Jonas Wiesenburg das erste Mal erwachte, war es kurz nach Mitternacht. Verschlafen fuhr sich der Student über seinen schmerzenden Nacken. Dann musste er lachen. Die drei Ansichtskarten lagen immer noch unbeschrieben in seinem Schoß, und ihre leeren Rückseiten blickten ihn erwartungsvoll an. Selbst der unbequeme Sessel, in dem er saß, hatte nicht verhindern können, dass er eingenickt war.

Jonas sah zu dem nachtschwarzen Fenster hinüber, zwinkerte seinem Spiegelbild zu und versuchte mit beiden Händen, seine zerzausten rotblonden Haare zu bändigen. Wie so oft ohne Erfolg.

Draußen wurde die Dunkelheit nur von einer einsamen Laterne durchbrochen, deren gelblicher Schein wie eine diffuse Gloriole im dichten Nebel hing. Dahinter erhob sich undeutlich der düstere Berghang, dessen Inneres eines der größten Naturwunder enthielt, das Thüringen zu bieten hatte. Die Tropfsteinhöhlen der Saalfelder Feengrotten.

Es war Anfang Oktober; die Nächte wurden spürbar unwirtlicher. Seit zwei Tagen wohnte Jonas in dem kleinen Pensionszimmer. Es befand sich ganz oben im Quellenhaus, dem imposanten Hauptgebäude des berühmten Besucherbergwerks. Eigentlich war es Fenjas Zimmer. Seine Freundin hatte einen der beliebten Studentenjobs in den Schaugrotten ergattert und fast ihre ganzen Semesterferien hier verbracht. Jetzt war Jonas gekommen, um sie abzuholen. In wenigen Tagen begann in Jena das neue Studienjahr.

»Wenn du mich lieben willst, musst du fliegen lernen. Ich bin jetzt nämlich eine Fee.« Jonas war das schalkhafte Aufblitzen in ihren Augen nicht entgangen, als sie ihn nach seiner Ankunft in Saalfeld stürmisch umarmt hatte. Ihr Arbeitsvertrag schrieb tatsächlich vor, dass sie während der Öffnungszeiten der Schaugrotten ein goldenes Feenkostüm trug, um die Kinder der Touristen zu unterhalten. »Obwohl ich nicht blond bin.«

Mit ihrem langen, dunkelbraunen Haar, ihrem hübschen Gesicht und ihrem schlanken Körper hatte Fenja tatsächlich etwas Feenhaftes. Gepaart mit ihrer unerschöpflichen Energie und ihrem Frohsinn fand Jonas sie unwiderstehlich. Seit zwei Jahren waren die beiden ein Paar, doch mit ihrem impulsiven Wesen überraschte sie ihn manchmal immer noch. Den Job in den Feengrotten hatte sie unbedingt gewollt. Nicht wegen des Geldes. Sondern aus Leidenschaft für ihren zukünftigen Beruf. Fenja studierte Geologie. In Steinen und Mineralien konnte sie die ganze Welt entdecken, und am liebsten war sie mit Wetterjacke und Schnürstiefeln in den Bergen unterwegs.

Mit der Verwaltung der Feengrotten hatte sie eine besondere Vereinbarung getroffen: Immer nach Feierabend durfte Fenja eigene geologische Untersuchungen im Bergwerk durchführen.

Auch heute hatte sie nach der letzten Führung ihr filigranes Feenkostüm gegen Blaumann, Helm und Gummistiefel getauscht und war erneut in das Grottensystem aufgebrochen.

Jonas blickte noch einmal zur Uhr. Merkwürdig. Erst jetzt wurde ihm bewusst, dass es schon auf ein Uhr morgens zuging. Und Fenja war immer noch nicht zurück.

Er trat ans Fenster, schirmte seine Augen mit den Händen ab und blickte angestrengt in die Nacht. Das Gelände lag schweigend und verlassen da. Im trüben Licht der Laterne waren schemenhaft die schwarzen Umrisse des Brunnentempels zu erkennen. Wie ein düsterer Wächter thronte der steinerne Pavillon vor dem zerklüfteten Berghang. Im Inneren des Tempels befand sich einer der zwei Zugänge zu dem Stollensystem. Der andere zweigte irgendwo weiter oben am Berg von einem gepflasterten Hohlweg ab.

Jonas fröstelte. Obwohl er kein ängstlicher Typ war und das Leben mit einer verschmitzten Ironie sah, empfand er beim Anblick des alten Bergwerksgeländes eine seltsame Beklommenheit. Vielleicht lag es daran, dass die nächtliche Einsamkeit einen so starken Kontrast zu dem touristischen Gewimmel darstellte, das tagsüber hier herrschte.

Eine Stunde nach Mitternacht. Sollte er nach Fenja suchen? Doch im Gegensatz zu ihr kannte er sich im Bergwerk nicht aus. Und es war nicht das erste Mal, dass sie auf der Jagd nach seltenen Mineralen die Zeit vergaß. Heute endete ihr Arbeitsvertrag. Es war ihre letzte Chance, die Untersuchungen abzuschließen. Entsprechend aufgekratzt war sie losgezogen. Glücklich, aber auch ein bisschen wehmütig.

Lächelnd schüttelte Jonas den Kopf und schämte sich dafür, dass er sich mit seinen vierundzwanzig Jahren von einer nebelverhangenen Nacht ins Bockshorn jagen ließ. Mit den besten Vorsätzen für den nächsten Tag legte er die ungeschriebenen Ansichtskarten ganz oben auf seine Reisetasche und streckte sich auf dem bequemen Doppelbett aus, um noch ein wenig zu warten. Einen Moment später war er fest eingeschlafen.

Jonas wurde wieder munter, weil er fror. Die Temperatur im Raum hatte deutlich abgenommen. Er war nicht zugedeckt. Dann bemerkte er, dass er immer noch komplett angezogen auf dem Bett lag.

Die Nachttischlampe brannte. Der Wecker zeigte auf halb sieben. Von einem unguten Gefühl geleitet, drehte sich Jonas zu seiner Freundin um. Und war schlagartig hellwach. Die Betthälfte neben ihm war leer.

Jonas stand auf und trat ans Fenster. Der Nebel hatte sich noch nicht verzogen. Das Unbehagen von letzter Nacht war sofort wieder da.

Er griff nach seinem Smartphone und rief Fenjas Nummer auf. Die Verbindung wurde hergestellt, aber seine Freundin antwortete nicht. Nach einer Serie monotoner Signaltöne sprang die Mailbox an, und Fenjas aufgezeichnete Stimme tönte vergnügt vom Server des Telefonanbieters: »Pech gehabt! Aber nicht verzagen. Die schönste Nachricht wird mit einem Rückruf belohnt!«

Dann folgte der unvermeidliche Piep-Ton.

»Fenja? Jonas hier. Verdammt, wo bist du?« Schon als er es aussprach, wurde Jonas klar, dass der Anruf sinnlos war. Unter Tage gab es keinen Empfang. Nur für alle Fälle setzte er hinzu: »Okay, melde dich mal, wenn du das abhörst. Ich mach mir Sorgen.«

Kurz entschlossen zog er seine Jacke über und verließ das Gebäude. Mit einem satten Donnern fiel die schwere Eingangstür des Quellenhauses hinter ihm ins Schloss.

Der Student lauschte in die Stille. Ganz entfernt war das leise Plätschern eines Baches zu vernehmen, der das nebelverhangene Tal durchschnitt, an dessen Anfang die Feengrotten lagen. Das kleine Areal war von dicht bewaldeten Bergen umgeben, deren Umrisse in der beginnenden Morgendämmerung allmählich aus dem Dunkel traten. Die kühle, feuchte Luft roch nach Waldboden und vermodertem Holz.

Jonas schloss seine Jacke bis zum letzten Knopf und ging hinüber zum Brunnentempel. Das runde Steinhaus wirkte verwaist. Auf den ersten Blick war hinter den hohen, schwarzen Fensterscheiben nichts zu erkennen. Jonas stieg die wenigen Stufen des Pavillons hinauf und rüttelte an der Flügeltür. Umsonst. Der

Eingang war verschlossen. Und kein Lichtschein drang aus dem Inneren.

Aber Jonas vermutete, dass seine Freundin das Bergwerk ohnehin über den oberen Stolleneingang betreten hatte. Dort, wo die Touristenführungen begannen. Also folgte er dem Hohlweg, der dicht am Berghang hinaufführte.

Einige wenige Laternen spendeten dürftiges Licht, welches die Unwirtlichkeit des Morgens noch verstärkte. Nach etwa einhundertfünfzig Metern stand Jonas vor einer schweren, braunen Holztür mit eisernen Beschlägen, die in eine Mauer aus verwitterten Steinquadern eingefasst war.

Der Stolleneingang. Gleich rechts daneben duckte sich ein kleines Häuschen an den Berghang, an dem die Besucher tagsüber Schutzmäntel für ihren Rundgang unter Tage ausgehändigt bekamen. Jetzt war die Durchreiche mit einer dicken Sperrholzplatte verschlossen.

Jonas zögerte einen kurzen Augenblick. Dann trat er vor den Stolleneingang und probierte die schwere Klinke.

Doch auch diese Tür ließ sich nicht öffnen.

Der Student unterdrückte seine aufkeimende Unruhe. Das musste alles nichts bedeuten. Vielleicht hatte sich Fenja während ihrer Arbeit im Berg eingeschlossen. Oder es gab einen weiteren Eingang, von dem er nichts wusste. Allein kam er nicht weiter. Er brauchte Hilfe.

3

Als Jonas zurück in das Pensionszimmer kam, war Fenja immer noch nicht aufgetaucht. Auch sein Smartphone schwieg beharrlich. Inzwischen war es deutlich nach sieben Uhr. Draußen ging die Sonne auf.

Aus der mondänen Eingangshalle des historischen Gebäudes drangen jetzt eilige Schritte herauf. Doch das rhythmische Knarren der alten Dielen schwoll gleich wieder ab, und irgendwo im Haus wurde eine Tür zugeschlagen. Kurz darauf wiederholte sich das Spiel auf einer anderen Etage.

Die Stille der Nacht war mit einem Mal vorüber. Sie wurde übergangslos ersetzt vom geschäftigen Dienstbeginn in den Feengrotten. Es war Freitagmorgen. Die Mitarbeiter bezogen ihre Büros im Verwaltungstrakt, in dem sich auch die vier Pensionszimmer befanden.

Angestrengt verfolgte Jonas die Geräusche im Haus. Er lauschte dem Klang der Tritte, den Pfennigabsätzen oder Gummisohlen, unterschied das hallende Echo der Flure vom weichen Knarzen der Treppenstufen. Hörte Schlüsselbunde klingeln, Holzrollos rasseln und Kaffeemaschinen murmeln. Und immer wieder Schritte. Aber keines der Geräusche endete vor seinem Zimmer. Von Fenja keine Spur.

Noch einmal versuchte Jonas, seine Freundin auf ihrem Handy zu erreichen. Wieder meldete sich nur die Mailbox.

Der Student traf eine Entscheidung. Er steckte sein Telefon ein, schloss das Zimmer ab und ging hinüber zu den Räumen der Geschäftsleitung, die nur wenige Meter entfernt auf der gleichen Etage lagen.

Wie viele Menschen in seiner Position hatte sich auch Direktor Emanuel Richwien hinter einer Reihe von Vorzimmern verschanzt. Der erste Raum stand offen und war verwaist. Doch die offene Damenhandtasche auf dem Schreibtisch und ein neben dem Telefon abgelegter Hörer waren untrügliche Anzeichen für die Anwesenheit der Sekretärin, die das Büro höchstens für einen kurzen Moment verlassen haben konnte.

Mit dem unangenehmen Gefühl, in ein geschütztes Refugium einzudringen, drückte sich der Student am Empfangstresen vorbei und hielt auf die angelehnte Tür an der hinteren Wand zu.

Laut und deutlich klopfte er, wobei die Tür ein Stück nach innen aufschwang.

Keine Antwort.

»Hallo?«, rief Jonas, bevor er noch einmal gegen den Rahmen klopfte.

Keine Antwort.

In Erwartung eines weiteren leeren Raumes schob sich Jonas über die Türschwelle. Doch von einem breiten Computertisch blickte ihn ein junger Mann mit modischer Kurzhaarfrisur und dunkelblauem Businessanzug an, der kaum älter als er selbst war und der ihn jetzt im reservierten Geschäftston fragte: »Kann ich Ihnen helfen?«

Arsch!, dachte Jonas. Aber er sagte: »Ich möchte zu Herrn Richwien.«

»*Doktor* Richwien.« Der junge Angestellte garnierte die Richtigstellung mit einer kurzen Pause, bevor er fortfuhr: »Der Direktor ist im Moment nicht zu sprechen.«

»Wo kann ich ihn finden?«

»Er ist nicht zu sprechen. Worum geht's denn?«

»Um meine Freundin. Es ist wirklich wichtig.«

»Was hat Ihre Freundin mit Doktor Richwien zu tun?«

Jonas wurde langsam ungeduldig. »Sie arbeitet hier.«

»Und wie heißt Ihre Freundin?«

»Fenja Wolff.«

Im Gesicht des Schönlings glaubte Jonas plötzlich ein kaum spürbares anzügliches Grienen zu erkennen.

»Ach, Fenja?«

Jonas war erstaunt. »Ja. Fenja Wolff. Sie kennen sie?«

Jetzt grinste ihn der Typ hinter dem Computertisch offen an. »Ich wusste gar nicht, dass sie einen Freund hat.«

Ehe Jonas etwas erwidern konnte, öffnete sich die große dunkle Flügeltür an der Stirnseite des Raumes, und eine Frau mittleren Alters im grauen Kostüm eilte hindurch. Während ihr Blick ausschließlich auf einen Aktenordner gerichtet war, dessen Blätter sie im Gehen sortierte, umschiffte sie mit traumwandlerischer Sicherheit sämtliche Büromöbel auf ihrem Weg und verschwand wortlos im Empfangsbüro. Kein Zweifel. Die Sekretärin.

Bevor sich die große Flügeltür wieder schloss, erhaschte Jonas einen Blick auf einen älteren grauhaarigen Herrn, der hinter einem eleganten Schreibtisch aus dunklem Holz in ein Schriftstück vertieft war.

Der Student nutzte seine Chance. »Herr Doktor Richwien?«

»Ja?« Erst mit einem Moment Verspätung riss sich der Direktor von seiner Lektüre los und sah zu Jonas herüber. Abschätzend, aber weder besonders freundlich noch abweisend. So, wie man einen Menschen ansah, den man nicht sofort einschätzen konnte.

Die kurze Pause nutzte der junge Angestellte und brachte sich in Stellung: »Entschuldigung, Herr Doktor Richwien. Ich hab dem Herrn schon gesagt, dass Sie beschäftigt sind. Soll ich –?«

Jonas ließ sich nicht beirren und ging zwei Schritte auf die offene Flügeltür zu. »Kann ich Sie bitte mal kurz sprechen?«

»Gut, kommen Sie rein. Ganz kurz. Worum geht es?« Der Direktor wirkte leicht verärgert, wobei nicht zu erkennen war, ob es am Einwurf seines Angestellten oder an der Störung schlechthin lag.

Jonas betrat den Raum und schloss die Tür hinter sich. Irgendwie war ihm der Gedanke unangenehm, dass der dienstbeflissene Schönling im Nachbarzimmer mithören konnte. Das Büro des Direktors vermittelte die erhabene Würde eines geschichtsträchtigen Ortes. Alle Wände waren holzgetäfelt. Den Platz zwischen den hohen Fenstern füllten alte Vitrinen, in denen Bergkristalle und Fossilien ausgestellt waren. Dominiert wurde der Raum jedoch von einem großformatigen, dunklen Ölgemälde. Es zeigte das historische Portrait eines wohlhabenden Geschäftsmannes. Mit der Achtung gebietenden Ausstrahlung eines alten Patriarchen schien er noch jetzt über die Vorgänge im Hause zu wachen.

»Adolf Mützelburg. Der Gründer unserer Feengrotten.« Direktor Richwien fühlte sich offenbar zu dieser Erläuterung genötigt, nachdem er Jonas' Blick gefolgt war. Doch eine weitere Erklärung sparte er sich und deutete stattdessen mit einer knappen Geste auf den Stuhl vor seinem Schreibtisch. »Nehmen Sie Platz. Mit wem habe ich die Ehre?«

»Jonas Wiesenburg. Ich bin der Freund von Fenja Wolff.« Jonas hoffte, dass Richwien mit dem Namen etwas anfangen konnte, doch der Direktor zeigte keinerlei Reaktion. Also fuhr er fort: »Fenja arbeitet hier als Fee, und nach Feierabend macht sie Untersuchungen im Bergwerk. Für ihre Bachelorarbeit.«

»Ah. Die junge Frau, die Geologin werden möchte. Ja, jetzt weiß ich Bescheid.« Der Direktor gab sich nicht allzu viel Mühe, seine Ungeduld zu kaschieren. Deshalb sagte Jonas schnell: »Fenja ist verschwunden.«

Dr. Richwien schwieg einen kurzen Moment und schob seine randlose Brille auf dem Nasenrücken nach oben. Dann sah er Jonas forschend an. »Was heißt verschwunden?«

»Sie ist noch nicht aus dem Bergwerk zurückgekommen. Ich kann sie jedenfalls nicht erreichen. Und inzwischen mache ich mir echt Sorgen.«

Der Direktor wurde jetzt vollkommen ernst. »Wie darf ich das verstehen? Wann ist sie denn reingegangen?«

»Gestern Nachmittag. Sie hat ja die Erlaubnis, nach Feierabend –«

Bevor Jonas aussprechen konnte, unterbrach ihn Richwien aufgebracht: »Aber Sie wollen mir jetzt nicht erzählen, dass Frau Wolff seit gestern Nachmittag im Bergwerk ist?«

»Doch. Sie hat gesagt, sie macht länger. Es war ja die letzte Gelegenheit, die Arbeit fertigzukriegen. Heute hört sie doch auf.«

Noch während Jonas sprach, streckte Richwien den Arm in Richtung seines Telefons aus und drückte eine Kurzwahltaste. Scheinbar meldete sich der oder die Angerufene sofort, denn ohne abzuwarten erteilte der Direktor eine knappe Anweisung: »Richwien. Kommen Sie mal, bitte? Danke.« Dann wandte er sich wieder zu Jonas um. »Ich höre Ihnen zu.«

»Na, jedenfalls, als ich heute früh aufgewacht bin, war Fenja immer noch nicht da. Ich habe vorhin schon am Stolleneingang nachgesehen, aber da ist alles abgeschlossen und dunkel.«

In diesem Moment klopfte es kurz an der Zimmertür, und ohne eine Antwort abzuwarten kam ein etwa vierzigjähriger, sportlicher Mann in Arbeitskleidung herein. Seine langen, dunkelblonden Haare trug er im Nacken zu einem Zopf gebunden.

»Glück auf!« Den Bergmannsgruß sprach der Neuankömmling mit unprätentiöser Routine aus, die keinerlei folkloristische Färbung hatte.

»Glück auf.« Richwien antwortete ihm mit der gleichen Beiläufigkeit, um sich dann wieder Jonas zuzuwenden: »Das ist Herr Jäckel, unser technischer Leiter.« Für Jäckel fügte er hinzu: »Der junge Mann gehört zu Frau Wolff, eine von unseren Saisonkräften. Sie ist gestern Nachmittag nach Feierabend noch einmal in die Grotten gegangen und bis jetzt noch nicht wieder bei ihm aufgetaucht. Richtig?«

Für Jäckel, der ihm sympathischer war als Richwien, wiederholte Jonas noch einmal die Ereignisse der letzten Nacht. Dann stellte er die Frage, die ihm schon die ganze Zeit auf den Nägeln brannte: »Gibt es noch einen anderen Eingang? Vielleicht haben wir uns nur verpasst.«

Doch Jäckel nahm ihm diese Hoffnung. »Nein, eigentlich nicht. Es gibt noch eine zusätzliche Tür neben dem Brunnentempel, aber dafür passt der Schlüssel von Frau Wolff nicht.«

Richwien schaltete sich verwundert ein: »Hatte Frau Wolf einen eigenen Schlüssel?«

Jäckel antwortete: »Ja, für den oberen Besuchereingang. Schlüssel Nummer elf. Wir hatten vereinbart, dass sie ihn während ihrer Zeit hier behalten kann.«

Jonas fragte: »Kann es sein, dass sie sich eingeschlossen hat?«

Jäckel schüttelte den Kopf: »Das ist zwar theoretisch möglich, aber ich hatte ihr gesagt, dass sie immer offen lassen soll, wenn sie im Bergwerk ist. Ich geh mal davon aus, dass sie sich daran gehalten hat. Sind Sie sich sicher, dass sie überhaupt drin war?«

Darüber hatte Jonas auch schon nachgedacht. Aber Fenja hätte ihm mit Sicherheit Bescheid gesagt, wenn sie nicht ins Bergwerk gegangen wäre. Und außerdem – wo sollte sie sonst sein? Deshalb antwortete er ohne den geringsten Zweifel: »Sie ist gestern auf jeden Fall reingegangen. Deshalb mache ich mir ja solche Sorgen.«

»Okay. Wir schauen gleich mal nach.« Das war an Jonas und Richwien gleichermaßen gerichtet, und der ruhige professionelle Ton des technischen Leiters beruhigte den Studenten ein wenig. Endlich passierte etwas. Gleich würden sie schlauer sein.

Der Direktor wandte seine Aufmerksamkeit bereits der Fortsetzung seiner Lektüre zu. Anstelle einer Verabschiedung sagte er zu Jäckel: »Sie melden sich?«, was nicht wie eine Frage klang und eigentlich keiner Antwort bedurft hätte. Trotzdem gab Jäckel ein knappes »Ja« zurück und verließ mit Jonas das Chefbüro.

4

Garnsdorf am 8. Juli im Jahre des Herrn 1860. Ich habe überlebt. Keine Stelle meines geschundenen Körpers, die nicht gotterbärmlich schmerzen wöllte. Aber ich habe überlebt. Als die Grubenhölzer über mir zusammenstürzten, sah ich meinen jüngsten Tag gekommen. Ich, Jakob Brunner, achtenswerter Steiger in der Grube »Jeremias Glück« zu Saalfeld, verrecke wie zu Schicksals Hohn auf meinem letzten Gang. Welch leidiger Gedanke. So wenig Dankbarkeit. So wenig Geist. Die werten Herren stört das nicht. Sie wollen nun das Bergwerk wirklich schließen. Seit Jahren wirft es ihnen nichts mehr Rechtes ab. Ihre Männer sind längst abgezogen. Ich bin mit einer letzten Inspektion betraut, bevor der Stollen vollends aufgelassen wird. Mit 31 Jahren glänze ich im hohen Amt. Doch bald schon bin ich ohne Lohn und Brot.

Und dann bricht dieses Unglück über mich herein. Es war ein fürchterliches Krachen! Nur ein beherzter Sprung noch rettete mich vor meinem sicheren Garaus im brechenden Gestein. Doch zwei der Hölzer trafen meine Beine, die sich nicht mehr so recht bewegen lassen.

Drei lange Tage ist das her. Jetzt schleppe ich mich durch die dunklen Höhlen, halb tot und halb lebendig, und nähre mich vom bloßen Wasser in den Lachen. Doch heute ist es anders. Ich bin an einen kleinen Quell geraten, der so frisch und so erquicklich schmeckt, wie ich es kaum beschreiben kann. Dies Wasser gibt mir Kraft und Zuversicht. Auch lassen meine Schmerzen merklich nach, so dass ich mich entschlossen habe, vorerst noch eine Weile hierzubleiben. Die kalte Dunkelheit ist da, doch plötzlich will sie wohlig mich bewahren. Etwas Merkwürdiges geschieht mit mir.

5

GEGENWART

Marco Jäckel und Jonas verloren keine Zeit und brachen sofort auf, um nach Fenja zu suchen. Die Sonne hatte inzwischen deutlich an Kraft gewonnen und versprach einen schönen frühherbstlichen Tag. Das Gelände der Feengrotten lag noch immer menschenleer im morgendlichen Licht. Die Ruhe vor dem Sturm. In anderthalb Stunden würden die ersten Touristenbusse anrollen.

»Wer ist eigentlich der junge Mann im Vorzimmer von Doktor Richwien?« Jonas ärgerte sich noch immer über den blasierten Schönling, der Fenja offensichtlich kannte und dessen komische Bemerkung ihm nachging.

»André Benedikt. Unser Marketingassistent.« Jäckel beließ es bei dieser knappen Antwort, und es war nicht der Anflug einer Wertung herauszuhören. Stattdessen fragte er Jonas: »Ihre Freundin will Geologin werden?«

»Ja.« Jonas gelang es, einen gewissen Stolz in das kurze Wort zu legen.

»Find ich toll!« Jäckel klang ehrlich beeindruckt. Dann fragte er: »Und Sie, studieren Sie auch?«

»Ja, Geschichte.«

»Oh. Interessant.« Nicht ganz so beeindruckt. Eher höflich.

Dann deutete der technische Leiter links den Berg hinauf: »Wir fangen mal oben an, dort müsste Frau Wolff auch eingefahren sein.«

Jonas hatte sich noch nicht an die Bergmannssprache gewöhnt. *Einfahren* hieß für ihn bisher, dass jemand eine Haftstrafe im Gefängnis antrat. Hier bedeutete es schlicht und einfach, das Bergwerk zu betreten.

Es war ein merkwürdiges Gefühl, den idyllischen Hohlweg nun schon zum zweiten Mal hinaufzugehen. Obwohl der Nebel mittlerweile vollständig verschwunden war und die aufgehende Sonne die Dunkelheit auch aus den letzten Winkeln vertrieb, hatte der Gang etwas Freudloses.

Es dauerte nicht lange, und sie standen vor der braunen Tür des Eingangsstollens. Zunächst drückte Jäckel die metallene Klinke probeweise nach unten. Aber der Einstieg war nach wie vor verschlossen. Der technische Leiter holte einen Schlüsselbund aus der Tasche seiner Arbeitskombi, wählte einen eisernen Hohlschlüssel aus und drehte ihn zweimal im Schloss. Dann zog er die schwere Tür auf.

Im Inneren führte ein Tunnel schräg nach unten in die Dunkelheit. Jäckel kommentierte das Offensichtliche: »Es brennt kein Licht. Sieht nicht so aus, als wäre jemand im Berg.«

Mit schnellen Handgriffen drückte er nacheinander einige Knöpfe in einem kleinen Schaltkasten, und wenige Augenblicke später hüllte eine lange Kette von Lampen den Eingangstunnel in gedämpftes Licht.

Der technische Leiter drehte sich zu Jonas um. »Gut, dann gehen wir mal durch. Mit dem Kopf aufpassen, die Stollen sind manchmal nicht sehr hoch. Und Vorsicht mit den Sachen. Die Flecken gehen schlecht wieder raus.«

Dann marschierte er los, und Jonas folgte ihm.

Zunächst führte der Tunnel immer geradeaus, wobei es fortwährend nach unten ging. Doch schon bald verzweigte sich der Stollen in ein verschachteltes System aus unterschiedlich großen

Höhlen, die schwarz und schartig im Halbdunkel lagen. Von einer früheren Führung wusste Jonas, dass hier im Bergwerk seit dem Mittelalter Alaunschiefer abgebaut worden war. Als die ersten Lagerstätten ausgebeutet waren, mussten die Bergleute immer tiefer ins Erdinnere vordringen. Mit Schlägel und Eisen in der Hand und im unzulänglichen Schein glimmender Kienspäne hatten sie über Jahrhunderte unermüdlich das spröde Gestein aus den harten Wänden dieser finsteren Unterwelt geschlagen. Jeder Zentimeter ihres Weges war dem Fels in leidvoller Arbeit abgetrotzt. Bis das Bergwerk Ende des 19. Jahrhunderts aus Mangel an Gewinn geschlossen wurde.

Jetzt führte die Tour über geebnete Laufgänge und Edelstahltreppen durch die Grube. Bequem begehbar für Besucher aller Altersgruppen.

Jäckel kannte das Stollensystem wie seine Westentasche. Entsprechend zügig schritt er voran. Gelegentlich unterbrach er seinen Marsch, um hinter eine Ecke zu sehen oder einen düsteren Winkel mit seiner Handlampe auszuleuchten, die ihm lässig um den Hals baumelte. Doch bisher waren sie auf keine Spur von Fenja gestoßen. Ab und zu rief Jonas laut ihren Namen, aber seine Stimme verhallte echolos in der Tiefe.

Ungehört.

Unbeantwortet.

Sein Führer schien seine Sorge nicht zu teilen. Mit eingeschliffener Routine folgte er dem unterirdischen Rundgang. Ein Weg, den er vermutlich schon tausend Mal gegangen war.

In einer lang gestreckten Höhlenbiegung blieb Jonas stehen und schaute sich um. Aus dem Augenwinkel hatte er etwas wahrgenommen. Ganz kurz nur. Aber als er jetzt hinüberblickte, war außer den schroffen Schieferformationen nichts zu sehen. Langsam ging er zurück. Da. Er hatte sich nicht getäuscht. Im

Dunkel einer kleinen Felsnische duckte sich eine Gestalt gegen das Gestein. In ihrer sonderbaren braunen Kleidung hob sie sich kaum von der Umgebung ab.

»Dort drüben!« Jonas' Ausruf geriet heftiger als beabsichtigt. Er hoffte, dass Jäckel den erschrockenen Unterton nicht herausgehört hatte. Und dass er überhaupt noch in der Nähe war.

Aber als erfahrener Bergführer hatte Jäckel das Zurückfallen seines Schützlings bemerkt und hinter der nächsten Biegung gewartet. Nun war er mit wenigen Schritten zurück.

»Ich glaub, dort drüben ist jemand«, wiederholte Jonas. Diesmal hielt er seine Stimme gedämpft.

Mit der verwunderten Neugier eines Mannes, der sich nicht vorstellen kann, etwas Wichtiges übersehen zu haben, richtete Jäckel den Strahl seiner Lampe in die Richtung, in die Jonas zeigte. Er erfasste die Gestalt, die noch immer bewegungslos verharrte, und deren finsteres Gesicht im Lichtkegel einen starren, wächsernen Ausdruck annahm.

»Ach, Erich!« Jäckel prustete herzhaft los, bevor er weitersprach: »Das ist nur eine Puppe. Hier unten stehen mehrere von den Kandidaten rum.« Als Jonas nicht sofort reagierte, erklärte er: »Das war mal die Idee von unserem Direktor. Erlebnispädagogik. Die sollen einen Eindruck davon vermitteln, wie früher hier gearbeitet wurde. Kostüme und Werkzeuge sind originalgetreu wie im Mittelalter. Die Puppen hat ein Theaterplastiker aus Weimar gemacht. Vier, fünf Jahre stehen die bestimmt schon hier. Die Grottenführer haben ihnen Spitznamen gegeben. Der hier ist Erich, weil er erst großartig den Hammer schwingt und sich dann abduckt.« Mit einem Grinsen fügte er hinzu: »Er gibt auch noch Hain B., Wallraff und Hennecke.«

Die Erläuterungen zu diesen Namen behielt Jäckel für sich.

Jonas erinnerte sich jetzt, dass ihm die Figuren schon einmal aufgefallen waren, als er die offizielle Führung mitgemacht hatte.

Aber die Kerle waren so gut an die schattenreiche Umgebung angepasst, dass man leicht einen übersehen konnte. Die Puppe in der kleinen Seitenhöhle musste Jonas bei der ersten Führung entgangen sein.

Der technische Leiter wartete am oberen Ende einer Stahltreppe, die in einem senkrechten Schacht in die Tiefe führte.

»So. Wir steigen jetzt runter in die zweite Sohle.«

»Was bedeutet zweite Sohle?«, fragte Jonas nach, der schon ahnte, dass es hier nicht um Fußbekleidung ging.

»Eine Sohle ist eine horizontale Ebene in einem Bergwerk. So was wie eine Etage. Oder ein Deck beim Schiff. Nur nicht so dicht übereinander. Ist viel Felsen dazwischen.«

»Und wie viele Sohlen gibt's hier?«

»Drei. Vorsicht, nicht ausrutschen.« Jäckel war schon auf dem Weg nach unten. Jonas folgte ihm Stufe um Stufe. Obwohl sie sich immer noch auf der offiziellen Touristentour bewegten, war eine gewisse Umsicht geboten. Überall tropfte bräunliches Bergwasser von der Decke. Es wurde deutlich feuchter.

Unten angekommen, sagte Jäckel: »Das Nächste sind die Quellgrotten. Da gibt's auch die ersten größeren Tropfstein-Areale. Ich denke mal, dass Ihre Bekannte dort auf jeden Fall gearbeitet hat.«

Sie standen in einem kleinen Gewölbe, von dem drei große Höhlen abgingen. Jede von ihnen wurde am Boden von einem kleinen See ausgefüllt, der jeweils hinter einer knapp hüfthohen Mauer angestaut war. Die Wände der Grotten schimmerten in den unterschiedlichsten Farben, und an den Decken hingen ganze Wälder von Tropfsteinen, die sich in der klaren Wasseroberfläche spiegelten. Der Anblick war unwirklich und berauschend. Eine zarte Melodie fallender Wassertropfen betonte die unglaubliche Ruhe, die von diesem Ort ausging.

Jetzt, wo Jonas die unterirdische Welt ohne das Geschiebe und Gekicher einer Touristengruppe erlebte, schien die Zeit für einen kurzen Moment stillzustehen. Das Bergwerk übte eine fremdartige Faszination aus, beängstigend und anziehend zugleich, und er konnte sich gut vorstellen, wieso Fenja diese Höhlen so liebte.

Doch genauso schön, wie sie waren, so einfach ließen sich die Quellgrotten überblicken. Jonas sah enttäuscht zu Jäckel hinüber, und der hob bedauernd seine Schultern.

Fenja war nicht da. Und es gab nichts, was darauf hinwies, das sie letzte Nacht hier vorbeigekommen war.

Jäckel, dem der Student mittlerweile leid tat, ergriff die Initiative, bevor die Stimmung gänzlich auf den Nullpunkt sank. »Wir können es noch am Märchendom versuchen. Der ist noch eine Sohle tiefer.« Der Bergmann schätzte Jonas' hochgewachsene, schlanke Figur mit einem erfahrenen Blick ab, bevor er warnte: »Das geht jetzt durch einen langen Stollen. Der ist ziemlich eng und an manchen Stellen auch nicht sehr hoch. Am besten, Sie bleiben dicht hinter mir.« Und mit einem aufmunternden Lächeln fügte er hinzu: »Und Vorsicht mit dem Nischel!«

Dann wendete er sich um und verschwand in einem engen Felsgang. Jonas folgte ihm mit wachsender Unruhe. Er wollte wissen, wo Fenja war.

Jetzt.

Nach einer gefühlten Ewigkeit gelangten sie in eine Grotte, die alle bisherigen Höhlen an Größe übertraf und weit in die Tiefe reichte. Darin erstreckte sich ein großer See mit gasklarem Wasser. Aber das Beeindruckendste war das überwältigende Panorama aus Hunderten Stalaktiten und Stalagmiten, die die gesamte Tropfsteinhöhle in einem Spiel aus Formen, Farben und Spiegelungen zu einer sagenhaften Kulisse machten. Sie hatten das Heiligtum der Feengrotten erreicht. Den Märchendom. Den unumstrittenen Höhepunkt jeder Führung.

Jenseits der Wasserfläche erhob sich ein kleiner Hügel, auf dessen Gipfel bizarre Tropfsteingebilde in die Höhe ragten. Im Gegenlicht verborgener Scheinwerfer erinnerten sie an ein geheimnisvolles Schloss. Die Gralsburg.

Diese Höhle war bei weitem nicht so übersichtlich wie die Quellgrotten.

»Fenja?«

Laut rief Jonas den Namen seiner Freundin über das Wasser, während Jäckel zu einem weiteren Schaltkasten trat und die Helligkeit der Scheinwerfer auf maximale Kraft stellte. Dann, wie um den Versuchen des Studenten einen offiziellen Anstrich zu verleihen, fiel Jäckel in das Rufen ein.

»Frau Wolff?«

»Fenja?«

Doch eine Antwort blieb aus.

6

Als Jäckel und Jonas durch den Stollenausgang in den Brunnentempel hinaustraten, flutete ihnen durch die hohen Fenster gleißendes Sonnenlicht entgegen. Keiner der beiden sagte ein Wort. Sie hatten Fenja nicht gefunden. Jonas überlegte krampfhaft, was das bedeuten konnte. Der technische Leiter schwieg ebenfalls. So standen sie eine Weile nebeneinander, bis Jäckel die betretene Stille unterbrach.

»Also Ihre Freundin ist auf jeden Fall nicht mehr in den Grotten. Das können wir schon mal sagen. Sonst wären wir ihr begegnet.«

Jäckel zuckte mit den Schultern. Seine Aufgabe war damit eigentlich erledigt, aber er wollte den Studenten nicht so einfach stehen lassen.

Die beiden schraken zusammen, als plötzlich ein blecherner Putzeimer mit lautem Geschepper auf den Steinfliesen des Brunnentempels abgesetzt wurde, gefolgt von einem burschikosen »Glück auf, meine Herrn. Schon so früh unterwegs? Da könnt ihr gleich mitmachen. Oder, Marco?« Im Eingang des Pavillons stand eine untersetzte Frau und grüßte fröhlich herüber, während sie gleichzeitig mit einem Schrubber winkte. Ihr Alter war schwer zu schätzen; es mochte irgendwo zwischen fünfzig und sechzig liegen. Aber ein heiteres Gemüt konnte man ihr sofort bescheinigen.

Jäckel antwortete ihr lachend: »Lieber nicht, Ingrid. Das kannst du viel besser als ich, glaub's mir!«

Die Frau kam auf die beiden zu und versuchte dabei vergeblich, sich die graubraunen Haare aus dem Gesicht zu schütteln.

Ihre Hände konnte sie dazu nicht benutzen, denn die steckten in fleckigen Gummihandschuhen. Mit einem nochmaligen »Glück auf!« reichte sie Jonas ihren Ellenbogen.

»Das ist unsere Ingrid Wohlmuth«, stellte Jäckel vor, »eine der dienstältesten Grottenführerinnen. Und die gute Seele des Betriebs.«

Mit einem verschmitzten Blick auf ihren Schrubber gab sie zurück: »Na ja. Wir sind hier alle, wie sagt man jetzt: Allrounder.« Dann taxierte sie Jonas mit ihren braunen Augen, die von unzähligen Lachfältchen umgeben waren. »Aber dich hab ich hier auch schon mal gesehen. Du bist doch der Freund von der kleinen Dunkelhaarigen.« Scheinbar sprach sie hier jeden gleich mit Du an.

»Fenja, ja. Ich bin Jonas.«

»Ist 'n nettes Mädel. Ich unterhalte mich manchmal mit ihr. Die ist nicht auf den Kopf gefallen, die Kleine. Und 'ne ganz Hübsche. Da kannst du stolz sein. Pass bloß gut auf sie auf.«

Der unbeschwerte Plauderton, in dem die Grottenführerin über Fenja sprach, schnürte Jonas die Kehle zu. Ingrid Wohlmuth spürte, dass sie einen wunden Punkt getroffen hatte.

»Ist was passiert?«, fragte sie besorgt.

»Fenja ist verschwunden. Gestern Abend war sie im Bergwerk, wegen ihrer Studienarbeit, und jetzt ist sie immer noch nicht zurück. Sie haben sie nicht zufällig gesehen?«

»Nee, Junge. Heute früh noch nicht. Tut mir leid. Hier auf dem Gelände wäre ich ihr bestimmt begegnet. Und der Berg ist ja noch zu.«

Jäckel gab zurück: »In den Grotten ist sie nicht mehr. Wir sind eben komplett durchgegangen.«

Ingrid Wohlmuth dachte kurz nach. Dann sah sie den technischen Leiter argwöhnisch an. Ein merkwürdiger Klang lag in ihrer Stimme, als ihn fragte: »Und was ist mit der vierten Sohle? Du weißt, was damals passiert ist.«

»Es gibt keine vierte Sohle. Setz den Leuten nicht immer so einen Floh ins Ohr!« Jäckel warf seiner Kollegin einen ärgerlichen Blick zu und erklärte zu Jonas gewandt: »Unsere Grottenführer denken sich immer mal ein paar düstere Schauergeschichten aus, um die Touristen zu erschrecken. Und Ingrid ist die Schlimmste von allen.«

Beim letzten Satz schenkte er seiner Kollegin ein nachsichtiges Lächeln. Aber die resolute Frau antwortete in beleidigtem Ton: »Wieso. Was ist denn mit den alten Gängen, die für die Besucher gesperrt sind? Du bist doch selber oft genug drin rumgekrochen.«

»Das ist doch Blödsinn! Das sind bloß ein paar blinde Stollen, die nirgendwo hin führen.«

»Komm, einmal habt ihr euch fast selber darin verlaufen.«

»Ja, da war ich aber noch neu hier. Glaub mir, inzwischen kenn ich wirklich jeden Meter. Da kommt nicht mehr viel.«

»Es gibt auch Leute, die das anders sehen.«

»Fang jetzt nicht wieder mit den alten Geschichten an. Das bringt uns auch nicht weiter.«

Die Erwähnung eines unbekannten Bergwerksteils ließ Jonas aufhorchen. Davon war bisher nie die Rede gewesen. Deswegen fragte er schnell: »Kann es sein, dass sich Fenja in diesen gesperrten Stollen verirrt hat?«

»Das ist nicht sehr wahrscheinlich.« Obwohl Jäckel ohne zu zögern geantwortet hatte, spürte Jonas, dass der Techniker nun ebenfalls über diese Möglichkeit nachdachte. Doch nach einer kurzen Abwägung schien er den Gedanken zu verwerfen. »Nein, das ist Quatsch. Die Abzweigungen in die alten Stollen können Außenstehende nicht so einfach finden. Die Zugänge sind meistens nicht viel größer als ein Loch. Und ziemlich marode.« Dann sah er Jonas prüfend an. »Oder hat Ihre Freundin da irgendetwas vorgehabt?«

Jonas überlegte. Gesagt hatte sie nichts. Konnte sich Fenja allein in die alten Stollen gewagt haben? Sie war nicht leichtsinnig, aber auch nicht ängstlich. Ihre Eltern hatten ihm erzählt, dass sie schon als Kind in allen möglichen Höhlen herumgeklettert war. Nun hoffte er inständig, dass sie das in den Feengrotten nicht auch versucht hatte. Andererseits kannte er seine Freundin. Und er kannte ihre Neugier und Abenteuerlust. Deshalb sagte er zu Jäckel: »Nein, keine Ahnung«, fügte jedoch hinzu: »Aber können Sie nicht trotzdem mal nachschauen? Bloß sicherheitshalber. Ich mache mir echt Sorgen.«

Ingrid Wohlmuth nickte beipflichtend und sah von Jonas zu Jäckel. »Das ist vielleicht das Beste, Marco. Ihr macht ja sowieso immer eure Kontrollgänge. Guck doch einfach mal nach, dann kann der Junge ruhig schlafen.«

Jäckel, der sich nun in einer Zwickmühle befand, gab zu bedenken: »In einer halben Stunde gehen die Führungen los. Und allein kann ich da sowieso nicht rein, das darf ich gar nicht. Das ist ein ungesicherter Bergwerksbau, da müssen wir mindestens zu zweit sein. Vorschrift. Keine Ahnung, ob ich jetzt auf die Schnelle jemanden von den Kollegen finde, der mit mir da reinklettert.«

Es entstand eine unangenehme Pause. Der Student und die Grottenführerin sahen Jäckel erwartungsvoll an. Schließlich kapitulierte er und sagte zu Jonas: »Na gut. Ich versuch's mal. Aber machen Sie sich nicht zu viele Hoffnungen. Ich glaube nicht, dass Ihre Freundin da drin ist. Im Sommer hab ich mit Frau Wolff genau abgesprochen, in welchen Bereichen sie arbeiten kann und wo nicht. Das hat sie mir auch unterschrieben. Und ich bin überzeugt, dass sie sich daran gehalten hat.«

Doch da war sich Jonas jetzt nicht mehr so sicher.

Im Foyer des Verwaltungsgebäudes bog Jäckel zu einer unscheinbaren Tür ab. »Das dauert jetzt noch einen kleinen Moment. Erst mal sehen, ob ich einen Kollegen finde. Ich bin unten in der Werkstatt. Einfach die Treppe runter und dann rechts.«

Jonas antwortete: »Okay, ich schaue noch mal oben im Zimmer nach. Dann komme ich hinterher«, und sprintete die breite Treppe hinauf.

Wie befürchtet fand er das Pensionszimmer abgeschlossen, und als Jonas einen Blick hineinwarf, sah er zu seiner großen Enttäuschung, dass in seiner Abwesenheit niemand hier gewesen war.

Ohne viel Zeit zu verlieren, ging er zurück ins Foyer und öffnete die Tür zum Untergeschoss. Eine schlichte Steintreppe führte durch einen weiß gestrichenen Treppenschacht nach unten. Jonas erreichte einen schmalen Flur, der von dick isolierten Heizungsrohren flankiert wurde. Im Gegensatz zum repräsentativen Flair der oberen Stockwerke herrschte hier unten der schmucklose Pragmatismus eines Versorgungstrakts. Rechts und links zweigten mehrere zerschrammte Metalltüren ab, aber nur eine von ihnen am Ende des Ganges war geöffnet. Aus dem Raum dahinter drang der dumpfe Ton eines Schlagers, der nach seinem Weg durch die farbbeklecksten Boxen eines schlecht eingestellten Plastikradios nur noch wie ein rhythmischer Vibrationsalarm klang. Jonas betrat eine überheizte Werkstatt, die neben zwei Werkbänken auch ein üppiges Sammelsurium unterschiedlichster Baumaterialien enthielt.

Vor einer Front aus Blechspinden entdeckte der Student einen gebückt stehenden Mann, der ihm den Rücken zudrehte und keuchend versuchte, ein Paar hohe Gummistiefel anzuziehen. Jonas rief: »Guten Morgen. Ist Herr Jäckel hier unten?«, wobei er versuchte, das Radio zu übertönen. Der Mann richtete sich auf und blickte mit ausdrucksloser Miene herüber. Er war um die fünfzig Jahre alt und hatte ein rundes Gesicht mit kleinen, misstrauischen Augen. Die wenigen Haare, die ihm geblieben waren, trug er kurz rasiert. Am Oberkörper klebte ein verschwitztes Unterhemd, das den Blick auf muskulöse Arme freigab, die mit Tätowierungen übersät waren.

Der Mann taxierte Jonas einen Augenblick lang, dann deutete er mit einem kurzen Kopfnicken auf eine weitere Tür und wandte sich wieder seinen Stiefeln zu.

Jonas, der von der Begegnung unangenehm berührt war, beeilte sich, die Werkstatt zu verlassen. Der fensterlose Nachbarraum war deutlich kleiner und offensichtlich dem technischen Leiter vorbehalten. Er saß hinter einem Schreibtisch, auf dem neben hohen Papierstapeln und einem eingestaubten Telefon auch Stahlbolzen, Winkeleisen und Schraubenschlüssel ihren Platz gefunden und behauptet hatten.

Als Jonas eintrat, raunte ihm Jäckel, der mit dem Telefonhörer am Ohr auf einen Anschluss wartete, ein leises »Kleinen Moment noch« zu. Im selben Augenblick nahm am anderen Ende jemand ab, und deutlich lauter sagte er ins Telefon: »Glück auf. Marco hier. Der Wilko Ehl und ich gehen jetzt mal in den alten Stollenbereich. Wird nicht länger als eine Stunde dauern. Wir melden uns dann wieder zurück. Nur dass ihr Bescheid wisst. ... Klaro. Danke.« Dann legte Jäckel den Hörer zurück auf die Gabel und erklärte: »Wir müssen uns jedes Mal abmelden, wenn wir in die ungesicherten Bereiche gehen. Falls doch mal was passiert und wir verschüttet werden, damit uns jemand wieder ausbuddelt. Wird hier nicht vorkommen, ist aber zu unserer eigenen Sicherheit.« Dann stand er auf, fischte seinen großen Schlüsselbund von der Tischplatte und kontrollierte die Batterien einer Stirnlampe, die auf einen abgestoßenen Bauhelm montiert war.

»Kann ich mitkommen?«, fragte Jonas mit trockenem Mund. Jäckels Anruf hatte seine Sorge noch vergrößert. Bei dem Gedanken, seine Freundin könnte irgendwo unter den Trümmern eines eingestürzten Stollens liegen, wurde ihm schlagartig flau im Magen.

Es trug auch nicht unbedingt zu seiner Beruhigung bei, als Jäckel antwortete: »Nein, Sie kann ich da nicht mit reinnehmen.

Für Betriebsfremde ist der Bereich tabu. Sie können ein Stück mit ins Besucherbergwerk kommen, wenn Sie auf den Wegen bleiben. Oder Sie warten hier draußen.«

Dann begleitete er Jonas wieder hinüber in die Werkstatt und schloss das Büro hinter sich ab. Er deutete auf den Mann an den Umkleideschränken, dessen Tätowierungen mittlerweile unter einer robusten Gummijacke verschwunden waren. »Das ist übrigens Herr Ehl. Er hilft in unserer Schlosserei aus. Herr Ehl war so nett und hat sich bereit erklärt, mich zu begleiten.«

Der Gesichtsausdruck des Mannes ließ vermuten, dass seine Bereitschaft nicht ganz freiwillig war. Misslaunig trat er zu den beiden, ohne Jonas die Hand zu geben. Stattdessen musterte er den Studenten abschätzig von oben bis unten und brummte: »Die Kleine gehört zu Ihnen?«, um sich danach schleppend in Richtung Flur in Bewegung zu setzen. Unbeteiligt und äußerst gelangweilt. Aber Jonas war sich sicher, für einen kurzen Moment ein katzenhaftes Flackern in den Augen des Mannes bemerkt zu haben, welches Energie und äußerste Wachsamkeit verriet. Es war mehr ein Gefühl, aber der Student war sich sicher, dass er sich nicht getäuscht hatte.

Jäckel wollte Ehl gerade folgen, da läutete in seinem Büro das Telefon. Mit einem Atemzug Verzögerung begann in der Werkstatt eine große Wandklingel zu scheppern, die sich ohne jeden Zweifel gegen alle Formen von Arbeitslärm durchzusetzen vermochte.

»Wilko, wart mal einen Augenblick«, rief Jäckel seinem Mitarbeiter hinterher, bevor er mit einem entnervten Zungenschnalzen in sein Büro zurückeilte.

Wenige Augenblicke später trat er wieder in die Werkstatt und sah Jonas erleichtert an.

»Entwarnung.«

7

Fünf Minuten später saßen die beiden im Büro von Dr. Richwien. Der Direktor deutete mit einer Neigung seines Kopfes, die ein genau kalkuliertes Maß an lakonischer Genugtuung vermitteln sollte, auf die polierte Mahagoniplatte seines Schreibtischs. Dort lag, sorgsam im Zentrum der spiegelnden Fläche platziert, ein Ring mit einem einzelnen schwarzen Schlüssel. An dem Ring hing außerdem noch eine runde Messingmarke mit einer eingeprägten Zahl. Elf.

»Diesen Schlüssel haben wir vor zehn Minuten im Briefkasten der Feengrotten gefunden. Gleich hier unten an der Tür zu diesem Haus. Frau Bartholomäus hat ihn mit der heutigen Post nach oben gebracht.«

Richwien ließ eine Pause, um seine Worte wirken zu lassen. Jonas und Marco Jäckel sahen den Direktor schweigend an, keiner von beiden wagte, den bedeutungsschwangeren Vortrag zu unterbrechen. Zufrieden fuhr der Feengrottenchef fort: »Soweit ich unterrichtet bin, ist das der Bergwerks-Schlüssel von Frau Wolff. Die Nummer elf. Ist das richtig, Herr Jäckel?«

»Ja«, bestätigte der technische Leiter.

Richwien sprach weiter, bemüht, seinen gemessenen Tonfall beizubehalten: »Dann ist meine Schlussfolgerung sicherlich nicht falsch, dass sich Frau Wolff nicht mehr in den Grotten aufhält. Wahrscheinlich ist sie überhaupt nicht mehr drin gewesen. Der Briefkasten wird nur einmal am Tag geleert. Es ist gut möglich, dass sie den Schlüssel schon gestern im Laufe des Tages eingeworfen hat.«

Jonas brauchte einen Moment, um die Nachricht zu verdauen. Zuerst fiel ihm ein Stein vom Herzen. Fenja war nicht in den gesperrten Stollen. Sie war nicht verunglückt. Nicht verschüttet. Vielleicht war sie nicht mal im Bergwerk gewesen.

Doch dann stellte er die unvermeidliche Frage. »Und wo soll Fenja sonst sein?«

Richwien wirkte pikiert. »Das weiß ich doch nicht, junger Mann. Das geht mich auch nichts an.«

Unfreundlicher als geplant stieß Jonas hervor: »Fenja verschwindet doch nicht einfach so! Und warum hat sie mir nichts gesagt? An ihr Telefon geht sie auch nicht!«

Mit mühsam aufrechterhaltener Nachsichtig gab Richwien zurück: »Diese Fragen müsste ich eigentlich Ihnen stellen, Herr Wiesenburg. Sprechen Sie denn nicht mit Ihrer Freundin? Sie machen hier den ganzen Betrieb verrückt. Wir denken, es ist sonst was passiert. Herr Jäckel spaziert mit Ihnen durch das gesamte Bergwerk. Und am Ende kommt heraus, dass Sie uns hier völligen Unsinn erzählt haben!«

»Verdammt noch mal, ich suche meine Freundin!« Das war gebrüllt, aber es fiel Jonas inzwischen schwer, sich zurückzuhalten.

Für einen Moment herrschte betretenes Schweigen.

Dann ergriff der Direktor erneut das Wort, und er bemühte sich, beschwichtigend zu klingen. »Sehen Sie, ich bin der Letzte, der dafür kein Verständnis hat. Das würde mir genauso gehen, und es ehrt Sie, dass Sie sich um Ihre Freundin sorgen. Aber Sie müssen mich bitte auch verstehen. Wenn ich von Ihnen höre, dass Frau Wolff nach einer Nacht nicht aus dem Berg zurückgekommen ist, dann mache ich mir natürlich Sorgen, vielleicht sogar mehr als Sie, und ich bemühe mich, die Sache aufzuklären. Schließlich bin ich für die Sicherheit in diesem Bergwerk verantwortlich. Und wenn sich dann herausstellt, dass Frau Wolff gar nicht unter Tage war, dann ist das für mich erst mal eine gute

Nachricht. Das heißt nämlich auch, dass ihr dort nichts zugestoßen ist. Und darüber können wir alle zusammen sehr froh sein.«

Jonas schwieg und dachte über das Gesagte nach. Marco Jäckel, dem der Verlauf des Gesprächs nicht sonderlich angenehm war, nutzte die kurze Unterbrechung und fragte leise in Richtung des Direktors: »Brauchen Sie mich noch?«

Richwien schüttelte kaum merklich den Kopf. Jäckel verabschiedete sich mit einem flüchtigen Gruß und beeilte sich, den Raum zu verlassen. Als die Flügeltür hinter ihm ins Schloss geglitten war, wandte sich Richwien wieder an Jonas: »Ich habe vorhin noch einmal im Vertrag von Frau Wolff nachgesehen. Es ist doch richtig, dass gestern ihr letzter Arbeitstag war?«

»Ja.«

»Und heute früh wollten Sie abreisen? Ich nehme an, dass Sie deshalb nach Saalfeld gekommen sind.«

»Ja, aber –«

»Sehen Sie, für mich stellt sich das so dar: Frau Wolff hat uns – die Gründe seien jetzt mal dahingestellt – einen Tag früher verlassen als geplant. Vielleicht ist ihr etwas dazwischengekommen, ein wichtiger Anruf, oder sie wollte in der Stadt noch Freunde besuchen; wie auch immer. Sie hat uns den Schlüssel zurückgegeben. Das Arbeitsverhältnis ist damit, übrigens zu unserer vollsten Zufriedenheit, ordnungsgemäß beendet. Und wir werden Frau Wolff in der nächsten Saison auch gerne wieder beschäftigen, wenn sie das wünscht.«

»Aber Fenja haut doch nicht einfach ab. Sie hätte mir Bescheid gesagt. Mein Handy ist an. Ich war die ganze Zeit hier.«

Jonas war verzweifelt. Der Direktor konnte oder wollte ihn nicht verstehen. Richwiens Stimme bekam einen ungehaltenen Unterton, als er sagte: »Ihr Privatleben geht mich nichts an, und ich will Ihnen da auch gar nicht zu nahe treten. Aber für mich ist der Fall damit erledigt.«

Die beiden schwiegen sich eine Weile an, dann nahm der Direktor den Schlüssel mit der Nummer elf von der Tischplatte und verstaute ihn penibel in einer Schublade. Eine Geste, die unmissverständlich den Abschluss der Unterhaltung markierte.

Jonas stand niedergeschlagen auf und verabschiedete sich mit einem »Danke. Auf Wiedersehen«, das irgendwo zwischen Trotz und Enttäuschung lag.

Kurz bevor er die Tür erreichte, sagte der Direktor noch: »Ihren Zimmerschlüssel geben Sie bitte bei Frau Bartholomäus ab. Bis zwölf Uhr, bitte. Um vierzehn Uhr kommen die neuen Gäste.«

Damit war das Gespräch endgültig beendet und Jonas entlassen.

Im Vorraum stand André Benedikt, der smarte Marketingassistent, lässig am Empfangstresen und unterhielt sich mit der Sekretärin, bei der es sich offensichtlich um die bewusste Frau Bartholomäus handelte. Als Jonas aus dem Chefbüro kam, sah sie zu ihm herüber und fragte unnötigerweise noch einmal: »Hat Ihnen der Direktor Bescheid gesagt, dass Sie Ihren Zimmerschlüssel bis zwölf –?«

»Ja. Bring ich gleich.« Jonas ärgerte sich.

Als er den Empfangstresen passierte, musterte ihn Benedikt ungeniert und zwinkerte ihm grinsend zu. Der Abschiedsgruß eines Siegers. Aber in welchem Spiel?

Jonas sah sofort, dass die Tür zu seinem Zimmer weit offen stand. Obwohl es nur ein kurzer Weg über den Flur war, sprintete er los. Kaum dass er den Raum erreicht hatte, brach es aus ihm heraus: »Mensch, verdammt noch mal, wo bist du denn gewesen? Ich such dich die ganze Zeit wie ein Wahnsinniger!«

Doch die junge Frau, die erschrocken zu ihm herumfuhr, war nicht Fenja.

Stattdessen stand ihm eine verdutzte Mittzwanzigerin in blauer Kittelschürze gegenüber und stammelte: »Ent–, Entschuldigung, mir wurde gesagt, dass Sie heute abreisen. Ich muss das Zimmer bis Mittag fertig haben. Tut mir leid. Ich bin auch gleich raus.« Mit fahrigen Bewegungen strich sie die frischbezogene Bettdecke glatt, schnappte nach ihrem Schrubber und drückte sich aus dem Raum.

»Entschuldigung. Das war nicht so gemeint«, brabbelte Jonas und versuchte es mit einem Lächeln, was ihm jedoch nicht gelang. Aber die Frau war ohnehin schon nach draußen verschwunden und zog die Tür zügig hinter sich ins Schloss.

Die Stille, die jetzt in dem kleinen Pensionszimmer hing, war fast mit Händen greifbar. Jonas ließ sich auf das Bett fallen und starrte die weiß getünchte Zimmerdecke an. Was war nur los?

Er zog sein Telefon aus der Tasche und suchte die Nummer von Fenjas Eltern. Die beiden bewirtschafteten einen kleinen landwirtschaftlichen Hof in Schömberg, einem Dörfchen im Osten Thüringens. Der mühselige Betrieb warf gerademal so viel ab, dass es für die Familie reichte, aber Jonas hatte selten Menschen erlebt, die so zufrieden und ausgeglichen waren.

Er hatte das Ehepaar schon bei seinem ersten Besuch ins Herz geschlossen. Jetzt zögerte er. Doch dann drückte er auf das grüne Verbindungssymbol.

»Wolff.« Wie immer ging Fenjas Mutter ans Telefon.

»Hallo, Helga. Hier ist Jonas.« Der Student bemühte sich, seine Stimme so beiläufig wie möglich klingen zu lassen. Helga Wolff war freudig überrascht.

»Das ist aber schön, dass ihr mal anruft. Kann Fenja mithören? Hallo Fenja!«

»Nein, im Moment nicht. Fenja ist gerade nicht hier. Und ich wollte mal fragen, ob sie sich vielleicht bei euch gemeldet hat.«

Ein trockener Tonfall schlich sich in die Stimme von Jonas. Helga Wolff spürte, dass da noch mehr war.

»Ist irgendwas nicht in Ordnung? Ihr wolltet euch doch in den Feengrotten treffen.«

»Nein, es ist alles okay. Ich bin zwar hier, aber wir haben uns irgendwie verpasst.«

»Kannst du sie nicht anrufen?«

»Doch, aber ich erreiche sie gerade nicht. Ist auch alles nicht so wichtig, ich wollte bloß mal fragen, ob sie sich heute schon bei euch gemeldet hat.« Jonas begann zu bereuen, dass er in Schömberg angerufen hatte. Andererseits wollte er keine Möglichkeit außer Acht lassen.

Fenjas Mutter ließ eine kurze Pause entstehen, dann fragte sie vorsichtig: »Habt ihr euch gezankt?«

»Nein. Unsinn.«

»Wirklich nicht? Du kannst es mir ruhig sagen.«

»Nein, Quatsch. Wirklich nicht!«

»Jetzt mach ich mir aber doch ein bisschen Sorgen.«

»Nein, Helga. Ist alles cool. Ich wollte euch nicht verrückt machen. Sie taucht sicher gleich auf.«

»Bitte versprich mir, dass du mich anrufst, wenn ihr euch getroffen habt. Aber wirklich!«

»Ja, logisch. Ist alles kein Problem. Und grüß mir Jochen.« Jonas hoffte, dass er die aufkeimende Sorge von Fenjas Mutter einigermaßen zerstreut hatte.

»Danke. Und grüß du mir Fenja!«

»Klar, mach ich. Bis bald.«

»Mach's gut, Jonas. Und denk dran …«

»Ich versprech's. Tschüssi.«

»Tschüss.«

Jonas versuchte, System in seine Gedanken zu bringen. Welche Möglichkeiten gab es denn noch? Seine eigenen Eltern, beides

Ingenieure, arbeiteten seit Wochen für ein Wasserprojekt in Namibia. Es hatte keinen Sinn, in ihrer leeren Erfurter Wohnung anzurufen.

Als Nächstes versuchte er, einige von Fenjas Freundinnen zu erreichen, aber die wenigen, die er ans Telefon bekam, hatten seit Tagen nichts von ihr gehört.

Tief in seinem Inneren begannen böse Zweifel zu nagen. War sie nicht erreichbar, oder wollte sie nicht erreicht werden? Konnte er sie nicht finden, oder wollte sie nicht gefunden werden? Gab es da jemanden, von dem er nichts wusste? Nichts wissen sollte?

Jonas ließ ihr letztes Gespräch, ihre letzten Begegnungen, seine letzten zwei Jahre mit Fenja vor seinem geistigen Auge Revue passieren. Sie hatten sich ausgelassen geliebt, hatten herumgealbert, hatten bei mehr als einer Gelegenheit überglücklich gespürt, dass sie etwas ganz Besonderes verband.

Sie waren zusammen losgezogen, bis sie in Jena endlich ihre eigene kleine Studentenwohnung gefunden hatten, und es machte ihnen Spaß, völlig unbeschwert über die Zukunft zu fabulieren.

»Wir gründen eine Gräbergemeinschaft«, hatte Fenja vor Kurzem scherzhaft gesagt. »Du gräbst in Archivkellern, und ich grabe in Höhlen. Und irgendwo unter der Erde treffen wir uns. Dann graben wir uns gegenseitig an!«

Jonas musste unwillkürlich schmunzeln. Nein, er hatte keinen Zweifel an ihrer Liebe.

Das beruhigte ihn für einen Moment, doch nicht für lange. Denn das hieß, dass etwas oder jemand Fenja davon abhielt, sich zu melden.

8

Er musste etwas unternehmen. Nachdem Jonas den Zimmerschlüssel abgegeben hatte, brachte er die zwei schweren Reisetaschen mit ihren Sachen zu seinem betagten, aber treuen Opel Corsa, den er Fred nannte, und an dessen Kühlergrill Fenja letzte Weihnachten eine Kugelnase aus rotem Schaumstoff angebracht hatte. Wie viele andere Provisorien war auch die Nase bis heute dort geblieben, so dass das Auto immer ein verstaubtes Lächeln zeigte. »Geht noch nicht nach Hause«, raunte der Student seinem vierrädrigen Begleiter freudlos zu, nachdem das Gepäck im Kofferraum verstaut war. Seit einer Pannenserie hatte er sich angewöhnt, mit dem altersschwachen Auto zu sprechen. Bisher hatte es geholfen.

Für den Fall, dass Fenja ihn suchte, hinterließ er eine kurze Notiz. Gut sichtbar hinter der Windschutzscheibe. *Ich bin auf dem Gelände. Ruf mich an!* Dann schloss er den Corsa wieder ab. Mittlerweile war der Besucherparkplatz mit Autos und Reisebussen vollgestellt. Jonas folgte der Karawane erwartungsfroher Touristengrüppchen, die sich in aufgekratzter Stimmung den Berg hinaufschoben. Rastlos wanderte sein Blick über das bunte Gewimmel, aber er konnte Fenja nirgends entdecken. Nur ab und zu erregte das kurze Aufblitzen eines goldenen Feenkostüms seine Aufmerksamkeit, doch immer war es eines der anderen Mädchen, die an diesem Vormittag Besucher begrüßten, Infoflyer verteilten oder Kinder mit allerlei Feenzauber betörten.

Nachdem Jonas einige Zeit erfolglos über das Gelände gestreift war, ging er hinunter zum Brunnentempel. Vielleicht konnte er Ingrid Wohlmuth noch einmal sprechen. Die burschikose

Grottenführerin schien bekannt zu sein wie ein bunter Hund, so dass sie ihm bei der Suche nach Fenja möglicherweise behilflich sein konnte.

Auch im Brunnentempel herrschte jetzt Hochbetrieb.

Jonas kämpfte sich zu einer Andenkenverkäuferin durch, die im Schutze eines Ladenfensters tapfer Besucher für Besucher das gleiche herzliche Lächeln schenkte, und fragte nach Ingrid Wohlmuth. Er hatte Glück. In wenigen Minuten war ihre Führung zu Ende, dann würde sie mit ihrer Gruppe hier im Brunnentempel aus dem Bergwerk kommen.

Tatsächlich dauerte es nicht lange, da öffnete sich die schwere Stollentür, und eine gut gelaunte Gesellschaft in langen braunen Umhängen strömte in die runde Halle des Pavillons. Während sich die Grottenbesucher mit mehr oder weniger großem Geschick, und entsprechend mehr oder weniger starkem Gekicher, aus den Schutzmänteln schälten, versuchte Jonas, die Bergführerin auszumachen. Schließlich entdeckte er Ingrid Wohlmuth, die jetzt eine schicke schwarze Bergmannsuniform trug, inmitten des Getümmels.

»Na, hast du deine Kleine gefunden?«, fragte sie aufgeräumt.

»Nein, immer noch nicht. Sie war gar nicht im Bergwerk. Herr Richwien hat ihren Schlüssel im Briefkasten gefunden.«

»Ach so? Das ist ja komisch. Dann seid ihr wahrscheinlich nur aneinander vorbeigelaufen.«

Jonas zuckte resigniert mit den Schultern. »Ich weiß nicht. Es kann eigentlich nicht sein. Fenja würde ja –« Der Student verstummte plötzlich und wurde blass. Sein Blick haftete wie festgebrannt auf der linken Hand der Grottenführerin.

Auf der kleinen, durchsichtigen Plastiktüte. Und auf dem schlammbeschmierten Handy darin.

»Um Gottes willen, was ist denn los?«, fragte Ingrid Wohlmuth und folgte Jonas' Blick bis zu ihrer Hand. »Ach so. Das

Handy. Das hat gerade ein Mädchen aus unserer Gruppe gefunden. In einer Rinne im Stollen. Hat sicher ein Besucher verloren. Das passiert öfter mal. Aber der kommt ganz schnell wieder. Können ja heutzutage nicht leben ohne die Dinger.« Sie lächelte den Studenten an, aber sein entgeisterter Blick verunsicherte sie, und sie fragte noch einmal: »Junge, was hast du denn?«

Gepresst brachte Jonas hervor: »Das ist Fenjas Handy.«

»Das Telefon gehört deiner Freundin? Bist du dir sicher?« Die Grottenführerin hielt ihre alte Frühstückstüte mit dem zierlichen Gerät in die Höhe.

Jonas war sich sicher. Hundertprozentig. Obwohl das ehemals weiße Klapphandy über und über mit rotbraunem Bergschlamm beschmiert war, konnte er noch deutlich den kleinen Totenkopf-Aufkleber erkennen, mit dem Fenja den losen Akkudeckel auf der Rückseite festgeklebt hatte. Ein Warnschildchen aus dem Chemielabor der Uni. Auch so ein Provisorium, das sich schon seit Monaten tapfer hielt.

Jonas war durcheinander. »Dann war Fenja doch im Bergwerk. Gestern Nachmittag hatte sie es noch. Denk ich.« Er musste überlegen. Fenja trug ihr Handy immer bei sich. Aber hatte er es gestern Nachmittag wirklich bei ihr gesehen? Oder gestern früh? Jonas zermarterte sich das Hirn, aber er war sich nicht sicher. Sollte er Richwien informieren? Aber was würde er ihm sagen? Für den Direktor war der Fall klar. Fenja hatte das Bergwerk verlassen, hinter sich abgeschlossen und den Schlüssel in den Briefkasten geworfen. Ob mit Telefon oder ohne.

Ein schriller Klingelton riss Jonas aus seinen Gedanken. Instinktiv griff er in seine Jackentasche, da wurde ihm klar, dass das Klingeln dafür zu laut war. Es kam aus der Plastiktüte. Von Fenjas Handy!

»Kann ich mal, bitte?«

Aufgeregt fischte er das blinkende Gerät aus der Tüte, klappte den dreckigen Deckel vorsichtig auf und hielt sich das Gerät ans Ohr.

»Eine neue Nachricht. Empfangen heute, um sechs Uhr vierunddreißig«, vermeldete die gewohnte unpersönliche Computeransage. Dann hörte Jonas plötzlich seine eigene Stimme: »Fenja? Jonas hier. Verdammt, wo bist du? Okay, melde dich mal, wenn du das abhörst. Ich mach mir Sorgen.«

Weiter kam nichts. Stille.

Beklommen klappte Jonas das Telefon zu. Klar. Jetzt, außerhalb des Stollens, hatte das Gerät wieder Kontakt zum Netz. Zur Welt.

Die Nachricht auf der Mailbox hinterließ ein merkwürdiges Gefühl. Fenjas Fehlen wurde geradezu überdeutlich.

»Und, hat sie sich gemeldet?«, fragte Ingrid Wohlmuth, die immer noch vor ihm stand.

»Nein. Das war nur die Mailbox«, antwortete Jonas, und Enttäuschung lag in seiner Stimme.

»Na, jetzt hast du ja schon mal das Telefon. Deine Freundin taucht bestimmt auch bald wieder auf. Die Tüte kannst du behalten. Nicht, dass du dir deine Sachen noch einsaust.«

»Ja, danke.« Bedrückt schob der Student das Telefon seiner Freundin in die Plastiktüte zurück und steckte es ein.

Die Bergführerin sah Jonas mitfühlend an, dann lächelte sie ihm aufmunternd zu und bot an: »Am besten, du gibst mir deine Handynummer. Ich schau mich mal ein bisschen um. Und wenn ich deine Kleine sehe, dann halt ich sie fest und lasse sie erst wieder los, wenn du da bist.«

»Danke, das wäre nett.« Jonas war erleichtert, dass die freundliche Grottenführerin für ihn die Augen aufhielt. Sie hatte etwas Mütterliches.

Er kritzelte seine Telefonnummer auf einen alten Straßenbahnfahrschein, und im Austausch gab ihm Ingrid Wohlmuth ihre Visitenkarte. Ein Hochglanzdruck der Feengrotten, der die Gralsburg zeigte. Dann entschuldigte sie sich: »So, ich muss jetzt wieder nach oben. Meine nächste Tour fängt gleich an. Und mach dir nicht so viele Gedanken. Wir bringen euch schon wieder zusammen. An deiner Stelle würde ich einfach noch ein bisschen warten. Also, tschüss.«

»Tschüss.« Jonas blieb im quirligen Gedränge des Pavillons zurück und überlegte. Dann verließ er den Brunnentempel. Wenige Minuten später saß er in seinem Auto. Überzeugt davon, dass Warten nicht der richtige Weg war.

Er brauchte nicht lange, um ins Stadtzentrum von Saalfeld zu gelangen. Nach einigem Herumfragen erreichte er den ausgedehnten Gebäudekomplex der Landespolizeiinspektion am Promenadenweg. Er parkte sein altersschwaches Auto, bei dem er sich nicht sicher war, ob er es dem prüfenden Blick eines Ordnungshüters aussetzen sollte, in einer ruhigen Seitenstraße. Dann ging er zu Fuß zurück und stand wenig später vor der frisch sanierten Glasfassade der Polizeibehörde. Ohne länger nachzudenken, betrat er das weitläufige Foyer und steuerte auf den Empfangstresen zu. Hinter einer dicken Scheibe saß ein uniformierter Polizist im mittleren Alter. Jonas beugte sich instinktiv nach unten in Richtung einer schmalen Durchreiche und fragte laut: »Guten Tag. Kann ich hier irgendwo eine Vermisstenanzeige aufgeben?«

Der Polizist deutete knapp nach oben, wo in bequemer Standhöhe ein kleines Mikrofon in die Scheibe eingelassen war. Der Klang seiner Stimme war von der Gegensprechanlage blechern gefärbt, als er fragte: »Um wen handelt es sich denn?«

»Um meine Lebensgefährtin.« *Freundin* wollte Jonas nicht sagen, das hörte sich irgendwie zu banal an, zu flüchtig, und er befürchtete, dann würde man ihm die Anzeige gar nicht erst abnehmen. *Lebensgefährtin* wirkte da schon viel verbindlicher. Fast wie *Ehefrau.*

Doch der Polizist hinter der Scheibe ließ nicht erkennen, ob er das Anliegen des Studenten in irgendeiner Weise beurteilte. Stattdessen fragte er routiniert: »Ihr Name?«

»Fenja Wolff. Mit zwei f.«

Der Beamte blickte zu Jonas auf. »Nein, ich meine *Ihren* Namen.«

»Ach so. Entschuldigung. Wiesenburg. Jonas Wiesenburg.«

»Ihren Ausweis, bitte mal.«

Jonas kramte seinen Personalausweis heraus und schob ihn in die Durchreiche.

Der Polizist betrachtete aufmerksam beide Seiten der gewölbten Plastikkarte, wechselte dabei mit einem kurzen Kontrollblick zwischen Jonas und seinem Passbild hin und her, und gab dann etwas in seinen Computer ein.

Obwohl Jonas noch nie in seinem Leben mit dem Gesetz in Konflikt geraten war und bisher auch keinerlei schlechte Erfahrungen mit der Polizei gemacht hatte, hinterließ die Situation ein mulmiges Gefühl. Endlich reichte der Polizist seinen Ausweis wieder durch das kleine Fenster zurück und forderte ihn auf: »Nehmen Sie bitte dort drüben Platz, Herr Wiesenburg. Es kommt gleich jemand und holt Sie ab.«

Jonas ging zu der kleinen Sesselgruppe. Zum Hinsetzen war er zu aufgewühlt. Also blieb er stehen und betrachtete einige Plakate, die Tipps gegen alle möglichen Diebstahls- und Betrugsmaschen gaben, deren Botschaft er jedoch kaum wahrnahm.

»Herr Wiesenburg?«

Jonas schreckte aus seinen Gedanken. Hinter ihm stand ein junger Polizist. Er hatte kurze blonde Haare und trug ein makelloses hellblaues Uniformhemd.

Nachdem Jonas genickt hatte, stellte sich der Beamte vor: »Polizeimeister Michler. Kommen Sie, bitte.«

Jonas folgte Michler in einen nüchternen Raum, wo ihm der Beamte einen Stuhl an einem einfachen Tisch anbot.

Der Polizist setzte sich ihm gegenüber und kam gleich zur Sache: »Sie suchen also Ihre Freundin? Wie heißt sie denn?«

»Fenja Wolff.«

»Wie alt ist Ihre Freundin?«

»Dreiundzwanzig.«

»Ist sie hier in Saalfeld gemeldet?«

»Nein, in Jena. Wir studieren zusammen. Fenja hat hier einen Ferienjob. In den Feengrotten.«

»Oh«, der Polizist lächelte, »da hab ich auch mal gearbeitet. Ist aber schon 'ne Weile her.« Die kurze Abweichung vom Protokoll entspannte Jonas etwas, und das war wohl auch die Intention des jungen Beamten gewesen. Dann kam er zur Sache: »Seit wann vermissen Sie denn Ihre Freundin?«

»Seit heute früh. Das heißt, seit gestern Abend. Heute früh habe ich gemerkt, dass sie nicht zurückgekommen ist.«

Jonas schilderte dem Polizisten ausführlich, wie Fenja verschwunden war und was er bisher alles versucht hatte, um sie zu finden. Michler machte sich gelegentlich eine Notiz oder stellte eine kurze Zwischenfrage, aber im Wesentlichen ließ er den Studenten erzählen. Als Jonas fertig war, fragte er noch einmal nach: »Haben Sie selbst gesehen, wie Ihre Freundin gestern das Bergwerk betreten hat?«

»Nein, nicht direkt«, musste Jonas zugeben. »Wir waren in der Pension. Im Zimmer. Aber sie hat sich ihre Arbeitssachen angezogen und gesagt, dass sie jetzt ins Bergwerk geht. Dann ist sie los.«

»Wann war das?«

»Ungefähr um fünf.«

»Seitdem haben Sie Frau Wolff nicht mehr gesehen?«

»Nein.«

»Was hatte sie denn genau bei sich?«

»Ihren braunen Rucksack. Unterlagen, Fotoapparat, Tablet. Ich weiß nicht genau, was sie noch mithatte. Sehr wahrscheinlich ihr Handy. Aber da ist sie nicht rangegangen.«

»Und der Schlüssel, den der Direktor heute früh im Briefkasten gefunden hat, war zweifelsfrei der von Ihrer Freundin?«, hakte Michler nach.

»Ja. Die Nummer elf.«

»Hm. Dann wissen Sie also nicht mit Sicherheit, ob sie gestern Abend oder in der letzten Nacht im Bergwerk war?«

»Nein. Ganz sicher weiß ich es nicht.« Jonas war erschöpft. Die peniblen Nachfragen des Polizisten deprimierten ihn. Niedergeschlagen beharrte er: »Aber irgendwas stimmt da nicht. Fenja haut doch nicht einfach ab! In Arbeitsklamotten, ohne mir was zu sagen.«

»Wie lange kennen Sie sich schon?«, wollte Michler wissen.

»Seit zwei Jahren, ungefähr.« Was sollte die Frage?

»Gab es in der Vergangenheit schon einmal eine ähnliche Situation?«

»Nein, überhaupt nicht.«

»Haben Sie sich in letzter Zeit gestritten?«

»Nein«, antwortete Jonas bestimmt. Fast trotzig. »Fenja hätte sich auf jeden Fall bei mir gemeldet.«

»Herr Wiesenburg, haben Sie noch etwas Geduld. Ich weiß, das ist schwer, aber unserer Erfahrung nach klären sich solche Sachen oft nach kurzer Zeit von selbst auf.« Michler wollte den Studenten beruhigen, aber er erreichte damit das Gegenteil. Jonas wollte nicht beruhigt werden. Er wollte, dass endlich etwas geschah.

»Kann ich trotzdem eine Vermisstenanzeige aufgeben?«

»Natürlich. Das steht Ihnen frei. Wenn jemand, der Ihnen nahesteht, plötzlich von seinen üblichen Gewohnheiten abweicht, ist es verständlich, dass Sie dem nachgehen.«

Übliche Gewohnheiten. Jonas schwieg.

Der Polizist setzte zu einer Erläuterung an: »Sehen Sie, wir nehmen jede Vermisstenmeldung ernst. Aber eins muss ich Ihnen auch gleich sagen. Ihre Freundin ist über achtzehn. Erwachsene, die im Vollbesitz ihrer geistigen und körperlichen Kräfte sind, haben das Recht, ihren Aufenthaltsort frei zu wählen, auch ohne Angehörigen oder Freunden darüber Rechenschaft abzulegen. Es ist nicht Aufgabe der Polizei, Aufenthaltsermittlungen durchzuführen, wenn keine ersichtliche Gefahr für Leib und Leben vorliegt. Und dafür kann ich bis jetzt keine Anhaltspunkte erkennen. Verstehen Sie mich?«

Das klang schon fast wie Richwien. Alle wollten verstanden werden. Aber niemand unternahm etwas. Außerdem klang der Vortrag des Polizisten wie eine auswendig gelernte Dienstvorschrift. Was sie wahrscheinlich auch war.

Doch Jonas gab nicht auf. »Und was ist mit Fenjas Handy? Das muss doch irgendwie ins Bergwerk gekommen sein!«

Michler fragte: »Können Sie denn irgendwie eingrenzen, in welchem Zeitraum sie es verloren hat?«

»Ich bin mir nicht sicher. Ich glaube, gestern früh hatte sie es noch.«

»Haben Sie das Telefon zufällig dabei?«

»Ja. Hier in der Tüte.« Jonas zog Fenjas eingewickeltes Handy aus seiner Jackentasche.

»Kann ich es mal sehen?«

»Ja, klar.« Vorsichtig nahm Jonas das schlammverschmierte Telefon aus der Plastiktüte und reichte es Michler. Der nahm es ebenso vorsichtig entgegen und betrachtete das Gerät. Für eine Weile sagte der Polizist gar nichts.

Jonas, der die unangenehme Stille irgendwie überbrücken wollte, entschuldigte sich: »Ist ein bisschen dreckig. Tut mir leid, ich bin noch nicht dazu gekommen, es sauber zu machen. Der Grubenschlamm ist ziemlich fies.«

»Das ist Grubenschlamm?« Die Frage des Polizisten hatte plötzlich einen merkwürdigen Unterton.

»Ja, warum?«

»Einen kleinen Moment mal, bitte.« Michler nahm eine kleine Plastikschale aus einem Regal, legte das Telefon behutsam hinein und verließ den Raum.

Längere Zeit passierte gar nichts. Jonas sah sich in dem kargen Zimmer um, aber es gab kaum etwas, woran das Auge hängenbleiben konnte.

Nach zwanzig Minuten betrat Polizeimeister Michler erneut den Raum. »Herr Wiesenburg, kommen Sie bitte mal mit? Wir müssen Sie bitten, noch etwas zu warten.«

Betont höflich. Distanziert, ohne dass es so aussehen sollte.

Jonas folgte dem Beamten über einen kurzen Gang in einen anderen Raum, der etwas größer war. Hier standen sich zwei Reihen Sitzbänke gegenüber. Hinter einer Glasscheibe, die fast die gesamte Stirnseite einnahm, befand sich ein Büro, das mit einer Polizistin besetzt war. In einem Regal stapelten sich Faltblätter und Infobroschüren, und in einer Ecke residierte eine kümmerliche Büropflanze. Ein Wartezimmer. Alles in allem nicht viel anheimelnder als der vorige Raum, aber man spürte die Bemühung.

Auf einer der Bänke saß eine alte Frau, oder besser, sie hockte, stumm und eingefallen, ganz in Gedanken versunken. Ihre Augen waren von Tränen gerötet, und ihre faltigen Hände klammerten sich an ein altmodisches, liebevoll besticktes Taschentuch.

»Warten Sie hier, bitte?« Der junge Beamte deutete in das Zimmer.

»Hm«, antwortete Jonas. Eigentlich brannte ihm die Frage auf der Zunge, was denn jetzt passieren sollte, aber der Flur war zu kurz für eine Unterhaltung gewesen, und hier, vor der Frau, war es Jonas unangenehm, den Polizisten noch einmal anzusprechen. Stattdessen schickte er ein leises »Guten Tag« in den Raum und setzte sich in gebührendem Abstand auf die zweite Bank.

»Guten Tag«, antwortete die alte Frau genauso leise, ohne den Kopf zu heben.

Dann setzte eine schicksalsergebene Stille ein, wie Jonas sie bisher nur aus Warteräumen von Krankenhäusern kannte.

Obwohl er mit der Frau nicht einen Satz wechselte, ja nicht einmal einen Blick, fühlte er so etwas wie ein stummes Einvernehmen. Wer hier saß, hatte Sorgen.

Wieder verging Zeit, diesmal fast eine Stunde. Inzwischen war die alte Frau von einer weiteren Polizistin abgeholt worden, die sehr rücksichtsvoll mit ihr sprach, und Jonas grübelte darüber nach, ob die lange Wartezeit etwas Gutes oder etwas Schlechtes zu bedeuten hatte.

Dann trat ein hochgewachsener Uniformierter in den Raum und forderte Jonas auf, ihn zu begleiten. Zurück in das kleine Zimmer, in dem die erste Befragung stattgefunden hatte.

Am Fenster stand eine etwas über dreißigjährige Frau in einem kurzen, klassisch geschnittenen Wollmantel. Sie trug halblanges, dunkelblondes Haar, das mit einzelnen hellen Strähnen durchsetzt war. Modisch, aber nicht aufdringlich. Ihr Gesicht strahlte eine einnehmende Schönheit aus, konnte aber eine gewisse Härte nicht verbergen, die sich über die Jahre in ihre Züge eingegraben hatte.

Als Jonas den Raum betrat, kam sie zwei Schritte auf ihn zu und gab ihm die Hand. »Guten Tag. Ich bin Kriminalkommissarin Anne Vareel.«

Ein fester Händedruck.

»Jonas Wiesenburg.«

»Setzen wir uns.« Die Kommissarin nahm Platz, ohne ihren Mantel auszuziehen. Sie hatte ruhig und sachlich gesprochen. Aber Jonas spürte, dass sie von einer gewissen Eile getrieben war. Und dass dieser Eile ein ernster Anlass zugrunde liegen musste.

Dem Studenten wurde sofort mulmig zumute. Ganz im Inneren spürte er, dass das hier eine Wende war.

Etwas hatte sich verändert.

»Herr Wiesenburg, haben Sie sich in den letzten Tagen verletzt?«

»Nein.« Was sollte die Frage?

»Und hat sich Ihre Freundin in den letzten Tagen verletzt?«

»Nein. Wie kommen Sie darauf?«

»Und das Handy Ihrer Freundin haben Sie heute Mittag von Frau Wohlmuth bekommen?«

»Ja, in einer Tüte. Das hab ich Ihrem Kollegen schon gesagt.«

»Herr Wiesenburg, der angebliche Schmutz auf dem Telefon von Fenja, das war kein getrockneter Grubenschlamm. Jedenfalls nicht nur.« Die Kommissarin, die ihre Befragung bisher sehr eindringlich geführt hatte, ließ eine Pause entstehen.

Jonas fragte: »Wieso, was soll das sonst sein?«

»Herr Wiesenburg, das Handy ist voller Blut!«

9

Jonas musste schlucken, und der Hals wurde ihm trocken. *Blut.* Das kleine Wort fraß sich in seine Gedanken. Also war etwas passiert. Etwas Schlimmes. Mit Fenja.

Hilfesuchend blickte er die Kommissarin an. »Und was heißt das jetzt?«

»Das heißt, dass wir jetzt sehr schnell herausbekommen müssen, wo Ihre Freundin geblieben ist.« Eine gewisse Strenge lag im Ton der Kriminalpolizistin. »Herr Wiesenburg, gibt es irgendetwas, was Sie meinem Kollegen nicht gesagt haben?«

War das ein Vorwurf? Misstrauen?

»Äh, nein.«

»Haben Sie eine Vermutung, wo sich Frau Wolff aufhalten könnte?«

»Nein, das hab ich ja schon gesagt. Deswegen bin ich doch hergekommen.« Das klang wie eine Verteidigung, und Jonas ärgerte sich über sich selbst. Hier ging es um Fenja und nicht um ihn. Dann fiel ihm noch etwas ein: »Vielleicht hat sie irgendjemand aus den Feengrotten gesehen.«

»Das überprüfen wir gerade. Hatte Ihre Freundin sonst noch Kontakte hier in Saalfeld? Freunde? Bekannte? Verwandtschaft?«

»Nein, glaub ich nicht. Das hätte sie erzählt. Fenja hat in der Pension gewohnt, direkt an den Feengrotten. Und nach ihrem Dienst, also ich meine, als Fee, da hat sie ja immer noch für ihre Bachelorarbeit geforscht.«

»Als Fee?« Die Kommissarin blickte Jonas verständnislos an, so, als würde er angesichts der Situation nicht die gebotene

Ernsthaftigkeit an den Tag legen. Deshalb erklärte er schnell: »Das war Teil ihrer Arbeit. Tagsüber hatte sie ein Feenkostüm an und kümmerte sich vor allem um die Kinder der Besucher. Führungen, Schminken, zusammen Fotografieren und so.«

»Okay.« Die Kommissarin schien mit der Antwort zufrieden zu sein. Sie reichte Jonas ein Blatt und einen Stift über den Tisch und sagte: »Würden Sie uns bitte die wichtigsten persönlichen Kontakte von Frau Wolff aufschreiben. Eltern, Großeltern, Geschwister, beste Freundin. Wenn möglich mit Telefonnummer und Anschrift. Und Ihre bitte auch.«

Jonas schrieb die Daten auf das Blatt. Dann fragte er: »Denken Sie, Fenja ist etwas Schlimmes passiert?«

»Das wissen wir nicht.«

»Was geschieht denn jetzt?«

»Wir suchen Ihre Freundin.«

»Kann ich irgendwie helfen?«

»Besitzt Fenja einen Pkw?«

»Nein.«

»Und Sie?«

»Ja. Steht unten.«

»Gut. Ich fahre jetzt zu den Feengrotten. Die Kollegen sind schon dort. Es wäre schön, wenn Sie auch hinkommen könnten.« Damit stand sie auf, steckte die Blätter und ihr eigenes Notizbuch in ihre Tasche und verließ zielstrebig den Raum.

»Ich bring Sie nach vorn.« Der uniformierte Polizist, der die ganze Zeit draußen gewartet haben musste, war im Türrahmen erschienen und begleitete Jonas zurück ins Foyer.

Die Oktobersonne strahlte kräftig durch die hohe Glasfassade, als der Student das Präsidium verließ. Um dem lähmenden Schrecken, den die Nachricht vom Blut an Fenjas Handy in ihm ausgelöst hatte, keinen übermächtigen Raum zu geben, beeilte er sich, zum Auto zu kommen. Am besten, er fuhr so schnell wie möglich los.

Suchen helfen.

Irgendetwas Konkretes tun. Sich jetzt nur nicht ausmalen, was alles passiert sein könnte.

Schon als er mit seinem alten Opel den Feengrottenweg hinauffuhr, die letzten zweihundert Meter bis zum Gelände des Schaubergwerks, spürte er, dass hier etwas Ungewöhnliches vor sich ging. Ein nicht abreißender Konvoy von Urlauberfahrzeugen schlich ihm entgegen.

Noch bevor er den großen Besucherparkplatz erreichte, stauten sich vor ihm die Autos, die in Richtung Feengrotten unterwegs waren. Ein älterer uniformierter Polizist sperrte die Zufahrt ab und forderte alle neuen Besucher auf, wieder umzukehren. Da die kleine Straße nicht sehr viel Platz bot und kein einziger Tourist so kurz vor dem Ziel ohne Nachfrage und Protest bereit war, einfach so aufzugeben, stockte die Weiterfahrt im Minutentakt. Als Jonas den Parkplatz endlich erreicht hatte, kam der Beamte auch auf ihn zu: »Fahren Sie bitte zurück. Das Besucherbergwerk bleibt heute geschlossen.«

Der Student fuhr die Scheibe ganz herunter und steckte den Kopf aus dem Autofenster. Bevor der Polizist, in dessen Zügen sich eine nur mit Mühe unterdrückte Missstimmung abzeichnete, zu einer erneuten Aufforderung ansetzen konnte, rief Jonas schnell: »Kommissarin Vareel hat mich herbestellt. Können Sie mir sagen, wo ich sie finde?«

Der Uniformierte trat neben das Auto und fragte: »Wie ist Ihr Name?«

»Jonas Wiesenburg.«

»Einen Moment, bitte.« Der Mann trat einen kleinen Schritt zur Seite und sprach in sein Funkgerät. Kurz darauf erhielt er eine blechern verzerrte Antwort, die Jonas trotz oder wegen ihrer Lautstärke nicht verstand und die wahrscheinlich nur das geübte Ohr eines erfahrenen Einsatzbeamten zu deuten vermochte. Die

Übersetzung folgte umgehend: »Fahren Sie bitte rechts auf den Parkplatz. Dort hinten können Sie Ihren Pkw abstellen. Es kommt gleich jemand und holt Sie ab.«

Jonas fand es bemerkenswert, dass man bei der Polizei immer abgeholt und begleitet wurde. Er folgte der Aufforderung, während hinter ihm ein Hupkonzert einsetzte und der Beamte schon in die nächste Diskussion verwickelt war.

Der Corsa kam fast genau an der gleichen Stelle zu stehen, wo er bis heute Morgen geparkt war. Die Uhr am Armaturenbrett zeigte kurz nach halb drei. Jonas stieg aus und blickte sich um.

Die Atmosphäre hatte sich komplett verändert.

Es standen nur noch wenige Fahrzeuge auf dem Parkplatz, hauptsächlich Reisebusse, um die sich kleine Grüppchen neugieriger Besucher sammelten.

Jonas entdeckte einen Streifenwagen der Polizei, und auf dem Vorplatz des Quellenhauses, in der Parkverbotszone gleich neben dem Brunnentempel, waren ein weißer Transporter und einige Zivilfahrzeuge dicht hintereinander abgestellt. Sie umgaben den steinernen Pavillon wie eine Wagenburg.

Es dauerte nicht lange, da hielt ein junger Mann in den Endzwanzigern auf ihn zu. Er trug Jeans und ein dezentes beiges Sakko. Die Bekleidung vermittelte eine Art sportliche Korrektheit, etwas lässig, aber nicht zu viel, ein Eindruck, der von einem akkuraten kurzen Haarschnitt noch unterstrichen wurde.

Die Zielstrebigkeit, mit der der Fremde Jonas ansteuerte, ließ vermuten, dass er zuvor von der Kommissarin eine genaue Beschreibung von Fenjas Freund erhalten hatte: schlank, groß, rotblondes Wuschelhaar, rotblonder Stoppelbart, studentisch. Da gab es auf dem Parkplatz im Moment nicht viele Kandidaten.

Tatsächlich begrüßte ihn der Mann ohne jeden Zweifel in der Stimme: »Herr Wiesenburg. Hallo. Mein Name ist Poppe, Kriminalhauptmeister. Ich bringe Sie zu Kommissarin Vareel.«

Jung, dynamisch, aber sehr um einen offiziellen Ton bemüht.

»Hallo«, gab Jonas zurück und folgte dem Polizisten in Richtung des Berghanges. Nach ein paar Schritten fragte er: »Haben Sie schon irgendwas von Fenja gehört?«

»Nein«, antwortete der Kriminalbeamte knapp, und sein Tonfall vermittelte, dass er sich auch nicht in der Lage oder befugt sah, mehr zu sagen.

Die Kommissarin stand vor dem Eingang des Verwaltungsgebäudes inmitten einer kleinen Traube von Menschen, in denen Jonas hauptsächlich Mitarbeiter der Feengrotten erkannte. Auch Direktor Richwien gehörte dazu, ebenso wie der technische Leiter, Marco Jäckel. Poppe machte Anne Vareel mit einer beiläufigen Geste auf den Studenten aufmerksam, blieb mit ihm aber etwas abseits stehen, um das Gespräch nicht zu unterbrechen. Richwien sah kurz herüber, und sein Blick drückte Verärgerung aus. Er hatte sich den Abschluss dieses publikumsreichen Oktobertages sicher anders vorgestellt.

Nach einigen Minuten war die Unterhaltung beendet, und die Kommissarin kam herüber zu Poppe und Jonas.

»Herr Wiesenburg, ich würde jetzt ganz gern noch mal mit Ihnen durch das Bergwerk gehen. Es wäre schön, wenn Sie mir zeigen könnten, was Ihre Freundin da genau gemacht hat und vor allen Dingen wo. Und falls wir noch weitere Gegenstände finden, müssten Sie sagen, ob sie Frau Wolff gehören.«

»Okay, mach ich.« Jonas nickte.

»Apropos. Sie haben doch sicher das Reisegepäck von Ihrer Freundin. Wir brauchen möglichst schnell eine Vergleichsprobe, damit wir feststellen können, ob das Blut auf dem Handy wirklich von Fenja stammt. Am besten Haare, die wir ihr eindeutig zuordnen können.«

Jonas musste schlucken. Solche Aufforderungen kannte er bislang nur aus Fernsehkrimis, und es kam ihm fremdartig vor, im echten Leben damit konfrontiert zu werden. Mechanisch antwortete er: »Ich kann Ihnen ihre Waschtasche holen. Da sind Bürsten drin und so. Reicht Ihnen das?«

»Das ist prima.« Anne Vareel legte eine gewisse Milde in ihre Stimme, um den Studenten nicht unnötig zu beunruhigen. Sie konnte sich vorstellen, was in ihm vorging. Kein Mensch war darauf vorbereitet, plötzlich Protagonist in einer polizeilichen Ermittlung zu sein. Dann fügte sie hinzu: »Herr Poppe geht mit Ihnen. Kommen Sie danach bitte nach oben zum Grotteneingang.«

»Ja, okay.«

Daraufhin drehte sich die Kommissarin um und ging eilig den Hohlweg hinauf, wobei sie ihr Smartphone aus der Tasche zog und begann, einige Telefonate zu führen.

Zielstrebig. Keine ungenutzten Pausen entstehen lassen. Keine Zeit verlieren.

Jonas ging mit Poppe zurück zu seinem Auto. Die letzten beiden Reisebusse verließen gerade den Parkbereich. Hinter den Fensterscheiben reckten die Touristen die Hälse, um noch einen letzten Blick auf die Sensation werfen zu können, deren Schauplatz sie jetzt verlassen mussten. Obwohl niemand von ihnen Jonas kannte, kam es ihm so vor, als liefe er ungeschützt über einen großen Präsentierteller. Plötzlich war er für fremde Menschen interessant. Ein Betroffener.

Er zog die große Reisetasche seiner Freundin aus dem Kofferraum und übergab Poppe ihre Waschtasche, an der dieser dämliche kleine Entenanhänger mit Taucherhelm herumbaumelte, den er Fenja letztes Jahr geschenkt hatte.

»Haben Sie noch ein Kleidungsstück, das ausschließlich Frau Wolff getragen hat? Kein frisch gewaschenes. Vielleicht ein

T-Shirt? Oder ein Unterhemd?«, fragte der junge Kriminalbeamte. Und weil er selbst merkte, dass die Frage merkwürdig klang, fügte er erklärend hinzu: »Für die Hunde, als Geruchsprobe. Falls sich die Kollegen entscheiden, Suchhunde anzufordern. Da müssen wir Sie nicht noch mal belästigen. Sie bekommen nachher auch eine Quittung, falls wir die Sachen länger behalten. Ist das in Ordnung für Sie?«

»Ja, klar.« Jonas packte noch eines von Fenjas Unterhemden dazu. Es wäre ihm von selbst nie in den Sinn gekommen, in diesem Moment eine Quittung zu verlangen. Er dachte eher darüber nach, welch merkwürdiges Gefühl es war, einige von Fenjas banalsten, aber auch privatesten Gegenständen einem Fremden anzuvertrauen.

Doch es war jetzt wichtig, dass Fenja gefunden wurde. Und alles, was dazu beitrug, musste sein.

Während der Kriminalhauptmeister die Sachen in zwei durchsichtige Plastiktüten verpackte und zu dem weißen Transporter brachte, bog Jonas auf den Hohlweg ab, der den Hang hinaufführte. Dabei traf er den technischen Leiter der Feengrotten, der den gleichen Weg nahm. Jäckel bemerkte zerknirscht: »Na, da haben Sie ja für den ganz großen Bahnhof gesorgt.«

»Frau Wohlmuth hat Fenjas Handy gefunden. Und die Polizei sagt, es ist Blut dran.«

»Hab schon gehört. Die stellen hier jetzt alles auf den Kopf.« Dann schwieg Jäckel, und die beiden erreichten die Stollentür.

10

Kommissarin Vareel hatte ihren Herbstmantel inzwischen gegen eine blaue Arbeitsjacke eingetauscht.

»Ich geh mal vorneweg«, bot sich Jäckel an und betrat den Stollen. Anne Vareel und Jonas folgten ihm hinein in das Bergwerk. Schon in den ersten größeren Höhlen herrschte eine ernsthafte Betriebsamkeit. Die Grottenführer, die jetzt statt ihrer Bergmannsuniformen praktische Arbeitskleidung trugen, wickelten dicke Verlängerungskabel von Plastikrollen ab und stellten in regelmäßigen Abständen gelbe Baulampen auf, die die Steingewölbe in gleißendes Halogenlicht tauchten. Gemeinsam mit uniformierten Polizisten, die mit zusätzlichen Handscheinwerfern ausgestattet waren, durchsuchten sie systematisch die Anlage. Es herrschte eine konzentrierte Atmosphäre; die üblichen Scherze und Plaudereien der Bergführer waren aus den Grotten verbannt.

»Was hat Ihre Freundin denn hier unten genau gemacht?«, fragte die Kommissarin.

»Fenja will ihre Bachelorarbeit über Tropfsteine schreiben. Nächste Woche fängt ihr drittes Studienjahr an. Sie hat überlegt, ob sie die Feengrotten in den Mittelpunkt ihrer Arbeit stellt, weil es hier einige geologische Besonderheiten gibt«, antwortete Jonas.

Jäckel fügte hinzu: »Die Tropfsteine wachsen hier schneller als in anderen Höhlen. Das liegt an der chemischen Zusammensetzung. Und sie gelten als die farbenreichsten Schaugrotten der Welt. Wir stehen damit sogar im Guinness-Buch der Rekorde. Wenn eine renommierte Universität wie Jena hier Forschungen anstellt, die uns nichts kosten, dann kommt uns das entgegen.

Deswegen fanden wir die Idee von Frau Wolff auch gut und haben ihr relativ freie Hand gelassen.« Zerknirscht fügte er hinzu: »Ich hoffe, das war kein Fehler.«

Die Kommissarin ging nicht darauf ein, sondern fragte noch einmal nach: »Und was hat Frau Wolff genau gemacht?«

Jonas übernahm die Antwort: »Vor allem wollte sich Fenja erst mal eine Übersicht verschaffen. Sie hat Skizzen angefertigt und viel fotografiert. Die chemischen Proben waren erst für später vorgesehen, wenn das Thema an der Uni bestätigt ist. Weil, das kostet dann auch richtig Geld.«

»Wissen Sie, wo der Fotoapparat jetzt ist?«

»Keine Ahnung. Den hatte sie mit im Berg. Ihr Tablet und das Skizzenbuch auch. In einem Rucksack.«

»Und das alles haben Sie seit ihrem Verschwinden nicht mehr gesehen?«

»Nein.«

»Studieren Sie auch Geologie?«, wollte die Kommissarin jetzt wissen.

»Nein. Geschichte. Mittelalter.«

»Oh, dann sind Sie quasi ein Kollege.« Anne Vareel lächelte dem Studenten aufmunternd zu.

»Wieso das?«, wunderte sich Jonas.

»Sie ermitteln auch. Nur in der Vergangenheit. Und Ihre Fälle sind berühmter als meine je sein werden.«

»So habe ich es bisher noch gar nicht gesehen.« Jonas war klar, dass der Einwurf der Kriminalistin nur dazu gedacht war, um ihn etwas aufzubauen. Aber er fühlte sich tatsächlich ein bisschen geehrt.

»Kennen Sie sich im Bergwerk aus?«, fragte die Kommissarin jetzt wieder ernst.

»Nicht besonders. Ich hab vorgestern die Führung mitgemacht, und dann war ich heute früh mit Herrn Jäckel drin.«

Der technische Leiter mischte sich ein: »Das hatte ich Ihrem Kollegen vorhin schon erzählt. Frau Wolff hat vermutlich an den Quellgrotten gearbeitet und im Märchendom.«

»Gut«, stellte Anne Vareel fest. »Dann gehen wir da jetzt mal hin.«

Mit gedämpfter Stimme raunte Jäckel der Kommissarin zu: »Da sind übrigens auch die Wasserbecken, nach denen sich Ihr Kollege erkundigt hat.«

Auch eine Sohle tiefer wurde bereits nach Fenja gesucht. In dem Gewölbe, von dem die drei Quellgrotten abzweigten, stand ein großer Scheinwerfer.

»Kann man das Wasser ablassen?«, fragte Kommissarin Vareel kurz und pragmatisch, nachdem sie sich umgesehen hatte.

Jäckel verzog missmutig die Mundwinkel. »Ja, im Prinzip wäre das möglich. Ist aber ein ziemlicher Aufwand. Das geht nur mit 'ner Pumpe. Sonst dauert es ewig. Und bis morgen früh die ersten Besucher kommen, müssen wir die Becken wieder voll kriegen.«

»Ich glaube nicht, dass die Feengrotten morgen früh öffnen, Herr Jäckel«, gab Anne Vareel mit unmissverständlicher Klarheit zurück. »Können Sie das mit dem Wasser veranlassen? Aber bitte erst anfangen, wenn die Kollegen der Spurensicherung Bescheid wissen.«

»Ja, in Ordnung«, gab Jäckel verdrossen klein bei. Der hinausgeschobene Feierabend hatte sich soeben in eine ausgewachsene Nachtschicht verwandelt.

Spurensicherung. Jonas war stehen geblieben.

»Herr Wiesenburg? Sie achten bitte auf alle Dinge, die Ihrer Freundin gehören könnten«, erinnerte ihn die Kommissarin. »Oder wenn Ihnen sonst noch etwas auffällt … Schauen Sie sich gründlich um!«

Jonas nickte mechanisch. Er tat die ganze Zeit nichts anderes.

Dann folgten sie dem endlosen Verbindungsstollen, der hier von allen nur der *Lange Gang* genannt wurde, bis zur dritten Sohle hinunter.

Als Jonas hinter Jäckel und der Kommissarin in die große Höhle des Märchendoms hinaustrat, erschauderte er. Mitten in dem unterirdischen See, der die Grundfläche der Grotte fast zur Gänze ausfüllte, bewegte sich eine Reihe von Gestalten in schwarzen Gummimänteln und Wathosen durch das Wasser. Sie gingen dicht nebeneinander, den Blick konzentriert nach unten gerichtet. In den Händen hielten die Männer lange Stangen, mit denen sie wie in Zeitlupe wieder und wieder die Wasseroberfläche durchstießen.

»Mehr Licht!«, rief eine der Gestalten.

»Moment, Moment, ich hab's gleich«, murmelte rechts neben Jonas ein korpulent gebauter Mitarbeiter der Feengrottenverwaltung, während er sich in einem unbeleuchteten Schaltkasten zurechtzufinden versuchte. Nervös drückte er auf einige Knöpfe.

Ein Knacken ertönte.

Plötzlich lag die Höhle in kompletter Dunkelheit. Dann, ganz langsam, begann die Gralsburg in einem schweren roten Licht zu erstrahlen. Gleichzeitig setzten epische Streicherklänge ein, die schnell zur dramatischen Fülle eines kompletten Sinfonieorchesters anschwollen. Wie lauernde Geschöpfe der Unterwelt ragten die Silhouetten der Mantelmänner vor der flammenroten Felswand auf.

»Scheiße!«, hörte Jonas die verzweifelte Stimme des Verwaltungsangestellten zischen.

»Kleinen Moment mal, bitte. Jetzt haben Sie die Lichtshow gestartet!«, platzte Marco Jäckel ungehalten heraus, während er versuchte, zur Schalttafel durchzukommen. Forsch griff er an seinem Kollegen vorbei und bediente einige Schalter. Auf der Stelle brach die Musik ab, und die Grotte war wieder in das helle Licht gewöhnlicher Halogenstrahler getaucht.

»Danke auch«, schallte es von jenseits der Wasserfläche herüber. Die Männer formierten sich neu und setzten ihr monotones Durchstreifen des Sees fort.

Die suchen nach einer Toten! Jonas fiel ein, woher er die makabre Formation kannte. Aus den Fernsehnachrichten. Wenn nach einer vermissten Person gesucht wurde und Polizisten lange Suchketten bildeten, wobei sie den Boden mit dünnen Stangen durchstachen. Auf der Suche nach Widerstand. Nach einem Körper.

Hier unten wirkte die Szenerie noch viel bedrückender. Anne Vareel, die den ängstlichen Blick bemerkte, mit dem der Student jedem Schritt der Mantelmänner folgte, legte Jonas ihre Hand auf die Schulter und flüsterte: »Keine Angst, das ist nur eine Vorsichtsmaßnahme. Wir gehen im Moment nicht davon aus, dass Fenja hier im Wasser liegt.«

Aber auch sie blieb von dem Bild nicht unbeeindruckt. Sie kannte diese Art der Suche nur zu gut. Und manchmal, wenn ein Kind verschwunden war … Anne Vareel liebte ihren Beruf, und sie hatte vieles dafür aufgegeben. Aber auch sie konnte nicht sagen, wann das Ganze nicht mehr auszuhalten sein würde. Deshalb hatte sie sich angewöhnt, auf verstörende Zeichen zu achten.

Nachdem sich Jonas auch in dieser Höhle noch einmal gründlich umgesehen hatte, ohne einen hilfreichen Hinweis zu finden, begleitete er die Kommissarin in Richtung Höhlenausgang. Doch nach wenigen Metern war der Felsengang mit rotweißem Plastikband versperrt.

Jonas hatte schon seinen Arm ausgestreckt, um unter dem Band durchzukriechen, da hielt ihn die Polizistin zurück.

»Kleinen Moment mal, bitte«, sagte sie. Dann rief sie in den Gang hinein, und nach einem kurzen Moment erschien ein Mann in einem weißen Ganzkörperanzug aus der Tiefe des Stollens.

»Können wir hier schon durch?«, fragte Anne Vareel ihren Kollegen, der offensichtlich zum Team der Spurensicherung gehörte.

»Im Moment nicht. Wir haben noch eine dritte Stelle gefunden. Da ist noch mal deutlich mehr als an den ersten beiden.«

Jonas wurde sofort hellhörig. Deutlich mehr? Deutlich mehr was?

Die Kommissarin hinderte ihren Kollegen mit einer raschen Geste daran weiterzusprechen. Stattdessen sagte sie laut: »Das ist Herr Wiesenburg, der Freund von Frau Wolff. Wir schauen uns hier ein bisschen um.«

»Ach, hallo«, sagte der Techniker etwas kleinlaut. Dann wandte er sich noch einmal mit gedämpfter, aber eindringlicher Stimme an Anne Vareel: »Ich müsste Sie trotzdem mal kurz sprechen.«

»Sicher. Herr Wiesenburg, können Sie kurz hier warten?«, bat die Polizistin.

Jonas nickte. Während sich der weiß verhüllte Kollege mit der Kommissarin in einen Seitengang zurückzog und eifrig, aber unhörbar zu diskutieren begann, versuchte Jonas, in der Tiefe hinter der Absperrung irgendetwas zu erkennen. In einem schmalen Durchblick hinter einem Felsbogen entdeckte er zwei weitere Männer in den hellen Schutzanzügen der Spurensicherung. Ihre Aufmerksamkeit galt einer Stelle, die vom Standpunkt des Studenten aus nicht einsehbar war. Ab und zu leuchtete der gleißende Lichtblitz eines Fotoapparats auf und warf für den Bruchteil einer Sekunde die übergroßen Schatten der Männer an die Grubenwand.

Als die Kommissarin nach wenigen Minuten zurückkehrte, hielt es Jonas nicht mehr aus: »Haben Sie etwas gefunden?« *Etwas,* fragte er. Nicht *sie.* Die Angst vor einer schrecklichen Antwort schwang in seiner Stimme mit. Aber Anne Vareel antwortete:

»Wenn Sie Fenja meinen – nein, wir haben sie nicht gefunden.«
Der sachliche, ernste Ton der Kriminalbeamtin war zurückgekehrt. Eine Spur ernster noch als vorher, bildete sich Jonas ein.

»Was haben Sie dann gefunden? Warum ist hier alles abgesperrt?«, bohrte er nach.

»Das kann ich Ihnen zum jetzigen Zeitpunkt nicht sagen. Wir
müssen uns selbst erst mal ein Bild machen.« Die Kommissarin
wirkte mit einem Male sehr bestimmend, als sie hinzufügte: »Ich
würde Sie bitten, sich im Quellenhaus zur Verfügung zu halten.
Dort hat man uns einige Räume bereitgestellt. Die Kollegen kümmern sich dort um Sie.«

»Aber es geht um meine Lebensgefährtin. Wenn Sie was wissen, müssen Sie es mir doch sagen!« Jonas war verzweifelt.

Doch die Kommissarin wiederholte nur noch einmal: »Herr
Wiesenburg, ich kann Ihnen nichts Neues mitteilen. Sie helfen
uns im Moment am meisten, wenn Sie draußen im Quellenhaus
warten.«

Wie von Zauberhand erschien Kriminalhauptmeister Poppe
hinter dem Studenten und geleitete ihn mit einem kurzen »Kommen Sie, bitte« den gesamten Weg zurück, den sie hereingekommen waren.

11

Aus dem Tagebuch des Steigers Jakob Brunner

Garnsdorf am 30. Juli im Jahre des Herrn 1860. Mehr als zwanzig Tage sind vergangen, seit ich im Berg so schwer verletzt die köstlich reine Quelle fand. Sie tat Unglaubliches an mir. Ich bin gesund, auch wenn ich's nicht erklären kann. Und spüre Stärke, wie ich nie zuvor sie kannte. Doch nun verlangt das Wunder seinen Preis. Ich kann das Bergwerk nicht verlassen! Erst wollte ich's nicht glauben. Als ich nun, mit neuen Kräften ausgestattet, genesen und voll Dankbarkeit, den Weg aus diesen dunklen Gängen angetreten war, passierte es. In dem Moment, als hoffnungsvolles Dämmerlicht und eine Brise frische Tagesluft am Stollenausgang mich begrüßten, fuhr mir ein bisher unbekannter Schmerz ins Mark. Mein Kopf schien zu zerspringen. Heißen Klingen gleich durchzog es meinen Körper. Die Glieder zitterten wie Espenlaub, und Schweiß bedeckte jede Handbreit meiner Haut. Ich kehrte eilends um, und augenblicklich wich die Pein aus meinem Körper. Zwei starke Kräfte wirkten im Verbund. Genauso wie die Helligkeit der Welt da draußen meinen Leib zurück in diese Stollen trieb, so zog mich auch die Quelle mit dem süßen Wasser an. Ich lief zurück, zunächst betrübt, dann hochgestimmt und voll Verlangen. Der Trunk im Felsen lohnte mir's mit Frische und Genuss.

Zuerst schob ich es nur aufs Licht, was viele Tage nach der Dunkelheit mich nun wahrscheinlich hart bedrängte. Also versuchte ich es gestern in der Nacht ein zweites Mal. Und anfangs schien es zu gelingen. Als ich den Stollenbau in tiefster Finsternis verließ, begann zwar augenblicklich Schmerz, doch konnte ich ihn leidlich gut ertragen. Ich ging mit schweren Schritten durch den Wald, an dessen Rand ich achtsam rastete, um einen vorsichtigen Blick auf Haus und Hof zu werfen. Das Dorf lag still, doch aus der kleinen Kirche schienen Kerzenlichter. Zur Mitternacht ward wohl ein Gottesdienst gehalten, und voller Neugier schlich ich mich im Schatten an. Die Schmerzen wurden stärker. Mit jedem Schritt vom Bergwerk weg durchfuhr es mich erneut. Und Nadelstiche brannten mir im Schädel. Doch ich hielt aus. Die Kirchentür stand offen, und leise Stimmen wehten sanft zu meinem Platz im Dunkel. Was ich jetzt hörte, ließ mich bitterlich erschrecken. Es war die Totenmesse. Für einen jungen Bergmann anberaumt. Dann hörte ich den Namen des Beklagten. Der Steiger Jakob Brunner. Ich! Das Leichenfest galt mir. Man hatte mich im Berg gesucht und nicht gefunden. Die Nachricht von dem eingestürzten Stollen ließ sie glauben, ich sei tot.

Ich wollte rennen, rufen, zeigen, dass ich mich des Lebens freue. Doch Schmerz und eine dunkle Neugier hielten mich für einen Augenblick zurück. Dann trat die Berggemeinde aus dem kleinen Gotteshaus, und was ich über mich erzählen hörte, hielt mich in Schweigen im Versteck zurück. Kein Wort der Liebe, des Respekts. Stattdessen galt ich ihnen als Tyrann. Als scharfer Peitscher, der den Ruhm der Grube und sein eignes Wohl auf ungezählten Rücken tapfrer Knappen durchzusetzen wusste. Als herzlos, nur auf der Besitzer Gunst bedacht. Dies elendige, undankbare, heuchlerische Pack! Und auch mein Weib schien keine schwerere Last zu tragen als die des fehlenden Ernährers, nicht aber die des armen, toten, liebenswerten Mannes. Allein mein Sohn, mein einziger, der Wilhelm, schmächtig mit elf Jahren und mit wenig Kraft, stand still und blass am Rande der Gemeinde. Sein Blick ging in die Ferne, glitt wie suchend durch die Dunkelheit. Fast glaubte ich, er könne mich erblicken. Doch dann war der Moment vorbei, und er verschwand mit allen anderen in Richtung ihrer Häuser. Voll Scham und Zorn blieb ich zurück. Die Schmerzen, die durch meinen Kopf und alle Glieder fuhren, wurden unerträglich. Nur der Gedanke an den Berg verschaffte etwas Linderung. Geschunden und gequält, am Körper und an Seele gleichermaßen, bin ich zurückgekrochen in mein Höhlenreich. Erschöpft und fiebernd langte ich bei meinem segensreichen Wasser an. Ich will es bald erneut hinaus versuchen. Mein Sohn soll wissen, dass ich lebe. Doch erst muss ich die Kräfte dafür finden. Ich strecke meine Hand voll Hoffnung aus zu diesem wunderbaren Quell.

12

Auf dem Feengrottengelände befanden sich mittlerweile keine Besucher mehr. Stattdessen hatte sich die Anzahl der Polizeifahrzeuge vergrößert. Jonas fielen zwei Pkw-Kombis auf, die an der Seite des Hohlwegs parkten. Ihre Heckklappen standen offen. Polizisten in dunkelblauen Overalls und Basecaps entriegelten Gittertüren, die im hinteren Teil der Wagen eingebaut waren. Auf ihre knappen Kommandos hin sprangen Hunde aus den Autos.

Die Männer nahmen die Tiere, die freudig herumtänzelten, an die Leine, tätschelten ihnen kumpelhaft das Fell und warteten unweit des Brunnentempels auf ihre Einweisung.

Jonas ging weiter zum Fuß des Hügels. Als er auf das Verwaltungsgebäude der Feengrotten zusteuerte, wurde die schwere Tür plötzlich von innen aufgerissen. Wilko Ehl, der tätowierte Handwerker aus dem Keller, stürmte an ihm vorbei. Er trug jetzt eine abgegriffene Lederjacke. Sein Blick war noch düsterer als am Morgen, und er schien sehr aufgebracht zu sein.

Als ihm Jonas neugierig hinterherblickte, drehte sich Ehl noch einmal um, funkelte ihn böse an und zischte: »Glotz woanders hin, oder ich polier dir die Fresse.« Dann war er um die Ecke verschwunden.

Jonas war zu perplex, um irgendwie zu reagieren. Schließlich setzte er seinen Weg fort und betrat das Gebäude.

Im Quellenhaus herrschte eine gedrückte Anspannung. Die Angestellten eilten geschäftig über die Flure, in stiller

Zielstrebigkeit mit sich selbst befasst, ohne die üblichen Plaudereien auf den Gängen oder das Herumalbern in der Teeküche. Die Anwesenheit der Polizei brachte etwas Offizielles ins Haus, dem sich die gesamte Stimmung unterzuordnen schien.

Gleich im Erdgeschoss hatte man einen Versammlungsraum zum Wartezimmer umfunktioniert. Hier saßen Ingrid Wohlmuth und André Benedikt. Während die Grottenführerin Jonas mit einem unsicheren Lächeln zunickte, hing der junge Marketingassistent betont lässig auf seinem Stuhl und machte sich nicht die Mühe, von seinem iPhone aufzublicken, mit dem er demonstrativ gelangweilt herumspielte.

Nachdem sich Jonas gesetzt hatte, herrschte im Zimmer wieder die teilnahmslose Wartestarre, die er schon von der Polizeiinspektion kannte.

Nach wenigen Minuten öffnete sich die Tür zu einem Nebenraum, und ein etwa fünfzigjähriger fülliger Mann in weinrotem Hemd und Jeans schaute herein. Er hatte ein blasses, rundliches Gesicht und trug einen sorgfältig gekämmten Seitenscheitel. Jonas hielt ihn zunächst für einen Verwaltungsangestellten, der sich in der Tür vertan hatte. Doch der Mann taxierte die Anwesenden mit einem aufmerksamen Blick, bevor er fragte: »Herr Benedikt?«

»Das bin ich.« Der Marketingassistent richtete sich dienstfertig auf und verstaute sein Handy mit einer fließenden Bewegung in der Seitentasche seines Jacketts.

»Kommen Sie, bitte?«

Benedikt folgte der Aufforderung mit ausgestelltem Selbstbewusstsein. Jede seiner Gesten vermittelte: *Ich weiß zwar nicht, was ich hier soll. Aber wenn ich es kann, helfe ich gern.*

Nachdem die Tür ins Schloss gefallen war, erwachte Ingrid Wohlmuth aus ihrer Lethargie und rutschte zum Platz neben Jonas auf. »Der da nebenan ist von der Polizei. Ein Kriminaler«, raunte sie ihm verschwörerisch zu. »Die befragen uns alle hier, einen nach dem anderen.«

»Waren Sie auch schon drin?«, fragte Jonas ebenso leise.

»Nein, ich bin gerade erst von oben runtergekommen. Ich war noch im Berg. Ich sollte zeigen, wo das Mädel das Handy von deiner Freundin gefunden hat.« Sie blickte Jonas mitleidsvoll an, bevor sie fortfuhr: »Du musst dich ja furchtbar fühlen. Jetzt, wo sie auch noch das ganze Blut gefunden haben. Das tut mir ja alles so leid für dich.«

»Das ganze Blut?«, fragte Jonas erschrocken nach. Jetzt wurde ihm langsam klar, warum sich die Kommissarin vorhin so bedeckt gehalten hatte.

»Ja, das war richtig unheimlich. Ich musste immer wieder das Licht ausschalten. Dann hat die Wand blau geleuchtet. Keine Ahnung, was die da gemacht haben. Irgendeinen Test. Ich hab gehört, wie einer gesagt hat, dass sie jetzt schon an drei Stellen Blutspuren gefunden hätten. Da wird einem gleich ganz anders zumute. Aber was Genaues weiß ich auch nicht. Wir mussten ja nachher alle raus.«

»Scheiße.« Jonas wurde unruhig. »Und wissen Sie, was die jetzt machen?«

»Ich hab gehört, als Nächstes wollen sie mit den Hunden rein. Und alle, die hier arbeiten, müssen noch dableiben.«

Der Student brauchte eine Weile, um die Nachricht zu verdauen. Dann fragte er: »Haben Sie eine Ahnung, was mit Herrn Ehl los ist? Der ist mir am Eingang entgegengekommen und war total aggressiv.«

»Ich hab gehört, den haben sie vorhin ziemlich in die Mangel genommen. Ich weiß nicht, ob dir Herr Jäckel die Sache mit dem Ehl erzählt hat?« Jetzt tuschelte die Grottenführerin noch leiser.

»Nein. Keine Ahnung. Was denn?«

»Der Wilko Ehl war lange im Knast. Der hat noch Bewährung. Jetzt ist er hier bei uns, damit er sich wieder an das Leben draußen gewöhnt. Als Hilfsarbeiter in der Werkstatt. Das hat der Richwien eingerührt. Und der Jäckel muss sich drum kümmern. Aber von mir hast du das nicht.«

»Und warum war er im Gefängnis?«, fragte Jonas nach.

»Das weiß hier keiner. Der Richwien vielleicht. Aber da redet niemand drüber.« Zum Zeichen der Verschwiegenheit legte Ingrid Wohlmuth ihren Finger auf die Lippen.

In diesem Moment öffnete sich die Tür, und André Benedikt kam aus dem Nachbarzimmer. Ohne ein Wort zu sagen, verschwand er auf dem Flur.

»Frau Wohlmuth?« Da war wieder der korpulente Kriminalist. »Wenn Sie bitte einen Moment für uns hätten.«

Jonas staunte. Für die Bergführerin erübrigte der Mann sogar ein Lächeln. Dann verschwand er wieder im Nachbarzimmer.

»Wer kann da widerstehen?«, brummte Ingrid Wohlmuth und zwinkerte Jonas aufmunternd zu. Dann folgte sie dem Polizisten nach nebenan.

Jonas lehnte sich zurück und rieb sich die Augen. Er merkte, dass seine Hände zitterten. *Das ganze Blut.*

Nach zehn Minuten erschien Kommissarin Vareel, die noch immer die blaue Arbeitsjacke trug und angespannt wirkte. Sie bat Jonas in einen leeren Büroraum auf der gegenüberliegenden Seite des Flurs. Nachdem sie die Tür hinter sich geschlossen hatte, begann sie: »Herr Wiesenburg, ich möchte offen mit Ihnen reden. Wir haben Ihre Freundin noch nicht gefunden. Aber er gibt einiges, was darauf hinweist, dass sie verletzt sein könnte. Wie das passiert ist oder wie schlimm es ist, können wir nicht sagen. Wir suchen jetzt das gesamte Bergwerk noch einmal gründlich ab. Aber da der Schlüssel von Frau Wolff im Briefkasten der Verwaltung gefunden wurde, dehnen wir unsere Suche auch entsprechend aus.«

»Stimmt das mit dem Blut? Dass Sie noch mehr Blut in der Grotte gefunden haben?«, fragte der Student vorsichtig.

»Wie kommen Sie darauf?«

»Das haben die Leute hier gesagt.«

»Wer hat das gesagt?«

»Auf dem Flur. Die Angestellten«, antwortete Jonas ausweichend. Er wollte nicht, dass Ingrid Wohlmuth Ärger bekam.

Die Kommissarin ließ es ihm durchgehen und bohrte nicht weiter nach. Ihr war klar, dass sich bei der gemeinsamen Suchaktion mit dem Feengrottenpersonal nicht alles geheim halten ließ, was sie gerne noch eine Weile unter Verschluss gehalten hätte. Sie sagte: »Wir haben Blutspuren gefunden, das stimmt. Aber daraus lässt sich bis jetzt wenig ableiten.«

Jonas blieb nicht verborgen, dass die Kommissarin in dem, was sie sagte, bewusst schwammig blieb. »Und was soll ich jetzt machen?«, fragte er.

»Hat Fenja eine EC-Karte?«

»Ja.«

»Hat sie sie bei sich?«

»Ja, ich glaub schon.«

»Wissen Sie die Daten? Kontonummer, Bankleitzahl, vielleicht die Kartennummer?«

»Nein, ehrlich gesagt, keine Ahnung.« Jonas kannte nicht mal seine eigenen Kontodaten auswendig.

»Aber die Bank vielleicht?«, hakte die Kommissarin nach.

»Fenja ist bei der Sparkasse in Jena. Warum wollen Sie das wissen?«

»Es ist nach wie vor möglich, dass Ihre Freundin irgendwo unterwegs ist. Wenn sie Geld abhebt oder etwas mit der Karte bezahlt, kann uns das die Suche erleichtern.« Die Kommissarin hoffte, dass sich der Student mit dieser allgemeinen Erklärung zufriedengeben würde. Sie war auch nicht falsch. Aber für Anne

Vareel deutete mittlerweile einiges auf ein Verbrechen hin, und wenn der Täter unvorsichtig genug war, Fenjas Karte einzusetzen, wäre das eine wichtige Spur.

»Hat Ihre Freundin noch einen Computer hier?«, setzte die Polizistin ihre Frageliste fort.

»Nein, sie macht alles mit ihrem Tablet-PC. Den hatte sie bei sich, als sie losgegangen ist.«

»Können Sie mir Fenjas Netzanbieter und ihre E-Mail-Adresse sagen?«

Jonas gab ihr die Informationen.

»In Ordnung, das wär's fürs Erste. Mein Kollege Poppe kommt gleich noch mal vorbei und sieht sich Ihr Auto und Fenjas Gepäck an, wenn Sie nichts dagegen haben. Vielleicht finden wir irgendeinen Hinweis darauf, was sie vorhatte. Denken Sie, dass das geht?«

Jonas konnte sich vorstellen, dass hinter all den höflichen Fragen die Möglichkeit steckte, seine Zustimmung auch von Amts wegen zu erzwingen. Er hatte nichts zu verbergen, Fenja auch nicht, also sollten sie die Sachen ruhig filzen. Vielleicht brachte es ja tatsächlich etwas.

»Und was passiert danach?«, wollte er wissen.

»Es hat keinen Sinn, dass Sie hier die ganze Zeit warten. Ich habe ja Ihre Handynummer. Wenn wir etwas von Fenja erfahren, melden wir uns sofort. Das verspreche ich Ihnen. Und Sie rufen bitte auch gleich an, wenn Sie was von ihr hören. Hier stehen alle Nummern drauf.«

Die Kommissarin reichte Jonas eine Visitenkarte, die er in seinem Portemonnaie verstaute.

»Danke. Mach ich.« Dann sah er der Polizistin in die Augen. »Frau Vareel, ehrlich gesagt, ich bin ziemlich fertig. Ich weiß nicht, was ich machen soll.«

Anne Vareel ließ sich einen Moment Zeit, bevor sie antwortete: »Das verstehe ich, Herr Wiesenburg. Aber machen Sie sich nicht allzu viele Sorgen. Vielleicht gibt es für alles eine einfache Erklärung. Es sind jetzt eine Menge Kollegen unterwegs, die nach ihr suchen. Wir haben Fenja außerdem in die Personenfahndung gegeben. Sobald sie irgendwo auftaucht, bekommen wir Bescheid. Übrigens – wo wohnen Sie hier in Saalfeld?«

Als die Kommissarin diese Frage stellte, wurde Jonas bewusst, dass er darüber noch keine Minute nachgedacht hatte. Er brauchte dringend eine Unterkunft.

Es begann bereits zu dämmern, als der Student das Feengrottengelände verließ. Bisher hatte die Suche nach Fenja nichts Neues erbracht.

Sein Auto mit dem Gepäck seiner Freundin ließ Jonas in der Obhut der Polizei zurück; den Schlüssel hatte er Poppe gegeben. Nun marschierte er, seine kleine Reisetasche über der Schulter, den Feengrottenweg hinunter. Er würde sich in Saalfeld nach einer einfachen Unterkunft umsehen müssen und hoffen, dass sie nicht allzu teuer war. Sein studentisches Budget hatte sich, zumal jetzt am Ende des Sommers, auf ein Minimum reduziert. Andererseits stand für ihn fest, dass er hier vor Ort bleiben würde, und zwar so lange, bis seine Freundin wieder aufgetaucht war.

Da hörte er hinter sich den hellen Klang einer Klingel, und Ingrid Wohlmuth bremste ihr Fahrrad neben ihm ab.

»Na, haben sie dich endlich gehen lassen? Mich hatten sie auch bis eben am Wickel. Aber jetzt ist Feierabend.« Schnaufend stieg die Grottenführerin vom Rad und trottete müde neben Jonas her. Auf der rechten Seite, gleich neben der schmalen Straße, erhob sich der steile Berghang. Die Sonne drang schon nicht mehr bis zur Sohle des Tales herab, und die Klüfte und Spalten der Felsen versanken zunehmend in den blauen Schatten des Dämmerlichts. Etwas weiter vorn tauchten die ersten Dächer von Garnsdorf auf, dem Ortsteil von Saalfeld, der fast bis an die Feengrotten heranreichte, bevor er sich an den umliegenden Berghängen verlor. Das ehemalige Dorf bestand zu einem großen Teil aus Bauernhöfen und traditionellen Fachwerkhäusern, die im Zwielicht des beginnenden Abends eine düstere Romantik ausstrahlten.

Nach ein paar Metern fragte Ingrid Wohlmuth: »Wo schläfst du denn heute überhaupt? Ich hab gehört, aus dem Quellenhaus musstest du raus?«

»Ich weiß noch nicht. Ich hoffe, ich kann was Billiges in Saalfeld finden. Im Moment bin ich ziemlich abgebrannt. Wir wollten ja heute nach Hause fahren.«

»Mensch, was machen wir denn bloß mit dir?« Die Bergführerin dachte nach. »Die Hotels sind zu teuer, denke ich mal. Aber manchmal vermietet auch jemand privat, so unter der Hand. Allerdings, hier oben wüsste ich jetzt eigentlich nicht ...«

Für eine Weile gingen die beiden schweigend weiter. Ein Bündel schmaler Querfalten auf der Stirn der Saalfelderin verriet, dass sie noch immer angestrengt nach einer Lösung suchte.

»Lassen Sie mal. Ist schon in Ordnung. Ich finde bestimmt selber was«, warf der Student betreten ein, obwohl er einen Tipp im Moment gut gebrauchen konnte.

Aber Ingrid Wohlmuth ließ sich nicht beirren. Plötzlich erschien ein wacher Ausdruck auf ihrem Gesicht. »Das ist komisch, dass mir das jetzt einfällt. Aber eine Möglichkeit gäbe es vielleicht noch. Das Haus vom alten Hünninger.«

»Ist das eine Pension?«, fragte Jonas neugierig.

»Nein, um Gottes Willen. Eher ein Geisterhaus.«

Weiter sagte die Grottenführerin erst einmal nichts, und Jonas kam es so vor, als würde sie noch überlegen, ob sie den Vorschlag überhaupt ernsthaft in Erwägung ziehen sollte. Doch dann glätteten sich die Stirnfalten und sie fuhr fort: »Das ist ein altes Fachwerkhaus. Der Johann Hünninger, das ist der Besitzer. Ein alter Mann, aber noch ziemlich rüstig. Ich sehe ihn manchmal spazieren gehen. Die Leute hier werden nicht so richtig warm mit ihm. Ist ein Einzelgänger. Aber wer weiß? Frag doch mal, ob er dir ein Zimmer vermietet. Vielleicht ist er ja ganz froh über ein bisschen Gesellschaft.«

»Meinen Sie wirklich?« Jonas war skeptisch.

»Klar. Probieren geht über Studieren.« Die burschikose Grottenführerin grinste ihn ermunternd an. »Platz hat der Hünninger auf jeden Fall in dem riesigen Haus. Der wohnt ja ganz alleine drin.«

»Und wo ist das?« Jonas wollte es auf jeden Fall versuchen.

»Gleich dort hinten, am Berghang. Das letzte Haus vor dem Wald.«

Der Student sah sich um.

Hinter einer Senke, die mit einem reichlichen Duzend Gehöften bebaut und von verschachtelten schmalen Gassen durchzogen war, konnte er ein abseits stehendes Gebäude mit einer hohen Giebelwand ausmachen. Gleich dahinter ragte der bewaldete Hang auf.

»So, ich muss dann auch weiter. Viel Glück!« Ingrid Wohlmuth saß schon wieder auf ihrem Fahrrad und fuhr gemächlich davon.

»Danke für den Tipp!«, rief Jonas ihr hinterher. Dann bog er in die Senke ab und hielt auf das große Fachwerkhaus zu.

Obwohl das Gebäude nicht allzu weit entfernt lag, dauerte es eine Weile, bis er es erreicht hatte. In den verzweigten, krummen Gassen konnte man leicht die Richtung verlieren. Trotzdem gefiel Jonas das kleine Viertel. Gelbe Sandsteinmauern, schräge Fensterstürze und gedrungene Ziegeldächer atmeten die Atmosphäre längst vergangener Epochen, ohne dabei museal zu wirken. An solchen Plätzen herumzustöbern war der Grund dafür gewesen, weswegen Jonas sich für das Studium der mittelalterlichen Geschichte entschieden hatte. Alte Orte faszinierten ihn. Egal ob Bauernkaten oder Kathedralen – er liebte es, in andere Zeiten einzutauchen. Für einen Moment dazuzugehören. Zu fühlen. Zu riechen. Zu lauschen. Jonas nannte das sein *sinnliches Faktenstudium*. Es erzählte ihm mindestens ebenso viel über die Vergangenheit wie Fachbücher und Datenbanken.

Nachdem er zehn Minuten durch das alte Garnsdorf gegangen war, erreichte er den Waldrand und stand wenig später vor dem großen Fachwerkhaus, das Ingrid Wohlmuth ihm beschrieben hatte. Es war offensichtlich schon sehr alt. Mit seinen mächtigen Eichenholzbalken, den schiefen kleinen Fenstern und den dunklen Dachziegeln hatte es etwas Düsteres. Umgeben war das Gebäude von einem großen, verwilderten Grundstück, welches ohne erkennbare Grenze in den dahinterliegenden Wald überging.

Für einen Moment ließ der Student seinen Blick über die Fassade streichen. Obwohl die Dämmerung eben erst eingesetzt hatte, war das Haus hell erleuchtet. Jonas trat an den rotbraun gestrichenen Holzzaun und suchte nach einer Klingel. Neben einem windschiefen Gartentor entdeckte er sie. Darunter stand in kleiner, unauffälliger Schrift *J. Hünninger.*

Jonas betrachtete den wulstigen Klingelknopf aus ehemals weißem Porzellan, der inzwischen dick mit grauem Straßenstaub überzogen war und auf den seit längerer Zeit niemand mehr einen Finger gelegt hatte.

Dann läutete er, und ein entfernter Glockenschall irgendwo in der Tiefe des Hauses bestätigte ihm, dass die Klingel funktionierte.

Aber ansonsten blieb es still im Haus.

Keine Bewegung war auszumachen.

Keine Tür öffnete sich.

Jonas wartete. Dann versuchte er es ein weiteres Mal. Wieder ohne Erfolg. Seltsam. Vielleicht hatte der Besitzer sein Haus nur kurz verlassen?

Der Student blieb noch eine Weile an der Gartentür stehen und sah zu dem Gebäude hinüber, aber niemand erschien. Das wäre auch zu schön gewesen. Jonas ärgerte sich. Nun musste er sich doch eine Pension im Stadtzentrum suchen. Er überlegte kurz, ob er Hünninger eine Notiz in dem blechernen Briefkasten hinterlassen sollte, den er gerade am Zaun entdeckt hatte. Doch dann ließ er es bleiben und machte sich auf den Rückweg.

Die schemenhafte Gestalt, die ihm aus einem der oberen Fenster hinterhersah, bemerkte er nicht.

13

Die knappe halbe Stunde bis ins Stadtzentrum war Jonas gelaufen. Jetzt überquerte er den alten Marktplatz und steuerte gezielt auf ein Taxi zu, dessen Fahrer mit einer Rostbratwurst in der Hand an seinem Auto lehnte. Als der Mann den Studenten so entschlossen auf sich zukommen sah, wechselte er einen gehetzten Blick zwischen seiner heißen Bratwurst und dem vermeintlichen Fahrgast. Jonas erkannte den Gewissenskonflikt und beruhigte den Taxifahrer: »Guten Abend. Ich habe nur eine Frage. Vielleicht können Sie mir helfen. Ich suche eine Übernachtungsmöglichkeit. Nicht so teuer. Eine Pension oder so was.«

»Oh. Das ist schlecht!«, kam die bedauernde Antwort. »Morgen fängt hier das Chortreffen an, da ist die ganze Stadt voll. Da werden Sie wohl wenig Glück haben.«

»Hm.«

»Versuchen Sie's mal drüben im Pappenheimer. Das ist 'ne Kneipe, aber die haben auch Zimmer. Hab ich jedenfalls gehört. Vielleicht können die Ihnen irgendwie helfen. Zumindest kriegen Sie da ein Bier.«

»Und wo ist das genau?« Pappenheimer klang auf jeden Fall ulkig. Vielleicht war das ein gutes Omen.

»Gleich da drüben, in der Fleischgasse. Da können Sie ganz bequem hinlaufen.«

Eine ziemlich selbstlose Antwort für einen Taxifahrer, fand Jonas. Aber vielleicht lag das an der Bratwurst. »Danke – und guten Appetit.«

Es dauerte tatsächlich nicht sehr lange, und er hatte die beleuchtete Eingangstür der Gaststätte gefunden. Ohne Zögern trat er ein. Der Gastraum machte einen gemütlichen Eindruck. Mehrere Tische waren besetzt, und einige der Gäste schienen ebenso fest zur Kneipe zu gehören wie die Kellner. Der Student trat an den lang gezogenen Tresen und ließ seine kleine Reisetasche, die allmählich schwer geworden war, von seiner Schulter gleiten. Ihm fiel auf, dass der hochgewachsene Barkeeper mit einem gewissen Stolz Weste und Fliege trug.

»Guten Abend«, sagte Jonas. »Ich suche ein Zimmer.«

»Oh, oh. Da haben Sie aber Glück! Mir hat nämlich gerade einer abgesagt. Sonst hätte es ganz schlecht ausgesehen. Warten Sie mal.« Damit verschwand der Barmann zum anderen Ende des Tresens und schlug ein zerfleddertes und mehrere Male mit Klebeband geflicktes Schreibbuch auf.

»Der Osten ist noch frei«, rief er von hinten, nahm einen Schlüssel von einem kleinen Wandbrettchen und kam wieder nach vorn. »Wir haben nämlich nur zwei Zimmer. Osten und Westen. Der Westen ist besetzt.« Dabei grinste er schelmisch.

»Super«, freute sich Jonas und schaute auf den Schlüsselanhänger, auf dem tatsächlich keine Nummer, sondern einfach *Ostzimmer* stand.

»Aber nur eine Nacht«, schränkte der Barkeeper ein. »Morgen fängt das Chortreffen an, da sind die Zimmer beide belegt.«

»Ist okay. Hab schon gehört«, antwortete Jonas. Wenn er noch weiter in Saalfeld bleiben wollte, würde er eine andere Lösung finden müssen. Vielleicht traf er morgen den alten Hünninger in seinem Fachwerkhaus an.

»Ein Bier?«, kam es vom Tresen.

»Gerne.« Jonas war froh, endlich irgendwo angekommen zu sein. Wenigstens für heute.

Erst jetzt fiel dem Studenten auf, dass er den ganzen Tag noch nichts gegessen hatte. Er bestellte sich ein doppeltes Schnitzel. Dann brachte er die Reisetasche auf sein Zimmer in der zweiten Etage des Hauses, kehrte wieder nach unten zurück und suchte sich einen ruhigen Platz am Ende des Tresens. Die gedämpften Gespräche im Hintergrund hatten etwas Tröstliches. Abwesend ließ er seinen Blick durch den Gastraum schweifen. Ein Deckengemälde mit fremdartigen Fabelwesen. Ein kunstvoll gepflasterter Boden. Grafiken an den Wänden. Und Plakate von Ausstellungen und Live-Konzerten. Eine Kulturkneipe. Gestern wäre er hier noch mit studentischem Übermut eingerückt. Jetzt beneidete er all die Gäste, die ihn umgaben, um ihre Sorglosigkeit.

Das Schnitzel kam. Noch während er aß, öffnete sich die Tür, und eine kleine Gruppe junger Leute lärmte mit ausgelassenem Gelächter herein. Als sie an einem Tisch unter einer kleinen Galerie Platz genommen hatten, erkannte er sie. Es waren drei Feen. Und André Benedikt.

Der Anzug des Marketingassistenten war verschwunden. Stattdessen trug Benedikt jetzt helle Jeans, T-Shirt und ein offenes Leinenhemd; allesamt trendige Markenklamotten, die Lässigkeit ausstrahlten. Nur das iPhone war geblieben, das er gleich zu Beginn beiläufig, aber gut sichtbar vor sich auf der Tischplatte platzierte. Die drei jungen Frauen, die ihn begleiteten, hatte Jonas schon bei den Tropfsteinhöhlen gesehen. Dort waren sie, wie Fenja auch, im Feenkostüm zwischen den Touristen umherflaniert. Jetzt hatten sie sich für einen Partyabend in Schale geworfen, und Jonas gewann den Eindruck, als konkurrierten die drei ausnahmslos um André Benedikts Aufmerksamkeit. Eine Situation, die der junge Marketingassistent sichtlich genoss.

Es dauerte eine Weile, bis Benedikt Jonas entdeckt hatte. Dann, nach einem kurzen Moment des Erkennens, stieß er eine seiner Begleiterinnen an und deutete mit der Hand zum Tresen herüber. Er gab sich keine besonders große Mühe, die Geste zu verbergen. Es folgte ein leises Getuschel, von dem Jonas kein Wort verstand, in dessen Verlauf sich aber jede der drei jungen Frauen mehrmals zu ihm umdrehte.

Dem Studenten war die Situation unangenehm; er vermutete, dass es um Fenjas Verschwinden ging. Benedikt war offensichtlich der unbestrittene Wortführer in der Runde, und von Zeit zu Zeit grinste er seine Tischnachbarinnen jovial an, während er Jonas kurze stechende Blicke zuwarf. Die Suchaktion der Polizei hatte ihn augenscheinlich nicht sonderlich tief berührt. Der Student fühlte zunehmenden Ärger in sich aufsteigen. Er empfand eine natürliche Abneigung gegen den Marketingcharmeur, der sein Mienenspiel in jeder Sekunde mit narzisstischer Zwanghaftigkeit kontrollierte.

Die drei jungen Frauen pflichteten Benedikt von Zeit zu Zeit mit einem Kopfnicken bei, doch sie waren unterschiedlich stark bei der Sache. Während eine große schlanke Blondine dem Marketingassistenten mit ihren Augen förmlich an den Lippen klebte und Benedikts Grinsen zu imitieren versuchte, rührte die Kollegin an ihrer linken Seite versonnen in ihrem exotischen Mixgetränk. Der dritten Begleiterin, einer zierlichen jungen Frau mit kurzen, tiefschwarzen Haaren, war der der Verlauf des Gesprächs offenbar unangenehm. Wenn sie die Gelegenheit dazu hatte, warf sie Jonas unauffällige Blicke zu, die eine stille Entschuldigung auszudrücken schienen. Er glaubte sich zu erinnern, dass sie Kathi hieß, aus einem winzigen Dorf oberhalb der Feengrotten kam und gern nach Berlin ziehen würde, um dort zu studieren. Das wusste er von Fenja, die sich ein wenig mit der jungen Frau angefreundet hatte.

Ein dezenter Piepton ließ den Studenten nach seinem Smartphone greifen. Die blinkende Mitteilung auf dem Display wies ihn darauf hin, dass der Akku fast leer war. Jonas glitt von seinem Barhocker und ging zur Treppe im hinteren Teil des Raumes, die zu den zwei Gästezimmern hinaufführte. Er musste sein Ladegerät holen. Erreichbar bleiben.

Es dauerte ein paar Minuten, bis er das kleine Netzteil in seiner Reisetasche gefunden hatte. Schließlich zog er es aus einem Wust von Kleidungsstücken und Büchern hervor, schloss sein Zimmer ab und machte sich wieder auf den Weg nach unten. In der ersten Etage musste er einen langen Flur durchqueren, der vom Gastraum zu den Toiletten führte.

Am Ende des Ganges kam ihm André Benedikt entgegen. Er schien es ziemlich eilig zu haben. Die beiden bemerkten einander gleichzeitig; zu spät, um sich noch aus dem Weg zu gehen, ohne das Gesicht zu verlieren. Jonas spürte, dass Benedikt ohne sein schmeichelndes Publikum weit weniger selbstsicher war. Mit nicht viel mehr als einem Meter sechzig Körpergröße wirkte der junge Marketingassistent jetzt eher vorsichtig, fast lauernd. Dennoch versuchte er, seinen nonchalanten Gestus beizubehalten.

»Ah, der *Freund*.« Benedikt bemühte sich, der Bemerkung einen spöttischen Unterton zu verleihen und gleichzeitig elegant an dem Studenten vorbeizuschlüpfen.

»Ja. Problem damit?«, gab Jonas betont ruhig zurück und blieb einfach in der Mitte des Ganges stehen, so dass ihn der deutlich kleinere Marketingassistent zur Seite schieben musste, wenn er vorbeikommen wollte. Was er nicht tat. Benedikt wich einen Schritt zurück und lehnte sich lässig an die holzgetäfelte Wand, so, als hätte er in der Mitte des Flures sowieso gerade eine Pause einlegen wollen. Mit einem süßlichen Grinsen im Gesicht sagte er: »Ich hab kein Problem damit. Aber Fenja hat vielleicht ein Problem mit dir.« Aus dem versnobten *Sie* im Chefbüro war ein abfälliges *Du* geworden.

»Wieso? Wo ist sie?« Jonas bewegte sich nicht von der Stelle.

»Wo sie ist? Phhh. Das sollten wir dich fragen. Fenja war hier bei uns ziemlich …«, Benedikt tat so, als suche er lange nach einem passenden Ausdruck, »… ausgelassen. Geradezu überschwänglich. Dann taucht ihr angeblicher Freund auf, von dem wir hier alle noch nie was gehört haben, und plötzlich, schwupp, ist sie verschwunden. Ist doch komisch, oder?«

»Ja. Sehr komisch.«

»Vielleicht wollte sie dir nicht begegnen? Aus die Maus. Vielleicht ist sie irgendwo untergetaucht. Oder hat sich dem Falschen an den Hals geschmissen?«

»An den Hals geschmissen? Wem? Dir?«

»Bist du wirklich so ahnungslos? Dann tust du mir leid!«

»Kannst du dich mal klarer ausdrücken?« Langsam gingen Jonas die dauernden Andeutungen auf die Nerven. Er machte einen energischen Schritt auf Benedikt zu, und der Marketingassistent wich erschrocken zurück. In diesem Moment tauchte eine Serviererin auf und begann unweit der beiden damit, Stoffservietten in eine kleine Anrichte zu sortieren. Jonas blieb stehen. Benedikt griente ihn an und bekam sofort wieder Oberwasser. Leise giftete er: »Hoh, hoh, immer ruhig, Brauner. Du hast gefragt, ich hab geantwortet. Ist schon Scheiße, wenn man so abserviert wird. Versteh ich doch. Mir hat die Kleine auch gefallen.«

»Abserviert? Ich denk mal, davon wüsste ich«, antwortete Jonas trocken, aber in seinem Kopf begann es zu arbeiten.

Benedikt lachte trocken: »Die hat doch allen den Kopf verdreht. Das fand sie irgendwie geil. Mir ist sie auch ständig nachgeschlichen. Lieber André, toller André. Wollte unbedingt, dass ich sie für die Kampagne auswähle.«

»Was für 'ne Kampagne?«

»Die Feengrotten werden hundert. Da gibt's einen Riesenbahnhof. Festwochen, Ausstellung, Bildband, alles Mögliche. Und das Gesicht des Ganzen wird eine Fee. Meine Idee. Das ist 'ne

Riesenchance. Ein Job wie für ein Model. Da wollen alle Mädels ran. Die drei da unten in der Kneipe auch. Aber Fenja war so richtig heiß drauf. Ständig lag sie mir in den Ohren, ob wir uns nicht mal privat treffen können, und so. Ich mein, so 'ne Süße stößt doch keiner von der Bettkante, oder? Das hat die doch mit allen so gemacht, wenn sie was wollte. Keine Ahnung, an wen sie da geraten ist.«

In diesem Moment klappte die Anrichte zu. Die Serviererin verschwand die Treppe hinunter. Die beiden waren wieder allein im Flur.

Jonas war aufgewühlt. Er bekam gerade eine junge Frau beschrieben, die er nicht kannte. Konnte er sich in Fenja so getäuscht haben? Oder trieb der aalglatte Typ sein Spiel mit ihm? Benedikts Worte verursachten einen Schmerz in ihm, gegen den es kein Mittel gab. Das Einzige, was ihm hier und jetzt helfen konnte, war Vertrauen. Vertrauen in Fenja, und Vertrauen in sich selbst. Bisher die unverbrüchliche Basis ihrer Beziehung.

Jonas beschloss, sich daran zu halten.

»Erzähl weiter!«, forderte er Benedikt leise auf. Er legte eine gewisse Schärfe in seine Stimme und blickte seinem Gegenüber fest in die Augen. Herausfordernd. Nicht drohend. Fast nicht.

Benedikt wich erneut einen Schritt zurück, und sein Dauergrinsen bekam einen säuerlichen Einschlag. »Bleib cool, bleib cool, Mann. Ich hab sie abtreten lassen. Nicht mein Typ. Tut mir leid, Kumpel. Keine Ahnung, was mit ihr passiert ist.« Der smarte Marketingassistent zappelte unruhig hin und her.

»Aha.« Jonas wartete.

»Ehrlich.«

»Und wann hast du sie das letzte Mal gesehen?«

»Vorgestern Mittag«, beeilte sich Benedikt zu antworten. Und hastig fügte er hinzu: »In der Verwaltung.«

»Ganz sicher?«

»Was? Ja, ganz sicher.«

Jonas betrachtete den jungen Angestellten. Benedikt trat unruhig von einem Bein auf das andere. Der Student blieb noch einen kleinen Moment in der Mitte des Ganges stehen. Dann gab er den Weg frei und ging zurück in den Gastraum, während der Marketingassistent mit durchgedrückten Knien zu den Sanitärräumen eilte.

Am Tresen hatten sich mittlerweile einige späte Gäste eingefunden. Die zweite Schicht, wie der hochgewachsene Kellner erklärte. Jonas suchte sich eine Steckdose, hängte sein Smartphone an das Ladegerät und nahm wieder auf seinem Barhocker Platz.

Wenig später kam André Benedikt zurück in den Schankraum, verlangte die Rechnung und zog mit zielstrebiger Geschäftigkeit seine Straßenjacke über. Ohne Jonas noch eines Blickes zu würdigen, verließ er das Lokal. Seine Begleiterinnen, vom schnellen Aufbruch überrumpelt, waren eilig damit beschäftigt, ihre modischen Jacken und Halstücher anzulegen. Einzig Kathi warf dem Studenten noch eine flüchtige Geste zu, die darauf hindeutete, dass sie ihn sprechen wollte. Später, nicht jetzt.

Dann waren auch die drei Feen verschwunden.

»Noch ein Bier?«, fragte der Barkeeper, und in seiner Stimme lag jener verständige Unterton zwischen Vertrautheit und Diskretion, den nur Gastwirte beherrschen.

»Ein Letztes. Danke.«

Nachdem er das frische Bierglas abgestellt hatte, drehte der Barkeeper behutsam an einem kleinen Wasserhahn, der ganz am Ende des Tresens montiert war. Erst jetzt bemerkte Jonas die streichholzschachtelbreite Rinne, die sich von dort aus in sanften Bögen über die gesamte Länge der Tresenplatte aus schwarzem Marmor schlängelte. Plötzlich füllte sich die Vertiefung mit

Wasser, das kurz darauf in bedächtiger Geschwindigkeit vor allen Tresengästen entlangfloss.

»Die Saale. Unser Fluss«, lautete die knappe Erläuterung des Gastwirts, in der ein bescheidener Stolz mitschwang, bevor er sich wieder seiner Arbeit zuwandte.

Jonas blieb noch eine Weile auf seinem Platz an der Bar. Die Ereignisse des Tages fielen von ihm ab und machten einer tiefen Müdigkeit Platz. Er wollte jetzt nicht mehr nachdenken. Nicht mehr grübeln. Nichts mehr abwägen. Gedankenverloren folgten seine Augen dem kleinen künstlichen Rinnsal, das in sanftem Spiel, vorbei an Kerzen und halbgeleerten Bieren, durch sein marmornes Flussbett zog.

14

Als Jonas am nächsten Morgen erwachte, wunderte er sich zunächst über die ungewohnte Umgebung, aber nach einigen gnadenvollen Sekunden der Orientierungslosigkeit waren die Ereignisse um Fenjas Verschwinden mit einem Schlag wieder schmerzlich präsent.

Er musste sich auf die Suche machen. Nach der Fenja, die seine geliebte Freundin war. Und vielleicht auch nach der Fenja, die er nicht kannte.

Da ihn niemand angerufen hatte, hielt er es für das Beste, wieder hinauf zu den Feengrotten zu fahren. Nach einer ausgiebigen heißen Dusche packte er seine wenigen Sachen in die Reisetasche, bezahlte und verließ die Pension. Diesmal nahm Jonas einen Bus, der gleich am Marktplatz in Sichtweite des berühmten Saalfelder Renaissance-Rathauses abfuhr, und in weniger als zehn Minuten stand er am Eingang des Bergwerksgeländes.

Schon auf den ersten Blick konnte er erkennen, dass die Kommissarin Recht behalten hatte. *Die Feengrotten bleiben aus technischen Gründen bis auf Weiteres geschlossen!,* verkündete ein kreidebeschriebener Restaurantaufsteller mit aufgedruckten Thüringer Klößen, den man in trauriger Mission zum Parkplatzeingang vorverlegt hatte. Zusätzlich war die Zufahrt mit transportablen Metallgittern blockiert.

Statt Besucherautos und Reisebussen stand auf der Fläche eine große Zahl blauweißer Polizeitransporter, deren akkurate Ausrichtung die ordnende Hand einer straff organisierten Behörde erkennen ließ. Die Formation aus kantigen Fahrzeugen, die irgendwie einem Feldlager glich, wirkte auf den ersten Blick verlassen. Jonas entdeckte lediglich drei Beamte in dunkelblauen Einsatzkombis, die am Rande des Parkplatzes beieinanderstanden und versuchten, die morgendliche Kälte durch unregelmäßige Hüpfer und Schläge gegen die eigenen Oberarme zu vertreiben.

Die Zivilfahrzeuge der Spurensicherung und drei Kombis, in denen der Student die Wagen der Hundestaffel wiedererkannte, parkten etwas weiter oben am Berghang. Auch sie schienen verwaist.

Sein alter Corsa stand noch dort, wo er gestern von ihm abgestellt worden war. Offensichtlich hatte die Polizei keine weiteren Untersuchungen daran durchgeführt.

Ein ungemütlicher Herbstnebel lag über dem gesamten Gelände, der sich in der Tiefe der angrenzenden Täler und bewaldeten Berghänge zur Undurchdringlichkeit verdichtete. Von Zeit zu Zeit glaubte Jonas, von dort ein kurzes Hundebellen oder den abgerissenen Klang eines Kommandorufes zu vernehmen.

Da niemand ihn daran hinderte, ging der Student weiter und betrat das große Verwaltungsgebäude. Im altertümlichen Foyer des Quellenhauses herrschte eine ungewöhnliche Stille. Die Tür zu dem provisorischen Wartezimmer, in dem er gestern gesessen hatte, stand offen. Niemand befand sich im Raum.

Plötzlich waren bullige Schritte zu hören, die vom oberen Stockwerk herunterhallten. Wenig später erschienen auf der großen Treppe vier kräftig gebaute Polizisten, die dieselben Einsatzanzüge trugen, die Jonas schon draußen auf dem Parkplatz gesehen hatte. Einer der Beamten war offenkundig der Chef; in der ruhigen, aber bestimmten Tonlage eines unangefochtenen Vorgesetzten gab er seinen Begleitern Anordnungen, während er immer wieder auf eine grob gefaltete Landkarte deutete.

Der geschäftige Pulk war schon fast am Ausgang, als der untersetzte Polizist Jonas aus dem Augenwinkel heraus entdeckte und den unentschlossen herumstehenden Studenten im

Bruchteil einer Sekunde als Betriebsfremden identifizierte. Was dazu führte, dass er seine Einweisung unterbrach, auf Jonas zukam und mit misstrauischer Strenge fragte: »Entschuldigung. Suchen Sie jemanden?«

»Ich möchte zu Kommissarin Vareel.«

»Und wer sind Sie, bitte?«

»Jonas Wiesenburg. Ich bin der Freund von Fenja Wolff.«

»Aha.« Das Misstrauen in der Stimme des Polizeiführers blieb. »Und Sie sind mit der Kommissarin verabredet?«

»Ja, das heißt … Ich wollte nur mal nachfragen, ob es irgendetwas Neues gibt.«

»Kleinen Moment mal, bitte.« Der Polizist trat etwas tiefer in den Gang und zog ein Handy aus der Tasche. Er führte ein kurzes Gespräch, so leise, dass Jonas kein Wort verstehen konnte. Dann kam er zurück. Nicht mehr ganz so misstrauisch, doch mit unmissverständlicher Deutlichkeit sagte er: »Frau Vareel weiß nichts von einer Verabredung. Die Kommissarin lässt Ihnen ausrichten, dass Sie sich bitte an die Vereinbarung halten und warten, bis wir Sie anrufen.«

Jonas spürte eine gewisse Enttäuschung, dass ihn die Kriminalistin so abblitzen ließ. Gestern hatte er den Eindruck gewonnen, dass sie trotz aller Anspannung nett und verständnisvoll war und sich wirklich bemühte, Fenja zu finden. Und er war immerhin derjenige, der die gesamte Suchaktion erst ausgelöst hatte. Nun musste er sich von einem Polizisten abspeisen lassen, der offensichtlich keinerlei Lust verspürte, sich in die Karten sehen zu lassen. Dennoch fragte er: »Haben Sie etwas von Fenja gehört?«

»Nein, bisher gibt es über den Aufenthaltsort von Frau Wolff keine neuen Erkenntnisse«, lautete die knappe Antwort des Beamten. »Ich möchte Sie jetzt bitten, das Gelände zu verlassen.«

»Kann ich nicht irgendwie helfen?«, versuchte es Jonas noch einmal.

Aber der Polizeiführer blieb hart: »Herr Wiesenburg, wir führen im Bereich der Feengrotten eine polizeiliche Maßnahme durch. Ich möchte Sie nochmals bitten, meiner Aufforderung Folge zu leisten und das Gelände zu verlassen. Frau Vareel wird sich mit Ihnen in Verbindung setzen, wenn es einen neuen Sachstand gibt.«

Der Student fragte sich, ob Polizisten besonderen Sprachunterricht erhielten, um solch einen möglichst alltagsfremden Ton zu treffen. Als der Polizeiführer einen seiner Kollegen herbeiwinkte, was Jonas vermuten ließ, dass er ein weiteres Mal begleitet werden sollte, warf er ein: »Kann ich mein Auto mitnehmen?«

»Welches Auto?«

»Der Opel Corsa. Steht draußen auf dem Parkplatz.«

»Einen Moment.« Der Polizeiführer trat noch einmal in den Gang und führte ein weiteres Telefonat. Nur wenige Sekunden später schlug im oberen Stockwerk eine Tür, und Kriminalhauptmeister Poppe kam die breite Holztreppe heruntergeeilt. Er trug ein anderes Sportsakko als tags zuvor, das jedoch nicht weniger modisch wirkte.

»Herr Wiesenburg, guten Morgen. Sie können Ihr Auto natürlich mitnehmen. Die Sachen von Frau Wolff würden wir gern noch eine Weile behalten.« Poppe reichte Jonas den Autoschlüssel.

»Ja, okay. Danke«, antwortete der Student.

»Die Kollegen bringen Sie raus.« Damit machte der junge Kriminalist auf dem Absatz kehrt und war schon wieder auf dem Weg in die obere Etage.

Gemeinsam mit vier schweigenden Polizisten ging Jonas hinaus auf den Parkplatz. Als er seine Reisetasche in seinem Auto verstaut hatte, entdeckte er eine große Anzahl schwarzer Gestalten, die sich in einer langen Kette durch ein Waldstück seitlich des Feengrottenberges kämpften. Nachdem sie noch etwas weiter aus dem Nebel getreten waren, sah Jonas, dass es sich um Bereitschaftspolizisten handelte. Auch die Hundeführer waren dabei.

Jetzt suchen sie draußen, ging es ihm durch den Kopf. Also haben sie das Bergwerk aufgegeben. Er konnte nicht sagen warum, aber irgendwie hatte er das Gefühl, dass das nicht richtig war.

Jonas rollte mit seinem Corsa vom Gelände. Hier konnte er im Moment nichts weiter tun. Also würde er sich erst mal um eine neue Unterkunft kümmern.

Wenige Minuten später bog er in den alten Ortsteil Garnsdorf am Fuße der Feengrotten ein und stellte sein Auto am Ende einer kleinen Gasse ab. Kurz darauf stand er vor dem großen Fachwerkhaus von Johann Hünninger. Einmal wollte er noch versuchen, den Alten zu erreichen. Vielleicht vermietete er ihm wirklich ein Zimmer.

Das betagte Gemäuer wirkte jetzt, wo es vom schleichenden Bergnebel umfangen war, noch entrückter als am Vortag. Alle Fenster waren dunkel und glotzten ihn aus der zerklüfteten Ziegelmauer wie lauernde Augen an. Der schmale Grat zwischen romantischer Idylle und unheimlicher Düsternis war nicht mehr sicher auszumachen, und Jonas fand das Anwesen anziehend und abschreckend zugleich.

Wieder drückte er auf die alte Porzellanklingel, und wie am Vorabend verhallte der entfernte Glockenton, ohne dass sich etwas tat.

In diesem Moment schmetterte sein eigenes Smartphone los. Erschrocken zog er das Gerät aus seiner Jacke und blickte auf das Display. *Wolff, Schömberg.* Fenjas Eltern.

Beklommen nahm der Student das Gespräch an.

»Hallo, Jonas? Hier sind Helga und Jochen.« Die Stimme von Fenjas Mutter klang dünn und zerbrechlich, so, wie es Jonas bei der hemdsärmeligen Landwirtin noch nie erlebt hatte.

»Hallo«, sagte Jonas. Mehr brachte er nicht hervor.

Einen kurzen Moment herrschte Stille, dann fragte Helga: »Jonas, was ist denn bei euch los? Die Polizei hat angerufen, sie haben Fragen über Fenja gestellt. Und über dich. Sie haben gesagt, Fenja wird vermisst.«

»Ja. Das stimmt, leider. Ich wollte euch gestern nicht verrückt machen.«

»Aber das kann doch nicht sein. Das Kind rennt doch nicht einfach so weg. Hat sie dir denn nichts gesagt?«

»Nein. Sie war vorgestern Abend noch mal in den Grotten, und danach hat sie keiner mehr gesehen. Seitdem suche ich sie überall.«

»Um Gottes Willen. Was wollte sie denn bloß da drin? So spät abends kriecht doch kein vernünftiger Mensch mehr in einem Bergwerk rum!« Helga Wolff hörte sich verzweifelt an.

»Das weißt du doch. Sie braucht das für ihr Studium. Aber die Polizei hat die gesamten Feengrotten durchsucht. Da ist sie nicht mehr.«

»Ganz sicher?«

Nein. Jonas fielen die merkwürdigen Andeutungen von Ingrid Wohlmuth über die verlassenen Stollen wieder ein. Und über die ominöse vierte Sohle, eine unbekannte Etage im Bergwerk, deren Existenz umstritten war. Aber er antwortete: »Ja, ganz sicher. Wenn sie drin gewesen wäre, hätten sie sie gefunden. Sie haben sogar mit Hunden gesucht.«

»Und wenn ihr jemand etwas angetan hat?« Jonas wusste nicht, ob man Tränen hören konnte, aber jetzt war er sich sicher, dass Fenjas Mutter still weinte.

»Ach quatsch. Wer sollte ihr denn etwas antun?«

»Man hört so viel. Die ganze Zeitung ist voll davon. Und das Fernsehen auch.«

»Helga, wir sind hier in Saalfeld. Nicht in New York. Hier passiert doch so was nicht.« Noch während er es aussprach, wurde ihm klar, wie absurd jeder Versuch war, die besorgte und verängstigte Mutter zu beruhigen.

»Jonas, ich hab Angst«, sagte Helga Wolff leise. In dem Satz lag eine erdrückende Ruhe. So, als wüsste sie ganz sicher, dass etwas unaussprechbar Schlimmes geschehen war.

»Soll ich zu euch kommen?«

»Nein. Es ist besser, wenn du in Saalfeld bleibst. Wenn Fenja zurückkommt. Sie weiß ja, dass du bei den Feengrotten wartest. Wir können hier nicht weg. Die Polizei hat gesagt, wir sollen auf jeden Fall zu Hause bleiben. Falls sie sich hier meldet.«

»Ist gut. Macht euch nicht zu viele Sorgen. Die Polizei hat gesagt, es kann auch alles ganz harmlos sein. Die haben Erfahrung damit.«

»Jonas, glaubst du das wirklich?«

So gerne er Helga trösten wollte – es wäre ihm unredlich vorgekommen, jetzt mit einem einfachen »Ja« zu antworten. Stattdessen sagte er: »Ich finde Fenja, das verspreche ich euch.«

»Du meldest dich gleich?«

»Ja. Sofort, wenn ich etwas höre.«

»Pass auf dich auf.«

»Ja. Also. Macht's gut.«

»Mach's gut.«

Bedrückt steckte Jonas sein Telefon zurück in die Jackentasche. Die Sorge von Fenjas Eltern ließ die Situation mit einem Male doppelt schwer wiegen. Gedankenversunken sah er zu dem alten, düsteren Fachwerkbau hinüber, dessen steiler Dachgiebel fast komplett im milchigen Hochnebel verschwand. Selbst das Wetter schien sich auf die Ereignisse an den Feengrotten eingestellt zu haben.

»Was wollen Sie von mir?« Die Stimme war ganz dicht. Laut. Energisch. Knarrend. Nur wenige Zentimeter hinter Jonas' Rücken.

Der Student schrak zusammen und schnellte herum.

15

Vor Jonas auf der Straße stand ein alter Mann. Seine Statur war klein und schlank, aber er wirkte keinesfalls schwach, sondern sehnig und zäh. Er trug einen abgenutzten schwarzen Sonntagsanzug. Das Gesicht des Mannes war von unzähligen tiefen Falten durchzogen. Schlohweißes, wirres Haar umkränzte den kantigen Schädel. Eine knochige Hakennase und ein harter, schmaler Mund verliehen ihm eine unerbittliche Strenge. Aber das Einprägsamste waren die tiefliegenden, schwarzen Augen, die Jonas mit einem stechenden Blick fixierten. In der rechten Hand, die ebenfalls faltenübersät war, hielt der Alte einen antiquierten Gehstock mit einem metallenen Knauf.

Die gesamte Erscheinung hatte etwas Raubtierhaftes an sich. Düster, unergründlich und sprungbereit.

»Was wollen Sie von mir?«, fragte der Mann noch einmal, und seine eigentümliche Stimme schnitt scharf durch den Nebel.

»Nichts. Ich möchte zu Herrn Hünninger. Ich habe eben schon bei ihm geklingelt, aber es hört keiner«, antwortete Jonas etwas konfus und deutete hinter sich auf das Fachwerkhaus. Er war immer noch erschrocken vom plötzlichen Auftauchen des Alten und hatte keine Idee, wie lange der Mann schon unbemerkt hinter ihm gestanden hatte.

»Der ist nicht da«, knurrte die schwarze Gestalt unfreundlich.

»Kennen Sie Herrn Hünninger?«, fragte Jonas, und er bemühte sich um einen betont höflichen Ton.

»Selbstverständlich kenne ich Herrn Hünninger.«

»Wissen Sie, wie ich ihn erreichen kann?«

»Das haben Sie schon. Er steht vor Ihnen.«

Jonas war überrascht. »Sie sind Johann Hünninger? Entschuldigung, das wusste ich nicht.«

»Wieso drücken Sie sich hier vor meinem Haus rum?«, entgegnete der Alte misstrauisch.

»Ich wollte mit Ihnen sprechen.«

»Sprechen? Worüber? Sind Sie vom Amt?« Die Augen des Mannes bekamen einen zornglühenden Ausdruck.

»Nein, ich –«

»Letztes Jahr habt ihr lausiges Pack mir den Strom abgedreht. Noch mal lasse ich mir das nicht bieten! Ziehen Sie Leine, bevor ich Ihnen die Sackeier um die Knöchel binde!«

Der alte Mann, der sich heftig in Rage geredet hatte, schritt auf Jonas zu und hob drohend seinen Gehstock. Jonas wich zurück, bis ihm der marode Lattenzaun in den Rücken drückte, und versuchte zu Wort zu kommen: »Herr Hünninger, bleiben Sie cool. Ich bin von keinem Amt. Bitte beruhigen Sie sich. Ich möchte nur kurz mit Ihnen sprechen.«

»Na, dann sprechen Sie mal. Ich höre«, verlangte der zornige Mann, ohne den Stock zu senken. Obwohl er viel kleiner war als der Student, schien er keinerlei Furcht zu empfinden.

»Ich suche ein Zimmer«, brachte Jonas hervor.

»Was für ein Zimmer?«

»Eine Übernachtungsmöglichkeit. Ein Bett. Etwas Einfaches. Irgendeine Bleibe, nur für ein paar Tage.«

»Und da kommen Sie zu mir? Ich bin kein Hotel. Ich vermiete nicht. Das weiß hier jeder. Und jetzt hauen Sie ab. Bevor ich es mir anders überlege und Sie höchstpersönlich zum Teufel schicke! Dort können Sie auch gleich übernachten!«

»Okay, okay, ich gehe ja schon.« Jonas hatte sich bereits aus der unbequemen Position zwischen dem tanzenden Gehstock und dem Zaun herausgewunden und einen großen Schritt zurück auf die Straße gemacht. Jetzt, wo ihm ein Fluchtweg offenstand, versuchte er es noch ein letztes Mal: »Schade. Ich hatte gehofft, Sie könnten mir helfen. Frau Wohlmuth meinte, Sie wohnen allein in einem tollen alten Fachwerkhaus und würden sich vielleicht über einen Gast freuen.«

»Ich kenne keine Frau Wohlmuth. Und Gäste sind mir suspekt«, gab der Sonderling knurrend zurück, aber etwas von der Aggressivität war aus seiner Stimme gewichen. Die Erwähnung seines Hauses schien ihn für einen Moment milder zu stimmen. Was Jonas keineswegs weiterhalf, denn der Alte fügte sofort hinzu: »Ich denke, Sie wissen, wie Sie zurückfinden. Guten Tag.« Damit drehte er sich um und schritt erhobenen Hauptes auf die windschiefe Gartentür zu, die zu seinem Grundstück führte.

»Verfluchtes Bergwerk!«, entfuhr es Jonas. Irgendwie ging alles schief, seit er in den Feengrotten angekommen war. Enttäuscht machte er kehrt, um zu seinem Auto zurückzulaufen. Doch plötzlich vernahm er hinter sich die Stimme des Alten, die jetzt einen merkwürdigen scharfen Ton hatte: »Was haben Sie da gesagt?«

Jonas blickte zurück. Der alte Mann stand noch immer am Zaun seines Grundstücks und wandte ihm den Rücken zu. Aber der Student war sich sicher, dass er sich nicht verhört hatte. Etwas an der Situation war merkwürdig. Hünninger schien im Gehen erstarrt zu sein. Vor dem düsteren Grundstück, in dessen verwilderten Ausläufern fetzenhafte Nebelschwaden hingen, wirkte die kleine schwarze Gestalt wie eine Figur in einem eingefrorenen Bühnenstück.

»Herr Hünninger, ist alles in Ordnung?« Jonas ging einige Schritte zurück, auf den Alten zu. Nicht sicher, ob er im nächsten Moment wegrennen oder den betagten Sonderling auffangen musste.

Da drehte sich der sehnige Mann langsam zu ihm um. Seine kleinen, schwarzen Augen bewegten sich unruhig in den tiefen Höhlen hin und her, als er fragte: »Was haben Sie da eben gesagt?«

»Entschuldigung. Ich war nur sauer. Das hat nichts mit Ihnen zu tun.« Jonas hatte Mühe, höflich und beherrscht zu bleiben. Erst ließ ihn Hünninger abtreten, und jetzt war er offensichtlich beleidigt, dass seine Abfuhr nicht mit Jubel aufgenommen wurde.

Doch Hünninger ließ nicht locker: »Das Bergwerk. Wie haben Sie das gemeint?«

Jonas wusste nicht, was er darauf antworten sollte. Seine Probleme gingen den gnatzigen Alten nichts an. Doch aus einem Gefühl heraus, das er auch später nicht mehr so ganz erklären konnte, sagte er geradeheraus: »Meine Freundin ist verschwunden. Sie heißt Fenja. Ich suche sie seit zwei Tagen. Ich habe kaum noch Geld, und ich brauche eine Bleibe.«

Der alte Hünninger antwortete nicht. Nicht sofort. Er sah Jonas an, aber seine Aufmerksamkeit schien nicht auf sein Gegenüber, sondern auf sein eigenes Inneres gerichtet zu sein. Nach einem Moment des Schweigens fragte er mit einem merkwürdigen Flackern im Blick: »Ist sie im Bergwerk verschwunden?«

Jonas sah dem Alten ins Gesicht. »Ja.« Doch dann fügte er hinzu: »Das heißt, die Polizei meint, sie könnte auch irgendwo draußen unterwegs –«

»Ich habe nicht gefragt, was die Polizei denkt. Ich habe gefragt, wo sie verschwunden ist. Im Bergwerk, hab ich recht?«, hakte der Alte noch einmal nach. Obwohl die Frage mit geradezu bohrender Eindringlichkeit gestellt war, glaubte Jonas, ein leichtes Zittern in der Stimme Hünningers wahrzunehmen, so, als fürchte er sich vor der Antwort.

»Ich weiß es nicht. Ja. Sie wollte in den Berg. Vorgestern Nachmittag. Seitdem ist sie nicht mehr aufgetaucht.«

Ehe der Student reagieren konnte, schnellte der Alte nach vorn, griff nach Jonas' Handgelenk und umklammerte es mit eiserner Kraft. Sein Blick bekam etwas Stechendes, fast Fieberhaftes, als er zischte: »Der Berg ist nicht gut. Ich gebe Ihnen einen Rat. Halten Sie sich fern von ihm.«

Der Ausbruch hatte Jonas völlig überrumpelt. »Ist klar. Logisch. Gebongt. Mach ich. Danke für die Warnung.« Vorsichtig, so unaufgeregt wie möglich, versuchte er sich aus dem Griff des Alten zu befreien: »Entschuldigung, mein Arm …«

Nichts wie weg hier!

Hünninger blickte überrascht auf das Handgelenk des Studenten. Er entließ ihn aus seinem Schraubstockgriff, so, als wäre er selbst überrascht, was da gerade passiert war.

»Danke«, sagte Jonas und trat vorsichtig einen Schritt zurück. Er war sich jetzt sicher, dass der sonderliche Eigenbrötler irre war. »Auf Wiedersehen, Herr Hünninger.«

»Sie können Ihr Zimmer haben.« Von einer Sekunde auf die nächste hatte der Alte wieder zu seinem unfreundlichen, schnoddrigen Tonfall zurückgefunden. Als wäre nichts gewesen, betrat er mit festen Schritten sein Grundstück. Auf der Treppe zu seinem Haus drehte er sich noch einmal um. »Wollen Sie nun, oder wollen Sie nicht?«

Jonas, der immer noch perplex auf der Straße stand, antwortete ausweichend: »Was würde das denn kosten?«

»Später«, warf ihm der Alte barsch zu, begleitet von einer abwinkenden Geste, die die Frage als lästig abqualifizierte. Ohne auf den Studenten zu warten, verschwand Hünninger in dem großen Haus.

Jonas gab sich einen Ruck. Er brauchte eine Unterkunft, dringend, sonst konnte er Fenja nicht helfen. Was auch immer das bedeutete. Zögerlich durchquerte er das Grundstück, stieg die drei ausgetretenen Steintreppen zum Eingangsportal hinauf und betrat das betagte Haus. Hinter der schweren, zweiflügligen Tür aus verwittertem Holz führte ein dunkles Foyer tief in die Eingeweide des alten Gebäudes. Der Boden der Vorhalle war mit grauen Steinplatten ausgelegt, deren abgewetzte, kühle Oberfläche an das Innere alter Burgen und Gewölbe erinnerte. An der Decke brannte eine große, altmodische Lampe. Ringsum zweigten zahlreiche Zimmertüren ab, die alle einen Spalt offen standen. Weiter hinten führte eine breite Treppe aus verzierten Balken in die oberen Etagen. Der Alte war nicht zu sehen.

Plötzlich begannen über Jonas' Kopf Holzdielen zu knarren, und einen Moment später kam Josef Hünninger die urtümliche Treppe heruntergestiegen. In seinen Händen trug er ein Holzbrett, auf dem sich ein Stapel penibel zusammengelegter Leinentücher befand. Jonas' neuer Gastgeber stellte das improvisierte Tablett in der Eingangshalle ab und legte einen einzelnen großen Schlüssel dazu.

»Der ist für die Haustür. Wenn ich da bin, bleibt offen.« Hünninger legte seinen grantigen Ton auch jetzt nicht ab. Er hatte einen Untermieter, wahrscheinlich das erste Mal in seinem Leben, aber er schien keinerlei wirkliches Interesse an seinem Gast zu haben.

»Okay. Wo soll ich schlafen?« Jonas sah sich in der kühlen Halle um.

»Suchen Sie sich ein Zimmer aus. Hier unten. Oben haben Sie nichts zu suchen.«

»Ist klar.«

»Badezimmer ist da hinten. Feuerholz draußen im Schuppen. Versorgen müssen Sie sich selbst. Und das Licht …«, damit wies Hünninger auf die große Milchglasschüssel der Deckenleuchte, »das Licht bleibt an!«

»Gut.«

»Auch am Tage.«

»Verstanden.« Merkwürdig.

»Noch Fragen? Ich habe keine Lust, dass Sie mir alle naselang auf die Nerven gehen.«

»Nein, im Moment nicht. Danke. Übrigens – ich heiße Jonas.« Der Student lächelte entwaffnend und streckte dem Alten seine Hand hin. Doch Hünninger musterte ihn nur kurz, mit einem missbilligenden Blick, so, als wäre die Nennung des Namens schon eine Vertraulichkeit, die er sich verbat. Dann drehte er sich wortlos um und stieg die Treppen hinauf.

16

AUS DEM TAGEBUCH DES STEIGERS JAKOB BRUNNER

Garnsdorf am 2. September im Jahre des Herrn 1860. Heute habe ich zum letzten Mal versucht, das Bergwerk zu verlassen. Ich war bereit, noch einmal alle Kraft zu sammeln und alle Pein auf mich zu nehmen, die dieser Weg mir auferlegt. Doch ging es nicht. Der Herrgott ist mein Zeuge. Kein Sterblicher kann diese unerhörte Qual ertragen. Versuche ich nur, die Oberfläche zu erreichen, beginnt ein grauenhafter Schmerz, der tiefe Todesfurcht verleiht. Es ist nicht Licht noch Luft, was mich bedroht. Es ist die Ferne von der Quelle, die mich so eisern in die Schranken zwingt! Ich beuge mich. Auf diese Weise will ich nicht zugrunde gehen. So bleibe ich im Inneren des Berges, in meiner Grotte, die zu den fernsten und den ältesten gehört. Weitab von allen Stollen, die bekannt und leicht begehbar sind. Das dunkle Labyrinth wird nun zu meinem neuen Heim. Hier ist die Quelle, die mich leben lässt. Wenn ich an ihr mich gütlich tue, dann fehlt es mir an nichts. Seit Wochen hab ich keinen Hunger mehr verspürt. Und dennoch strotzt mein Körper voller Stärke. Die Haut ist weich und neu. Die Narben an den Beinen nicht mehr da. Ich spüre eine stete Euphorie, wenn ich nur treu von diesem Wasser trinke.

Mein Berggeleucht und all die Kerzen, die ich in meinen ersten Tagen noch zum Vorrat hatte, sind nun verbraucht. Mein neues Reich ist voll von Finsternis, doch kann auf wundersame Weise ich in dieser Höhle leidlich sehen. Die Bergkristalle leuchten hier mit sonderbarer Eigenart, und meine Augen lernen Stück für Stück, aus dieser unbekannten Kraft für sich ein Bild zu schöpfen. Die Höhle ist verzweigt und einer Kathedrale gleich. Ihr Ursprung kann fast nur zur Anfangszeit des alten Bergwerks liegen, schon längst vergessen und begraben unter schwerem Stein. Doch muss es einen kleinen hohlen Spalt zur Oberfläche geben. Ein Windzug fährt durch diese Gänge, mal etwas mehr, mal etwas weniger, so ist die Luft hier unten nie verbraucht. Und auch ein schmales Dämmerlicht dringt irgendwo durch diesen Fels herab und fängt als winzig kleiner Punkt sich oben in der Kuppel dieses Baus. So kann ich sehen, ob es Tag ist oder Nacht. Ich sammle Steine auf und baue meinen eigenen Kalender. Die kleinen Splitter für die Tage, die größeren für Wochen und für den Monat große Brocken. Ob ich bald in Jahren rechnen muss?

Ich führe Tagebuch von dem, was mir geschieht. Die ersten Wochen nutzte ich Papier dazu, aus meiner Mappe für die Inspektion. Doch längst hab ich die sturen Niederschriften aufgegeben, bevor noch dieses Blätterwerk zu Ende war. Viel besser schreib ich meine Sätze ins Gedächtnis ein. Denn wenn ich das nicht tue, bin ich schon bald dem Wahnsinn nah. Der Kopf will etwas tun, anstatt auf unerbittliches Gestein zu starren. So bleibt mir nur mein eignes, neues Leben, was ich mir immer wieder selbst erzählen kann. Und ich vergesse nichts. Kein einziger Gedanke, der aus dem Berg entweichen könnte. Das Tagebuch brennt sich in meinen Kopf. Vielleicht kommt einst die Zeit, wo ich es nutzen kann. Für Wilhelm, meinen Sohn.

Wie gerne würde ich die Sonne sehen. Nur einmal noch. Doch ist der Preis zu hoch. Die Quelle duldet kein Entrinnen. Und alles draußen bringt mich um. Der Berg tut Gutes, doch er fesselt mich in seinem Herzen. Ich bin gerettet und der Welt verloren.

17

Alles an Hünningers Haus machte einen alten Eindruck. Das Gebäude selbst hatte einige Hundert Jahre auf dem Buckel; Jonas schätzte, dass es irgendwann im späten Mittelalter errichtet worden war. Die urtümliche Holzkonstruktion des Fachwerkbaus setzte sich auch im Inneren fort, und alle gemauerten Wände waren mit schlichter weißer Kalkfarbe getüncht, die im Laufe der Zeit einen gelblich gedeckten Ton angenommen hatte. Auch die moderneren Einrichtungsgegenstände, wenn man davon überhaupt sprechen konnte, entstammten spätestens den Sechzigerjahren des 20. Jahrhunderts.

Jonas warf einen Blick in alle Zimmer, die von der Eingangshalle abgingen. Keines von ihnen machte einen bewohnten Eindruck. Einige waren spärlich möbliert, andere nur mit alten Schränken, Kisten und Truhen vollgestellt.

Schließlich entschied sich der Student für einen kleinen Raum, der gleich links hinter der Eingangstür abzweigte und zwei kleine Fenster zur Straße hinaus hatte. Die wenigen Möbel waren mit alten Decken verhängt, die den Staub vieler Jahre aufgenommen hatten. Jonas gelang es, eines der beiden schwergängigen Fenster zu öffnen, bevor er die Stoffbahnen vorsichtig von den Einrichtungsgegenständen hob und nach draußen ausschüttelte.

Die Ausstattung des kleinen Zimmers war leicht zu überblicken. Es gab einen einfachen Holztisch mit zwei kantigen Stühlen, ein leeres Regal aus grobschlächtigen Brettern und vor allem ein Bett. Es war offensichtlich schon sehr betagt und im Stile alter Bauernmöbel gehalten. Früher einmal mochte es bunt bemalt gewesen sein, jetzt zeugten nur noch ein paar verblasste Farbinseln von den ursprünglichen Blumenmotiven.

In einer Ecke stand ein kleiner Kanonenofen aus schwarzem Gusseisen, dessen Ofenrohr offensichtlich wirklich zu einem Schornstein führte und der auf Jonas einen halbwegs vertrauenswürdigen Eindruck machte.

Ansonsten beschränkte sich die weitere Einrichtung auf eine nackte Birne an der Decke und einen über die Jahre nachgedunkelten Ölschinken, dessen Entstehungszeit nicht zu schätzen war und der die Berge der Umgebung zeigte.

Mithilfe vergilbter Zeitungen, die er im Hausflur entdeckt hatte, und einiger Holzscheite aus einem windschiefen Schuppen brachte der Student den Ofen in Gang, der schon nach wenigen Minuten laut knisterte und eine bullige Wärme abgab, als wäre er dankbar, nach vielen Jahren wieder zum Leben erweckt worden zu sein.

Nach einer zweistündigen Reinigungsaktion verstaute Jonas seine Sachen im Regal, rückte den Tisch unter eines der Fenster und bezog das Bett mit einigen der Leinenbezüge, die ihm der Alte vorhin heruntergebracht hatte. Dann sah er sich in seinem neuen Reich um und nickte zufrieden. Großen Komfort brauchte er nicht, und für einen Geschichtsstudenten mit Schwerpunkt Mittelalter passte dieses Quartier sogar irgendwie ganz gut.

Seit Jonas eingezogen war, hatte er den alten Hünninger weder gehört noch gesehen. Im Moment sollte es ihm recht sein. Der Gedanke an den merkwürdigen Kauz und dessen eigenartigen Ausbruch, als sie auf das Schaubergwerk zu sprechen gekommen waren, hatten ein beklemmendes Gefühl hinterlassen.

Jonas zog seine Jacke über und trat vor das Haus.

Auf dem Weg hierher hatte er einen kleinen Supermarkt gesehen. Heute war Samstag. Es war sinnvoll, sich wenigstens mit dem Nötigsten an Nahrungsmitteln einzudecken, bevor die Läden bis Montag schlossen.

Der Hochnebel hatte sich inzwischen verzogen, aber die Sonne schaffte es heute nicht, das milchige Grau der Wolken zu durchdringen.

Plötzlich erfüllte sich die Luft mit einem lauten Rattern, das irgendwo von oben kam und schnell lauter wurde. Einen Moment später donnerte ein blauroter Hubschrauber in schnellem Flug über den Ortsteil in Richtung der Berge. Dorthin, wo die Feengrotten waren. Jonas' Interesse war geweckt. Er lief durch einige Gassen, bis er freie Sicht auf die Hänge hatte. Wie ein lauerndes Insekt stand der Helikopter dort in der Luft, dann begann er, das unwegsame Waldgebiet in langsamen Bahnen wieder und wieder zu überfliegen.

An einer der Kufen konnte Jonas eine schwarze Kugel erkennen, und er vermutete, dass sich darin eine Wärmebildkamera befand, mit der die Besatzung auch in bewaldeten Gebieten Personen aufspüren konnte.

Jetzt suchen sie Fenja sogar mit einem Hubschrauber. Dann muss die Sache wirklich ernst sein, und die beruhigenden Worte der Kommissarin waren purer Zweckoptimismus gewesen.

Gelegentlich stoppte der Hubschrauber und schien seine Aufmerksamkeit auf eine Stelle zu konzentrieren, aber jedes Mal setzte er seine Suche nach kurzer Zeit fort. Je nach dem Stand des Windes und der Flugrichtung wurde das Rotorengeräusch lauter oder leiser, aber es riss niemals gänzlich ab. Jonas starrte gebannt auf das technoide Insekt, das die Feengrottenberge mit bedächtiger Kontinuität wieder und wieder abscannte.

Dann riss er sich los und folgte den Gassen von Garnsdorf hinauf zur Hauptstraße. Er wandte sich in Richtung des Saalfelder

Stadtzentrums, und es dauerte nicht lange, bis er den Supermarkt erreicht hatte. Der nicht allzu große Parkplatz vor der flachen Halle war brechend voll, und überall kreuzten genervte Autofahrer die Bahn genervter Einkaufswagenlenker, was zu einem mit Flüchen und Vogelzeigen ausgeschmückten Hupkonzert führte. Wenigstens hatte der Markt noch geöffnet.

Während Jonas gemeinsam mit einer kleinen Schar ungeduldiger Saalfelder darauf wartete, einen der knapp gewordenen Korbwagen zu ergattern, entdeckte er am Rande der Parkfläche plötzlich Wilko Ehl. Der Hilfsschlosser aus den Feengrotten schien jemanden zu suchen. Nervös ließ er seinen Blick über die Autoreihen schweifen. Dann ging er zielstrebig zur gegenüberliegenden Seite des Platzes, öffnete die Beifahrertür eines silbernen BMW Cabrio mit geschlossenem Verdeck und setzte sich hinein. Es dauerte nicht lange, da öffnete sich die Tür erneut, und Ehl stieg wieder aus. Ohne sich noch einmal umzudrehen, verschwand er in einer Seitengasse. Wenig später startete auch der BMW und rollte zur Ausfahrt. Für einen kurzen Moment fiel Jonas' Blick auf den Fahrer. Es war André Benedikt.

Der smarte Marketingassistent und der grobschlächtige Ehl konnten unterschiedlicher nicht sein. Was hatten die beiden miteinander zu schaffen? Und warum trafen sie sich hier und nicht in den Feengrotten, wo sie beide angestellt waren?

»Wollen Sie nun einen Wagen oder nicht? Sonst nehme ich ihn.« Ein aufgebrachter Rentner, der hinter Jonas in der Schlange stand, deutete brüsk auf den leeren Einkaufswagen, der gerade von einer drallen Mittfünfzigerin umständlich im Abstellbereich an die Kette gelegt wurde. Nachdem es ihr endlich gelungen war, ihren Euro aus dem ausgeschlagenen Plastikschloss zu rütteln, löste Jonas den Wagen in umgekehrter Reihenfolge wieder von der Arretierung und flüchtete damit in die Einkaufshalle. Nur den

Betrieb nicht aufhalten. Kurz vor Ladenschluss war die Geduld der Leute ausgereizt.

Wie das Gerangel auf dem Parkplatz schon vermuten ließ, war auch der Supermarkt zum Bersten gefüllt. Jonas sammelte nach und nach die nötigsten Nahrungsmittel ein, jonglierte seinen Einkauf geduldig durch die engen Regalfluchten und umschiffte behutsam die Wagen der anderen Kunden, die diese mit sicherem Gespür an den engsten Stellen stehen ließen, um mit freien Händen zur Jagd nach Sonderangeboten auszuschwärmen.

Jonas dachte immer noch über die merkwürdige Begegnung von Ehl und Benedikt nach. Das Treffen hatte etwas Geheimes, etwas Konspiratives gehabt. Und auch die provozierenden Anspielungen in Bezug auf Fenja, die der aalglatte Marketingassistent gestern Abend im Pappenheimer gemacht hatte, kamen ihm nun wieder in den Kopf.

Als er in eine Abteilung gelangte, in der ein großer Holztisch mit Schnittblumen aufgebaut war, hielt er unvermittelt inne. Ganz am Ende des Tisches, der mithilfe zweier großer Speichenräder wie ein ländlicher Leiterwagen dekoriert war, stand ein großer erdfarbener Tonkrug voller Sonnenblumen. Beim Anblick der ausladenden, leuchtend gelben Blüten fühlte Jonas einen Stich im Herzen. Als er Fenja zu Beginn seines Studiums auf einer Semesterparty kennengelernt hatte, war er gleich von ihr verzaubert gewesen. An diesem Abend brach die zierliche Geologiestudentin viel zu früh nach Hause auf, aber beim Hinausgehen warf sie ihm ein spitzbübisches Lächeln zu, in das er sich sofort verliebt hatte. Danach war er ihr auf dem Unigelände immer wieder begegnet, aber es gingen Wochen ins Land, ohne dass er den Mut aufgebracht hatte, sie anzusprechen. An Selbstvertrauen fehlte es ihm nicht, aber irgendwie hielt er ihre erste Begegnung für so kostbar und zerbrechlich, dass er befürchtete, dieser kleine innige

Moment könnte sich als Träumerei erweisen, wenn er hinterfragt wurde.

Dann, an einem drückend warmen Nachmittag, hatte er an einem Marktstand eine einsame Sonnenblume entdeckt. Sie war riesengroß und saß auf einem dicken, zwei Meter langen Stiel. Die Blume war wunderschön, aber auch so lang und sperrig, dass niemand sie bisher hatte kaufen wollen. Traurig blickte ihr Kopf von ganz oben über all die anderen Sträuße und Gebinde, die graziler waren, gefälliger und vor allem besser zu transportieren. In diesem Moment hatte Jonas einen Entschluss gefasst. Ohne nachzudenken, kaufte er die riesige Blume und marschierte mit ihr schnurstracks zum Studentenwohnheim. Wo Fenja wohnte, wusste er bereits. Nun stand er vor ihrer Tür, klingelte und drückte der überraschten Studentin das monströse Gewächs wie eine Fahnenstange in die Hand.

»Darf ich dich auf einen Wein einladen?«, fragte er ohne Umschweife, und er spürte ein verdächtiges Glühen auf seinen Wangen, das ihn befürchten ließ, gerade knallrot zu werden. Schnell fügte er hinzu: »Die Blume musst du aber mitnehmen.«

»Vielleicht lieber ein Bier?«, schlug Fenja mit einem verschwörerischen Grinsen vor. »Für die Blume, meine ich. Dann bleibt sie schön gelb und wird nicht so schnell rot.« Daraufhin mussten beide lachen, und noch am selben Abend trafen sie sich in einer handfesten Bierkneipe. Die Blume nahmen sie mit, darauf hatte Fenja bestanden.

Ihre Beziehung hatte sofort begonnen, explosiv und bedingungslos. So, als hätten beide nur darauf gewartet, sich zu finden, um die unendlichen verlorenen Jahre nachzuholen, in denen sie sich noch nicht gekannt hatten. Seitdem hatte er ihr bei vielen Gelegenheiten eine einzelne Sonnenblume geschenkt. Es war das Symbol ihrer Liebe geworden.

Jetzt, in dem überfüllten Garnsdorfer Supermarkt, bekam die Erinnerung einen schmerzhaften Beigeschmack. Die Angst, die Fenjas plötzliches Verschwinden ausgelöst hatte, kehrte in kalten Wellen zurück. Kurz entschlossen wählte Jonas eine der gelben Blumen aus und legte sie behutsam zu seinem Einkauf in den Wagen. Er durfte sich nicht lähmen lassen. Fenja brauchte ihn jetzt, da war er sich sicher. Auch wenn er die genauen Umstände ihres Fortbleibens nicht kannte. Er musste nach vorn blicken. Etwas tun. Jonas stellte sich an der Kasse an, bezahlte und verließ den Supermarkt.

18

Als Jonas auf den Parkplatz vor der Markthalle trat, schwebte der rotblaue Polizeihubschrauber schon wieder lärmend über das Viertel hinweg und flog erneut in Richtung der bewaldeten Bergkette, die sich unweit des Stadtrandes über den Ausläufern von Garnsdorf erhob. Die Menschen vor dem Supermarkt reckten neugierig ihre Köpfe nach oben, und auch Jonas blickte dem riesigen Vogel ein weiteres Mal gebannt nach. Dann riss er sich von dem Anblick los und überquerte den Parkplatz.

»Vorsicht!« Fast wäre er mit Marco Jäckel zusammengestoßen, dem technischen Leiter der Feengrotten. Jäckel trug einen hoffnungslos überfüllten Pappkarton mit Einkäufen vor sich her, besser gesagt, er balancierte ihn, was ihn zu einer unbequemen Körperhaltung zwang. Eben rutschte ein Stück Butter aus seiner verzweifelten Umklammerung und schlug, abgefälscht von einem unbeholfenen Beinschlenker, mit einem satten Geräusch auf dem Bitumenboden auf.

»Ach, Herr Jäckel. Hallo. Soll ich Ihnen helfen?«, bot Jonas schnell an, setzte seine Beutel ab und hielt Jäckel die deformierte Butter entgegen, ohne so recht zu wissen, wo in dem vollgepackten Karton er sie wieder unterbringen sollte.

»Ist schon gut, danke«, gab Jäckel zurück. »Mein Auto steht gleich hier.« Damit trat er ans Heck eines ungewaschenen, dunkelgrünen VW Passat.

»Sandra, Mensch, komm doch mal! Mach mal auf hier«, rief Jäckel ärgerlich nach hinten, und jetzt erst bemerkte Jonas die blonde junge Frau, die dem technischen Leiter in einigem

Abstand gelangweilt hinterherbummelte. Er erkannte sie sofort. Es war eine der drei Feen, die André Benedikt gestern Abend im Pappenheimer begleitet hatten. Diejenige, die dem Marketingassistenten am intensivsten an den Lippen gehangen hatte.

Jetzt trug sie ein neues Outfit, war aber nicht weniger gestylt als am Vorabend. In einer Hand beförderte sie ein großes, erdiges Bund Möhren, besser, sie hielt es mit spitzen Fingern möglichst weit von ihrem Körper weg, während sie mit der anderen Hand ihr Smartphone bediente.

»Sandra. Ich hab nicht ewig Zeit«, erinnerte Jäckel noch einmal mit Nachdruck an seine missliche Lage. Immerhin erreichte er damit, dass die blonde Schöne ihr Handy wegsteckte und die Heckklappe des Autos öffnete.

Nachdem die Einkäufe im Kofferraum verstaut waren und der Techniker seine Begleiterin von ihrem missliebigen Möhrenbund befreit hatte, drehte er sich zu dem Studenten um und gab ihm die Hand. »Hallo erst mal. Haben Sie schon was gehört?«

Jonas wusste, dass Jäckel auf Fenja anspielte, und seine Nachfrage klang nach ehrlichem Interesse.

»Nein, noch nicht. Die Polizei hat jetzt alles abgesperrt.«

»Ich weiß schon. Der ganze Berg ist belagert.« Jäckel winkte resignierend ab. Wahrscheinlich stand er als technischer Leiter ziemlich unter Druck; immerhin hatte er Fenja alleine in dem Bergwerk arbeiten lassen, ohne sie dabei ständig zu beaufsichtigen. »Wollen Sie schnell einen Kaffee mit mir trinken?«, fragte er spontan und deutete auf einen kleinen Imbissstand am Rande des Parkplatzes.

»Klar, warum nicht«, gab Jonas zurück. Vielleicht hatte der Bergmann ein paar neue Informationen.

»Das ist übrigens Sandra, meine Älteste«, stellte Jäckel die junge Frau vor.

»Hallo«, sagte Jonas. »Wir haben uns ja schon gesehen.«

»Hallo«, antwortete Sandra, ohne dass es besonders interessiert klang. Sie hatte schon wieder ihr Smartphone in der Hand.

»Wir gehen mal schnell einen Kaffee trinken, Große. Du kannst dich ja ins Auto setzen«, schlug Jäckel seiner einsilbigen Tochter vor. Auf dem Weg zum Imbissstand erklärte er Jonas: »Sandra ist im Moment ein bisschen gnatzig. Sie arbeitet bei uns oben als Fee; werden Sie ja schon mitgekriegt haben. Die Leitung sucht demnächst eine von ihnen aus, als großes Werbegesicht für die Hundertjahrfeier. Das will natürlich jede von den Mädels gerne machen. Die Entscheidung fällt in zwei Wochen, deswegen ist im Moment ein bisschen Zickenkrieg angesagt.« Jäckel schmunzelte. Dann fügte er nicht ohne Stolz hinzu: »Aber ich glaube, Sandra hat nicht die schlechtesten Chancen.«

»Was kann ich euch beiden Gutes tun?«, unterbrach ihn ein burschikoser Bratwurstverkäufer, vor dessen Stand sie inzwischen angekommen waren.

»Zwei Kaffee«, bestellte Jäckel und schob das Geld passend auf den marmorierten Sprelacarttisch. Scheinbar legte er hier nicht zum ersten Mal eine Pause ein.

»Keine Wurst?«, fragte der Verkäufer mit gespielter Enttäuschung. »Sind frisch vom Fleischer heute früh.«

»Ein andermal«, gab Jäckel zurück und hob die zwei dampfenden Plastikbecher behutsam auf einen runden Stehtisch.

»Gut. Wer nicht will, der hat. Kuh und Zucker stehen da drüben«, gab sich der Imbissbesitzer zufrieden.

»Was kriegen Sie?«, fragte Jonas und deutete auf seinen Kaffee.

»Ist schon in Ordnung.« Jäckel winkte ab.

»Danke.«

»Keine Ursache.«

Eine Weile lehnten die beiden schweigend am Stehtisch und nippten an ihren Kaffeebechern, dann begann Jonas vorsichtig: »Sagen Sie mal, was Frau Wohlmuth da gestern angedeutet hat, die verlassenen Stollen … Kann es nicht doch sein, dass sich Fenja da drinnen verlaufen hat?«

»Und der Schlüssel?«, gab Jäckel unwillig zu bedenken. Jonas hatte das Gefühl, als wolle der technische Leiter einen Bogen um das Thema machen.

»Vielleicht hat ihn jemand gefunden und einfach in den Briefkasten geworfen«, blieb der Student hartnäckig.

»Und wer soll das gewesen sein? Spätestens jetzt bei dem ganzen Tamtam mit der Polizei hätte derjenige sich doch gemeldet. Würde ich jedenfalls denken.«

»Hm.« Jonas überlegte. Das Argument war nicht so leicht von der Hand zu weisen.

»Außerdem hat die Polizei im Berg alles abgesucht. Das haben Sie ja selbst mitgekriegt.«

»Was hat denn Frau Wohlfahrt mit der vierten Sohle gemeint?«, hakte Jonas trotzdem nach.

»Ach, das ist Blödsinn!«, entfuhr es Jäckel. »Es gibt da so ein paar alte Legenden, dass das Bergwerk im Mittelalter noch viel größer gewesen sein soll, und die werden dann mit allen möglichen Spukgeschichten ausgeschmückt.«

»Was für Spukgeschichten?« Das Interesse des Studenten war geweckt.

Aber Jäckel wiegelte gleich wieder ab: »Keine Ahnung. Das ist doch alles nur alter Tratsch! Da müssen Sie schon die Wohlmuth selbst fragen.«

»Hm.« Jonas, der die Missstimmung nicht noch mehr anheizen wollte, ließ einen kleinen Moment verstreichen. Dann nahm er den Faden behutsam wieder auf: »Ist das wirklich so ausgeschlossen, dass das Bergwerk noch irgendwo weitergeht?«

»Ausgeschlossen ist nichts.« Marco Jäckel zuckte mit den Schultern und kippte zügig seinen letzten Schluck Kaffee hinunter. »Hier hat es immer Bergbau gegeben. Die ganze Gegend ist durchlöchert wie ein Sieb. Aber die paar blinden Stollen in den Feengrotten führen nirgendwo hin. Das wäre mir bekannt, da können Sie Gift drauf nehmen.«

»Ich wollte Sie nicht beleidigen«, versuchte Jonas den verstimmten Techniker zu besänftigen. Der schien es auch nicht weiter krummzunehmen. Bevor er sich verabschiedete, bot er an: »Wenn Sie mir nicht glauben, kann ich Ihnen das gerne zeigen. Ich hab die Pläne in meinem Büro. Kommen Sie einfach zu mir runter.« Obwohl das eher wie eine rhetorische Floskel geklungen hatte, nahm sich Jonas vor, Jäckel beim Wort zu nehmen.

Zehn Minuten später langte Jonas mit seinen beiden Einkaufsbeuteln wieder vor Hünningers Haus an. Die verwitterte Flügeltür stand offen. Als er in die kühle Eingangshalle trat, saß der Alte dort auf einem dreibeinigen Schemel und putzte seine ausgetretenen schwarzen Lederschuhe. In dem altertümlichen Foyer hatte das Bild etwas Anachronistisches, aber der Student gewann ohnehin mehr und mehr den Eindruck, dass sein Vermieter ein sehr archaisches Leben führte.

»Hallo«, grüßte Jonas freundlich.

»Hm«, brummte Hünninger zurück, hielt den Blick aber weiter auf seine schiefen Schuhe gerichtet und ließ erkennen, dass er kein Gespräch zu beginnen gewillt war.

Also verzog sich Jonas in sein Zimmer, packte seine neuerworbenen Vorräte in das Regal und blickte sich suchend nach einem Gefäß um, das ihm als Vase für seine Sonnenblume dienen könnte. Doch im Raum gab es nichts, was dafür geeignet schien. Also kehrte er zurück in die Eingangshalle. Da ihn sein grantiger Vermieter auch weiterhin geflissentlich ignorierte, verkniff er sich eine Nachfrage und betrat das altertümliche Badezimmer im hinteren Teil des Erdgeschosses. Nach einigem Suchen fand er einen kleinen rostigen Blecheimer, den er mit Wasser füllte und zurück in sein Zimmer trug. Er stellte die Sonnenblume hinein und setzte den Eimer vor sich auf den Holztisch. Nicht die charmanteste Zimmereinrichtung, aber wenigstens hatte die Pflanze jetzt Wasser.

Den Rest des Nachmittags nutzte er, um sich einen Plan zu machen. Er legte sein kleines ledergebundenes Schreibbuch, das ihn bisher auf all seinen Reisen begleitet hatte, vor sich auf die Tischplatte, dazu einen Stift, und ließ sich auf dem vertrauenerweckenderen der beiden alten Holzstühle nieder. Selbst durch das geschlossene Fenster war der Hubschrauber zu hören, der draußen wieder und wieder seine Bahnen zog. Jonas dachte nach. Mit den technischen Möglichkeiten der Polizei konnte er nicht konkurrieren. Das war klar. Aber die Kommissarin hatte mit ihrer beiläufigen Bemerkung in den Grotten gar nicht so falsch gelegen. Er besaß Fähigkeiten, die ihm helfen konnten, Fenja zu finden. Als Geschichtsstudent hatte er gelernt, gründlich zu recherchieren. Fragen zu stellen. Orte auf eine bestimmte Weise zu betrachten. Fakten zu kombinieren und schließlich Schlussfolgerungen daraus zu ziehen. »Ihr seid die Augen und Ohren der Gegenwart in der Vergangenheit«, pflegte sein alter Professor in Jena immer zu sagen.

Nun würde sich herausstellen, ob das auch im Heute funktionierte.

Jonas notierte sich alle Fragen, die ihm spontan einfielen, auf eine neue Seite seines Notizbuches.

Wer hatte Fenja zuletzt gesehen?

Mit wem hatte sie regelmäßig zu tun gehabt? Hatte sie hier Freunde, die er nicht kannte? Feinde?

Was steckte hinter den Anspielungen von André Benedikt?

Welche Rolle spielte Wilko Ehl? Weshalb hatte er im Gefängnis gesessen? Und was hatten Ehl und Benedikt heimlich miteinander zu besprechen?

Und noch eine Frage ging Jonas nicht mehr aus dem Kopf. Was hatte es mit den Gerüchten um das alte Bergwerk auf sich, dessen Existenz Marco Jäckel so vehement bestritt?

Stück für Stück ließ der Student die Ereignisse der letzten zwei Tage noch einmal Revue passieren. Wenn er Antworten auf seine Fragen haben wollte, musste er oben in den Feengrotten beginnen. Aber solange das Schaubergwerk geschlossen war, würde das schwierig werden.

Es dämmerte bereits, als Jonas von einem eigenartigen Gefühl alarmiert wurde. Es war mehr eine Ahnung als ein Geräusch, die den Studenten plötzlich auf seinem Stuhl herumfahren ließ.

Er war nicht mehr allein im Zimmer. Im Türrahmen lauerte die gedrungene, schwarz gekleidete Gestalt von Johann Hünninger. Bewegungslos starrte der Alte zu Jonas' improvisiertem Schreibtisch herüber, und der unergründliche Ausdruck in seinen Augen ließ weder erkennen, was er dachte, noch, wie lange er den Studenten schon unbemerkt beobachtet hatte.

»Verdammt!«, rief Jonas mehr erschrocken als zornig, während er gleichzeitig aufsprang. »Können Sie nicht anklopfen!«

Hünninger machte keine Anstalten, sich zu erklären oder gar zu entschuldigen. Stattdessen knarrte er trocken: »Blumen hab ich hier nicht gern. Die bringen nur Ungeziefer ins Haus.«

Jonas folgte dem Blick des Alten, und erst allmählich begriff er, dass Hünninger seine Sonnenblume meinte. Doch auch dann war er noch zu überrascht, um zu reagieren.

»Hier, nehmen Sie wenigstens die. In dem rostigen Eimer geht Ihnen das Kraut sonst noch ein, und Sie versauen mir den Tisch«, ließ sich die schnoddrige Stimme des Alten jetzt wieder vernehmen. Während er sprach, stellte er Jonas eine große, schmucklose Vase hin, drehte sich um und verließ den Raum. »Gute Nacht«, glaubte Jonas noch aus dem Flur zu hören, dann war der Alte verschwunden.

»Gute Nacht«, antwortete Jonas leise, mehr zu sich selbst als zu Hünninger, und ließ sich wieder auf seinen Stuhl fallen. Der Auftritt des Alten hatte ihm einen gehörigen Schrecken durch die Glieder gejagt.

Dann fiel sein Blick auf die hässliche Porzellanvase, die sein merkwürdiger Vermieter gebracht hatte, und er musste lächeln. Für Hünningers Verhältnisse grenzte das schon an eine Liebeserklärung.

19

Als Jonas am nächsten Morgen erwachte, fühlte er sich wie durch eine Mühle gedreht. Das alte Bauernbett war etwas kürzer als er selbst, nicht sehr viel, aber es fehlte genug, um ihn zu einer unbequemen Schlafposition zu zwingen. Der Kanonenofen hatte zwar eine bullige Wärme erzeugt, doch das Holzfeuer war in den frühen Morgenstunden erloschen, und eine klamme Kälte hatte sich des kleinen Zimmers bemächtigt, das so viele Jahre nicht geheizt gewesen war.

Jonas rieb sich müde die Augen und setzte sich am Bettrand auf. Gestern Abend hatte er lange nicht einschlafen können. Kurz vor dem Zubettgehen war er zu seiner Zimmertür gegangen, um sich einzuschließen. Nach Hünningers unheimlichem Besuch am Nachmittag wollte er wenigstens in der Nacht vor Überraschungen sicher sein. Doch dann hatte er feststellen müssen, dass es nichts abzuschließen gab. Es fehlte nicht nur der Schlüssel. Statt eines Metallriegels gähnte ein leerer Schacht im Türblatt. Ungläubig war Jonas durch die Eingangshalle gegangen und hatte überrascht registriert, dass in sämtlichen anderen Türen ebenfalls die Schlösser fehlten.

Schließlich fand er einen alten Besen, den er in seinem Zimmer von innen hinter die Türklinke klemmte. Das Öffnen der Tür konnte die dünne Holzstange nicht verhindern, das war ihm klar, aber wenigstens würde die Konstruktion etwas Krach schlagen, wenn sich jemand in den Raum zu schleichen versuchte. Nachdem Jonas seine primitive Alarmanlage scharf gemacht hatte, war er mehr schlecht als recht eingeschlafen.

Jetzt war es Sonntagmorgen. Das Wetter zeigte sich heute wieder deutlich freundlicher, was den Studenten mit den Unzulänglichkeiten der letzten Nacht versöhnte. Sanftes Sonnenlicht fiel durch die altertümlichen Fenster und zeichnete lange Strahlen durch den Raum, in denen Myriaden winziger Staubteilchen tanzten.

Er heizte den Kanonenofen, nahm eine kalte Dusche in dem ebenso kalten Badezimmer und machte Frühstück. Während er sich einen starken schwarzen Tee aufgoss, hörte er Schritte in der Eingangshalle, und kurz darauf fiel die schwere Haustür ins Schloss. Sein Vermieter, der jetzt einen Kremphut und einen schweren dunklen Mantel trug, durchquerte den Vorgarten und verschwand auf der Straße.

Jonas beendete sein Frühstück und überlegte, was er tun sollte. Er entschloss sich, erst einmal hinauf zu den Feengrotten zu gehen, um zu sehen, was dort passierte.

Zwanzig Minuten später stand er am Eingang des Parkplatzes. Der Zugang war nach wie vor gesperrt. Auch heute standen hier reihenweise Polizeifahrzeuge, und inzwischen drehte der Hubschrauber wie gestern seine Runden am Himmel, allerdings bewegte er sich jetzt in deutlicher Entfernung von den Schaugrotten über die angrenzenden Täler und Bergkämme hinweg.

Da er auf dem Areal des Bergwerks heute keine Chancen sah, in irgendeiner Weise weiterzukommen, nutzte der Student die Zeit für die Erkundung der Umgebung. Zumal er gestern unmissverständlich aufgefordert worden war, den Feengrotten für die Dauer der Polizeiaktion fernzubleiben. Etwas unentschlossen folgte er einem langen Forstweg hinauf auf die bewaldeten Anhöhen. Die herbstlichen Wälder täuschten eine Idylle vor, die Jonas angesichts der Umstände nicht empfinden konnte. Eine Weile folgte er den Wanderwegen, dann kehrte in einem weiten Bogen zurück nach Garnsdorf. Kurz bevor er die ersten Häuser erreichte, machte er eine merkwürdige Beobachtung. Zuerst glaubte er, sich getäuscht zu haben, doch dann sah er die schlanke Gestalt Hünningers in einem kleinen Waldstück oberhalb des Bergwerksgeländes stehen. Unbeweglich. Den Blick starr auf den Hohlweg gerichtet, an dem sich der Stolleneingang befand. Das konnte ein Zufall sein. Ingrid Wohlmuth hatte schließlich erzählt, dass der alte Eigenbrötler oft in der Gegend spazieren ging. Doch irgendetwas verband den Alten auf besondere Weise mit den Feengrotten, da war sich Jonas sicher. Aber es war ebenso offensichtlich, dass Hünninger genau darauf achtete, dem Areal nicht zu nahe zu kommen. So, als wolle er eine sichere Distanz zwischen sich und dem Bergwerk lassen.

Jonas ging hinunter zu dem alten Fachwerkhaus. Zurück in seinem Zimmer, bereitete er sich ein bescheidenes Mittagessen zu, das sich nicht allzu sehr von seinem Frühstück unterschied, und blätterte seine spärlichen Notizen durch. Ohne direkten Zugang zu den Feengrotten, und vor allem zu den Mitarbeitern, kam er nicht weiter. Solange die Schaugrotten geschlossen waren, blieb ihm nicht viel mehr zu tun als abzuwarten. Er entschloss sich, noch einmal bei den Eltern von Fenja anzurufen, um sich zu erkundigen, wie es ihnen ging.

Jonas nahm sein Smartphone zur Hand und rief die Nummer in Schömberg auf.

Eine Weile hörte er nur das gleichförmige Piepen des Rufsignals. Die Sekunden dehnten sich. Jonas wollte schon aufgeben, da wurde der Hörer abgenommen.

»Ja?«, hörte er undeutlich am anderen Ende.

Komisch. Fenjas Mutter meldete sich sonst immer mit ihrem Namen. Alles andere empfand sie als unhöflich.

Jonas warf einen schnellen Blick auf das Display seines Handys. *Wolff, Schömberg* stand da. Unmissverständlich.

»Hallo? Helga?«, fragte er zurück.

»Es tut mir leid. Helga kann im Moment nicht ans Telefon kommen. Kann ich was ausrichten?«

Komisch. Jonas schluckte. »Und wer sind Sie?«

»Ich bin ihre Schwester. Mit wem spreche ich, bitte?«

Aha. Dann war er doch richtig verbunden.

Aber jetzt gab es ein Problem.

Die Stimme am anderen Ende der Leitung hatte er noch nie gehört.

Und Helga Wolff hatte keine Schwester.

Schnell trennte Jonas die Verbindung. Er brauchte einen Moment, um einen klaren Gedanken zu fassen. Erst verschwand Fenja, und jetzt konnte er ihre Eltern nicht erreichen. Stattdessen ging auf dem Schömberger Bauernhof eine fremde Frau ans Telefon und tat so, als wäre sie dort zu Hause.

Nervös kramte Jonas in seinen Sachen herum, bis er die Visitenkarte von Kommissarin Vareel gefunden hatte. Sie musste etwas unternehmen. Sofort.

Unter der Büronummer erreichte er niemanden. Klar. Sonntag.

Er versuchte es mit der Handynummer, und diesmal hatte er Glück.

»Vareel.«

»Hallo. Hier ist Jonas. Jonas Wiesenburg. Irgendetwas ist bei Fenjas Eltern nicht in Ordnung«, erklärte der Student hastig.

»Wieso?« Anne Vareel klang sofort alarmiert.

»Ich habe gerade da angerufen. Aber sie gehen nicht ran. Stattdessen meldet sich eine Frau und behauptet, sie wäre Helga Wolffs Schwester.«

»Ja?«

»Ich kenne die Frau nicht. Fenjas Mutter hat keine Schwester.«

»Oh.« Dann schwieg die Kommissarin.

Jonas war irritiert. »Frau Vareel, Sie müssen was unternehmen. Bitte. Können Sie nicht einen Streifenwagen hinschicken?«

»Kleinen Moment mal, bitte. Ich melde mich gleich wieder«, sagte die Polizistin knapp und legte auf.

Jonas setzte sich aufrecht auf sein Bett und behielt das Telefon in der Hand. Er hoffte, dass die Kriminalistin jetzt schnell reagierte. Schömberg war nur ein kleines Dorf. Die nächste größere Stadt hieß Weida. Aber Jonas hatte keine Ahnung, ob es dort nach den ständigen Einsparungen überhaupt noch eine Polizeistation gab.

Die Minuten vergingen. Unruhig trommelte der Student auf der Bettdecke herum. Fünf. Zehn. Fünfzehn.

Er überlegte gerade, ob er die Kommissarin noch einmal anrufen sollte, da klingelte sein Smartphone. Hastig nahm er das Gespräch an.

»Ja?«

»Herr Wiesenburg? Hier ist noch mal Vareel. Sie können beruhigt sein. In Schömberg ist alles in Ordnung.«

»Sind Sie sich sicher?« Jonas war skeptisch.

»Herrn und Frau Wolff geht es gut.« Die Kommissarin schlug einen beschwichtigenden Ton an.

Herrn und Frau Wolff. Wie das klang.

»Woher wissen Sie das?«, fragte Jonas nach.

»Ich habe eben mit ihnen gesprochen. Ich soll Ihnen ausrichten, dass Sie sich keine Sorgen machen sollen.«

»Und wer war die Frau am Telefon?«

Für einen kurzen Moment schwieg die Kommissarin, so, als wäre ihr das Thema unangenehm. Dann antwortete sie knapp: »Eine Kollegin.«

»Wie, eine Kollegin? Meinen Sie, von der Polizei?« Das wollte Jonas jetzt genauer wissen.

»Herr Wiesenburg, wir haben einige Kollegen gebeten, sich um Familie Wolff zu kümmern.«

»Und warum gibt sich die Polizistin als Schwester von Helga aus?«

»Na ja. Das war eigentlich nicht so gedacht. Sehen Sie, wir möchten nicht gleich jedem auf die Nase binden, dass bei den Eltern von Fenja die Polizei im Hause ist. Die Beamtin hat«, die Kommissarin suchte etwas umständlich nach einem geeigneten Wort, »improvisiert.«

Jonas war genervt, dass sich die Kriminalistin jede Antwort mühsam aus der Nase ziehen ließ, aber er wollte jetzt nicht locker lassen. »Wieso das?«, fragte er.

»Sie wissen, dass wir Ihre Freundin noch nicht gefunden haben. Es ist nicht sehr wahrscheinlich, aber wir müssen auch damit rechnen, dass sich jemand anderes als Fenja bei ihren Eltern meldet.«

»Was soll das heißen – jemand anderes?« Jonas bekam einen trockenen Mund.

»Jemand, der Fenja möglicherweise in seiner Gewalt hat.« Anne Vareel ärgerte es, dass sie sich hier vor dem Freund der Vermissten erklären musste. Eigentlich hatten sie die Anwesenheit der Kollegen vom Landeskriminalamt auf dem Bauernhof als verdeckte Operation angelegt. Es war auch nicht vorgesehen, dass jemand aus dem LKA-Team ans Telefon gehen sollte. Die Aufgabe der Kollegen bestand in der vorsichtigen Beratung der Eltern. Und darin, sofort, aber unauffällig zu reagieren, wenn jemand mit Forderungen an die Eheleute herantrat. Aber dann hatte eine Kuh gekalbt, es war zu Komplikationen gekommen, und das Tier hatte buchstäblich gebrüllt wie am Spieß. Die Wolffs waren beide in den Stall gerannt. In diesem Moment hatte das Telefon geklingelt. Der klassische Fall. Da war die junge Kollegin kurz entschlossen rangegangen und hatte versucht, das Beste daraus zu machen. Und war an Jonas Wiesenburg geraten, der, ohne seinen Namen zu nennen, wieder aufgelegt hatte. Was ihrerseits bei den LKA-Leuten die Alarmglocken läuten ließ.

Zum Glück hatten sie nun alles wieder im Griff.

»Soll das heißen, jemand hat Fenja entführt?«, fragte Jonas erschrocken.

»Nein, das glauben wir nicht. Wir möchten nur keine Option ausschließen.« Obwohl auch Anne Vareel inzwischen leicht genervt war, bemühte sie sich, einen ruhigen und sachlichen Ton beizubehalten. Manchmal kam sie sich vor wie eine Kindergärtnerin, die alles dreimal und in einfachen Worten erklären musste. Und dabei die schlimmsten Möglichkeiten aussparen, obwohl sie auf der Hand lagen.

Aber dann führte sie sich immer vor Augen, dass das, was ihr Berufsalltag war, für die meisten Menschen eine absolute Ausnahmesituation bedeutete.

»Und welche Optionen haben Sie noch auf Lager? Vergewaltigung? Mord?«, brach es aus Jonas heraus.

»Das möchte ich jetzt nicht am Telefon mit Ihnen besprechen. Ich wollte Sie ohnehin bitten, morgen früh zu uns in die Dienststelle zu kommen. Wir möchten uns noch einmal in Ruhe mit Ihnen über Ihre Freundin unterhalten.« Die Kommissarin war wieder zu einem geschäftsmäßigen Ton übergegangen.

»Einverstanden. Wann?« Jonas hatte kein Problem damit. Je mehr in Bewegung geriet, umso besser.

»Ist neun Uhr für Sie in Ordnung?«

»Ja.«

»Unsere Dienststelle ist aber nicht in Saalfeld, sondern in Rudolstadt. In der Cottastraße. Sie kennen sich aus?«

»Rudolstadt kenne ich. Und die Cottastraße finde ich.«

»Gut. Wunderbar. Also, neun Uhr. Kommissariat eins. Melden Sie sich einfach an der Wache. Ich sage unten Bescheid. Jemand holt Sie dann ab.«

»Gut.«

»Dann, bis morgen.«

»Bis morgen.«

Nachdem das Gespräch beendet war, musste sich Jonas zwingen, nicht gleich wieder in Panik zu geraten. Wenn die Kommissarin mit offenen Karten spielte, und das hoffte er, dann hatte die Polizei noch keine neuen Anhaltspunkte, wo sich Fenja befand oder was mit ihr passiert war. Er durfte sich von den aufwändigen Fahndungsmaßnahmen nicht beunruhigen lassen. Sie mussten nicht automatisch das Schlimmste bedeuten. Im Gegenteil. Je intensiver die Suche betrieben wurde, umso besser.

Am Nachmittag beobachtete Jonas, wie sich ein langer Konvoi von Polizeifahrzeugen im Schritttempo den Feengrottenweg herunterquälte und wenig später auf die Hauptstraße abbog. Auch der Hubschrauber war schon seit einer Weile nicht mehr zu hören.

Dann herrschte Stille in den Bergen, und langsam senkte sich die Abenddämmerung herab.

Die Polizei hatte die Feengrotten verlassen.

20

Am Montagmorgen brach Jonas lieber etwas früher auf. Von Hünninger hatte er seit gestern Mittag nichts mehr gehört. Entweder hielt sich der alte Kauz irgendwo in den Eingeweiden des verwinkelten Hauses verborgen, oder er war gar nicht da. Das Licht im Treppenhaus brannte, aber das musste nichts bedeuten. Das Licht brannte immer.

Nach einer kalten Dusche und einem kargen Frühstück setzte sich Jonas in sein Auto und reihte sich in die Menge der Fahrzeuge ein, die behäbig durch den montäglichen Berufsverkehr trieben. Er durchquerte die Innenstadt von Saalfeld und verließ den Ort in nördlicher Richtung. Der Student musste nur der Saale folgen, dem Fluss, der ihn zwangsläufig bis Rudolstadt begleiten würde. Rechter Hand des Wasserlaufs erhob sich eine steile Felswand, wo in unwegsamer Höhe jemand in riesigen blechernen Lettern das Wort REMSCHÜTZ aufgestellt hatte. *Remschütz*, wie *Hollywood*. Die Einheimischen hatten auf jeden Fall Humor.

Saalfeld und Rudolstadt folgten unmittelbar aufeinander, die beiden Nachbarstädte bildeten nicht umsonst ein gemeinsames Verwaltungszentrum.

Nachdem Jonas die Saale zweimal überquert hatte und trotzdem auf die falsche Seite geraten war, dauerte es noch eine Weile, bis er sich zur nächsten Brücke und schließlich zur Cottastraße durchgefragt hatte. Aber dank seines frühen Aufbruchs war immer noch genügend Zeit, den Opel in einer Nebenstraße abzustellen und zum Haupteingang zurückzulaufen.

Das Polizeiareal erwies sich als gewaltiges Kasernengelände, aber nachdem der Student an der Wache seinen Namen genannt hatte, dauerte es nicht lange, bis Kriminalhauptmeister Poppe fliegenden Schrittes um die Ecke bog. Er trug jetzt sein drittes Sportsakko, und Jonas staunte, wie uniform man sich doch kleiden konnte, auch wenn man täglich die Robe wechselte.

»Guten Morgen, Herr Wiesenburg. Ich bring Sie hoch.« Auch die sparsamen Sätze, die Poppe zu ihm sagte, änderten sich kaum. Und der kurze, eilige Marsch über das Gelände verlief ganz und gar schweigend.

Im Inneren des Gebäudeblocks, den sie kurz darauf erreichten, war der ehemals militärische Charakter der Anlage unverkennbar. Links und rechts der langen Gänge zweigten ähnlich geschnittene Räume ab, und der ganze Bau strahlte einen schlichten Pragmatismus aus.

Kommissarin Vareel erwartete Jonas in einem hohen, schmucklosen Zimmer, dessen Charakter irgendwo in der Mitte zwischen einem Büro und einem Besprechungsraum lag. Es gab wenig von dem zu entdecken, was ein neugieriger Besucher bei der Kriminalpolizei erwartet hätte. Keine Aktenberge, keine Tatortfotos, keine Bilder verdächtiger Bösewichter. Jonas war sich sicher, dass all dies irgendwo existierte, aber dieser Raum schien eigens dafür geschaffen, möglichst wenig von der Arbeit der Polizisten preiszugeben.

Anne Vareel gab Jonas die Hand. Kraftvoll und fest wie beim letzten Mal. »Guten Morgen, Herr Wiesenburg. Wie geht es Ihnen?«, fragte sie ehrlich interessiert.

»Na ja. So okay«, antwortete Jonas wahrheitsgemäß. Was sollte er groß sagen? Ohne eine wirkliche Überraschung zu erwarten, fragte er zurück: »Haben Sie schon etwas Neues?«

»Nein. Wir hätten Sie informiert.«

Poppe war schon wieder verschwunden. Die Kriminalistin stand etwas zögerlich herum. Nach einem Moment erklärte sie: »Wir warten einen kleinen Moment. Es kommt noch ein Kollege dazu. Möchten Sie einen Kaffee?«

Jonas bejahte. Die Kommissarin griff nach einer großen Thermoskanne und goss ihm eine Tasse dünnen Filterkaffee ein. »Zucker und Milch sind da drüben.«

»Danke.«

Da die Polizistin stehen blieb, traute sich auch Jonas nicht, Platz zu nehmen. Das schweigsame Warten empfand er nicht als sonderlich angenehm, aber zum Glück dauerte es nicht lange, und der angekündigte Beamte betrat den Raum. Es war der ältere Kriminalpolizist, den Jonas schon kurz im Quellenhaus der Feengrotten gesehen hatte. Er trug wieder eine etwas in die Jahre gekommene Jeans und ein cremefarbenes Hemd mit steifem Kragen, das sorgfältig gebügelt war.

»Guten Morgen. Grosch«, stellte sich der Neuankömmling vor. Er wirkte mürrisch und distanziert. Unter dem Arm trug er einen kleinen Stapel mit Papieren.

»Nehmen Sie Platz, am besten dort«, sagte er in geschäftsmäßigem Ton und wies auf einen einsamen Stuhl, der vor einem breiten Bürotisch stand. Die beiden Polizisten setzten sich auf die andere Seite des Tisches, und Grosch legte die mitgebrachten Papiere sorgfältig vor sich ab.

Mit einem Schlag bekam die Veranstaltung etwas Offizielles.

Wenigstens begann jetzt nicht Grosch, sondern Anne Vareel. Die Stimme der Kommissarin wurde eindringlich und ernst. »Herr Wiesenburg, wir müssen Ihnen sagen, dass wir uns inzwischen ernste Sorgen machen, was den Verbleib Ihrer Freundin betrifft. Sie haben ja bereits mitbekommen, dass wir in den Bergstollen Blutspuren gefunden haben. Jetzt sind die Laboranalysen gekommen, und es hat sich leider bestätigt, dass das Blut von Frau Wolff stammt.«

Jonas schluckte und schwieg.

Die Polizistin ließ eine kurze Pause, um ihre Worte wirken zu lassen. Um sicher zu gehen, dass Jonas die Konsequenzen dieser Information verstand.

Der Student nickte stumm. Es war ja zu erwarten gewesen. Trotzdem hatte diese amtliche Bestätigung eine bedrückende Macht.

Als Jonas nichts sagte, fuhr die Kommissarin fort: »Wir gehen im Moment nicht mehr davon aus, dass Frau Wolff einfach so untergetaucht ist.«

»Was heißt das?«, fragte der Student.

»Das heißt, dass wir ein Verbrechen nicht mehr ausschließen können.«

»Scheiße«, flüsterte Jonas in sich hinein. Dann wollte er wissen: »War es viel?«

»Was?«

»Das Blut.«

»Nicht so viel, dass es mit dem Leben nicht vereinbar wäre. Mehr kann ich dazu jetzt nicht sagen.«

Mehr *will* sie nicht sagen, dachte Jonas ärgerlich. Laut fragte er trotzdem: »Wie meinen Sie das?«

»Sie muss nicht tot sein, wenn Sie darauf anspielen.«

»Und was denken Sie, was passiert ist?

»Wir ermitteln. In alle Richtungen.« Der Tonfall der Kommissarin ließ klar erkennen, dass sie nicht gewillt war, sich an dieser Stelle weiter ausfragen zu lassen. Stattdessen wurde sie amtlich: »Herr Wiesenburg, wir möchten Ihnen noch einmal einige Fragen zum Verschwinden von Frau Wolff stellen. Sie werden hier als Zeuge vernommen. Ich muss Sie dazu zunächst belehren. Sie sind zur Mitwirkung verpflichtet, aber Sie können die Aussage verweigern, wenn Sie sich dadurch selbst belasten. Ich weise Sie darauf hin, dass Sie gehalten sind, die Wahrheit zu sagen, andernfalls können Sie sich strafbar machen. Haben Sie das verstanden?« Anne Vareel sah ihn erwartungsvoll an.

»Ja.« Jonas war perplex. Das klang jetzt aber plötzlich ganz schön offiziell.

»In Ordnung«, fuhr die Polizistin fort. »Schildern Sie uns bitte noch einmal alle Ereignisse ab dem Nachmittag, als Fenja ins Bergwerk gegangen ist.«

Jonas erzählte es ihnen. In aller Ausführlichkeit. Wie er es auch dem uniformierten Polizisten in der Saalfelder Polizeiinspektion erzählt hatte.

Das dauerte lange, und sie ließen ihn ausreden. Grosch machte sich eifrig Notizen.

Dann begann die Kommissarin, Fragen zu stellen. »Hat Ihre Freundin gesagt, dass sie mit irgendwem verabredet war? Oder dass sie jemand ins Bergwerk begleiten wollte?«

»Nein.«

»Nein, das heißt, sie war nicht verabredet. Oder nein, sie hat nichts gesagt?«

»Sie hat mir nichts gesagt. Ausschließen kann ich es nicht.«

»Wer könnte das gewesen sein?«

»Ich weiß es nicht. Vielleicht der technische Direktor, Herr Jäckel. Der hat fast immer was im Bergwerk zu tun.« Jonas dachte kurz nach und fügte dann hinzu: »Aber das ist jetzt nur eine Vermutung. Eigentlich kann ich dazu nichts sagen.«

»War es schon dunkel, als Fenja losgegangen ist?«

»Nein. Sie ist ungefähr um siebzehn Uhr los. Da war es noch hell. Um diese Zeit sind noch viele Mitarbeiter da, und ein paar letzte Urlauber bestimmt auch.« Jonas erinnerte sich, dass es ein ganz normaler Nachmittag gewesen war. »Vor sechs ist auf dem Gelände eigentlich nie Ruhe, manchmal auch später.«

Anne Vareel dachte an die Zusammenfassung der Vernehmungen, die ihre Kollegen unter den Angestellten der Feengrotten durchgeführt hatten. Die Ergebnisse waren ziemlich mager. Niemand hatte Fenja Wolff im fraglichen Zeitraum gesehen. Nicht bewusst. Aber das musste nichts heißen. Die Leute liefen sich den ganzen Tag wieder und wieder über den Weg. Da wurde der Einzelne schnell unsichtbar.

Und ein Täter würde es mit Sicherheit niemandem auf die Nase binden, wenn er der jungen Frau begegnet war.

»Hat Ihnen Ihre Freundin vorher irgendetwas erzählt, was Ihnen ungewöhnlich vorgekommen ist? Eine Begegnung, die sie merkwürdig fand?«, setzte Anne Vareel die Befragung fort.

Der Student dachte nach. »Nein, sie hat nichts in der Art erzählt.«

»Jemand, der ihr Angst gemacht hat? Oder der sie bedroht hat?«

»Nein. Das hätte sie mir auf jeden Fall gesagt.« Jonas war sich sicher. »Im Gegenteil. Sie war total gut gelaunt und hat sich auf die Arbeit im Berg gefreut.« Wehmütig dachte er an den überschwänglichen Abschiedskuss zurück, bevor Fenja losgezogen war.

Abschiedskuss.

»Beschreiben Sie mal Ihre Freundin. Wie ist sie so?« Anne Vareel zeigte ein aufmunterndes Lächeln, als sie Jonas diese Frage stellte.

»Wie soll sie sein? Toll!«, erwiderte Jonas, und seine Augen bekamen einen stolzen Glanz. »Sie ist total fröhlich. Immer voller Ideen. Unglaublich kraftvoll. Energisch, wenn es um ihre Geologie geht. Ein bisschen verrückt.« Jonas schmunzelte. »Das mein ich jetzt positiv.«

»Kontaktfreudig?«, ergänzte die Kommissarin die Aufzählung. Das nette Lächeln war geblieben, aber Jonas fand die Nachfrage merkwürdig.

»Ja, klar. Wieso?«, erwiderte er.

»Wann hatten Sie zum letzten Mal Streit mit Frau Wolff?« Das kam von Grosch, der ihn jetzt aus aufmerksamen Augen ansah.

»Streit?« Jonas war verdutzt. »Gar nicht. Wieso?«

»Jeder hat mal Streit.« Eine nüchterne Feststellung. Aber Grosch hatte etwas Lauerndes.

Was sollte das? Der Student blickte hilfesuchend zu Anne Vareel hinüber. Doch auch die Kommissarin hielt ihren Blick jetzt erwartungsvoll auf Jonas gerichtet. Sie wollte die Antwort hören. Die beiden Polizisten hatten sich abgesprochen, das war offensichtlich.

»Wir streiten uns eigentlich nie. Jedenfalls nicht so richtig.« Jetzt, als er es aussprach, fand Jonas selbst, dass das irgendwie komisch klang. Aber es war wirklich so. Er und Fenja hatten noch keine Zeit zum Streiten gehabt. Sie fühlten sich verliebt wie am ersten Tag.

»Ein Herz und eine Seele?« Groschs bohrender Blick blieb auf den Studenten gerichtet.

»Ja. Wenn Sie so möchten«, gab der Student zurück. Der Kommissar wollte ihn provozieren. Seine Frage sollte einen kühlen, unterschwelligen Sarkasmus zum Ausdruck bringen. Doch komischerweise hatte Grosch die Beziehung zwischen Jonas und Fenja damit treffend beschrieben.

Der Kommissar fuhr fort: »Frau Wolff ist eine attraktive junge Frau. Haben Sie nicht befürchtet, dass Sie mal Konkurrenz bekommen könnten? Schließlich hat sie die ganzen Semesterferien hier verbracht.«

»Nein, wie kommen Sie darauf?«, entfuhr es Jonas heftiger, als er wollte. Hatte André Benedikt dem Kommissar diesen Müll erzählt? Oder war das ein Schuss ins Blaue?

Einen kurzen Moment lang überlegte Jonas, ob er den Polizisten von den schlüpfrigen Anspielungen des Marketingassistenten berichten sollte. Doch dann ließ er es bleiben. Er spürte, dass er jetzt vorsichtig sein musste. Nur keine schlafenden Hunde wecken. Das musste er selbst klären.

»Das war eine ganz normale Frage.« Grosch verschränkte seine Arme vor der Brust und lehnte sich zurück. Ein bisschen nur, aber Jonas spürte den kleinen Triumph. Er durfte sich nicht provozieren lassen. Es gab keinen Grund, sich zu rechtfertigen. Er war hier, damit Fenja möglichst schnell gefunden wurde. Mit fester Stimme sagte er: »Ich vertraue Fenja, und sie vertraut mir. Wir lieben uns.« Dabei sah er Grosch fest in die Augen.

»Das ist schön«, bemerkte der Kommissar, und es war schwer herauszubekommen, ob es ernst oder lakonisch gemeint war. Dann fuhr er fort: »Herr Wiesenburg, bitte beschreiben Sie uns noch einmal, was Sie genau gemacht haben, nachdem sich Frau Wolff um siebzehn Uhr ins Bergwerk verabschiedet hat. Wo sind Sie überall gewesen? Und wann genau?«

»Auf unserem Zimmer.«

»Wie? Nur auf Ihrem Zimmer? Kein Spaziergang? Kein Abendbrot?«

»Ich war nicht noch einmal draußen. Abendbrot hatte ich dabei.«

»Sie wollen mir erzählen, dass ein vierundzwanzigjähriger junger Mann bei schönstem Wetter ab Nachmittag um fünf in einem kleinen Zimmer sitzen bleibt und brav auf seine Freundin wartet, bis sie irgendwann spät abends nach Hause kommt?«

»Ich habe gelesen.«

»Gelesen?« Grosch setzte eine ungläubige Miene auf. »Die ganze Zeit? Und was haben Sie gelesen?«

»Aischylos. Die Orestie.«

»Bitte?« Nun war das Gesicht des Kommissars gänzlich verzogen.

»Eine griechische Tragödie. Aischylos ist der Dichter.« Um dem Polizisten etwas entgegenzukommen, ergänzte der Student: »Eine Art Krimi.«

»Liest man das heute?«

»Blockseminar Kulturgeschichte. Unsere Hausaufgabe über den Sommer.« Jonas war darüber auch nicht sonderlich erfreut gewesen und hatte die Lektüre bis zum Ende der Ferien hinausgeschoben.

»Und das hat sechs oder acht Stunden gedauert?«, fragte Grosch noch einmal nach.

»Lesen und eine Hausarbeit schreiben. Ja.« Jonas zuckte mit den Schultern. »Sie können mich abfragen. Und die Arbeit habe ich im Laptop. Hier in der Tasche. Wenn Sie sie sehen wollen ...« Jonas setzte an, seine lederne Umhängetasche auf den Tisch zu heben.

Aber der Kommissar hob abwehrend die Hände. »Ist in Ordnung. Das machen wir später.«

Jonas fiel noch etwas ein: »Danach wollte ich Karten schreiben, aber darüber bin ich irgendwann eingeschlafen. Postkarten sind nicht so mein Ding.«

»Gibt es jemanden, der bezeugen kann, dass Sie die ganze Zeit auf Ihrem Zimmer waren?«, fragte Grosch jetzt. »Außer Ihren Büchern, meine ich.« Den letzten Satz würzte er mit bissiger Ironie.

Anne Vareel warf ihrem Kollegen einen tadelnden Blick zu. Er sollte eigentlich alt genug sein, um sich nicht auf ein Duell mit einem deutlich Jüngeren einzulassen. Objektiv bleiben war das oberste Gebot. Andererseits, der Beruf machte einiges mit ihnen. Im besten Fall hatte man mal einen schlechten Tag, im schlimmsten Fall warf man irgendwann alles hin. Sie waren keine

Vollzugsautomaten, auch wenn das dieser oder jener Vorgesetzte manchmal von ihnen zu erwarten schien.

Das ungeklärte Schicksal von Fenja Wolff, die ihnen außer vielen Fragen und einem Handy nur eine Blutspur in einem dunklen Stollen hinterlassen hatte, ging an niemandem im Kommissariat spurlos vorüber. Und jeder hatte seine eigene Art, damit zurechtzukommen.

»Nein. Ich glaube nicht, dass mich jemand gesehen hat. Die Mitarbeiter sind abends weg, und die restlichen Pensionszimmer waren nicht belegt. Ich habe allerdings auch nicht gewusst, dass ich ein Alibi brauche«, antwortete Jonas auf Groschs Frage, und er sah den Kommissar dabei herausfordernd an.

»Jonas, Sie haben uns erzählt, dass Sie gegen ein Uhr morgens aufgewacht sind und festgestellt haben, dass Ihre Freundin noch nicht zurück ist«, übernahm jetzt wieder Anne Vareel. Sie sprach ganz ruhig, und der Student konnte spüren, dass sie versuchte, das Gespräch in konstruktiven Bahnen zu halten. Nach einer kurzen Pause fuhr die Kommissarin fort: »Wir wundern uns hier alle ein bisschen, dass Sie da nichts unternommen haben. Ihre Freundin war doch schon lange überfällig. Fanden Sie das nicht ungewöhnlich?«

Jonas senkte den Kopf. Mit Groschs subtilen Provokationen hatte er umgehen können. Aber der geradlinige Vorwurf der Kommissarin traf ihn mitten ins Herz. Weil er stimmte. Weil er sich diese Frage wieder und wieder selbst gestellt hatte.

»Meinen Sie, ich mache mir keine Vorwürfe?« Jonas hob den Blick zur Polizistin, und Anne Vareel sah einen schmerzerfüllten Ausdruck darin. Nach einem Moment der Stille fuhr er fort: »Fenja arbeitet oft sehr lange. Im Studium manchmal die ganze Nacht, wenn sie richtig in Schwung ist. Es war ihr letzter Abend im Bergwerk. Die letzte Gelegenheit. Sie ist verrückt nach ihren Steinen.« Er wurde leiser. »Für einen Moment hab ich tatsächlich überlegt, ob ich sie suchen soll. Aber dann kam ich mir albern vor.« Jonas schluckte hörbar. Dann sagte er, mehr zu sich als zu den beiden Polizisten: »Ich wäre doch nie auf die Idee gekommen, dass ausgerechnet in dieser Nacht was Schlimmes passiert.«

Anne Vareel nickte und fragte: »Gibt es irgendetwas, was Sie noch sagen oder ergänzen möchten?«

»Nein.« Jonas fühlte sich matt.

»Gut. Wir machen dann noch ein kleines Protokoll. Danach können Sie gehen. Sie wohnen noch in Saalfeld?«

»Ja.«

»In Ordnung. Wir können nicht von Ihnen verlangen, in der Stadt zu bleiben. Aber ich würde Sie bitten, uns auf dem Laufenden zu halten, wo wir Sie finden können. Falls wir noch einmal mit ihnen sprechen müssen.«

»Sicher. Mach ich.« Die Kommissare standen auf, und Kriminalhauptmeister Poppe erschien in der Tür.

Die Vernehmung war beendet.

21

Als Jonas das Polizeigelände in der Cottastraße nach dreieinhalb Stunden verließ, fühlte er sich wie betäubt. Die Polizisten hatten merkwürdige Fragen gestellt. Sie trauten ihm nicht. Der Wind hatte sich gedreht. Die Polizei ging jetzt fest von einem Verbrechen aus. Und er stand auf der Liste der Verdächtigen.

Ein Verdacht, den er nur zerstreuen konnte, wenn er Fenja fand. Lebend.

Die Polizei würde weiter mit Hochdruck ermitteln und sich dabei nicht in die Karten schauen lassen. Wahrscheinlich lief im Hintergrund wesentlich mehr ab, als er sich vorstellen konnte.

Wurde er bereits observiert? Der Student schaute sich unauffällig um. Aber bis auf einen übergewichtigen Rentner, der einen ebenso rundlichen Mops an einer Leine hinter sich her zog, war die Straße leer.

Jonas schüttelte den Kopf. Er wurde schon paranoid. Allerdings war eines klar. Sie würden ihn im Auge behalten.

Als er den Motor starten wollte, stotterte sein alter Opel verdächtig. »Komm schon, Fred, mach! Lass mich jetzt nicht auch noch im Stich«, beschwor Jonas sein Auto, und nach einigen Versuchen sprang der Motor tatsächlich an. Der Student fuhr zurück nach Saalfeld. Jetzt kannte er den Weg, und so brauchte er für die Strecke kaum mehr als zwanzig Minuten.

Als er in die Nebenstraßen von Garnsdorf einbog, fielen ihm zwei bunte Reisebusse auf, die langsam ihren Weg Richtung Bergwerk nahmen. Einige Pkw schlichen hinterher. Der kleine Konvoi erreichte den Parkplatz. Und keines der Fahrzeuge kehrte wieder um. Das konnte nur eins bedeuten. Die Polizei war nicht zurückgekommen. Die Feengrotten hatten wieder geöffnet.

Jonas stellte seinen Corsa am Ende der kleinen Gasse ab, in der er seit zwei Tagen wohnte. Er betrat Hünningers altes Haus. Die Tür war nicht abgeschlossen. Also war der Alte da. Irgendwo.

Für einen Moment legte sich der Student auf das Bauernbett in seinem kleinen Zimmer und ließ sie Vernehmung bei der Polizei noch einmal Revue passieren. Einige der Fragen stellte er sich nun auch selbst.

Hatte Fenja irgendetwas erzählt, was ihm merkwürdig vorgekommen war?

Doch so sehr er sich auch das Hirn zermarterte – ihm fiel nichts Außergewöhnliches ein. Seine Freundin war mit allen Mitarbeitern gut zurechtgekommen, und sie hatte ihm mehr als einmal erzählt, wie viel Entgegenkommen und Unterstützung sie bei ihrer Arbeit erhielt.

Vielleicht sollte er noch einmal mit Marco Jäckel sprechen. Der technische Leiter musste auf jeden Fall regelmäßig Kontakt mit Fenja gehabt haben, wenn sie im Bergwerk ihre geologischen Untersuchungen gemacht hatte. Vielleicht konnte er ihm bei der Gelegenheit ein paar Informationen über Wilko Ehl und dessen kriminelle Vergangenheit entlocken. Immerhin arbeiteten die beiden zusammen. Und die Pläne von den alten Bergwerksteilen wollte Jonas auch einmal sehen. Jäckel hatte es ihm selbst angeboten, als sie vor dem Supermarkt ihren Kaffee getrunken hatten. Der Student wollte auf jeden Fall darauf zurückkommen, selbst auf die Gefahr hin, dass Jäckel ihn für verbohrt hielt.

Jonas fiel ein, dass sich Fenja mit einer der Feendarstellerinnen angefreundet hatte. Kathi. Das Mädchen mit den kurzen schwarzen Haaren, das zusammen mit Benedikt und den zwei Blondinen im Pappenheimer gewesen war. Und das Jonas so merkwürdige Blicke zugeworfen hatte.

Auch sie musste er unbedingt sprechen. Um mehr über Fenjas Zeit hier zu erfahren. Und über André Benedikt.

Schon schwieriger würde es werden, etwas über das merkwürdige Verhältnis des schicken Marketingassistenten zu dem vorbestraften Ehl herauszufinden, weil er nicht so recht wusste, wie er das anstellen sollte. Fragen konnte er die beiden schließlich nicht. Jedenfalls nicht direkt.

Jonas notierte sich auch jetzt wieder die wichtigsten Punkte in seinem kleinen ledernen Schreibheft. So, wie bei jeder seiner Studienrecherchen.

»Wer schreibt, der bleibt«, pflegte sein Professor in Jena immer zu sagen. Um dann jedes Mal mit einem gerissenen Grinsen hinzuzufügen: »Wer viel schreibt, wird Professor. Und wer abschreibt, Politiker.«

Viele seiner Kommilitonen benutzten mittlerweile fast ausschließlich ihre Tablet-PCs, und die Hälfte des Studiums fand in einer virtuellen Welt stand. Auch er hatte sein kleines Netbook immer dabei, selbst hier in Saalfeld. Die digitale Technik war hilfreich, zweifellos, aber sie war nicht die Lösung aller Probleme. Jonas musste immer lachen, wenn er im Supermarkt die jungen, hippen Frauen herumstehen sah, die nervös und mit hochkonzentriertem Blick auf ihren Smartphones herumwischten, um ihre Einkaufslisten auszulesen.

Manchmal war der gute alte Zettel nicht die schlechteste Lösung, fand Jonas. Und spätestens beim Nachdenken und Kombinieren waren ihm ein Bogen Papier und ein Bleistift lieber. Wenn er an einem Problem tüftelte, musste er es vor sich sehen, daran herumschreiben, etwas dazu skizzieren können. Sich ein Bild machen, im wahrsten Sinne des Wortes.

Dann klappte er sein Büchlein zu. Zeit, etwas zu unternehmen.

Der Parkplatz der Feengrotten war förmlich überschwemmt von Autos und Reisebussen. Rekordverdächtig für einen Montag. Das außergewöhnlich warme und sonnige Herbstwetter hatte die Ausflügler geradezu in Scharen angezogen. Und sicherlich war auch die fast dreitägige Schließung durch die Polizei ein Grund dafür, dass es heute etwas voller wurde. Urlaubsgäste, die einen zweiten Anlauf nahmen. Oder Neugierige, die einmal einen richtigen Tatort sehen wollten.

Wenigstens müssen sie dafür Eintritt zahlen, dachte Jonas zerknirscht.

Er überquerte den Parkplatz und ging auf das Quellenhaus zu. Das historische Verwaltungsgebäude mit seinem üppigen Fachwerk und den bergmännischen Schnitzereien lag im weichen Herbstlicht, und eine Reihe von Touristen hielt hier das erste Mal inne, um die Fotoapparate zu zücken und sich eine digitale Erinnerung zu verschaffen.

Ob die Kripo auch daran gedacht hatte, die Schnappschüsse der Urlauber auszuwerten, die am Tag von Fenjas Verschwinden über das Freigelände flaniert waren?

Vielleicht hatte sie jemand zufällig auf einem Bild festgehalten. Im Gespräch mit irgendjemandem.

Es würde nicht leicht sein, all die unfreiwilligen Zeugen noch einmal zusammenzubekommen oder sie auch nur von diesem Ansinnen in Kenntnis zu setzen. Jonas nahm sich vor, die Kommissarin danach zu fragen.

Jetzt musste er erst mal mit Marco Jäckel sprechen. Die Liste von Fragen abarbeiten, die ihm auf der Seele brannten. Er betrat das ausladende Foyer des Verwaltungsgebäudes und ging zielstrebig auf die kleine Holztür neben der Treppe zu, die nach unten in die Kelleretage führte. Zu den Werkstätten und zu Jäckels Büro.

Die Tür war verschlossen.

Seine private Ermittlung ging ja schon mal gut los, dachte Jonas, und für einen Moment musste er über sich selbst schmunzeln. Mit seinem neuen Tatendrang war er soeben an der Mittagspause gescheitert. Oder Jäckel lief irgendwo herum. Der technische Leiter wurde nicht dafür bezahlt, im Büro zu sitzen. Er hatte sicher ständig etwas zu tun, irgendwo im Stollensystem. Oder auf dem weitläufigen Außengelände.

Jonas würde ihn schon finden. Er verließ das Quellenhaus. Die Sonne glitzerte durch die hohen Bäume, die den Berghang vor ihm säumten.

Langsam ging der Student über das Freigelände, vorbei an Spielflächen, Bratwurstbuden und Andenkenläden. Aber Jäckel war wie vom Erdboden verschluckt. Wahrscheinlich war er das tatsächlich, dachte Jonas nach einer halben Stunde Suche. Er vermutete den technischen Leiter irgendwo im Bergwerk.

Also warten.

In der Zwischenzeit ging er in den Brunnentempel und erkundigte sich nach Ingrid Wohlmuth, der freundlichen Grottenführerin. Er wollte sich gern bei ihr bedanken, für den Tipp mit Hünninger. Sicher interessierte es sie, was daraus geworden war. Außerdem hatte sich Jonas fest vorgenommen, die Saalfelderin noch einmal nach den alten Bergwerkslegenden zu fragen, die hier offensichtlich seit Jahren herumgeisterten und die Jäckel so vehement in die Ecke haltloser Hirngespinste verbannen wollte.

Aber auch hier hatte er kein Glück. Ingrid Wohlmuth bummelte Überstunden ab. Heute, und morgen auch.

Okay, dachte Jonas. Dann die Feen.

Mittlerweile hatte er in Erfahrung gebracht, dass Fenjas Freundin Kathi mit Nachnamen Mayer hieß und heute zum Kinderschminken eingesetzt war. Im *Feenweltchen*, einem Fantasiepark für Kinder, der oberhalb des Hohlweges begann.

Jonas folgte den Wegweisern, überquerte eine kleine Holzbrücke und fand sich vor einem kunstvoll dekorierten Häuschen wieder, das den Eingang zum Feengarten darstellte. »Tritt ein, komm ins Reich deiner Wünsche und Träume«, säuselte eine Frauenstimme lockend aus einem versteckt angebrachten Lautsprecher.

»Na wie denn?«, brummte er zurück, denn jetzt sah er, dass der Zugang von einem eisernen Drehkreuz versperrt wurde. *Ticket bitte hier einschieben,* stand da.

Jonas hatte kein Ticket.

Er stand einen Augenblick unschlüssig herum und überlegte schon, ob er zu einem ganz unfeenhaften Flankensprung ansetzen sollte.

Da sah er Kathi zusammen mit zwei jungen Frauen den Hohlweg unter ihm entlangschlendern. Alle drei trugen goldene Feenkostüme mit hauchdünnen Flügeln. Sie hatten Saftflaschen und Kuchenpakete in der Hand und schienen es nicht besonders eilig zu haben. Er erkannte auch Sandra, Jäckels Tochter, und das dritte Mädchen aus dem Pappenheimer, dessen Namen er bis heute nicht wusste.

Der Student beeilte sich, über einen Seitenweg zu huschen und parallel zum Hohlweg zu den dreien aufzuschließen, was ihn zu einem waghalsigen Slalom um die entgegenkommenden Touristen zwang. Kurz vor dem Brunnentempel holte er die Feen ein.

Jonas trat ihnen in den Weg.

»Hallo. Wir kennen uns aus dem Pappenheimer«, begrüßte er die jungen Frauen, und er gab sich Mühe, möglichst locker und freundlich zu klingen, obwohl sie sich in der Kneipe sicher das Maul über ihn zerrissen hatten. »Und vom Parkplatz«, fügte er für Jäckels Tochter hinzu; er konnte es sich nicht verkneifen, der aufgestylten Blondine ein extrabreites Lächeln zu schenken.

»Hallo.« Freundlich. Kathi.

»Hallo.« Falsches Lächeln. Sandra.

»Hallo.« Uninteressiert. Die Namenlose.

»Ihr wisst ja, ich bin der Freund von Fenja. Sie wird immer noch gesucht«, versuchte Jonas, weiterhin charmant zu bleiben. »Ihr wart doch viel mit ihr zusammen. Habt ihr seit letztem Donnerstag irgendwas von ihr gehört?«

Kopfschütteln, drei Mal.

Schweigen.

»Und vorher, am Donnerstagnachmittag. Was hat sie da gemacht?«

»Fenja hat oben im Feenweltchen gearbeitet, mit mir und Sandra. Ganz normal wie immer«, sagte Kathi. »Halb fünf hat sie Schluss gemacht und ist auf ihr Zimmer gegangen.«

Dort war ihr Jonas begegnet. Was vorher war, half ihm nur wenig weiter. Deshalb fragte er noch einmal: »Und danach? Habt ihr sie da noch mal gesehen? Sie hatte ihre Arbeitssachen an und wollte wieder ins Bergwerk.«

»Nein. Hinterher habe ich sie nicht mehr gesehen. Ich bin dann auch gegangen. Es tut mir leid.« Das war wieder Kathi. Jonas hatte den Eindruck, dass sie wirklich versuchte zu helfen.

»Und ihr?«, fragte er in Richtung der anderen beiden.

»Keine Ahnung. Wir hatten ja auch Feierabend«, erwiderte Sandra patzig. »Das haben uns alles die Bullen schon gefragt.«

Das dritte Mädchen zuckte nur gelangweilt mit den Schultern.

Tolle Runde, dachte Jonas.

Er versuchte es noch einmal anders und bemühte sich, so viel Enthusiasmus wie möglich in seine Worte zu legen: »Ich habe gehört, ihr wollt bei der Werbeaktion für das Feengrottenjubiläum mitmachen.«

Sandra und die Namenlose hoben argwöhnisch die Augenbrauen.

Kathi sah Jonas beschwörend an und deutete ein unmerkliches Kopfschütteln an.

Ganz schlechtes Thema, schien ihr Blick zu sagen.

Jonas ignorierte das. »André Benedikt hat mir erzählt, Fenja wollte sich auch für die Kampagne bewerben«, verpackte er Benedikts unverfrorene Sticheleien in eine möglichst harmlos klingende Frage. »Habt ihr was davon gehört?«

»Fenja? Die hat doch gar keine Chance!«, brach es aus Sandra heraus, und ihr Gesicht bekam einen abfälligen Ausdruck.

Aha, die Eisprinzessin zeigt eine Gefühlsregung, registrierte Jonas.

»Hat sie es denn versucht?«, bohrte er nach, und jetzt blickte er direkt in die Augen der schwarzhaarigen Kathi. Die junge Frau schwieg. Jonas spürte, wie unangenehm ihr die Situation war. Und dass sie etwas zu sagen hatte.

Er hielt das Schweigen aus und wartete.

»Kann ich ein Foto?«, schrie es plötzlich von hinten.

»Nein, ich war zuerst!« Die Fragen glichen einem Kriegsgeheul. Mit einem Mal waren sie von einer Schar lärmender Kinder umringt, die ihnen ihre Fotoapparate entgegenstreckten.

»Mich zuerst!«

»Nein, mich!«

Dann gab es kein Halten mehr. Nacheinander fotografierten die aufgekratzten Kinder ihre Lieblingsfeen, oder sich selbst, oder alle durcheinander.

Jonas machte gute Miene zu dem kleinen Spektakel, übernahm hin und wieder sogar den Part des Fotografen und hoffte, dass die Begeisterung der Kleinen irgendwann abebbte. Aber das tat sie nicht.

»Wir müssen wieder hoch«, sagte Sandra zu ihren Begleiterinnen, aber es war unmissverständlich, dass sie Jonas meinte.

Ohne sich zu verabschieden, zogen die drei Feen inmitten ihrer kleinen lärmenden Fans wieder den Berg hinauf.

Jonas blieb frustriert auf dem Hohlweg zurück. Viel erfahren hatte er nicht.

22

Rastlos wanderte Jonas über das Gelände. Überall fragte er nach Fenja, in der Hoffnung, doch noch einen brauchbaren Hinweis zu erhalten. Doch er erntete nur Schulterzucken; oft bedauernd, manchmal mitfühlend, nicht selten gleichgültig. Es war, als ob ihr zweimonatiges Gastspiel im Team des Schaubergwerks mit einem Mal ausgelöscht und vergessen war; überholt von den Tagesproblemen und Herausforderungen der nächsten Schicht, die nicht mehr die ihre war.

Das Verhalten der drei Feen ging ihm nicht aus dem Kopf. Sandra schien ein ziemliches Problem mit Fenja zu haben. Und Kathi wollte ihm etwas sagen, da war er sich sicher. Aber sie traute sich nicht. Lag es daran, dass ihre zwei Kolleginnen zugehört hatten?

Er musste es irgendwie schaffen, sie alleine zu sprechen. Vielleicht konnte er sie in einem günstigen Moment abpassen, ohne dass die anderen Mädchen etwas davon mitbekamen.

Jonas ging noch einmal hinunter ins Quellenhaus, aber der Zugang zum Keller, und damit zu Marco Jäckels Büro, war immer noch verschlossen.

Also suchte er sich am oberen Rand des Geländes eine Bank, von der aus er die wichtigsten Wege, Imbissstände, Spielplätze und vor allem den Stolleneingang überblicken konnte. Dann wartete er. Er wollte Jäckel unbedingt treffen; jetzt hoffte er, ihn irgendwo in der Menge zu entdecken. Beharrlichkeit hatte schon immer zu seinen herausragenden Eigenschaften gehört, und im Moment blieb ihm auch nicht viel anderes übrig.

Es war ein einsamer Posten. Kaum jemand nahm Notiz von dem Studenten, der still auf seiner kleinen Holzbank saß und das Geschehen um ihn herum aufmerksam in sich aufsog. Die Menschen zogen an ihm vorbei und drängten sich mit ihren Tickets am Eingang zum Bergwerk. Gruppe um Gruppe bekam die langen Schutzmäntel ausgehändigt und stellte sich zum obligatorischen Besucherfoto auf, das schon seit fast einhundert Jahren immer an dieser Stelle gemacht wurde, um dann den Grottenführern mit aufgeregter Neugier hinab in die entrückte Tropfsteinwelt zu folgen.

Jonas harrte tapfer aus. Er dachte an Fenja. Niemand unter all den Menschen hier auf dem Berg konnte sie auch nur für einen Moment ersetzen.

Es war schon späterer Nachmittag, als sich eine stämmig gebaute Frau wortlos neben ihm auf der Bank niederließ. Sie musste schon mindestens siebzig sein und hatte dichtes weißes Lockenhaar, das im Spiel der flimmernden Sonnenstrahlen, die durch die Zweige der Herbstbäume fielen, noch kräftiger leuchtete. Jonas erkannte in ihr eine der beiden Mantelfrauen, die den ganzen Nachmittag ohne Unterlass Schutzumhänge an die Touristengruppen ausgegeben hatten. Auch bei ihr war er heute schon gewesen, um nach Fenja zu fragen. Vergeblich. Jetzt blickte sie schweigend über das Tal hinweg zum gegenüberliegenden Berghang, der malerisch im sanften Nachmittagslicht ruhte.

»Schön, nicht? Ein wunderbarer Blick«, begann die Frau, die trotz ihres einfachen Kittels etwas Würdevolles ausstrahlte, nach einer Weile. »Den genehmige ich mir jeden Tag. Immer pünktlich um halb fünf.« Dann griff sie in einen altmodischen Lederbeutel, den sie mitgebracht hatte, und förderte eine braune Thermoskanne und eine große, altertümliche Porzellantasse zu Tage. Sie goss einen dampfenden, schwarzen Kaffee in die Tasse und reichte sie Jonas.

»Trink mal, Junge. Ein kräftiger Schluck Bohnenkaffee kann dir nicht schaden, hier auf deiner Bank.«

Jonas war überrascht. »Danke. Und Sie?«

»Ich kann den Deckel nehmen.« Damit goss sich die Mantelfrau einen zweiten Kaffee in den blechernen Schraubdeckel der Thermoskanne und nahm einen langen Schluck. »Ein Gedicht!«, kommentierte sie das Getränk und ließ den Blick wieder über die Landschaft schweifen.

Jonas leerte seine Tasse ganz langsam. Der Kaffee war stärker als alle, die er je vorher getrunken hatte. Das heiße Getränk tat ihm gut, genauso wie die freundliche Geste der alten Frau, die er nicht kannte und die eine ganz eigene, angenehme Gelassenheit ausstrahlte.

Als seine Banknachbarin begann, ihre Utensilien zurück in den Lederbeutel zu packen, sagte er: »Danke noch mal. Ich bin übrigens Jonas.«

»Alwine. Gern geschehen.« Dann drückte sie ihm aufmunternd die Hand, stemmte sich hoch und ging gemächlich hinüber zur Mantelausgabe, wo sich schon die Teilnehmer der nächsten Führung drängten.

Die Saalfelder sind nett, dachte er dankbar.

In diesem Augenblick sah Jonas den technischen Leiter aus dem Bergwerk kommen und in der Menge verschwinden.

Eilig verließ er seine Bank und spurtete hinterher, um ihn noch zu erwischen, doch schon nach wenigen Augenblicken hatte er Jäckel wieder verloren.

Mist! Jonas sah sich um. Er hatte nicht gesehen, wohin genau der Techniker verschwunden war, aber auf jeden Fall hatte er sich in Richtung Tal bewegt. In Richtung Quellenhaus.

»Hallo Onkel. Das soll ich Ihnen geben!«

Jonas zuckte erschrocken zusammen. Vor ihm stand ein ungefähr sechsjähriger Junge und grinste ihn frech an, das Gesicht frisch geschminkt wie ein lustiger Troll und in der Hand ein Faltblatt, das er ihm entgegenstreckte.

Ein bunter Werbeflyer der Feengrotten, schon ein wenig zerknittert. Die dünnen Prospekte lagen hier überall aus, wirklich überall, und jetzt begannen die Touristenkinder schon, ihre Späße damit zu treiben.

»Oh! Danke!«, sagte Jonas trotzdem und verbeugte sich, als hätte er soeben den Nobelpreis überreicht bekommen. Der Junge strahlte ihn stolz an, so dass sich der Student nicht traute, das Faltblatt in den nächsten Papierkorb zu werfen.

»Toll!«, sagte er stattdessen und steckte den Flyer in seine Jackentasche.

Fröhlich jubelnd verschwand der Junge in einer Gruppe Gleichaltriger, die jetzt ein kollektives Lachkonzert anstimmten und ihrem Kumpel applaudierten. Mutprobe bestanden.

Jonas musste lachen. Nun war Jäckel endgültig weg.

Der Student sah auf die Uhr. Der Feierabend rückte näher. Er ging davon aus, dass der technische Leiter jetzt über kurz oder lang in seinem Büro auftauchen musste. Also würde er im Quellenhaus auf ihn warten. Seine letzte Chance für heute.

Als er das Verwaltungsgebäude erreichte, kamen ihm schon die ersten Angestellten in Mänteln entgegengeeilt, mit jenem zielsicheren und unumkehrbaren Schritt, der das Ende der Arbeitszeit so unverwechselbar illustrierte. Feierabend. Nach Hause. Bis morgen.

Das Gebäude leerte sich.

Jonas betrat das Foyer.

Er ging zielstrebig zur Kellertür und versuchte es noch einmal. Diesmal war die Tür nicht verschlossen. Glück gehabt. Also war Jäckel endlich da.

Jonas stieg die Treppen hinunter und folgte dem langen, schmucklosen Kellergang. Diesmal spielte kein Radio, und auch sonst war nichts zu hören. Die Tür am Ende des Ganges war weit geöffnet, dort, wo es zur Werkstatt ging und schließlich zum kleinen Büro des technischen Leiters.

Der Student betrat den großen Werkstattraum. Leer. Niemand zu hören.

Er durchquerte die Arbeitshalle und klopfte an die Tür zu Jäckels Dienstzimmer.

Keine Antwort.

Jonas versuchte es noch einmal mit Klopfen, dann drückte er die Klinke nieder. Die Tür war verschlossen.

Aber Jäckel würde sicher jeden Moment auftauchen. Also wartete Jonas. Er blickte sich in der Werkstatt um, ließ seinen Blick ohne wirkliches Interesse über die verstaubten Arbeitstische und Maschinen schweifen und setzte sich schließlich auf einen abgehalfterten Drehstuhl, der wie ein ungeliebtes Kind in einer Ecke neben den Metallspinden stand.

So saß er ein paar Minuten, ohne dass jemand kam.

Plötzlich blitzte ein sanfter Reflex am Boden auf.

Erst dachte er, es wäre eine flache Spiegelscherbe. Doch dann sah er genauer hin.

Unter einem der Umkleideschränke lugte ein glänzendes Etwas hervor. Eine Fotografie.

Neugierig stand Jonas auf und trat vor die blecherne Front. Er konnte nichts Genaues erkennen, deswegen bückte er sich und zog das Bild ganz unter dem Schrank heraus. Es war ein einzelner Fotoabzug im Format 10 mal 15 Zentimeter, ausgedruckt auf Hochglanzpapier. Er war nachts aufgenommen und zeigte ein Stück von der Fassade des Quellenhauses. Oder besser gesagt, das erleuchtete Viereck eines Fensters darin. Im Zimmer dahinter war eine junge Frau zu sehen. Sie war nackt und offensichtlich gerade im Begriff, sich ein weißes T-Shirt oder Nachthemd überzustreifen. Sie wirkte dabei völlig arglos, und zweifellos ahnte sie nichts davon, dass sie gerade aus dem Dunkel heraus beobachtet wurde.

Jonas hielt den Atem an.

Die Frau auf dem Foto war Fenja.

Der Schlag traf ihn völlig unerwartet. Sein Kopf wurde ruckartig zur Seite gerissen und donnerte mit ungebremster Wucht gegen die Blechwand. Wie eine Schraube taumelte sein ganzer Oberkörper nach links, und Jonas stürzte rückwärts in die schmale Gasse zwischen den Schränken und einer Werkbank.

Dass er nicht sofort k.o. ging, hatte er nur seinem jahrelangen Judotraining zu verdanken. Instinktiv rollte er sich auf dem Boden zur Seite, so dass ihn der folgende Stiefeltritt, der auf seinen Körper gezielt war, um Haaresbreite verfehlte und mit einem ohrenbetäubenden Knall gegen die Spindtür traf. Mehr aus einem Instinkt heraus nutzte Jonas den kurzen Moment und hechtete unter der Tischplatte hindurch auf die andere Seite der Werkbank, wo er sich an einem Regal aus Winkeleisen auf die Füße zog. Er hatte es fast geschafft, da raste ein Schatten heran und drängte ihn gegen das Metallgestell. Zwei kräftige Arme umschlossen seinen Oberkörper und pressten ihm die Luft aus den Lungen, während um ihn herum Büchsen und Rohre scheppernd zu Boden stürzten. Verzweifelt versuchte er, aus der eisernen Umklammerung zu entkommen. Mit seinem rechten Fuß hakte er hinter das Bein seines Gegners, zerrte es ruckartig nach vorne und ließ gleichzeitig seinen Körper erschlaffen. Mit einem grunzenden Laut verlor sein Peiniger das Gleichgewicht und kippte nach hinten um, doch er hielt Jonas weiterhin fest in seinem Armgriff, so dass der Student wieder mit zu Boden gerissen wurde. Jetzt lagen sie eingekeilt zwischen Regal und Werkbank, Jonas oben und der andere unten, die Gesichter dicht übereinander. In diesem Moment erkannte Jonas seinen Gegner. Vor ihm glühte die wutverzerrte Grimasse von Wilko Ehl, der ihn aus hasserfüllten Augen anstierte. Wieder erhöhte der Schlosser den Druck seiner muskulösen Arme, und ein heißer stechender Schmerz fuhr Jonas in den Oberkörper. Der Student verkeilte seine Beine in den Regalstreben und versuchte sie als Hebel zu benutzen, um sich irgendwie zur Seite zu wälzen, doch der enge Zwischenraum vor der Werkbank ließ kaum eine Bewegung zu. Der Druck auf seine Lungen wurde immer unerträglicher. Wie eine Stahlpresse drückte ihm Ehl die Rippen zusammen. Jonas schnappte nach Luft. Ihm wurde schwarz vor Augen.

»Bist du wahnsinnig? Aufhören!«, schrie plötzlich eine Stimme über ihnen, zwei Hände griffen zwischen die beiden und bogen Ehls Arme kraftvoll zur Seite. Augenblicklich ließ der Druck auf Jonas' Oberkörper nach, und er konnte etwas leichter atmen.

»Jetzt ist aber gut! Wilko!«, schmetterte die Stimme noch einmal, jetzt hatte sie einen drohenden Unterton.

Ehl ließ Jonas los, und zwei hilfreiche Arme zogen den Studenten nach oben, bis er wieder auf beiden Beinen stand. Auch der Hilfsschlosser rappelte sich auf.

Jonas drehte sich um. Hinter ihm stand Marco Jäckel, der selbst noch ganz außer Atem war und die beiden mit einem strengen Blick musterte. »Verdammt, was sollte das denn werden?«, fragte er scharf.

»Der Wichser schnüffelt hier rum!«, zischte Ehl schnaufend.

»Überhaupt nicht«, presste Jonas heraus.

»Ich mach dich fertig!«, brüllte der Hilfsschlosser, spannte seine Muskeln und ging schon wieder auf den Studenten los.

»Jetzt ist Schluss!« Mit einem schnellen Schritt drängte sich Jäckel an Jonas vorbei und stellte sich zwischen die beiden, wobei er mit seinem Zeigefinger drohend in die Mitte von Ehls Gesicht zielte. »Du weißt, wie ich das meine!«

»Pff«, plusterte der Schlosser abfällig.

»Du bleibst jetzt erst mal da stehen«, befahl Jäckel mit Nachdruck in der Stimme.

»Von dir lass ich mir gar nichts sagen«, funkelte ihn Ehl wütend an. Doch er rührte sich nicht vom Fleck.

»Und Sie kommen mit«, sagte der technische Leiter zu Jonas. »Sie setzen sich da drüben hin.« Damit führte er den Studenten zu einem braunen Polsterstuhl, der neben dem Eingang zu seinem Büro stand. Weit entfernt von Ehl. Dann schloss er seinen Raum auf und verschwand darin, ließ aber die Tür weit offen stehen.

Jonas setzte sich.

Nur einen Moment später war Jäckel wieder zurück. In der Hand hielt er einen kleinen Wickel mit Mulltupfern und sauberen Papiertüchern. Er ging vor dem Studenten in die Hocke und warf einen routinierten Blick auf dessen Stirn. »Sie haben da 'ne ganz schöne Platzwunde. Warten Sie mal.«

Vorsichtig betupfte Jäckel eine Stelle über Jonas' rechtem Auge. Die Berührung mit dem Tuch rief ein stechendes Brennen hervor. Die Platzwunde hatte der Student bisher gar nicht bemerkt, aber jetzt fühlte er einen dumpfen, pulsierenden Schmerz.

»Ich mache das erst mal ein bisschen sauber«, erklärte der Techniker, während er konzentriert weitertupfte. Nach einer Weile gab er Jonas ein Polster aus weißer Gaze in die Hand. »So, das drücken Sie jetzt auf die Wunde und halten es fest. Es hat schon aufgehört zu bluten.«

»Ich hab ein Foto von Fenja gefunden«, sagte Jonas leise.

»Was für ein Foto?«, fragte Jäckel mit wenig Interesse.

»Durchs Fenster fotografiert. In der Nacht. Fenja hat … Sie hat nichts an. So ein Spannerfoto.«

»Wo haben Sie das gefunden?« Jäckel schien immer noch nicht sonderlich beeindruckt zu sein.

»Da drüben bei den Schränken.«

Der Techniker drehte sich um. Wilko Ehl lehnte mit dem Rücken zu ihnen an der Werkbank.

Der Student stand auf und ging langsam hinüber zu der Front aus Blechspinden.

»Dort, vor dem Schrank.« Jonas deutete zu der Stelle, an der er das Bild entdeckt hatte, trat in den Gang und sah nach unten. Aber es gab nichts mehr zu sehen.

Das Foto war verschwunden.

»Was ist mit dem Foto?«, fragte der technische Leiter, der nun auch herantrat, und es war nicht ganz sicher, wen der beiden er meinte.

»Es hat dort gelegen!«, beteuerte Jonas.

»Keine Ahnung, wovon der Spinner spricht!«, giftete Ehl, drehte sich um und baute sich bedrohlich auf.

»Ruhig jetzt.« Das war wieder Jäckel.

»Ich lass den hier nicht in meinen Sachen rumwühlen«, blaffte der Hilfsschlosser.

»Ich hab nur gewartet«, gab Jonas zurück, und auch er wurde wieder lauter.

»Wir klären das. Aber in Ruhe«, entschied Jäckel in einem Ton, der keinen Widerspruch duldete. »Wir gehen jetzt rauf ins Sekretariat. Dort kann jeder seinen Standpunkt darlegen.«

Auf dem Weg nach oben achtete Marco Jäckel strikt darauf, dass Jonas und Ehl nicht wieder aneinandergerieten. Er ließ den Hilfsschlosser vorangehen, und der Student bildete hinter dem Techniker das Schlusslicht. Der kurze Entenmarsch durch das Gebäude hatte etwas Absurdes; Jonas fühlte sich an einen Gefangenenzug erinnert, oder auch an einen Kindergarten. Je nach Humor und Betrachtungsweise.

Die meisten Verwaltungsangestellten waren schon nach Hause gegangen. Aber von Direktor Richwien wusste man, dass er jeden

Morgen ausgesprochen pünktlich erschien und oft abends länger blieb. Das Büro des Direktors war jetzt auch das Ziel der kleinen Prozession.

Als sie das erste Vorzimmer betraten, war Richwiens Sekretärin gerade dabei, in einen langen beigen Herbstmantel zu schlüpfen. Ihre Handtasche stand griffbereit auf dem Empfangstresen. Die Fenster waren geschlossen. Der Computer aus.

Nun blickte sie argwöhnisch auf.

»Frau Bartholomäus, wir müssten zum Chef. Ist er noch drin?«, fragte der technische Leiter, und er hatte dabei jene dezente Demut in der Stimme, die Menschen auf der ganzen Welt Chefsekretärinnen und Oberschwestern entgegenbringen.

»Ja, er ist noch da. Ich bin dann aber weg«, stellte sie unmissverständlich klar.

»Herr Wiesenburg müsste aber noch einen Moment hier draußen warten, wenn das geht«, schob Jäckel nach.

»Er kann sich nach nebenan setzen. Der Herr Benedikt kommt gleich wieder rein. Schönen Feierabend.« Damit griff die Sekretärin nach ihrer Handtasche und war verschwunden.

Die drei gingen in den nächsten Raum. André Benedikts Büro. Es war leer, aber auf dem Computerbildschirm des Marketingassistenten schoben sich in langsamer Unendlichkeit die farbigen Ringe und Dreiecke eines Bildschirmschoners ineinander. Also würde er noch einmal zurückkommen.

»Hier können Sie einen Augenblick sitzen bleiben«, sagte Jäckel zu Jonas, was mehr eine Aufforderung war als ein Angebot, und wies auf eine kleine Sitzecke am Fenster. »Ich sage dann Bescheid.«

Danach klopfte der Techniker an die große Flügeltür zum Chefzimmer.

Eine Weile passierte nichts. Aber Jäckel versuchte es nicht zum zweiten Mal. Er wartete einfach.

»Ja«, ließ sich die Stimme des Direktors schließlich gedämpft vernehmen.

Der technische Leiter schob Ehl in Richwiens Büro, dann folgte er ihm. Die schwere Flügeltür schloss sich mit einem gedämpften Donner.

Die Zeit verstrich mit bleierner Langsamkeit. Aus dem Zimmer des Direktors drangen keinerlei Geräusche, obwohl der Student zu gern gewusst hätte, was dort besprochen wurde. Und wie Ehl die Auseinandersetzung darstellte. Es ärgerte Jonas, dass der brutale Hilfsschlosser als Erster die Gelegenheit erhielt, sich zu erklären. Und die Dinge auf eine Weise darzustellen, die für ihn günstig war.

Das Foto von Fenja hatte Jonas verstört. Jemand war seiner Freundin hinterhergestiegen, in aller Heimlichkeit, vielleicht nächtelang. Ein kalter Schauer lief über seinen Rücken. Das ließ Fenjas Verschwinden in einem neuen Licht erscheinen.

Wer das Foto gemacht hatte, ließ sich nicht beweisen. Aber es hatte mehr oder weniger unter Ehls Spind gelegen, und der Gewaltausbruch des Hilfsschlossers kam sicher nicht von ungefähr.

Außerdem hatte er das Bild verschwinden lassen, als Jäckel mit Jonas' Kopfwunde beschäftigt war. Daran konnte es keinen ernsthaften Zweifel geben.

Der Student sah hinüber zu der hohen Flügeltür. Dr. Richwien war nicht dumm. Er würde die Sache objektiv beurteilen, und dann hatte Wilko Ehl viel zu erklären. Jonas sah zur Uhr. Er konnte es kaum erwarten, den Direktor zu sprechen.

Mittlerweile waren zwanzig Minuten vergangen. Plötzlich ließ ihn ein Geräusch herumfahren. Mitten im Raum stand André Benedikt. Jonas hatte ihn nicht kommen hören, und auch der Marketingassistent schien angesichts des unerwarteten Gastes in seinem Büro erschrocken zu sein.

»Oh«, entfuhr es Benedikt. Dann entdeckte er die Platzwunde auf Jonas' Stirn, und er legte wieder sein süßliches Grinsen auf. »Ärger bekommen?« Er sah Jonas noch einen Moment lang an, wie ein erhabener Forscher, der ein halb zerquetschtes Insekt unter dem Mikroskop betrachtet. Doch als sich der Student nicht auf ein neuerliches Wortgefecht einließ, drehte er sich um und ging zu seinem Schreibtisch. Zügig schaltete er seinen Computer aus, tauschte sein konservatives Jackett gegen eine knallig gelbe Softshell-Jacke und holte eine Spiegelreflexkamera aus einem niedrigen Rolloschrank. Er steckte den Fotoapparat, der wie ein teures Profigerät aussah, in seinen Sportrucksack. Dann wandte er sich noch einmal zu Jonas um, griente und deutete mit einer kurzen Kopfbewegung auf dessen Platzwunde. »Steht dir gut, echt!«

Benedikt warf sich den Rucksack mit einem eleganten Schwung, der wirkte, als hätte er ihn vor dem Spiegel geübt, über die Schulter und verließ den Raum.

Jonas sah ihm noch eine Weile nachdenklich hinterher.

Nicht wegen Benedikts hämischer Abschiedsworte.

Wegen dessen, was er mitgenommen hatte.

Einen Fotoapparat.

In diesem Moment öffnete sich die Flügeltür, und Jäckel trat heraus. Im Schlepptau hatte er Wilko Ehl. Jonas wunderte sich. Er hätte vermutet, dass der Hilfsschlosser nach seinem Gewaltausbruch kleinlaut und beschämt aus dem Direktionsbüro kam. Doch er schien bester Laune zu sein.

»Sie können dann reingehen«, sagte Jäckel zu Jonas, und seiner Stimme war nicht zu entnehmen, wie die Lage aussah.

Der Student stand auf.

Jäckel ging ohne eine weitere Bemerkung an ihm vorbei und verschwand in Richtung Ausgang.

Ehl blieb kurz bei Jonas stehen. Er trat ganz dicht vor ihn, so dass ihre beiden Gesichter nur noch Zentimeter voneinander entfernt waren, und zischte leise: »Wir sehen uns.« Dann grinste er hinterhältig und verließ ebenfalls das Zimmer.

»Herr Wiesenburg?« Das kam aus dem Direktionsbüro. Die Stimme von Richwien. Hart. Ungehalten.

Jonas drehte sich um. Die große Flügeltür stand erwartungsvoll offen.

23

Es war die gleiche knappe Geste wie bei ihrem letzten Zusammentreffen, mit der Richwien jetzt auf den freien Stuhl vor seinem wuchtigen Schreibtisch deutete. Wortlos.

Jonas setzte sich. »Guten Tag«, begrüßte er den Feengrottenchef.

»Ich bin mir nicht sicher, ob das ein guter Tag ist«, gab Richwien zurück, und in seiner Stimme lag nicht die Spur von Anteilnahme.

Jonas hatte sich seine Beschwerde über Ehls Angriff schon draußen im Vorzimmer zurechtgelegt, aber der Direktor ließ ihn gar nicht zu Wort kommen. »Herr Wiesenburg, was hatten Sie bitte an dem Umkleideschrank von Herrn Ehl verloren?«, fragte er mit schneidender Schärfe.

»An seinem Umkleideschrank?« Jonas war verblüfft. »Ich war nicht an seinem Umkleideschrank«, gab er empört zurück.

»Sondern?«

»Ich habe in der Werkstatt auf Herrn Jäckel gewartet.«

»Vor Wilko Ehls Schrank hockend?« Der Direktor zog ungläubig die Augenbrauen hoch.

»Ich hatte etwas auf dem Boden liegen sehen. Ein Foto.« Jonas verstand nicht, wieso er sich hier plötzlich rechtfertigen musste. Schließlich war Ehl auf ihn losgegangen und nicht umgekehrt.

»Aha. Das ominöse Nacktfoto.« Richwiens Stimme triefte vor beißender Ironie.

»Ja. Jemand aus den Feengrotten hat Fenja verfolgt. Heimlich Fotos von ihr gemacht. Nachts«, entgegnete Jonas ernst.

»Es ist nur komisch, dass keiner außer Ihnen das Foto gesehen hat«, warf Richwien ein.

»Es hat da gelegen! Auf dem Boden vor den Umkleideschränken. Ich habe es gesehen und bin hingegangen. Dann ist Ihr Schlosser plötzlich von hinten über mich hergefallen«, beharrte Jonas und sah den Direktor herausfordernd an.

»Das wurde mir von Herrn Ehl aber ganz anders berichtet«, stellte Richwien klar. »Er hat Sie dabei ertappt, wie Sie sich an seinem Schrank zu schaffen gemacht haben. Da wollte er Sie zur Rede stellen. Das hätte ich übrigens auch so gemacht. Herr Ehl konnte ja nicht ahnen, dass Sie gleich wie ein Wahnsinniger auf ihn losgehen.«

»Ich? Ich auf ihn?« Jonas lachte humorlos auf. »Das hat er Ihnen erzählt? Und wieso habe ich dann die Kopfwunde?«

»Sie hätten sich vorher überlegen müssen, mit wem Sie sich anlegen. Herr Ehl hat sich nur gewehrt. Das ist sein gutes Recht. Was dabei passiert ist, haben Sie sich selbst zuzuschreiben.«

»Herr Jäckel kann bestätigen, dass Ehl mich angegriffen hat.«

»So? Kann er das? Das glaube ich nicht.« Der Direktor verschränkte die Arme vor der Brust und lehnte sich in seinem Sessel zurück.

»Was? Wieso?« Jonas war irritiert.

»Als Herr Jäckel in den Raum kam, lagen Sie beide am Boden. Sie erinnern sich? Sie oben und Herr Ehl unten. Wie sieht das wohl aus?«

Jonas konnte nicht fassen, wie hier die Tatsachen verdreht wurden. »Und Sie glauben Ehl? Einem Ex-Häftling!«, entfuhr es ihm.

»Was haben Sie da gesagt?«

»Herr Ehl ist vorbestraft und auf Bewährung«, stellte Jonas trocken fest.

»Das ist ja hanebüchen!«, brüllte Richwien plötzlich los und sein Gesicht lief vor Zorn rot an. »Was haben Sie denn für eine

Auffassung von unserem Rechtssystem? Einmal Knasti, immer Knasti, oder was?«

»Nein. Aber Herr Ehl hat mich angegriffen!«

»Das behaupten Sie. Aber das glaube ich Ihnen nicht. Das Verhalten von Herrn Ehl hat bisher keinerlei Anlass zur Beanstandung gegeben, ganz im Gegenteil. Er hat sich gut wieder eingegliedert, und darauf sind wir hier stolz. Sie werden in mir keinen Unterstützer für irgendwelche populistischen Vorurteile finden. Das ist Boulevardniveau.«

»Und warum greift er mich dann an, genau in dem Moment, wo ich vor seinem Schrank ein Foto finde, auf dem meine vermisste Freundin nackt zu sehen ist?« Jonas geriet in Rage.

Richwien winkte barsch ab, so, als wolle er ein lästiges Insekt vertreiben. »Das Foto ist doch eine Schutzbehauptung! Sie haben in seinen Sachen herumgeschnüffelt und sind erwischt worden. Und jetzt versuchen Sie, Ihre eigene Haut zu retten. Herr Ehl ist sehr empfindlich, was seine Privatsphäre anbetrifft. Mit seiner Vorgeschichte ist das auch nur zu verständlich.«

»Weshalb war er denn überhaupt im Gefängnis?«, wollte Jonas wissen.

»Das werde ich Ihnen sicher nicht auf die Nase binden. Schlimm genug, dass Sie hier unbefugt in unseren Diensträumen herumspionieren!« Dann fügte der Direktor lakonisch hinzu: »Ein Frauenmörder ist er übrigens nicht, wenn Sie darauf anspielen wollen.«

»Das habe ich auch nicht behauptet. Aber meine Freundin ist verschwunden. Hier in den Feengrotten, falls Sie das vergessen haben«, stellte Jonas noch einmal mit Nachdruck klar. Richwien hatte sich noch mit keiner Silbe nach Fenja erkundigt.

»Und jetzt spielen Sie hier den Detektiv?«, höhnte der Direktor. Er musterte den Studenten mit einem freudlosen Lächeln. »Sie brauchen nicht zu denken, das wäre mir nicht zugetragen worden.

Sie streunen doch schon den ganzen Nachmittag auf dem Gelände herum und belästigen meine Mitarbeiter.«

»Belästigen? Wer fühlt sich denn belästigt?« Jetzt wurde es interessant.

»Das tut jetzt nichts zur Sache«, wiegelte Richwien ab.

»Es tut mir leid, wenn Sie sich belästigt fühlen. Aber meine Freundin ist verschwunden. Es geht um ein Menschenleben. Die Polizei hat Blutspuren gefunden. Hier in Ihrem Bergwerk. Meinen Sie, ich soll so tun, als ginge mich das alles nichts an?«, sprudelte es aus Jonas heraus, und er sah dem Direktor provokativ in die Augen.

Für einen kurzen Moment herrschte Schweigen.

»Apropos. Da Sie gerade die Polizei erwähnen.« Richwien ließ sich jetzt Zeit. »Meinen Sie nicht, die Suche nach Frau Wolff ist in deren Händen besser aufgehoben? Oder haben Sie irgendwelche Zweifel an der Arbeit der Strafverfolgungsbehörden?« Das letzte Wort kostete Richwien genüsslich aus, und er blickte den Studenten dabei herausfordernd an, so dass es wie eine Drohung klang.

Jonas schwieg.

Richwien ließ eine kurze Pause, dann bekam seine Stimme etwas Schulmeisterliches, so, als versuche er, einem besonders uneinsichtigen Schüler einen einfachen Sachverhalt zu erklären: »Sehen Sie mal, Herr Wiesenburg, wir sind ein erfolgreiches Tourismusunternehmen. Im nächsten Jahr feiern wir unser einhundertjähriges Bestehen, wie Sie vielleicht mitbekommen haben. Unser Gründer Adolf Mützelburg«, er deutete auf das dunkle Ölportrait an der Wand, »war immer sehr stolz auf seine Feengrotten. Und wir sind es auch. Aber wir leben vor allem von der Unbeschwertheit unserer Besucher und vom guten Ruf dieser wundervollen Einrichtung. Nachdem diese tragische Sache mit Frau Wolff schon genug Unruhe in das Unternehmen getragen hat, ist das Letzte, was wir jetzt brauchen, ein hitzköpfiger

Student, der hier alle mit seinen haarsträubenden Verdächtigungen verrückt macht.«

»Sie können mir nicht verbieten, nach Fenja zu suchen.«

»Nein, das kann ich nicht«, antwortete Richwien, und seine Stimme strahlte jetzt eine eisige Ruhe aus. »Aber ich kann Ihnen verbieten, sie *hier* zu suchen.«

»Was soll das heißen?«, fragte Jonas alarmiert.

»Das soll heißen, dass ich Ihnen hiermit Hausverbot erteile. Und das gilt für das gesamte Betriebsgelände der Feengrotten. Die Belegschaft habe ich bereits informiert.«

»Wie bitte?« Jonas konnte nicht glauben, was er gerade gehört hatte.

Doch Richwien ergänzte nur: »Ein Verstoß gegen dieses Hausverbot erfüllt den Straftatbestand des Hausfriedensbruchs.« Er nahm den Hörer seines Diensttelefons ab, drückte eine Kurzwahltaste und sagte: »Herr Jäckel. Wir sind dann soweit.«

Dann wandte er sich noch einmal Jonas zu und bemerkte mit betonter Beiläufigkeit: »Übrigens, Herr Ehl denkt noch darüber nach, ob er Sie wegen versuchten Diebstahls und tätlichen Angriffs anzeigen soll. Ich habe ihm zugeraten. Auch ehemalige Straftäter haben Rechte.« Dann blickte er zur Tür, wo gerade Marco Jäckel erschien. »Herr Jäckel wird sie jetzt vom Gelände begleiten. Guten Tag.«

Jonas stand auf und ging zornig hinaus. Wäre ihm Jäckel nicht in geringem Abstand gefolgt, hätte er die Tür lautstark hinter sich zugeschlagen. Er war voller unbändiger Wut, aber ihm war auch klar, dass er hier im Augenblick kaum etwas ausrichten konnte. Was ihn umso ärgerlicher machte.

Schweigend stiegen die beiden die breite Holztreppe hinunter und durchquerten das Foyer. Jonas konnte spüren, dass sich Jäckel nicht besonders wohl in seiner Haut fühlte.

Als die schwere Haustür hinter ihnen ins Schloss gefallen war, blickte sich Jonas kurz um und sah hinauf zu dem Pensionsfenster, das zu Fenjas ehemaligem Zimmer gehörte. Es handelte sich eindeutig um dasselbe Fenster wie auf dem Foto. Und noch etwas war interessant. Gleich gegenüber der Hauswand erhob sich der bewaldete Berghang. Für einen heimlichen Beobachter war es sehr leicht gewesen, unentdeckt in den Raum zu sehen. Und zu fotografieren.

Dann schloss Jonas zu Jäckel auf, der langsam weitergegangen war, und fragte: »Finden Sie das normal? Ehl greift mich an, und jetzt bin ich der Blöde?«

Der technische Leiter blieb stumm.

Jonas sah ihn direkt an. »Denken Sie auch, dass ich lüge?«

Jäckel antwortete nicht gleich, aber schließlich sagte er: »Es kann ja alles so sein, wie Sie sagen. Das will ich gar nicht in Abrede stellen. Aber ich kann nur angeben, was ich gesehen habe und was nicht. Wie das zu bewerten ist, müssen andere beurteilen.«

»Und Doktor Richwien kann das beurteilen?«, gab Jonas sarkastisch zurück.

»Ich kann ja verstehen, dass Sie sauer sind. Das hat sich für Sie im Moment alles ein bisschen ungünstig entwickelt …«

»Ungünstig entwickelt?«

»Sie müssen den Direktor auch verstehen. Versuchen Sie es wenigstens. Doktor Richwien ist streng, aber korrekt. Glauben Sie es mir, ich kenne ihn schon lange. Er steht gewaltig unter Druck. Frau Wolff ist in seinem Betrieb verschwunden. Unter seiner Verantwortung. Er hat genehmigt, dass sie nach Feierabend alleine im Berg forschen darf. Wir hatten drei Tage lang die Polizei hier. Teilweise werden unsere Mitarbeiter immer noch befragt. Die Presse steht auf der Matte. Der Bürgermeister ist sauer. Und die Besucher verunsichert.«

»Hm.« Jonas verzichtete darauf, noch weiter in seinen Begleiter zu dringen. Er wollte es sich mit Jäckel nicht auch verscherzen, zumal er noch einige Fragen an ihn hatte. Doch jetzt war kein guter Zeitpunkt, um sie zu stellen.

Sie waren am Ende immer langsamer geworden, aber nun erreichten sie den Rand des Parkplatzes. Jäckel schien darüber nicht traurig zu sein. »Na gut dann. Viel Glück«, verabschiedete er sich, und der Student hatte den Eindruck, dass das sogar ehrlich gemeint war.

»Danke. Auf Wiedersehen.«

Während Jonas den Parkplatz verließ und die Zufahrtsstraße Richtung Saalfeld hinunterlief, blieb Jäckel noch eine Weile stehen und sah dem Studenten nach. Dann drehte er sich um und ging zurück ins Quellenhaus.

24

Garnsdorf am 8. Juli im Jahre des Herrn 1880. Heute sind es zwanzig Jahre, die ich in der Tiefe dieses schwarzen Felsens mein absonderliches Leben führe. Zwanzig Jahre. Auf den Tag genau. Und ich vermisse nichts. Die Welt mit ihren Sorgen ist mir fern. Ich ruhe glücklich, bin ein Teil des Berges, atme seine Kraft. Ich bleibe nicht wach und schlafe nicht. Es ist etwas dazwischen. Eine Welt, die niemals ich erahnen konnte, als ich noch irdische und stete Mühsal tragen musste. Ich gehe auf in bunten Farben Helles Licht durchflutet meine Sinne. Engelszarte Klänge füllen mich. Und alles existiert ganz federleicht aus mir heraus, derweil die Höhle um mich dunkel schweigt. Ich bin ein buntes Rauschen in der Finsternis.

Einmal am Tag erwache ich für eine kurze Zeit. Um mich herum das dämmernd fahle Licht des schimmernden Gesteins. Bevor ich wieder von dem edlen Wasser trinke, blickt mich mein Spiegelbild von unten an, wo sich der kleine Quellsee mir entgegenbreitet. Dann ist mein altes Leben plötzlich wieder da. Der Jakob Brunner, den ich immer kannte. Es ist mein Körper und auch mein Gesicht. Seit ich zum ersten Mal von diesem Wasser hier getrunken habe, bin ich um keinen Tag gealtert. Keinen einzigen. Ich zähl jetzt 51 Sommer, und doch sehe ich in ein Gesicht von 31 Jahren.

Was mir geschieht, das hat der Herr nicht vorgesehen. Das ist verwirrend, und das Denken strengt mich an. Doch ist solch grüblerische Zeit nie lang. Nur kurze Stunden zwischen endlos langen Träumen. Und gleich fall ich zurück in farbig frohes Schweben. Ist das das Paradies? Träum ich im Leben, oder bin ich längst im Himmel? Ich weiß es nicht, doch ist es wunderschön.

25

Inzwischen war es vollkommen dunkel geworden. Ein feiner Sprühregen strich über das Land. Die Luft roch feucht und moderig. Die sparsam verteilten Straßenlaternen warfen eng umgrenzte Lichtkegel auf die schwarze, nass glänzende Straße in Richtung Garnsdorf, die Jonas nun hinunterging. Auf der rechten Seite ruhte der massive Berghang, der in der Finsternis mehr zu spüren als zu sehen war, mit eherner Präsenz. Links, in einem natürlichen Graben, plätscherte der kleine Feengrottenbach versteckt vor sich hin.

Der heutige Tag hatte es in sich gehabt. Jonas war erschöpft. Die Polizei schien ihn zu verdächtigen, vielleicht nicht als Einzigen, zumindest hoffte er das, aber immerhin. Zwar sagten sie es nicht direkt, aber sie waren misstrauisch, das hatte er in Rudolstadt deutlich gespürt. Seine Schonzeit als Freund der Vermissten ging zu Ende. Jetzt war er einer auf der Liste möglicher Täter.

Und sein erster Einsatz als Ermittler in eigener Sache hatte schon nach wenigen Stunden mit einer Beule am Kopf und einem Rausschmiss geendet, und wenn er Pech hatte, wurde er dafür auch noch angezeigt.

Keine schlechte Bilanz für einen einzigen Tag.

Viel Konkretes herausbekommen hatte er nicht. Aber das Foto, von dem wenigstens er nun wusste, dass es existierte, war zumindest eine Spur, wenn auch eine beängstigende. Wilko Ehl hatte es verschwinden lassen. Mittlerweile sicherlich endgültig. Das machte ihn ziemlich verdächtig und sein brutaler Angriff sowieso.

Bei Jäckel war sich Jonas nicht sicher. Hatte er wirklich nichts gesehen? Schwieg er aus falsch verstandener Loyalität? Oder war da mehr dahinter?

Und der Direktor? Ging es ihm nur um den guten Ruf der Feengrotten? Und warum deckte er Ehl um jeden Preis?

Jonas hatte noch keine Idee, wie das alles zusammenhing. Aber langsam kam Bewegung in die Sache. Richwien wollte seine Nachforschungen unterbinden. Seltsamerweise beflügelte ihn das umso mehr.

Als der Student in die enge dörfliche Gasse einbog, in der er nun schon seit zwei Tagen wohnte und die ihm langsam vertraut wurde, sah er schon von Weitem, dass Hünningers Haus ein weiteres Mal hell erleuchtet war. Als er näher kam, vernahm er aus dem Inneren des alten Gebäudes merkwürdige Geräusche. Dumpfe Schläge mischten sich mit dem Geräusch splitternden Holzes. Es polterte und krachte, unregelmäßig, aber heftig. Von Sorge getrieben legte Jonas die letzten Meter im Laufschritt zurück. Kurz bevor er das Haus erreichte, schlug etwas laut gegen die Innenseite der schweren Haustür. Er verharrte einen Moment, unschlüssig, was er tun sollte, dann stieß er beherzt den rechten Türflügel auf.

Zuerst dachte er, er wäre unvermittelt in einem Horrorfilm gelandet. In der Mitte der Eingangshalle, genau unter der großen Deckenleuchte, stand die hoch aufgerichtete Gestalt Hünningers. Seine Körperhaltung war aufs Äußerste gespannt. Gerade riss der Alte seinen rechten Arm nach oben. In seiner sehnigen Hand hielt er ein Beil.

Der Student stoppte im Türrahmen, als wäre er gegen eine unsichtbare Wand gelaufen. Dann wich er vorsichtig einen Schritt zurück.

In diesem Moment wurde Hünninger auf ihn aufmerksam. Augenblicklich erstarrte er in seiner Bewegung, das Beil hoch über dem Kopf erhoben.

Für einige lange Sekunden rührte sich keiner der beiden.

Dann geschah etwas, was Jonas noch nicht erlebt hatte, seit er bei Hünninger eingezogen war.

Der Alte lachte.

Zuerst war es nur ein unverständliches Krächzen, dann wurde das Gelächter lauter, und schließlich begann der ganze Körper vor Lachen zu zittern.

Jonas stand perplex in der Tür.

Erst jetzt erfasste er die Situation. Direkt vor Hünninger stand ein grobschlächtiger Hackklotz, und auf dem Boden der Eingangshalle, quer verteilt durch den ganzen Raum, lagen große und kleine Holzscheite.

Der Alte war dabei, Brennholz zu hacken. Mitten im Haus. Offenbar stellte er sich dabei ziemlich wild an.

»Hundert Euro für Ihre Gedanken«, ließ sich Hünningers knarrende Stimme vernehmen, und wieder schüttelte er sich vor Lachen. »Meinen Sie, ich hacke das Holz im Garten, wenn es regnet?«

Als Jonas noch immer nichts sagte, stichelte er: »Geben Sie's ruhig zu, für einen Moment haben Sie gedacht, ich wäre das Gespenst von Canterville!«

Eher Rumpelstilzchen, dachte Jonas böse. Aber er sagte: »Ja, so was in der Art.«

»Sehen Sie, nichts ist, wie es scheint.« Noch einmal kicherte der Alte schräg, dann kommandierte er: »Wenn Sie schon hier rumstehen, können Sie mir auch helfen, die Scheite zusammenzulesen.« Er warf Jonas einen undurchschaubaren Blick zu und knurrte, als wäre das nicht ohnehin offensichtlich: »Ich bin alt. Und Sie sind jung.«

So langsam findet der verschrobene Eigenbrötler wieder zu seiner üblichen Form zurück, dachte Jonas.

Er griff nach einem derben Weidenkorb, den er in der Ecke rechts neben der Tür entdeckt hatte, und der sonst nicht dort stand, und las die Holzscheite zusammen.

Der Alte saß währenddessen auf dem Hackklotz, das Beil über die Knie gelegt, und rührte sich nicht vom Fleck.

»Fegen können Sie nachher«, knurrte er, nachdem der Student noch nicht einmal alle Scheite zusammengesammelt hatte.

»Danke, das ist sehr freundlich!«, antwortete Jonas mit einem kräftigen Schuss Sarkasmus in der Stimme. Der Alte war ja wirklich der König der Charmeure.

Der Student las die letzten Holzstücke auf. Er mochte den Geruch von frischem Holz.

Dann packte er schweren Weidenkorb und schickte sich an, ihn hinauf in die Wohnräume des Alten zu tragen. Doch noch bevor er die Treppe erreichte, hatte ihn der Sonderling flink wie ein Wiesel überholt und baute sich vor ihm auf. »Es reicht, wenn Sie den Korb hier abstellen. Hochtragen kann ich ihn selbst.«

»Sind Sie sich sicher?« Jonas machte ein ungläubiges Gesicht. Die Treppe nach oben war lang und steil. Und der Korb ziemlich schwer.

»Das ist nicht Ihr Problem. Übrigens«, der Alte blickte fasziniert auf die Stirnverletzung des Studenten, mehr mit anatomischem Interesse als mit ernsthafter Sorge, »was haben Sie denn da angestellt?«

»Hab mich gestoßen«, antwortete Jonas kurz angebunden. Er hatte keine Lust, dem Eigenbrötler seine Niederlage zu erklären.

»Aha«, kommentierte der Alte, und seine Mimik ließ keinen Zweifel daran, dass er dem Studenten kein Wort glaubte. »Sie wissen aber schon, dass man so was behandeln muss?«, krächzte er dann, und es klang mehr wie ein Vorwurf als wie ein guter Rat. »Nicht, dass der Wundbrand reinfährt.«

Sehr rücksichtsvoll, dachte Jonas. Erst lässt er mich die ganzen staubigen Holzscheite zusammenräumen, und plötzlich sorgt er sich um meine Kopfwunde.

Als hätte Hünninger seine Gedanken erraten, fügte er unwirsch hinzu. »Was Sie mit Ihrem Kopf machen, ist mir egal. Aber wenn das in der Nacht zu bluten anfängt und dann auch noch zu eitern, ist meine Bettwäsche dahin. Das geht nämlich nicht wieder raus.«

»Ist klar. Danke für die Sorge«, gab Jonas zurück. War der Alte wirklich so ein Stinkstiefel? Fast hatte der Student den Eindruck, Hünninger entwickelte eine hintergründige Freude daran, ihn mit Worten zu piesacken. Ein Duell der kleinen Bösartigkeiten.

Gut, das konnte er haben. Besser als gar keine menschliche Regung. »Ich blute dann erst mal gründlich aus, bevor ich mich auf die saubere Bettwäsche lege«, schob Jonas mit einem deftigen Schuss Ironie nach.

»Guter Mann«, quittierte der Alte. Dann schob er den Studenten brüsk zur Seite. »Und jetzt lassen Sie mich meine Arbeit machen.«

»Na dann, eine angenehme Nacht.« Jonas machte auf dem Absatz kehrt und ging in sein Zimmer. Hünninger antwortete nicht. Langsam stieg er die Stufen nach oben. Den riesigen Holzkorb ließ er am Fuße der steilen Treppe stehen.

Als Erstes heizte der Student seinen Kanonenofen an. Dann ging er zurück in die Eingangshalle, und obwohl es der unfreundliche Alte eigentlich nicht verdient hatte, kehrte er die Holzspäne und Rindenschnitzel sorgfältig zusammen, die Hünningers Hackorgie hinterlassen hatte, wobei er den Besen benutzte, der während der Nacht seine Alarmanlage war.

Den Hackklotz, der aus einem kurzen Stück Baumstamm bestand, rollte er zur Seite und ließ ihn an der Wand stehen. Das Beil war verschwunden, vermutlich hatte es der Alte mitgenommen.

Nachdem das altertümliche Foyer wieder einigermaßen in Ordnung gebracht war, betrat der Student den Waschraum im hinteren Teil des Erdgeschosses. Hier gab es einen alten, halb blinden Spiegel. Immerhin.

Jonas war etwas erschrocken, als er die Platzwunde an seiner Stirn betrachtete. Sie war nicht sehr tief, aber es hatte sich eine ansehnliche Beule daraus entwickelt, deren Gipfel blutverschmiert leuchtete.

Mit einem Tuch, das er satt mit kühlem Leitungswasser getränkt hatte, reinigte Jonas die Wunde, so gut es ging. Langsam breitete sich ein unangenehmer, brennender Schmerz aus, den er nicht wahrgenommen hatte, solange er abgelenkt gewesen war. Doch nun, mit der eintretenden Ruhe, meldete sich die Verletzung unmissverständlich zu Wort.

Jonas ging zurück in sein Zimmer. Er wollte sich ausruhen, aber bevor er zu Bett ging, setzte er sich noch einmal kurz an den improvisierten Schreibtisch und vervollständigte seine Notizen um die Erlebnisse des heutigen Nachmittags. Dann stand er auf und legte sein Schreibbuch in die oberste Etage des Regals. In diesem Moment klopfte es.

»Ja«, sagte er. Das Türblatt schwang auf, und da stand Hünninger. In der Hand hielt er ein Holztablett mit einer kleinen weißen Emaille-Schale und einem undefinierbaren, graugrünen Päckchen. Obwohl die Tür nur angelehnt gewesen war, erinnerte sich der Student nicht, ihn kommen gehört zu haben.

Aber er hatte angeklopft. Das war neu.

Mit einem Kopfnicken deutete der Alte auf einen Stuhl, der, etwas abgerückt, in der Mitte des Zimmers stand.

»Ich schau mir mal Ihre Verletzung an.«

Ohne abzuwarten, stellte er das Tablett auf den Tisch, dann drehte er sich zu Jonas um, der immer noch unentschlossen vor dem Regal stand, und fügte barsch hinzu: »Es ist Ihr Dickkopf, nicht meiner. Bitten werde ich Sie nicht noch.«

Jonas trat heran. Argwöhnisch besah er sich das kleine Arrangement auf dem Tablett. Der graugrüne Ballen erwies sich bei genauerer Betrachtung als Verbandspäckchen, worauf ein verblasstes rotes Kreuz hindeutete. Die Verpackung erinnerte Jonas an alte Lazarettausstattungen und schien aus einer anderen Epoche zu stammen. Die Schale war bis zur Hälfte mit Wasser gefüllt, das bereits eine schwer bestimmbare Färbung angenommen hatte und leicht vor sich hin dampfte. In dem undurchsichtigen Absud schwammen lose Blätter und Blüten, die Jonas gänzlich unbekannt waren.

»Nur keine Angst, das Rezept stammt von meiner Großmutter«, erklärte Hünninger, der den skeptischen Blick des Studenten gesehen hatte. »Nun setzten Sie sich endlich hin.«

Jonas fand das Argument mit der Großmutter nicht unbedingt beruhigend, wenn es von einem Achtzigjährigen angeführt wurde, aber er gab sich einen Ruck und nahm Platz.

Hünninger trat dicht vor ihn hin und ließ sich Zeit, die Kopfwunde des Studenten zu inspizieren.

Dann trat er an den Tisch und riss das Verbandspäckchen auf. Er zog ein kleines weißes Textilpolsterchen aus der Verpackung und ließ es in den Kräutersud fallen.

Hünninger verharrte eine Weile und beobachtete aufmerksam, wie sich das Stoffpolster allmählich mit Flüssigkeit vollsog.

Der Patient schwieg und wartete ab.

Schließlich fischte der Alte die nasse Kompresse aus der Schale und legte sie Jonas behutsam auf die Kopfwunde. Mit der anderen Hand griff er nach einer schmalen Binde und rollte sie um den Kopf des Studenten, wobei er das Kräuterpolster sicher auf der Stirn fixierte, ohne dass der Druck schmerzhaft war. Jonas staunte, welche Geschicklichkeit der Alte dabei entwickelte. Das Anlegen des Verbandes dauerte nicht viel länger als ein, zwei Minuten.

Dann ging Hünninger wieder zum Tisch, schob die Reste der Binden und Tücher zusammen und nahm das Tablett auf.

»Danke«, sagte Jonas, der noch immer überrascht von der unerwarteten Sorge war. »Ich dachte schon, ich muss den Sud austrinken.« Dabei zwinkerte er dem Alten schmunzelnd zu.

»Jetzt halten Sie endlich Ihren vorlauten Mund«, entgegnete der Alte schnoddrig. »Ich lass Ihnen noch ein Pflaster da. Gute Nacht.«

Damit griff er in die Tasche seiner abgetragenen Strickjacke und holte ein Pflasterpäckchen hervor, das neueren Datums zu sein schien, wie Jonas beruhigt registrierte. Er schob den Streifen auf den Holztisch und ging hinaus.

»Danke noch mal«, rief ihm der Student hinterher.

Doch der Alte war schon in der Tiefe des alten Hauses verschwunden.

Jonas ging es besser. Er hatte den Eindruck, dass die Kompresse schon jetzt die Schmerzen auf seiner Stirn linderte. Zumindest tat sie gut. Er gönnte sich noch ein knappes Abendbrot aus den Resten, die ihm von seinem letzten Einkauf geblieben waren. Dann legte er sich ins Bett und löschte das Licht.

Draußen auf der Treppe hörte er Hünninger rumoren, der jetzt offensichtlich Holzscheit für Holzscheit einzeln hinauf in sein geheimes Reich trug. Jonas überlegte kurz, ob er nicht doch noch einmal hinausgehen sollte, um seine Hilfe anzubieten. Doch dann erinnerte er sich, wie brüsk ihm der Alte die obere Etage verboten hatte. Verbohrter Querkopf, dachte Jonas schmunzelnd. Dann schlief er erschöpft ein. Den Besen an seiner Türklinke hatte er an diesem Abend weggelassen.

26

Er brauchte einen neuen Plan. Jonas saß am Tisch in seinem kleinen Zimmer. Es war morgens acht Uhr. Die aufgehende Sonne tauchte die dörfliche Landschaft vor seinem Fenster in ein wechselvolles Licht.

Der Student blickte auf die aufgeschlagene Doppelseite in seinem Notizbuch. Quer über das Blatt hatte er kleine Kästchen verteilt, in denen Namen standen. Die Mitspieler, die er bisher kannte: Fenja selbst, Wilko Ehl, André Benedikt, Dr. Richwien, Marco Jäckel, Sandra Jäckel, Kathi Mayer, Ingrid Wohlmuth und noch einige andere, die ihm vom Sehen in Erinnerung geblieben waren. Auch das Wort *Unbekannte/r* stand dabei. Auf der linken Seite hatte er schmerzliche Begriffe untereinandergeschrieben, jeder für sich eine bittere Konsequenz, die er nicht zu Ende denken wollte.

Flucht?

Unfall?

Entführung?

Mord?

Auf der rechten Seite notierte er einige Motive, die ihm spontan eingefallen waren: Zurückweisung, Eifersucht, Kränkung, Rache, Konkurrenz, Vertuschung. Konkreter wagte er selbst in seinen persönlichen Aufzeichnungen nicht zu werden.

Um Geld konnte es eigentlich nicht gegangen sein. Weder Fenja noch ihre Eltern besaßen ein nennenswertes Vermögen.

Ganz ins Zentrum des Blattes hatte Jonas zwei Wörter geschrieben und dick eingekreist:

DAS BERGWERK.

Fenja hätte überall verschwinden können. Im Haus. Auf dem Gelände. Im Wald. In der Stadt. Überall.

Aber sie war im Bergwerk verschwunden.

Jonas war sich sicher, dass das kein Zufall war.

Aber es würde schwer werden, etwas herauszufinden. Nach dem Rauschmiss aus den Feengrotten war es für ihn quasi unmöglich, auf dem Gelände weiterzurecherchieren. Richwien würde ab jetzt empfindlich genau darauf achten, oder achten lassen, dass er das Areal nicht mehr betrat.

Manche Mitarbeiter konnte er vielleicht abpassen oder außerhalb der Arbeitszeiten irgendwo in Saalfeld auftreiben. Ob sie jedoch mit ihm reden würden, musste sich erst herausstellen.

Jonas fielen die merkwürdigen Andeutungen von Ingrid Wohlmuth wieder ein. Über den Teil der Feengrotten, der für die Öffentlichkeit gesperrt war. Und über die geheimnisvolle vierte Sohle, den unbekannten Bergwerksteil, der nach Jäckels Aussage nie existiert hatte.

Der Student suchte die Visitenkarte der Grottenführerin heraus. Wie er gestern erfahren hatte, bummelte sie zwei Tage lang Überstunden ab. Jonas tippte ihre Nummer in sein Smartphone und schickte den Ruf los. Er musste mehr über das Bergwerk erfahren, koste es, was es wolle. Als erfahrene Grottenführerin wusste die Saalfelderin sicher fast genauso viel über die Feengrotten wie Marco Jäckel selbst.

»Wohlmuth«, hörte er kurz darauf ihre aufgeweckte Stimme.

»Hallo. Jonas hier. Der Freund von Fenja.«

»Hallo. Wie geht's dir denn, Junge? Hast du inzwischen was erfahren?« Ingrid Wohlmuth klang besorgt.

»Nein, noch nicht.«

»Das tut mir leid.«

»Frau Wohlmuth, ich habe eine Bitte.« Jonas wollte möglichst schnell zur Sache kommen. »Ich habe ein paar Fragen über das Bergwerk. Und Sie als erfahrene Grottenführerin –«

»Du brauchst einer alten Frau nicht zu schmeicheln«, warf Ingrid Wohlmuth lachend ein. »Was hast du denn für Fragen?«

»Ich würde Sie gern treffen.«

»Oh. Ist es so viel, was du wissen willst?« Sie klang überrascht.

»Wäre das möglich?« Jonas durfte jetzt nicht lockerlassen. »Sie sind im Moment meine letzte Hoffnung.«

»Wie komme ich denn zu der Ehre?« In der Frage steckte ein wenig Ironie, aber auch ein erwachendes Interesse.

»Das würde ich Ihnen lieber persönlich erklären.«

»Na bravo. Jetzt hast du mich neugierig gemacht.«

»Ist das ein Ja?«, hakte Jonas schnell nach.

»Du kennst bestimmt den Hohen Schwarm?«, fragte die Grottenführerin anstatt einer Antwort.

»Ja. Klar.« Kannte er nicht. Aber er würde sich durchfragen.

»In einer Stunde dort?«

»Super. Ich bin da.«

»Bis nachher also.«

»Bis dann.«

Jonas verstaute das Smartphone in seiner Umhängetasche, genauso wie sein Notizbuch. Dann ging er ins Badezimmer und wickelte vorsichtig den Verband ab, der seinen Kopf noch immer wie ein Turban zierte. Die Kräuterkompresse hatte Wunder gewirkt. Die kleine Wunde war geschlossen, trocken und sah nicht im Geringsten entzündet aus. Nur die Beule mit ihrer rotbläulichen Färbung ließ sich nicht verleugnen. Aber sie war schon deutlich kleiner.

Er klebte sich ein schmales Pflaster über die Mitte der Schwellung, zog seine Jacke über und verließ das Haus. Auf der Suche nach dem Hohen Schwarm, was ihn ein wenig an Alfred Hitchcocks *Die Vögel* erinnerte.

Im Stadtzentrum von Saalfeld herrschte eine gelassene Betriebsamkeit. Die Geschäfte hatten gerade geöffnet. Obwohl viele Menschen auf den Beinen waren, strahlte das Viertel um den Marktplatz eine gediegene Beschaulichkeit aus.

In einer Nebenstraße hatte Jonas einen Parkplatz gefunden. Jetzt schlenderte er durch die Stadtmitte. In kurzem Abstand war er bereits an zwei kleinen Holzhütten vorübergekommen, die als vorgeschobene Posten der dahinterliegenden Fleischereigeschäfte Rostbratwürste unter die Passanten brachten. An der dritten hielt er es nicht mehr aus und kaufte sich eine duftende, heiße Wurst, obwohl das für ihn um diese frühe Zeit eine Premiere war.

Schon der erste Saalfelder, den er gefragt hatte, erklärte ihm bereitwillig den Weg zum Hohen Schwarm, einer alten Burgruine mit zwei Türmen, die hier offensichtlich jeder kannte.

Er folgte einigen romantischen Gassen, die ihn beinahe komplett in sein geliebtes Mittelalter zurückversetzten, wären da nicht hin und wieder die verräterischen Details der Neuzeit gewesen. Hier eine weiße Plastikklingel, die samt ihrer Zuleitung charmant über dem jahrhundertealten Türstock aus Sandstein verlegt war, dort eine einbeinige Plastikpuppe, die schrill aus einem historischen Holzfenster grüßte. Aber alles in allem hatte der kurze Spaziergang etwas Beseeltes, was Jonas sehr genoss.

Aus solch einer malerischen Gasse tretend, stand er plötzlich vor der imposanten Burgruine, die den Namen Hoher Schwarm trug. Sie erhob sich auf einer gepflegten, kurzgemähten Rasenfläche. Mit ihren zwei hohen, schlanken Türmen und der dazwischenliegenden Restmauer hatte die Ruine etwas Kompaktes, etwas Grafisches, fast so, als wäre sie eigens errichtet worden, um als einprägsames Signet für die Stadt zu werben.

Jonas betrat die Wiese, die Teil eines kleinen Stadtparks war, und sah sich um.

»Hier oben!«, hörte er plötzlich die gutgelaunte Stimme von Ingrid Wohlmuth rufen. Die fünfzigjährige Grottenführerin balancierte wie ein verträumtes Kind mit ausgestreckten Armen auf einem niedrigen Mauerabsatz, der die Burgruine auf der Rückseite einfasste. Sie trug eine bequeme braune Stoffjacke und hatte sich einen karminroten Wollschal kess um den Hals geschlungen. Ihr Gesicht vermittelte einen glücklichen Eindruck, und Jonas hätte eine Wette darauf abgeschlossen, dass die Saalfelderin schon als kleines Mädchen genau hier und genau so herumgeklettert war.

»Hallo«, rief er, und ging zur Ruine hinüber.

Die Grottenführerin stieg zu ihm herunter. »Wo stammt das denn her?« Besorgt zeigte sie auf die Beule an seiner Stirn.

»Aus den Feengrotten. Herr Ehl war so freundlich.« Jonas erzählte der Saalfelderin, was gestern Nachmittag im Quellenhaus passiert war. Dabei verschwieg er auch das Hausverbot nicht. Er wollte mit offenen Karten spielen.

»Ich hoffe, Sie unterhalten sich trotzdem noch mit mir?«, fragte er am Ende, denn er befürchtete, die Grottenführerin würde vielleicht abspringen, jetzt, wo er in ihrem Betrieb als unerwünschte Person galt.

»Natürlich spreche ich mit dir. Wer sollte mich davor abhalten?«, brauste Ingrid Wohlmuth scheinbar beleidigt auf. »Übrigens, wo wir gerade bei den prinzipiellen Dingen sind: Das lästige *Sie* kannst du weglassen. Ich bin Ingrid.«

»Gut. Ingrid. Danke«, antwortete der Student. Er war froh, dass ihm die Frau die Treue hielt.

»Hast du das mit dem Bild von Fenja schon der Polizei erzählt?«, wollte sie wissen. »Das könnte doch eine wichtige Spur sein.«

»Ohne das Foto glauben sie mir doch sowieso nicht. Ich kann nichts von alledem beweisen. Und für Richwien bin ich der Unruhestifter.«

»Das ist blöd. Und nun? Wie soll's jetzt weitergehen?«

»Ich glaube, es ist kein Zufall, dass Fenja ausgerechnet im Bergwerk verschwunden ist. Sie war wochenlang unten in den Stollen, immer nach Feierabend. Jeder wusste das. Entweder hat ihr dort jemand aufgelauert, der sich im Berg besonders gut auskennt. Oder sie ist auf etwas gestoßen, was aus irgendeinem Grund ein Geheimnis bleiben soll.«

Für einen Moment hingen beide ihren Gedanken nach. Dann fragte die Grottenführerin: »Und wie kann ich dir helfen?«

»Ich möchte alles wissen, was mit dem Bergwerk zu tun hat«, antwortete Jonas entschieden. »Alles. Und wenn es noch so …«, er überlegte kurz, wie er es ausdrücken konnte, ohne die Saalfelderin zu beleidigen, »… abwegig ist.«

»Du spielst darauf an, was ich neulich von der vierten Sohle erzählt habe, richtig?« Ingrid Wohlmuths Stimme hatte jetzt einen ernsthaften, sachlichen Tonfall bekommen. »Das ist nicht so abwegig, wie Jäckel immer meint.«

»Wieso?« Jonas war gespannt.

»Da muss ich etwas weiter ausholen. Komm, wir gehen ein paar Schritte.« Die Grottenführerin schlenderte quer über die Wiese und trat durch ein Portal in einer alten Mauer. Dahinter öffnete sich ein weiter Blick über die Landschaft. Ingrid Wohlmuth setzte sich auf eine Bank, und Jonas nahm neben ihr Platz. Irgendwo unter ihnen floss die Saale.

Der Student war ungeduldig, aber er fragte nicht nach, sondern wartete, bis die Saalfelderin von selbst begann: »Ich weiß nicht, ob du die Geschichte der Feengrotten kennst. Die zauberhaften Tropfsteinhöhlen, die Saalfeld so berühmt gemacht haben, wurden erst vor einhundert Jahren entdeckt. Aber das Bergwerk, in dem sie sich auf wunderbare Weise gebildet haben, ist viel, viel älter. Schon im Mittelalter wurde hier Alaunschiefer abgebaut, und viele Generationen von Bergmännern haben sich in all der Zeit durch den Berg gekämpft. Die Arbeit muss furchtbar hart gewesen sein. Die Kienspäne, die sie unter Tage anzündeten, spendeten kaum Licht. Tag für Tag schlugen sie das Gestein aus dem Fels und schleppten es mühsam durch die Tunnel. Manchmal fuhren die Bergmänner ein, da war es noch dunkel, und wenn sie abends erschöpft aus dem Berg kamen, war die Sonne schon wieder untergegangen. Ihnen verdanken wir die Gänge und Höhlen im Berg, die wir heute kennen. Über Jahrhunderte hinweg ging das so, aber richtig viel Gewinn abgeworfen hat die Grube, die sie ›Jeremias Glück‹ genannt hatten, nie. Schließlich, um 1860, wurde das Bergwerk endgültig aufgegeben. Es verfiel und wurde schnell vergessen.« Ingrid Wohlmuths Stimme wurde nachdenklich. »Aber dann tauchten da plötzlich diese Gerüchte auf. Dass das Sickerwasser aus dem alten Bergwerk eine besondere Wirkung hätte. Eine Wirkung, die gesund machen würde. Die Krankheiten heilen konnte. Die alten Saalfelder schworen darauf.«

»War da wirklich was dran?«, fragte Jonas ungläubig.

»Auf jeden Fall.« Die Grottenführerin nickte gedankenverloren. »Das Heilwasser hat die Feengrotten später fast genauso berühmt gemacht wie die Tropfsteine. Aber vorher nahm die Geschichte ein paar merkwürdige Wendungen. Die Gerüchte von der Heilkraft des Bergwassers hatten sich bis zu einem reichen Bankier aus Berlin herumgesprochen, Adolf Mützelburg. Der witterte einen schönen Gewinn und kaufte das Bergwerk. Schon der Vorbesitzer hatte den alten, verschütteten Eingang wieder öffnen lassen, aber ihm war das Geld ausgegangen. Jetzt investierte Mützelburg in eine großangelegte Erkundungsmission und schickte Bergleute und Wissenschaftler in die verfallenen Stollen, um nach den gesundheitsfördernden Quellen zu suchen. Er wollte einen

Kurbetrieb aufmachen, mit Heilbädern für die Schönen und die Reichen, wie es damals gerade modern wurde. Und das Wasser dafür sollte aus den alten Gruben kommen.«

»Wann war das?«, fragte Jonas.

»Begonnen hat das alles im Juli 1910. Wieder und wieder haben sie halsbrecherische Expeditionen in die alten Stollen geschickt. Unter Lebensgefahr sind die Männer durch die maroden Gänge gekrochen, haben die alten Zugänge freigelegt und tonnenweise Schutt aus dem Berg geräumt. Viele Stollen waren komplett eingebrochen, und wenn man irgendwo grub, wusste man nie, ob im nächsten Moment nicht die ganze Decke über einem zusammenbrach.«

»Und warum diese Hartnäckigkeit?« Der Student war faszi-niert.

»Sie haben Wasserproben genommen. Die wissenschaftlichen Analysen waren durchaus vielversprechend. Die besondere Kon-zentration der Minerale ließ sogar namhafte Mediziner aufhor-chen. Aber vielleicht hätten sie tatsächlich irgendwann wieder aufgegeben. Die Kosten stiegen bereits ins Unermessliche. Doch dann«, hier hielt die Grottenführerin kurz inne, als wolle sie den folgenden Worten eine besondere Bühne verschaffen, »doch dann entdeckten sie das *Wunder*. Durch eine Laune der Natur waren in den alten Abbauhöhlen Tropfsteine gewachsen. Viel schöner und viel schneller als irgendwo anders. Das lag wohl an der Zusammensetzung der Minerale im Wasser, so genau kann ich das nicht erklären. Jedenfalls waren die Männer außer sich vor Begeisterung. Mit so was hatten sie nicht gerechnet. Doch damit nicht genug. Eine besondere Überraschung hatte sich der Berg bis zum Schluss aufgespart. Am zweiundzwanzigsten Dezember 1913, nur zwei Tage vor Weihnachten, schafften Arbeiter den Durch-bruch in eine weitere große Höhle. Und was sie hier vorfanden, war wirklich einmalig. Eine traumhafte Kulisse aus vielfarbigen

Tropfsteinen, die in der Welt ihresgleichen sucht. Sie hatten den Märchendom entdeckt.«

Hier schwieg Ingrid Wohlmuth, und Jonas spürte, dass sie selbst noch immer von der Schönheit der Tropfsteinhöhle beeindruckt war, obwohl sie täglich mehrmals Touristen durch das Bergwerk führte.

Auch ihn hatte die besondere Atmosphäre gleich bei seinem ersten Besuch berührt. Und Fenja war sofort verliebt gewesen in diese entrückte unterirdische Welt. Nicht umsonst wollte sie ihre Abschlussarbeit nur noch über die Feengrotten schreiben.

Dann erzählte Ingrid Wohlmuth weiter: »Als Adolf Mützelburg von der Entdeckung der Tropfsteine erfuhr, witterte er seine große Chance. Das Naturwunder war eine Sensation, die das Potenzial hatte, Schaulustige aus der ganzen Welt nach Saalfeld zu locken. Für gutes Eintrittsgeld, versteht sich. In Rekordzeit ließ er das Bergwerk freiräumen, elektrisches Licht verlegen und eine riesige Werbekampagne vorbereiten. Pfingsten 1914 eröffnete das Schaubergwerk mit einer glamourösen Feier. Das Unterfangen wurde ein gigantischer Erfolg. Quasi über Nacht war Saalfeld in aller Munde.« Ingrid Wohlmuth sah Jonas an. »So wurden aus der unglücklichen Grube ›Jeremias Glück‹ die weltberühmten Feengrotten.«

»Und was ist aus dem Heilwasser geworden?«

»Auch das wurde ein großer Renner. Nur etwas später. Mützelburg gründete ein eigenes Forschungsinstitut, um die heilsame Wirkung des Quellwassers nachzuweisen. Das ist ihm auch gelungen. Das Wasser verbesserte die Blutqualität der Patienten, die es tranken. Es half bei vielen Krankheiten und wurde ein riesiger Verkaufsschlager.«

»Und was hat es mit der vierten Sohle auf sich? Jäckel hat erzählt, das Bergwerk hätte nur drei Ebenen«, fragte Jonas.

»Drei, die wir kennen. Aber dazu komme ich gleich.« Die Grottenführerin machte eine Pause und schien plötzlich in Gedanken versunken. Sie wirkte fast ein wenig traurig, was Jonas nach dieser beispiellosen Erfolgsstory nicht verstand. Schließlich fuhr sie fort: »Das Expeditionsteam, das die Tropfsteine entdeckt hatte, wurde damals unglaublich gefeiert. Sie waren die Helden, die der Stadt Ruhm und Bekanntheit eingetragen hatten. Aber nicht für alle nahm die Sache ein glückliches Ende. Einem Mann wurde der Berg zum Verhängnis.« Hier stockte Jonas' Gesprächspartnerin, als müsse sie erst überlegen, wie sie am besten fortfahren solle.

»Und wer war das?«, fragte Jonas, als die Pause länger wurde.

»Sein Name war Wilhelm Brunner.«

Jonas sah zu Ingrid Wohlmuth, aber die Grottenführerin blickte in die weite Ferne der Saalelandschaft. Dann sprach sie weiter: »Er hat von Anfang an zu dem Erkundungsteam gehört. Nicht als Wissenschaftler. Er zählte nicht zu den Honoratioren. Wilhelm Brunner war ein einfacher Bergmann. Er war schon weit über sechzig Jahre alt und stammte aus ärmlichen Verhältnissen. In einer Zeit, in der viele Gruben geschlossen waren, gab es wenig Arbeit für Menschen wie ihn. So war es halt damals. Als Mützelburg dann erfahrene Männer suchte, die sich mit dem Bergbau auskannten, um seine Wissenschaftler zu begleiten, da meldete er sich. Und wurde eingestellt. Er hat jede ihrer waghalsigen Touren begleitet. Und er war auch dabei, als sie zwei Tage vor Weihnachten den Märchendom entdeckten. Alle waren so stolz und glücklich.«

»Aber dann ist etwas passiert«, mutmaßte Jonas.

»Ja«, antwortete die Grottenführerin, »dann ist etwas passiert.«

27

»Es war am Heiligen Abend 1913. Zwei Tage nach der Entdeckung des Märchendoms. An diesem Tag fanden in den Stollen keine Arbeiten statt. Ganz Saalfeld feierte das Weihnachtsfest. Doch Brunner muss es irgendwie geschafft haben, sich den Schlüssel zum Bergwerk zu beschaffen. Und dann ist er noch einmal in den Berg gegangen. Heimlich. Und allein«, setzte Ingrid Wohlmuth ihre Ausführungen fort.

»Wieso das?«, wollte Jonas wissen, der dem Bericht jetzt angespannt folgte.

»Das ist nie so richtig aufgeklärt worden. Viele haben damals vermutet, er hätte es seiner Frau zuliebe getan. Elsbeth. Sie war todkrank. Die Schwindsucht. Man sagte, er wollte ihr eine letzte Freude machen. Eine neue Tropfsteingrotte entdecken, nur für sie. Und sie nach ihr benennen lassen. Etwas für die Ewigkeit. Er muss sie sehr geliebt haben.«

»Aber es ist nicht gut gegangen?«

»Er kam tagelang nicht zurück. Irgendwann haben sie die Sache mit dem Schlüssel entdeckt. Da haben sie angefangen, nach ihm zu suchen. Ein Rettungstrupp hat das ganze Bergwerk durchkämmt. Wieder und wieder. Aber sie haben ihn nicht gefunden. Und dann, nach mehr als einer Woche, lief er ihnen plötzlich in die Arme. Völlig erschöpft. Am ganzen Leibe zitternd. Vor Entkräftung – und vor Angst. Aber das Schlimmste waren seine Augen. Schreckensgeweitet. So, als wäre er dem Leibhaftigen persönlich begegnet.«

»Wieso haben sie ihn so lange übersehen?«

»Das war ja das Merkwürdige. Angeblich haben sie gründlich gesucht. Es gab sogar eine amtliche Untersuchung. Die kam zu dem Ergebnis, den Suchtrupps sei nichts vorzuwerfen. Und so wurde damals vermutet, dass es noch einen weiteren, unbekannten Bergwerksteil geben muss, in den sich Brunner verirrt hatte. Eine vierte Sohle. Aber niemand konnte sich vorstellen, wie man dorthin gelangte. Er musste einen versteckten Zugang gefunden haben.«

»Hat er selbst nichts darüber erzählt?«

»Sie haben ihn ausgefragt. Aber es hatte keinen Sinn. Er redete nur noch wirres Zeug. Der Berg hatte ihm den Verstand geraubt.«

»Hat er sich nie wieder erholt?«

»Nein. Nie mehr. Zuerst haben sie versucht, den armen Teufel wieder aufzupäppeln, was auch mehr schlecht als recht gelang. Aber die Gespenster in seinem Kopf haben sie nicht vertreiben können.«

»Hat er nicht gesagt, was ihm solche Angst gemacht hat?«

»Das war das Traurigste an der Sache. In seinem Fieberwahn hat Wilhelm Brunner fast schon flehentlich darauf bestanden, er sei im Berg einem jungen Mann begegnet.«

»Und, konnte das nicht sein?«

»Nicht diesem Mann. Der Unglückselige hat Stein und Bein geschworen, es wäre Jakob Brunner gewesen.«

»Jakob Brunner? Ein Verwandter?«

»Nicht irgendein Verwandter. Sein Vater. Aber der konnte ihm nicht begegnet sein. Er ist gestorben, als der kleine Wilhelm elf Jahre alt wurde. Jakob Brunner war damals schon mehr als fünfzig Jahre tot.«

Eine Weile schwiegen die beiden. Dann sagte Jonas, dem die tragische Geschichte nahe gegangen war: »Armes Schwein. Was ist danach mit Wilhelm Brunner passiert?«

»Sie haben ihn in ein Irrenhaus gesperrt. Dort hat er noch drei Jahre gelebt, dann war er tot.«

»Und seine kranke Frau, Elsbeth?«

»Sie ist an der Schwindsucht gestorben, wenige Tage, nachdem sie Wilhelm im Berg gefunden hatten. Die beiden haben sich nie mehr gesehen.«

»Eine traurige Geschichte.«

»Ja. Das kann man sagen. Und sie wird selten erzählt. Nach Wilhelm Brunner fragt keiner mehr. Er hat nicht zu den Gewinnern gehört.«

Die goldene Herbstsonne schien. Einige wenige weiße Wolken zogen über das Saaletal. Die Feldsteinmauer in ihrem Rücken gab sogar noch etwas Wärme ab.

Nach einer Weile stellte Jonas die Frage, die ihn schon die ganze Zeit beschäftigte: »Damals, nach der Geschichte mit Brunner, hat man nie nach diesem unbekannten Bergwerksteil gesucht?«

»Warum sollte man? Das Schaubergwerk mit seinen Tropfsteinhöhlen wurde kurz darauf eröffnet. Die Besucher strömten nur so herbei und waren begeistert. Das Geschäft lief gut an. Warum sich die Arbeit machen, in ein paar übriggebliebenen verschütteten Stollen zu graben, die aller Wahrscheinlichkeit nach sowieso im Nichts enden? Das wäre teuer gewesen und hätte den Besucherverkehr gestört. Mützelburg war fast pleite, nachdem er die Feengrotten ausgebaut und eröffnet hatte. Er brauchte neues Kapital. Für die Erschließung des Heilwassers. Das Bergwerk musste jetzt Gewinn produzieren, keine neuen Kosten. Und später hat sich keiner mehr dafür interessiert. Es lief doch alles wunderbar. Bis heute.«

Eine Weile sagte keiner von beiden etwas.

Während er dem letzten Teil der Schilderungen gelauscht hatte, war Jonas ein kalter Schauer über den Rücken gelaufen. Die Parallelen zu Fenjas Verschwinden ließen ihm plötzlich keine Ruhe mehr. Was, wenn es wirklich noch einen älteren, unbekannten Bergwerksteil gab? Eine vierte Sohle, oder noch viel mehr davon? Was, wenn Fenja, neugierig wie sie nun mal war, zufällig den Eingang dazu gefunden hätte? Und etwas entdeckt hatte, das geheim bleiben sollte.

Vielleicht hatte irgendjemand sie dabei beobachtet. Und ihr später aufgelauert, als sie den Berg verlassen wollte.

Die Polizei ging davon aus, dass die Blutspur aus dem Bergwerk hinausführte. Und wenn es genau umgekehrt war? Wenn sie hineinwies?

Möglicherweise war es zu einem Kampf gekommen. Fenja war geflüchtet, immer weiter in den Berg, und hatte sich verirrt.

Die Polizei war bei ihrer Suche im Bergwerk sicher gründlich gewesen. Aber das waren die Suchtrupps 1913 auch.

Wilhelm Brunner blieb über eine Woche im Berg verschwunden, bevor er plötzlich wieder auftauchte. Was, wenn Fenja irgendwo unter Tage umherirrte, während die Polizei im ganzen Land nach ihr fahndete?

Wasser gab es im Bergwerk genügend. Aber wie lange konnte ein Mensch ohne Essen überleben, noch dazu verletzt? Zwei Wochen? Drei?

Jonas war klar, dass diese Theorie abenteuerlich klang. Aber selbst wenn Fenja nicht mehr im Berg war – vielleicht hatte sie dort etwas entdeckt, was ihr zum Verhängnis geworden war.

Wenn es so etwas gab, dann würde es Jonas auf die Spur des Täters bringen. Und zu Fenja, wo auch immer ihn das hinführte.

Der Student war fest entschlossen, der alten Geschichte nachzugehen.

»Gibt es eigentlich Pläne von dem alten Bergwerk? So, wie es früher einmal war?«, fragte er jetzt Ingrid Wohlmuth.

»Das kann ich dir nicht sagen. Ich kenne die Geschichte auch nur vom Weitererzählen, so, wie wahrscheinlich alle alten Saalfelder, die sich dafür interessieren. Wenn du irgendwelche Dokumente darüber suchst, solltest du dich an das Stadtarchiv wenden. Oben, im alten Kloster. Dort wird alles Wichtige aufgehoben, was es zur Vergangenheit von Saalfeld gibt. Auch über die Feengrotten.«

Jonas dachte über den Ratschlag nach. Die Idee klang nicht schlecht. »Danke. Auch für die Zeit, die du dir für mich genommen hast.«

»Gern geschehen.« Die Grottenführerin hing noch immer ihren Gedanken nach. Auch sie schien von der alten Geschichte gefangen zu sein.

»Auf Wiedersehen.« Jonas stand auf. Er hatte eine Spur, auch wenn es sich nur um eine vage Vermutung handelte. Jetzt war es mit seiner Ruhe vorbei; er wollte etwas unternehmen. Um weiterzukommen, musste er in der Vergangenheit suchen. Recherchieren, das war seine große Stärke. Das studierte er. Und das wollte er jetzt nutzen.

Er brauchte kein Auto, um zu dem ehemaligen Franziskanerkloster zu gelangen. Man konnte es nicht verfehlen. Nach einem kurzen Spaziergang durch eine kleine Straße, die oberhalb des historischen Marktplatzes begann und den unmissverständlichen Namen Brudergasse führte, stand Jonas vor der aufwändig sanierten Fassade des mittelalterlichen Gebäudekomplexes.

In einem kleinen seitlichen Anbau, der das hoch aufragende Schiff der alten Klosterkirche flankierte, befand sich das breite Eingangsportal. Jonas betrat die kühle Vorhalle, und sogleich umgab ihn der vertraute Atem verflossener Epochen, den er so sehr mochte.

Hinter einer Wand aus Glas wartete eine freundlich dreinblickende Dame darauf, ihm eine Eintrittskarte zu verkaufen, doch er musste sie enttäuschen.

»Guten Tag. Ich suche das Stadtarchiv«, trug er sein Anliegen vor.

»Guten Tag. Zu wem wollen Sie denn da?«, fragte die Frau an der Kasse zurück.

Jonas hatte keine Ahnung. »Ich habe keinen Termin. Ich bin Geschichtsstudent und suche einen Ansprechpartner für eine Recherche.«

»Na, da sehen wir mal, wie wir Ihnen helfen können.« Die Kassiererin erhob sich, lächelte verschmitzt, stellte ein kleines Pappschild mit der Aufschrift *Komme gleich wieder – Bitte einen kleinen Moment Geduld* in das Glasfenster und trat aus ihrem Gehäuse.

»Ich bringe Sie hoch ins Sekretariat. Kommen Sie mal mit«, erklärte die Frau, und Jonas folgte ihr quer durch die Eingangshalle. Sie verließen das Gebäude auf der gegenüberliegenden Seite und betraten einen quadratischen Innenhof, der mit seinen Pflanzen und verwitterten Skulpturen an einen verwunschenen Garten erinnerte. Er war von einem umlaufenden Gewölbegang eingeschlossen, der dem Geviert etwas Ganzheitliches, Kontemplatives gab. Der ehemalige Kreuzgang des Klosters, dachte Jonas. Arbeitsweg und Denkstrecke zugleich.

Mit ihrem zügigen Schritt hatte seine Begleiterin schon die nächste Tür erreicht, die in einen der Seitenflügel führte. Mit einem Fahrstuhl ging es nach oben in die dritte Etage, und nachdem sie über die ehrwürdigen Holzdielen eines weiteren langen Ganges geschritten waren, schob die Kassiererin den Studenten in ein geräumiges Büro.

»Heide, kann ich dir diesen netten jungen Mann hierlassen? Der möchte etwas recherchieren. Ich muss wieder an die Kasse.« Ohne eine Antwort abzuwarten, drehte sich die Kassiererin um und marschierte davon.

Jonas stand etwas unbeholfen in der Mitte des Raumes. Vor ihm an einem Schreibtisch saß eine ältere Frau mit grauen Haaren, die sorgfältig im Nacken zusammengesteckt waren. Sie trug ein kleinteilig geblümtes Kleid, und auch auf ihrem Tisch stand eine Vase mit einem sorgfältig zusammenkomponierten Blumenstrauß. Ganz vorn lehnte ein poliertes Messingschild an einer Stiftebox: *Heidemarie Füchs, Sekretariatsleiterin. Vorsicht, bissig!* Wahrscheinlich das Geschenk eines hauseigenen Spaßvogels, das es aus verschiedenen Gründen nie an die Tür geschafft hatte.

»Sie möchten also etwas recherchieren?«, fragte die Frau, und Jonas konnte nicht einschätzen, ob in der Frage Ablehnung oder Zustimmung verborgen war. »Sind Sie von der Presse? Ich muss Ihnen aber gleich sagen, unser Direktor ist nicht da. Doktor Arnold ist zu einer Konferenz in den Vereinigten Staaten. Vor Ende nächster Woche kommt er nicht zurück.«

»Nein, ich bin nicht von der Presse«, antwortete Jonas wahrheitsgemäß, und er hoffte insgeheim, dass das die Sekretärin beruhigte. »Ich würde gern Ihr Archiv benutzen. Das heißt, wenn das möglich ist. Ich komme von der Universität in Jena. Von der historischen Fakultät.«

Jonas hatte möglichst viel Autorität in seine Stimme gelegt, in der Hoffnung, damit um die langwierigen Anträge und Erklärungen herumzukommen, die bei öffentlichen Ämtern oft verlangt wurden.

»Wir haben hier keine Geheimnisse«, gab Heidemarie Füchs lakonisch zurück. »Was suchen Sie denn genau?«

»Ich würde gern etwas über die Feengrotten recherchieren.«

»Die Feengrotten? Ach Gott.« Die Sekretärin sah Jonas bedauernd an. »Das ist jetzt aber ganz blöd. Das macht bei uns nämlich Frau Bachmann, aber die ist im Moment krank.«

»Und gibt es niemand anderen, der mir helfen kann?«

»Eigentlich nicht. Frau Bachmann wäre schon die richtige Ansprechpartnerin. Die Feengrotten sind ihr Fachgebiet. Hat das nicht noch Zeit, bis sie wieder da ist?«

»Wann wäre das denn?«

Die Sekretärin hob entschuldigend die Schultern. »Das kann ich Ihnen nicht sagen.«

»Hm.« Jonas schwieg. Er hatte sich mehr erhofft. Heidemarie Füchs sah zu ihm herüber. Gerade als er überlegte, ob er ihr von Fenja erzählen sollte und warum das alles hier so wichtig für ihn war, sagte sie: »Ich kann höchstens mal versuchen, mit Herrn Enderlein zu sprechen. Der Leiter von unserem Archiv. Aber der hat immer viel um die Ohren. Ich weiß nicht, ob er jetzt Zeit für Sie hat.« Sie dachte nach. »Wenn er heute überhaupt im Hause ist. Warten Sie mal einen Augenblick.« Damit griff sie zum Telefon und tippte eine dreistellige Nummer ein. Am anderen Ende der Leitung wurde lange Zeit nicht abgenommen, doch dann schien sich doch noch jemand zu melden. Die Sekretärin begann vorsichtig: »Herr Enderlein? Hier ist Füchs. Entschuldigen Sie die Störung, aber bei mir steht ein junger Mann von der Universität, der etwas über die Feengrotten wissen möchte.« Dann hörte sie eine Weile geduldig zu. Schließlich fuhr sie fort: »Ja, ich weiß. Das hab ich ihm auch schon gesagt. Aber vielleicht können Sie trotzdem mal kurz mit ihm sprechen. Damit er nicht ganz umsonst gekommen ist.« Wieder folgte eine längere Antwort, doch noch während sie zuhörte, zwinkerte Heidemarie Füchs Jonas verschwörerisch zu. Dann sagte sie: »Danke, Herr Enderlein. Ich schick ihn runter«, und legte auf.

»Super!«, freute sich der Student.

Die Sekretärin beschrieb ihm den Weg zum Büro des Archivleiters, das sich nur eine Etage tiefer befand, und Jonas musste sich fast zwingen, nicht loszurennen.

28

Die Tür, vor der er jetzt stand, strahlte etwas Ehrwürdiges aus. Sie hatte offensichtlich schon einige Hundert Jahre auf dem Buckel, war reich verziert und atmete den gediegenen Geist vergangener Zeiten. In Augenhöhe daneben, respektvoll abgerückt von dem historischen Türstock aus Sandstein, hing ein modernes Plexiglasschild: *Nils Enderlein. Leiter des Stadtarchivs.*

Jonas klopfte an.

»Kommen Sie herein!«, drang es etwas gequält aus dem Inneren.

Jonas öffnete die schwere Tür und trat in den Raum.

Sein erster Eindruck war der einer großen akademischen Unordnung. Nicht nur in den Regalen und auf den Tischen, sondern auch auf den wenigen Stühlen und an manchen Stellen sogar auf dem Boden türmten sich Akten, Folianten, Papierrollen und Pappkartons.

Sympathisch.

Das große Zimmer wirkte auf den ersten Blick verlassen. Aber plötzlich geriet eine schwarze Stoffinsel hinter dem großen Schreibtisch in Bewegung, in der man mit etwas Fantasie einen gebeugten Rücken erkennen konnte, und kurz darauf kam der ganze Mann zum Vorschein. Nils Enderlein war knapp vierzig Jahre alt und nicht sehr groß. Er hatte eine schlanke Statur, die trotz allem eine gewisse sportliche Robustheit erkennen ließ. Seine kurzen rotblonden Haare begannen schon etwas dünner zu werden; sie waren sehr sorgfältig frisiert, standen jetzt aber auf der linken Kopfhälfte frech zur Seite.

Auch sehr sympathisch, dachte Jonas, dessen eigene Haare nie so richtig zu bändigen waren. Wobei er es mit einer so gesitteten Frisur gar nicht erst versucht hatte.

Enderleins Kleidung bewegte sich irgendwo zwischen originell und konservativ. Er trug eine glatte, helle Jeans, und über einem perfekt gebügelten dunkelroten Hemd saß eine elegante schwarze Samtweste, die dem Auge mit ihrem matten Glanz schmeichelte.

Der Archivleiter bugsierte den großen Stapel angestaubter Papiere, den er gerade vom Boden nach oben gewuchtet hatte, vorsichtig auf die Schreibtischkante. Dann klopfte er sich die Ärmel ab, ging auf Jonas zu und gab ihm die Hand.

»Enderlein«, stellte er sich noch einmal vor. Eine Bemerkung zu Jonas' farbenprächtiger Beule, die ihm dabei nicht entgangen sein konnte, verkniff er sich.

»Jonas Wiesenburg. Es ist nett, dass Sie die Zeit gefunden haben.«

»Na ja, gefunden habe ich sie nicht gerade, schauen Sie sich um, hier findet man gar nichts und Zeit schon lange nicht. Aber Spaß beiseite. Wie kann ich Ihnen helfen?« Während er sprach, räumte Enderlein einen Stuhl frei und bedeutete Jonas, Platz zu nehmen. Dann ließ er sich selbst hinter seinem Schreibtisch nieder.

»Ich möchte ein paar Dinge über die Feengrotten recherchieren. Über die Vergangenheit. Wie alles angefangen hat«, beschrieb Jonas sein Anliegen.

»Die Vergangenheit der Feengrotten? Aha.« Enderlein senkte den Kopf, schwieg eine ganze Weile und dachte nach. Dann sah er wieder zu Jonas auf und erklärte: »Es tut mir leid, dass ich Ihnen das sagen muss. Aber das wird im Moment nicht möglich sein.«

Jonas wollte aufbrausen, aber er sagte nichts und wartete ab. Nur ein tiefer Atemzug verriet seine Anspannung.

Der Archivleiter nahm den Faden wieder auf: »Es stimmt, wir haben dazu einiges im Bestand, auch wenn das oft überschätzt wird. Aber zurzeit ist die Sammlung gewissermaßen kopflos. Sie haben sicher schon gehört, dass unsere Expertin für die Feengrotten im Krankenstand ist. Manuela Bachmann. Im Moment wissen wir nicht, wann sie zurückkommt. Ich hoffe inständig, dass das bald ist. Wir brauchen sie hier dringender als Sie, glauben Sie mir das. Aber bis sie nicht wieder im Dienst ist, kann ich Ihnen nicht helfen.«

»Und jemand anderes, der sich ein bisschen damit auskennt?«, versuchte Jonas einzuhaken.

»Es gibt niemanden. Schauen Sie sich um. Uns fehlen ganz einfach die Leute. Saalfeld ist eine kleine Stadt. Wir sind schon froh über die wenigen Planstellen, die wir haben.« Er sah Jonas verständnissuchend an. »Das Festjahr steht vor der Tür. Hundert Jahre Feengrotten. Ein Graus! Bis zum Jubiläum sind zwar noch ein paar Monate Zeit, aber die eigentliche Arbeit muss jetzt gemacht werden. Ausstellungskonzeption, Druckvorbereitung, Haushaltsplanung, die Absprachen für das Programm. Und dann noch das laufende Museumsgeschäft. Berichte. Abrechnungen. Versicherung. Tausend Sachen, die kein Besucher sieht. Im Moment weiß ich nicht, was ich zuerst machen soll.«

Jonas nickte. Doch so schnell wollte er nicht aufgeben. »Und wenn Sie mir nur zeigen, wo die Sachen stehen? Suchen kann ich ja selbst. Sie kriegen gar nichts von mir mit. Ein, zwei Tage, und ich bin wieder weg.«

»Herr Wiesenburg, darum geht es nicht. Selbst wenn Sie alleine recherchieren. Frau Bachmann hat ihr eigenes Ablagesystem. Sie würden mir jede halbe Stunde mit einer Frage in den Ohren liegen. Und ich könnte sie Ihnen nicht beantworten.« Nils Enderlein erhob sich hinter dem Schreibtisch. »Es tut mir leid. Aber Ihr Studienprojekt muss warten.«

»Es geht nicht um ein Studienprojekt. Es geht um meine Freundin.« Jonas wusste, dass er den Archivleiter jetzt überzeugen musste. Sonst war seine Chance vertan. »Fenja Wolff. Sie ist letzten Donnerstag in den Feengrotten verschwunden.«

»Ach. Sie sind das?« Enderlein ließ sich langsam wieder zurück auf seinen Platz sinken. Er sah plötzlich erschüttert aus. »Das tut mir leid. Davon habe ich gehört. Die halbe Stadt redet davon. Und Sie sind der Freund der Frau, die vermisst wird?«

»Ja. Ich muss etwas tun, um sie zu finden. Verstehen Sie mich jetzt?« Jonas sah den Archivleiter verzweifelt an.

»Und die Polizei? Unternimmt die denn nichts?«

»Doch. Die suchen auch. Überall sogar. Aber ich bin sicher, es hat etwas mit dem Bergwerk zu tun.«

»Wie kommen Sie darauf?«

»Ich denke, es gibt irgendetwas im Berg, worauf Fenja gestoßen ist.«

»Und was soll das Ihrer Meinung nach sein?«

»Ich weiß es nicht. Aber ich werde es herausfinden.« Jonas blickte sich im Raum um, als befände sich die Lösung des Problems unter einem dieser unzähligen Stapel angestaubter Papiere. »Es gibt alte Berichte, nach denen das Bergwerk früher einmal viel größer gewesen sein soll als der Teil, der heute bekannt ist.«

»Ach«, Enderlein lächelte still in sich hinein. »Sie meinen die alte Brunner-Geschichte.«

»Ja. Glauben Sie, es ist möglich, dass die Feengrotten noch irgendwo weitergehen?«

»Hm.« Nils Enderlein antwortete nicht sofort. Er konzentrierte sich auf das Spiel seiner grazilen Finger, die er auf der Schreibtischplatte wie zu einem Hausdach zusammengestellt hatte. Eine Denkerpose.

Das Problem beginnt ihn zu interessieren, dachte Jonas. Möglicherweise konnte er den Archivleiter doch noch überzeugen, ihm zu helfen. »Vielleicht gibt es hier im Archiv noch irgendwo einen alten Plan. Von früher. Als das Bergwerk noch in Betrieb war.«

»Da werden Sie kein Glück haben«, nahm ihm Enderlein die Hoffnung. »Soweit mir bekannt ist, sind aus der Zeit keinerlei Pläne überliefert. Die Männer, die die alten Stollen 1910 zum ersten Mal wieder betraten, hatten keine Ahnung, was sie erwartete. Oder wie die alte Grube ›Jeremias Glück‹ jemals ausgesehen hat.«

Jonas war enttäuscht, aber im Moment klammerte er sich an jeden Strohhalm. »Und wenn es doch noch Aufzeichnungen gibt, und niemand hat sie bisher entdeckt? Ein kleiner Hinweis vielleicht. Eine Notiz. Irgendetwas.«

»Das könnte schwierig werden.« Wieder eine Denkpause. Aber dann sah Nils Enderlein zu Jonas hinüber, und ein unternehmungslustiges Glitzern erschien in seinen Augen. »Was nicht bedeutet, dass man es nicht versuchen sollte.«

»Sie helfen mir?« Jonas war überrascht.

»Ich assistiere nur. Die Arbeit müssen Sie erledigen«, gab sich Enderlein geschlagen.

»Danke!« Jonas fiel ein Stein vom Herzen. »Und – das mit der Arbeit ist kein Problem. Ich liebe Archive. Je älter, desto besser.« Jonas wurde von einer Welle der Euphorie erfasst. Irgendetwas würden sie finden, da war er sich jetzt ganz sicher!

»Sie studieren in Jena?«, fragte der Archivleiter unvermittelt.

»Ja.«

»Was denn?«

»Geschichte. Mittelalter.«

»Das glaub ich nicht!«, entfuhr es Enderlein erstaunt. »Dann sind wir ja gewissermaßen Kollegen. Ich bin Historiker, von Hause aus. Und wer ist Ihr Professor?«

»Ludwig Degglinger.« Jonas war stolz, den Namen erwähnen zu können, denn der alte Professor galt weit über die Universität hinaus als Koryphäe.

»Ach«, kam es von Enderlein.

»Manchmal ein bisschen eigensinnig, aber irgendwie cool. Kennen Sie ihn?«

»Ich hab von ihm gehört. Soll ein guter Mann sein.«

»Ich finde ihn spitze. Er will, dass jeder von uns auf seinem Gebiet einmal der Beste wird. Sein Unterricht ist nie langweilig. Und dabei ist er schon fast siebzig. Er sagt immer, wir sind Reisende in der Zeit. Aber wir sollen aufpassen, dass wir nicht in der Vergangenheit stecken bleiben.«

Einen Moment lang blickte der Archivleiter gedankenversunken aus dem hohen Fenster, durch das jetzt ein kräftiger Sonnenstrahl in sein altertümliches Büro fiel.

»Was ist los?«, fragte Jonas unternehmungslustig.

Nils Enderlein drehte sich um und lachte. »Sie erinnern mich gerade an meine Zeit als Student. Ich wollte auch immer mit dem Kopf durch die Wand, der Berühmteste werden, eine Mischung aus Heinrich Schliemann und Indiana Jones. Sie haben sich einen tollen Beruf ausgesucht. Aber jetzt lassen Sie uns nicht noch mehr Zeit vertrödeln. Kommen Sie, ich zeige Ihnen unser Allerheiligstes.«

Die beiden schwiegen ehrfurchtsvoll, als sie in dem kleinen Lastenfahrstuhl nach unten fuhren. Es dauerte nicht lange, da rastete die neonbeleuchtete Kabine mit einem kräftigen Ruckler in der Kelleretage ein, und die Schiebetür rasselte zur Seite. Vor ihnen lag ein langer Gewölbetunnel, der in größeren Abständen von den schwachen Lichtpunkten einer Notbeleuchtung erhellt wurde.

»An der Beleuchtung wurde hier unten ein wenig gespart«, entschuldigte sich Enderlein, »aber in den Arbeitsräumen gibt's wieder richtige Lampen.« Er ging zügig voran und bcg einige Male in ähnlich aussehende Seitengänge ab, so dass Jonas schon nach kurzer Zeit die Orientierung verlor. Aber er vermutete, dass die unterirdische Etage in etwa den Grundriss des darüberliegenden Klosters abbildete.

»Da sind wir schon«, vermeldete Enderlein mit dem Stolz eines Hausherrn, der sich auch im letzten Winkel seines Domizils bestens auskannte. »Das hier ist der ganze Bereich Feengrotten.« Damit deutete er in einen mittelgroßen Gewölbekeller, an dessen Wänden helle Leuchtstofflampen aufflammten. In der Mitte des Raumes stand ein langer Holztisch, auf dem unterschiedlichste Kästen und Aktenstapel ordentlich nebeneinander angeordnet waren. An zwei der vier Wände befanden sich Aluminiumregale, die Kartons und Plastikboxen enthielten. An jedem Behältnis klebte ein briefbogengroßes Blatt Papier mit einer Archivnummer und kurzen Inhaltsangaben.

»Normalerweise sind die Archivalien nach unterschiedlichen Sachgebieten geordnet und im gesamten Haus verteilt, aber wegen des bevorstehenden Jubiläums haben wir die wichtigsten Unterlagen zu den Feengrotten hier zusammengefasst. Das ist sozusagen Frau Bachmanns Reich«, erläuterte Enderlein. »Sie können die Sachen gern durchsehen. Hier vorn haben Sie weiße Handschuhe, falls Sie die Originale aus den Plastikhüllen nehmen müssen. Daneben finden Sie Zettel und Stifte, wenn Sie sich Notizen machen möchten. Das kennen Sie ja alles. Wem erzähle ich das.«

»Danke. Ich bin vorsichtig«, beruhigte Jonas den Archivleiter.

Der trat schon in den Flur hinaus, drehte sich dann aber noch einmal um. »Eine Sache noch. Fragen Sie mich nicht welches, aber Frau Bachmann hat ihr eigenes Ordnungsprinzip. Tun Sie mir den Gefallen und legen Sie alles wieder genau dorthin, wo Sie es hergenommen haben. Meine Kollegin macht mich sonst einen Kopf kürzer, wenn sie wieder da ist.«

»Alles klar«, bestätigte der Student. »Wie finde ich wieder raus, wenn ich fertig bin?«

»Klingeln Sie mich an. An der Wand ist ein grauer Hausapparat, das Telefonverzeichnis hängt daneben. Viel Glück«, rief der Archivleiter, während er bereits durch die Gewölbetunnel in Richtung Fahrstuhl eilte und seine Schritte allmählich verhallten.

Jonas ließ seinen Blick durch den Raum schweifen. Er war allein im Keller, zusammen mit der gesammelten Geschichte der Feengrotten.

29

Auch wenn sich das Normalsterbliche kaum vorstellen konnten, besonders in seiner Altersgruppe nicht – Jonas fühlte sich zwischen all den Papieren, Folianten, Mappen und Kartons pudelwohl. Er sah hier keine verstaubten Akten. Für ihn waren es stapelweise Eintrittskarten in eine fremde, geheimnisvolle Welt.

Er widerstand dem Impuls, sofort wahllos in die Fülle historischer Originale zu greifen. Langsam ging er zwischen Tisch und Regalen entlang. Sah sich um. Registrierte die Reihenfolge. Las die Beschriftungen.

Jonas versuchte, eine Ordnung zu entdecken. Ein Prinzip zu erkennen.

Die Zeit, die er hierfür investierte, war gut angelegt. Das wusste Jonas aus Erfahrung. Es gab unterschiedliche Systeme, Dinge räumlich und zeitlich zu ordnen. Wenn er verstand, welches Prinzip Manuela Bachmann gewählt hatte, konnte das seine Recherchen ungemein beschleunigen.

Dabei gab es nicht nur die rein physische Ordnung. Wo etwas stand. An welcher Stelle die Dinge abgelegt waren.

Es gab immer auch eine virtuelle Ordnung. Eine gedankliche. Diese zu ergründen, war die wirklich wichtige Aufgabe. Denn sie offenbarte das Denken des Archivars. Sie gestattete, wesentliche von unwesentlichen Dingen zu trennen. Die Abkürzungen zu nehmen, die Jonas brauchte, um schnell voranzukommen.

Nach einer Weile hatte er es begriffen. Manuela Bachmann war nicht dem zeitlichen Ablauf gefolgt. Sie hatte sich übergeordnete

Themen gesucht. Abstrakte Begriffe. Kapitel, die sich jeweils einem bestimmten Aspekt der Feengrotten widmeten.

Für die Ablage in einem Archiv war das ungewöhnlich. Aber es erschien zweckmäßig, wenn man eine Publikation vorbereitete. Eine Ausstellung. Ein Jubiläum. Die Menschen wollten keinen historischen Abriss. Sie wollten Geschichten erzählt bekommen.

Jonas nahm sich die erste Materialsammlung vor. Sie trug den Titel *Helden im Gestein* und war dem Bergbau in der ehemaligen Grube »Jeremias Glück« gewidmet. Er sah auf den ersten Blick, dass das Material dürftig war. Einige Urkunden zu Fragen des Bergrechts, Kaufverträge über die Grube und Bilanzen, aus denen hervorging, dass das Alaunschieferbergwerk nur in wenigen Jahren mit Gewinn gearbeitet hatte. Der Großteil waren allgemeine Beschreibungen des Bergwesens zu jener Zeit, Aufsätze über die schweren Arbeitsbedingungen und den Stolz des Berufsstandes. Zweifellos interessant, aber nichts, was dem Studenten weiterhalf.

An manchen Dokumenten entdeckte er kleine hellgrüne Klebezettelchen, die teilweise mit Anmerkungen versehen waren. Offenbar hatte die Archivarin Stücke und Passagen markiert, die sie sich für eine spätere Veröffentlichung im Rahmen des Jubiläums vormerken wollte.

Dann stieß er auf eine Mappe, deren Titel sofort seine Aufmerksamkeit auf sich zog. *Jakob Brunner – ein Leben für den Berg.*

Jonas erinnerte sich an die Geschichte, die ihm Ingrid Wohlmuth heute früh erzählt hatte. Von Wilhelm Brunner, dem unglückseligen Bergmann, der 1913 in der Tiefe des Berges den Verstand verloren hatte. Auch der Namen Jakob war dabei gefallen. Es war der Name des Vaters.

Jonas schlug die dünne Mappe auf. Sie enthielt einen mehrseitigen Text, der mit Schreibmaschine auf dünnem, vergilbtem Papier geschrieben war. Darunter lag eine altertümliche

Fotografie in einem länglichen Oval aus ornamentenverzierter Pappe. Ein junger Mann in Bergmannskleidung, in aufrechter Pose vor einer gemalten Landschaft stehend, den rechten Arm auf einen hohen Lehnstuhl gelegt. Der Ausdruck, mit dem er in die Kamera blickte, hatte etwas Stolzes, fast Herrisches, dem man sich nur schwer entziehen konnte. Das Bild war offensichtlich in einem Fotostudio entstanden. Auf der Rückseite stand, mit schwarzer Tusche schwungvoll über das kleine Blatt geworfen, die Notiz *Jakob Brunner, Steiger zu Jeremias Glück, Saalfeld, 1858.*

Nachdem Jonas eine Weile fasziniert auf das alte Bild geblickt hatte, nahm er sich den Text vor. Es handelte sich offensichtlich um eine heimatkundliche Recherche, die viel später entstanden war. Vielleicht eine Schülerarbeit oder das Manuskript für eine regionale Veröffentlichung. Der Autor hatte die wichtigsten Lebensdaten des Bergmanns zusammengetragen.

Geboren wurde Jakob Brunner 1829 in Garnsdorf, nur wenige hundert Meter vom Bergwerk »Jeremias Glück« entfernt. Schon frühzeitig interessierte sich der junge Jakob für alles, was mit dem Bergbau zu tun hatte, und so es war nur folgerichtig, dass er sich in der Grube als Bergmann anstellen ließ. Er wurde geachtet, heiratete jung, und als er zwanzig war, schenkte ihm seine Frau einen Sohn. Wilhelm. Doch Jakob Brunner hatte nur Augen für den Berg. Die Arbeit mit Hammer und Schlägel genügte ihm nicht. Er wollte vorankommen und entwickelte einen unbeschreiblichen Ehrgeiz. Neben den schweren Schichten in den Stollen trug er alles zusammen, was er über Gebirgskunde, die regionalen Gesteine und die damalige Bergbautechnik in Erfahrung bringen konnte. Die Grubenbesitzer waren von dem jungen Heißsporn beeindruckt und schickten ihn auf eine Bergschule. So wurde er der jüngste Steiger weit und breit und bekam nach seiner Rückkehr schnell eigene Verantwortungsbereiche. Das Bergwerk war seine Welt, in der er sich auskannte wie kein anderer. Wer etwas über die Grube wissen wollte, fragte ihn.

Jakob Brunner war ein strenger und ernsthafter junger Mann. Im Berg und im Ort wurde er geachtet und gefürchtet, und man sagte ihm eine steile Karriere voraus. Doch dann beschlossen die Besitzer plötzlich, die Grube zu schließen. »Jeremias Glück« war seit vielen Jahren ein Verlustgeschäft, und jetzt zogen sie die Notbremse. Jakob Brunner wurde mit der Abwicklung seiner eigenen Existenz beauftragt.

Im Sommer 1860, dem Jahr, in dem die Grube geschlossen werden sollte, kam er von seinem letzten Inspektionsgang nicht mehr zurück. Am Tag seines Verschwindens hatten Bergleute ein tiefes Grollen im Berg gehört, so dass später vermutet wurde, der Steiger wäre beim Zusammenbruch eines Stollens verunglückt. Manche behaupteten auch, er hätte sich umgebracht. Gefunden wurde er nie.

Seine Witwe und sein elfjähriger Junge zogen in einen Nachbarort. Wilhelm, so war noch vermerkt, wurde später Bergmann wie sein Vater, dem er Zeit seines Lebens nachzueifern versuchte.

Das Ergebnis war bekannt.

Jonas warf noch einen Blick auf das alte Foto, dann legte er das Bild und den Bericht zurück in die Mappe und schlug den Deckel zu. Eine tragische Familiengeschichte. Vater und Sohn. Beide im Berg verschwunden.

Der Vater – niemals wieder aufgetaucht. Und der Sohn verlässt das Bergwerk als gebrochener Mann.

War das ein Zufall? Eine Laune des Schicksals?

Was verbarg sich da unten, tief im Felsen der Saalfelder Berge?

Jonas begann damit, die restlichen Unterlagen durchzusehen, die sich mit der alten Grube befassten. Quälte sich durch verblichene Abrechnungen, Förderberichte und Bankverträge. Aber er fand nichts, was auf die genauen Ausmaße der unterirdischen Anlage verwies.

Und auch seine größte Hoffnung wurde enttäuscht.

Es gab keinen Grubenriss. Keinen Plan, der das Stollensystem so zeigte, wie es früher existiert hatte. Und auch keinen Hinweis darauf, dass es so etwas je gegeben hätte.

Jonas schlug den Kragen seiner gefütterten Jacke hoch. Es war merklich kühler geworden, und der Wind hatte aufgefrischt.

Die Dämmerung war noch nicht aufgezogen, aber es würde nicht mehr lange dauern. In den Geschäften brannte schon Licht. Jonas ging die kleine Straße hinunter, die vom Museum zurück zum Marktplatz führte. Er hatte Nils Enderlein nicht anrufen müssen. Der Archivleiter war von selbst im Keller erschienen, als das Museum schloss. Die Stunden im Archiv waren mit Lichtgeschwindigkeit verflogen, und der Student hatte nicht ein einziges Mal auf die Uhr geschaut. Auf seine Weise konnte er über der Arbeit die Zeit ebenso vergessen wie Fenja, dachte er traurig. Dass er dabei nur neue Fragen, aber keine Antworten gefunden hatte, schien auch Enderlein ernsthaft zu bedauern. Jedenfalls hatte ihm der Archivleiter angeboten, morgen früh wiederzukommen.

Jonas überquerte den Saalfelder Markt und überlegte, in welcher Straße er sein Auto heute Morgen stehen gelassen hatte.

Nachdem er vergeblich durch einige kleine Gassen gelaufen war, entdeckte er den Corsa endlich. Jetzt erinnerte er sich auch wieder daran, wie er ihn früh hier abgestellt hatte. In der Parkbucht gegenüber einem gemütlichen Lädchen, in dem Zeitungen und Zeitschriften angeboten wurden.

Als er näher kam, sah er zu dem kleinen Geschäft hinüber. Und blieb erschrocken stehen.

Von einem Aufsteller auf dem Bürgersteig strahlte ihm das Gesicht von Fenja entgegen.

Es war die Titelseite einer Zeitung. In der oberen Hälfte hatten sie ihr Foto abgedruckt. Fenja, mit ihrem unverwechselbaren frechen Lächeln im Gesicht. Jonas kannte die Aufnahme. Er hatte sie selbst gemacht. Ein Geschenk für Fenjas Eltern. Der kleine Rahmen stand normalerweise auf der altmodischen Anrichte in ihrem Wohnzimmer. Wahrscheinlich hatten sie das Bild nun der Polizei zur Verfügung gestellt. Für die Fahndung. Denn darum handelte es sich, unmissverständlich. *Vermisst! Die Polizei bittet um Mithilfe. Wer hat diese Frau gesehen?*, stand in großen schwarzen Lettern über dem Bild.

Diese Frau.

Für einen Moment war er wie betäubt. Obwohl er seit letztem Donnerstag mit nichts anderem beschäftigt war als mit Fenjas geheimnisvollem Verschwinden, machte ihn diese unmittelbare Konfrontation betroffen. Es war der offizielle Ton. Seine private Sorge wurde übertönt. Fenja war jetzt ein öffentliches Schicksal.

Jonas ging in den Laden und kaufte sich ein Exemplar der Zeitung. Dann setzte er sich in sein Auto, für das er heute keine kumpelhaften Worte fand, und las.

Unter dem Foto gab es noch ein paar wenige Zeilen. *Wer kann Angaben zum Verbleib der abgebildeten Frau machen? Sie ist ca. 1,65 Meter groß, schlank und trägt lange dunkle Haare. Bekleidet war sie zuletzt mit einer Jeans und einer blauen Arbeitsjacke. Die Person ist möglicherweise verletzt. Hinweise, die auf Wunsch auch vertraulich behandelt werden, nimmt jede Polizeidienststelle entgegen.*

Offensichtlich hatten sich Anne Vareel und ihre Mitarbeiter entschlossen, die Bevölkerung um Mithilfe zu bitten. Jonas wusste, dass die Polizei mit öffentlichen Äußerungen im Allgemeinen sehr zögerlich umging.

Also hatten sie noch nichts vorzuweisen. Sie tappten im Dunkeln. Fenjas Spur war verloren gegangen.

Die Zeitung hatte den Abdruck der Suchmeldung genutzt, um einen Artikel zu Fenjas Verschwinden nachzuschieben. Im Innenteil stand er unter der Überschrift *Studentin in Feengrotten vermisst*. Er beschrieb die umfassenden Suchmaßnahmen in den ersten Tagen nach Fenjas Verschwinden. Eine Polizeisprecherin erklärte, dass die Kripo eine Sonderkommission eingerichtet habe, bei der im Moment mehr als vierzig Beamte aus verschiedenen Fachabteilungen zusammenarbeiteten, und dass sie von weiteren Kräften der Polizeiinspektion unterstützt würden. Direktor Richwien hatte ein kurzes Statement abgegeben, in dem er das Verschwinden der *engagierten Studentin* bedauerte und zugleich seiner Überzeugung Ausdruck verlieh, dass das beklagenswerte Ereignis nichts Ursächliches mit den Feengrotten zu tun habe. Die Maßnahmen der Ermittlungsbehörden vor Ort wären beendet, und die Besucher könnten wieder alle Einrichtungen des Schaubergwerks uneingeschränkt nutzen.

Genau wie die Polizei verzichtete die Autorin des Artikels darauf, Mutmaßungen über Fenjas mögliches Schicksal anzustellen. Und auch von den Blutspuren im Stollen war nichts zu lesen. Aber das konnte sich schnell ändern, wenn weitere Zeitungen auf die Geschichte aufsprangen.

Für eine Bagatelle gründete man keine Sonderkommission. Darauf würde jeder Leser des Berichts von selbst kommen.

Mittlerweile hatte die Dämmerung eingesetzt. Jonas faltete die Zeitung sorgfältig zusammen und legte sie auf die Rückbank, wobei er darauf achtete, dass die Seite mit Fenjas Bild nicht zuoberst lag. Obwohl er sich im Klaren darüber war, dass eine öffentliche Suche helfen konnte, das Verschwinden seiner Freundin aufzuklären, empfand er die Fahndung vor aller Augen als beängstigend und unangenehm.

Das kleine, unbeschwerte Foto, das Jonas und Fenja gemacht hatten, um es im engsten Familienkreis zu verschenken, wurde plötzlich zum Plakat.

Das war ein merkwürdiges Gefühl.

Wie ein Pranger.

Auch wenn das so nicht stimmte.

30

Als Jonas die Tür zu Hünningers Haus öffnete, war es still. Obwohl das Licht wie gewohnt im ganzen Gebäude brannte, konnte er seinen Vermieter nicht hören.

Jonas betrat sein Zimmer, schürte den Ofen an, so, wie er es mittlerweile gewohnt war, und überlegte, was er als Nächstes tun könnte.

Zuerst rief er Fenjas Eltern an, aber über einige hilflose Worte der gegenseitigen Ermutigung kam das Gespräch nicht hinaus. Auch in Schömberg gab es nichts Neues.

Dann suchte er nach dem Ladegerät für sein Telefon, das er jetzt immer mit sich führte, aus Angst, er könnte auch nur für einen Moment nicht erreichbar sein. Schließlich ertastete er es in der Tasche seiner Jacke, und als er das verheddterte Kabel herauszog, landete auch ein buntes Blatt Papier auf dem Tisch. Der Student erkannte den Werbeflyer aus den Feengrotten, den ihm der kleine Junge frech überreicht hatte. So, als müsse er eine wichtige Mission erfüllen.

Gerade wollte Jonas das zerknickte Faltblatt in den Ofen befördern, da bemerkte er die zierliche, schwarze Handschrift. Jemand hatte auf dem Flyer eine Notiz hinterlassen. Neugierig drehte er das Blatt ins Licht und las: *Kann dich alleine treffen. Mittwoch, 18 Uhr, Ausgang Parkplatz. Kathi.*

Die Nachricht galt ihm. Jetzt erinnerte er sich auch wieder genau an die Situation. Der Knirps war mit dem Zettel zu ihm gekommen, nachdem Jonas die drei Feen auf dem Gelände der Feengrotten angesprochen hatte. Der Kleine trug frische

Schminke im Gesicht, und Kathi war zum Kinderschminken eingeteilt gewesen.

Eine clevere Idee, das musste er ihr lassen. Auch wenn er es selbst um ein Haar vermasselt hatte. Aber wer konnte schon ahnen, dass der Werbezettel in Wirklichkeit eine Botschaft war.

Also hatte ihn sein Gefühl doch nicht getrogen. Kathi wollte ihm etwas mitteilen, aber nur, wenn ihre beiden Kolleginnen nicht in der Nähe waren.

Wenigstens hatte er Glück und das vorgeschlagene Treffen noch nicht verpasst. Mittwoch war morgen. Und er würde pünktlich am Parkplatz sein.

Jonas strich das Faltblatt glatt und legte es ganz hinten in sein kleines Schreibheft. Dann machte er sich einige Notizen über das, was er heute in Erfahrung gebracht hatte.

Die Brunner-Geschichte. Vater und Sohn.

In diesem Moment klopfte es an seiner Zimmertür.

»Ja?«, rief er.

Draußen stand der alte Hünninger. »Wie geht's Ihrem Kopf?«, wollte er wissen, und seine Stimme klang dabei knurrig wie eh und je.

»Viel besser. Danke.« In Wirklichkeit hatte Jonas die Blessur an seiner Stirn schon ganz und gar vergessen.

»Hm. Na gut«, druckste der Alte noch etwas herum und blieb einfach stehen. Dann fragte er, ohne dass seine Stimme sonderlich viel freundlicher klang: »Möchten Sie eine Tasse Tee?«

»Äh. Ja, klar. Das wäre nett«, antwortete Jonas perplex. Er musste sich eingestehen, dass er von dem Angebot des grantigen Eigenbrötlers völlig überrascht war.

Der Alte drehte sich ohne ein weiteres Wort um und schlurfte davon. Jonas wandte sich wieder seinen Notizen zu, aber bevor er auch nur eine Silbe geschrieben hatte, vernahm er die raue Stimme Hünningers draußen auf dem Flur: »Was ist denn jetzt?

Kommen Sie, oder kommen Sie nicht? Bedienen werde ich Sie nicht noch!«

Dann folgte das schleppende, aber regelmäßige Knarren der alten Holzstufen, als Hünninger die Treppe zur oberen Etage hinaufstieg.

Der Student stand auf und sah vorsichtig hinaus in die Eingangshalle. Der Alte war tatsächlich nach oben verschwunden. In sein geheimes Reich. Zu dem Jonas keinen Zutritt hatte.

Langsam ging er in den hinteren Teil der Halle, dort, wo die Treppe war.

Sollte er, oder sollte er nicht?

War das gerade eine Einladung nach oben gewesen?

»Herr Hünninger?«

Keine Antwort.

»Herr Hünninger?«

»Ich bin nicht schwerhörig!«, wetterte es undeutlich von irgendwo da oben. Dann war es wieder still.

»Ich komme jetzt rauf.« Jonas wartete noch ein paar Sekunden, aber als keine Antwort kam, nahm er das als ein Ja und stieg die ausgetretenen Holzstiegen hinauf.

Die Etage, die er nun betrat, unterschied sich nicht wesentlich vom Erdgeschoss. Auch hier gab es einen breiten Flur, der in etwa die Ausmaße der Eingangshalle hatte und von dem ringsum zahlreiche Zimmer abgingen. Alle Türen waren einen Spalt geöffnet. Keine von ihnen hatte ein Schloss. In jedem einzelnen Zimmer brannte Licht, manchmal stärker, manchmal weniger stark. Aber es gab keine einzige dunkle Ecke.

Hünninger rumorte in einem Raum, der im vorderen Teil des Hauses lag. Auf den wenigen Metern dorthin sah sich Jonas neugierig um und versuchte, Blicke in die einzelnen Zimmer zu erhaschen. Was er dort sah, erstaunte ihn. Die Räume waren bis unter die Decke mit Kisten und Regalen vollgestellt, und die meisten davon standen voller Bücher. Die Szenerie glich weniger einer Bibliothek als vielmehr einem antiquierten Bücherlager, und viele der Bände sahen abgenutzt und verstaubt aus. Aber dennoch hinterließ die schiere Masse an gedruckten Schriften bei dem Studenten einen nachhaltigen Eindruck. Obwohl er sich nicht vorstellen konnte, dass der unfreundliche Alte eine solche Leseratte sein sollte.

Jonas erreichte die Tür, hinter der er Hünninger vermutete, und klopfte zaghaft an.

»Nun kommen Sie schon«, schimpfte es von drinnen heraus.

Jonas drückte gegen das abgeschrammte Türblatt, das langsam nach innen aufschwang und dabei einen winselnden Quitschton von sich gab, und trat ein.

Mit einem Mal war er in die Vergangenheit versetzt, ohne dass er sagen konnte, um welche Zeit es sich eigentlich handelte.

Das Zimmer hatte etwas Märchenhaftes, allerdings mischte sich in diesen ersten Eindruck ein erdrückender, wenn nicht gar beängstigender Beigeschmack, je länger der Student Zeit hatte, sich umzublicken. Wäre er spontan aufgefordert gewesen, den Anblick in ein Wort zu fassen, so hätte er wahrscheinlich »Puppenstube« gesagt.

Kein Einrichtungsgegenstand war jünger als fünfzig Jahre, viele älter. Der Raum, der eine eigentümliche Mischung aus Wohnzimmer und historischer Küche darstellte, wurde von einer altertümlichen Sitzecke dominiert, die aus einem dunkelroten Plüschsofa und einem wuchtigen Ohrensessel bestand. Auf dem großen Tisch, der geschwungene Beine hatte, lagen weiße Spitzendeckchen, ebenso wie auf der altmodischen Anrichte aus dunklem Holz. Überall war Nippes aufgestellt, kleine Porzellanfiguren, bemalte Vasen und traditionelle Schnitzereien. Auch Kinderspielzeug stand dabei. Alles war alt. Nichts sonderlich wertvoll. Aber liebevoll staubfrei gehalten und akkurat ausgerichtet.

Eine Standuhr tickte gemessen in der Ecke, ein abgehalftertes Schaukelpferd starrte mit schielenden Augen vor sich hin. An den Wänden hingen antiquierte Landschaftsbilder, deren Romantik schon ins Kitschige ging. Auf der rechten Seite des Zimmers stand ein langer gusseiserner Küchenherd, der mit Holz befeuert wurde und mindestens einhundert Jahre auf dem Buckel hatte. Auf kleinen Wandregalen ruhte das dazugehörige Geschirr, in exakter Ordnung übereinandergesetzt, und bestickte Leinentücher lagen Kante auf Kante daneben.

Überall in dem merkwürdigen Raum herrschte eine pedantische Ordnung. Jedes Detail hatte einen Sinn, alles war bedacht und gestaltet, fast so wie in einem Museum.

Als hätte jemand seine kindliche Fantasie darauf verwandt, sich eine heile Welt zu bauen. Aber es war kein spielerischer Ort. Es war die Lebenskulisse eines Menschen, der etwas festzuhalten versuchte. Und das offensichtlich schon seit sehr langer Zeit.

»Sind Sie endlich da?«, kam es ungeduldig aus einem Nebenraum, der rechts hinter dem Küchenherd abging.

Jonas folgte der Stimme und kam in eine kleine Kammer, von der aus weitere Räume abzweigten. Hünninger stand aufrecht vor einer Wand aus Bücherkisten und deutete mit seinem Gehstock auf die unterste Reihe.

»Ich suche ein Buch, aber die elenden Kisten sind im Wege. Es wäre hilfreich, wenn Sie mir zur Hand gehen könnten.«

»Ja, klar. Was soll ich machen?« Jonas musste schmunzeln. Daher wehte also der Wind. Der Alte brauchte seine Hilfe.

»Die oberen Kisten da hinein«, wies er an und deutete wie ein Paketdispatcher in die benachbarte Abstellkammer.

»Okay.« Jonas schnappte sich einen Karton voller Bücher und trug ihn hinüber, aber dort stand schon alles voll.

»Hier ist kein Platz«, rief er Hünninger über die Schulter zu.

»Dann machen Sie sich welchen«, knurrte der Alte zurück. Jonas brachte die Bücher zurück zum Start, wuchtete die Kisten im Nachbarraum in ein drittes Zimmer und holte dann die Kartons aus dem ersten Raum in den zweiten.

Ab und zu gestattete er sich einen Blick auf die Buchrücken. Von Heimatromanen aus den Fünfzigerjahren über Landschaftsbeschreibungen bis hin zu alten Schulbüchern war alles dabei.

Das Schleppen dauerte seine Zeit.

Nach einer Weile brauchte Jonas eine Pause. Er lehnte sich gegen den Türstock und holte tief Luft. Irgendwie fühlte er sich an die studentischen Umzüge seiner Kommilitonen erinnert: »Sind nur ein paar Bücher« war die gefürchtete Verniedlichungsform für einen Tag Arbeit und einen schmerzenden Rücken.

»Machen Sie schon schlapp?«, holte ihn Hünningers knarzende Stimme in die Gegenwart zurück. »Ich setze schon mal den Tee auf. Deswegen sind Sie doch gekommen.« Das klang jetzt fast so, als hätte sich der Student selbst eingeladen. Jonas fand die Bemerkungen des Alten inzwischen ziemlich unterhaltsam.

Er verstaute die letzten Bücher und folgte dem Eigenbrötler in seine merkwürdige Wohnstube.

Hünninger war gerade dabei, einen aromatischen Kräutertee aufzugießen. Er stellte eine Tasse, die offensichtlich für Jonas bestimmt war, ans Ende des Tisches und rückte einen Stuhl davor. »Hier können Sie sitzen«, brummelte er. Dann ließ er sich in seinem tiefen Ohrensessel nieder, nahm ein abgegriffenes Buch zur Hand und begann zu lesen. Auf eine eigentümliche Weise verschmolz er mit seinem kleinen Reich, fast so, als hätte er eine Tarnkappe aufgesetzt, die ihn zu einem Teil der Dekoration machte.

Jonas konnte es nicht glauben.

Hünninger tat so, als wäre der Student gar nicht im Zimmer.

»Woher haben Sie denn die ganzen Bücher?«, versuchte er, ein Gespräch zu beginnen.

»Alles alte Geschichten. Trinken Sie, bevor der Tee kalt ist«, murmelte der Alte fast tonlos, und es klang keinesfalls wie die Einladung zu einer Konversation.

Also lehnte sich Jonas zurück, ließ seinen Blick über die altertümliche Zimmereinrichtung schweifen und über die dunklen Fenster, durch die die Schwärze der Nacht hereinzudrängen versuchte.

Im Herd grummelte das Holz im Feuer, und mit seinem unregelmäßigen Knacksen und Knistern verlieh es dem Abend eine wohlige klangliche Untermalung.

So verbrachten sie eine Weile schweigend nebeneinander, in einer surrealen Eintracht, jeder in seinen eigenen Gedanken unterwegs.

Als der Tee ausgetrunken war, der dem Studenten tatsächlich erstaunlich gut getan hatte, und der Alte keine Anstalten machte, noch einmal nachzuschenken, stand Jonas auf und ging zur Tür. »Ich verschwinde dann mal.«

Hünninger nickte unmerklich.

Da fiel der Blick des Studenten auf ein kleines Schränkchen neben dem Sofa. Und er blieb wie angewurzelt stehen. Auf der polierten Holzoberfläche lag, sorgsam gefaltet und ausgerichtet, die heutige Zeitung.

Vermisst!

Groß blickte ihn das Foto von Fenja an.

Der Alte hatte den Artikel gelesen. Auch für ihn hatte sie jetzt ein Gesicht.

»Sie mögen Ihre Braut, nicht wahr?«, sagte Hünninger plötzlich in die Stille hinein.

Ihre Braut. Ein merkwürdiger Begriff. Aus dem Mund des Alten klang er fremd.

Und mögen? Als hätte er nie selbst geliebt.

»Ich liebe Fenja«, gab Jonas zurück. Und wie um das zu unterstreichen, fügte er hinzu: »Ich suche sie jeden Tag.«

»Ja.« Dann schwieg Hünninger. Er wirkte müde.

»Gute Nacht«, sagte Jonas, »und danke für den Tee.«

»Gute Nacht«, antwortete der Alte trocken, aber für seine Verhältnisse konnte man den Tonfall schon fast als warmherzig bezeichnen.

Jonas lag in seinem Bett und dachte über die merkwürdige Begegnung nach.

Aus seinem verschrobenen Vermieter wurde er nicht schlau. Hatte er ihn wirklich nach oben in sein gehütetes Refugium gebeten, weil er Hilfe beim Bücherstapeln brauchte? Jonas war es nicht so vorgekommen, als hätte die Arbeit irgendeinen erkennbaren Sinn gehabt. Und was sollte er davon halten, dass sich der Alte beim Lesen zuschauen ließ, ohne das geringste Interesse an einem Gespräch zu zeigen?

Die Zeitung mit dem Bild von Fenja, die Hünninger so akkurat, fast liebevoll, auf seinem Schränkchen abgelegt hatte, ging dem Studenten nicht mehr aus dem Kopf.

Konnte es sein, dass der Alte echtes Mitleid mit ihm empfand? Und dass er ihn nur aus einem Grund nach oben gebeten hatte – damit Jonas heute Abend nicht alleine war?

31

Der heilende Berg. So hatte Manuela Bachmann ihre Materialsammlung genannt, die sich mit dem Heilwasser aus den Feengrotten befasste. Jonas zog den ersten hohen Stapel mit Dokumenten zu sich heran. Er saß wieder im Keller des Stadtarchivs. Gleich morgens um neun Uhr war er am Empfangsportal des ehemaligen Klosters gewesen, und Nils Enderlein, von Terminen gehetzt, hatte ihn in das entlegene Gewölbe geführt, in dem das historische Gedächtnis der Feengrotten lagerte.

Und vielleicht auch ihr Geheimnis, dachte Jonas.

Ordner für Ordner, Blatt für Blatt vertiefte sich der Student in die alten Materialien.

Die Geschichte des Heilwassers aus dem Bergwerk war faszinierend, vor allem deshalb, weil sie so unglaublich klang.

Wie ihm Ingrid Wohlmuth bereits erzählt hatte, kursierten in Saalfeld und Umgebung schon Gerüchte über die besondere Wirkung des Wassers, lange bevor Adolf Mützelburg seine wissenschaftlichen Expeditionen in den Berg schickte.

Den Anfang bildete eine Legende.

In einem alten Folianten, dessen lederne Hülle dunkel und rissig war, entdeckte Jonas vier Blätter, bedeckt mit einer mittelalterlichen Handschrift, deren verschnörkelte Lettern einem klösterlichen Skriptorium zu entstammen schienen. Den brüchigen Pergamenten, die zu ihrem Schutz in steifen Klarsichtfolien aufbewahrt wurden, lag ein Computerausdruck mit dem Stempel des Stadtmuseums bei.

Eine Abschrift. Angefertigt von Experten, die die historische Schrift zu lesen im Stande waren.

Der Text beschrieb einen alten Mythos, der schon im Mittelalter die Gemüter der Menschen im Tal von Saalfeld bewegt hatte. Es war die Legende vom Wasser des Lebens, einem geheimnisvollen Quell, der in den Tiefen des Berges verborgen sein sollte und demjenigen, der davon trank, Unsterblichkeit und ewige Jugend versprach.

Es gab viele, die loszogen, um das wundersame Wasser zu finden. Aber selbst die Mutigsten und Verwegensten unter ihnen kehrten mit leeren Händen zurück – oder sie blieben für immer verschwunden, und kein Mensch hörte jemals wieder etwas von ihnen.

Ein Detail fiel dem Studenten auf.

Das Wasser des Lebens wurde in der alten Schrift nicht als Segen beschrieben, sondern als Fluch.

Ob diese Warnung in der damaligen Furcht der Menschen vor allem Übernatürlichen begründet lag? Oder war es eine spätere Hinzufügung der Mönche, die den Mythos aufgeschrieben und zugleich als Teufelswerk gebrandmarkt hatten? Nach vielen Hundert Jahren würde sich diese Frage nicht mehr beantworten lassen.

Jonas fand es bemerkenswert, dass der Ursprung der späteren medizinischen Heilwasserproduktion ausgerechnet in einer alten Legende lag. Aus Sicht des Historikers durchaus interessant. Und sicher auch ein guter Werbegag.

Die Archivarin hatte die Geschichte offensichtlich ebenso interessant gefunden wie Jonas, was ein kleiner grüner Klebezettel an der oberen rechten Ecke der Niederschrift bewies.

Ein weiterer Stapel enthielt Berichte von Saalfelder Hausärzten. Die Akten stammten alle aus den Jahren zwischen 1880 und 1908 und zeichneten ein deutlich weniger mystisches, dafür

nicht minder faszinierendes Bild. Schon Jahrzehnte vor Müt-
zelburgs Expedition nutzten die Einwohner der Stadt und der
umliegenden Dörfer das Sickerwasser aus der alten Grube »Jeremias Glück« zur Linderung körperlicher Beschwerden. Offenbar
mit großem Erfolg, wie die handschriftlichen Notizen der Ärzte
in den Krankenakten bestätigten. Beigefügte Korrespondenzen
legten nahe, dass die heilsamen Effekte über die Jahre hinweg
beträchtliche Aufmerksamkeit hervorgerufen hatten, was in
einen aufgeregten Austausch unter den Medizinern gemündet
war.

Man musste kein Hellseher sein, um vorauszusehen, dass
diese Erfolge irgendwann Geld anlocken würden, das sich zu
vermehren trachtete.

So rückte die verfallene Grube »Jeremias Glück« ab 1910 plötzlich wieder ins öffentliche Interesse. Nachdem bereits andere in
die Erkundung der alten Bergwerksstollen investiert hatten, war
es der Berliner Unternehmer Adolf Mützelburg, der den längsten
finanziellen Atem bewies.

Er wurde doppelt belohnt.

Mit der Entdeckung der Tropfsteinhöhlen, die ihm Tausende
Besucher in die Grotten lockten.

Und mit einem hochkonzentrierten Heilwasser, das schon
bald als medizinische Sensation galt.

Aus den Unterlagen, die Jonas jetzt sorgfältig vor sich aus-
breitete, ging hervor, wie professionell Mützelburg die Sache
angegangen war. Er gründete ein eigenes Quellforschungsinsti-
tut, ließ wissenschaftliche Testreihen durchführen und konnte
mithilfe medizinischer Gutachten nachweisen, dass das Wasser
aus dem Berg mehr hielt, als man zu hoffen gewagt hatte: Die
besondere Tinktur aus Phosphor-Arsen-Eisen-Sulfat-Quellen
wirkte sich äußerst förderlich auf den Lebenssaft des Menschen
aus. Sein Blut.

Und damit auf den ganzen Körper. Das Wasser aus der Tiefe des Berges wurde zu einem probaten Mittel gegen die unterschiedlichsten Leiden und Mangelerscheinungen.

Kliniken und Sanatorien aus ganz Deutschland überhäuften die Feengrotten mit Bestellungen. Zur Produktion der begehrten Heiltinktur kam bald ein eigenes Mineralwasser.

Eine Erfolgsstory.

Dass daran kein Zweifel bestehen konnte, belegte eine umfangreiche Dokumentation aus Dankschreiben, Fotos, Zeitungsmeldungen und Werbeprospekten. Die Feengrotten hatten sich in kürzester Zeit zu einem gigantischen Tourismus- und Kurbetrieb entwickelt, der in den Zwanziger- und Dreißigerjahren Tausende und Abertausende nach Saalfeld lockte.

Jonas spürte, dass er sich von seinem Ziel entfernte.

Der Berg funktionierte. Ingrid Wohlmuth hatte recht. Niemand suchte mehr nach einem alten Bergwerk. Und auch der Name Brunner tauchte nicht mehr auf.

Die nächsten Unterlagen sah Jonas nur noch flüchtig durch. Im Jahre 1964 waren die Heilquellen plötzlich versiegt, nachdem durch Probebohrungen, die damals auf der Suche nach Bodenschätzen im ganzen Saalfelder Raum stattgefunden hatten, ein schlecht verfülltes Bohrloch den Wasserhaushalt im Feengrottenberg durcheinandergebracht hatte. Für Jonas war diese Information interessant, aber wenig hilfreich. Dann folgte noch eine Mappe mit allgemeinen Verwaltungsvorgängen aus den Jahren zwischen 1931 und 1945.

Nur der Vollständigkeit halber warf er noch einen Blick darauf.

Erst las er quer.

Dann beschränkte er sich auf Stichproben.

Und deshalb hätte er es beinahe übersehen.

Dass er den Bogen Papier überhaupt in die Hand nahm, war purer Zufall. Es handelte sich um einen Brief vom 24. April 1944. Der damalige Direktor der Feengrotten beschwerte sich darin bei der Stadtverwaltung über die Anweisung, die Feengrotten für sechs Wochen zu schließen. Er beklagte den ohnehin durch den Kriegsverlauf begründeten drastischen Rückgang der Besucherzahlen. Nun wollte er nicht noch zusätzliche Verluste machen, zumal das Sommergeschäft vor der Tür stand.

Jonas hätte nie einen Blick auf den blassen Papierbogen geworfen, wären ihm nicht die leuchtend grünen Klebezettel ins Auge gesprungen, die Manuela Bachmann an das Blatt geheftet hatte. Drei Stück untereinander, so, als würde sie dem Dokument eine außergewöhnliche Bedeutung beimessen.

Jonas las den Brief zu Ende.

Und da stand es. *Hiermit möchte ich die geehrten Herren der Stadtverwaltung auf das Eindringlichste ersuchen, die Pläne für die Erkundung des Altbergwerks und die damit einhergehende zwangsweise Schließung der Schaugrotten noch einmal zu überdenken.*

Die Erkundung. Des Altbergwerks.

Waren damit nur die wenigen Reststollen gemeint, die Marco Jäckel, der technische Leiter der Feengrotten, als blinde Stollen bezeichnet hatte? Von denen er überzeugt war, dass sie nirgendwohin führten?

Welche Erkundung hatte 1944 dort stattgefunden, und was war das Ergebnis gewesen?

Jonas untersuchte jetzt jedes einzelne Dokument in dem Ordner, in dem er den Brief gefunden hatte. Aber es fand sich nichts, was ihm eine Erklärung geliefert hätte. Weder eine Antwort der Stadtverwaltung auf die Beschwerde des Direktors, noch irgendein weiterer Hinweis auf die ominöse Bergwerkserkundung.

Der Vorgang endete im Nichts.

Merkwürdig.

Noch einmal nahm der Student den Brief zur Hand. Auf einem der hellgrünen Klebezettel, mit denen Manuela Bachmann das Dokument so auffällig markiert hatte, fand er eine kurze Notiz in der Handschrift der Archivarin:

Monatsabrechnungen 44! Hutschachtel?

Jonas sah sich im gesamten Keller um. Eine Hutschachtel fand er nirgends.

Als sich der Archivleiter endlich meldete, war seiner Stimme anzuhören, dass er keine Zeit für lange Plaudereien hatte. Im Hintergrund konnte Jonas eifriges Gemurmel hören, so dass er vermutete, er habe Nils Enderlein gerade in einer Besprechung gestört.

Deswegen kam er gleich zur Sache. »Wo könnte Frau Bachmann eine Hutschachtel haben?«

Einen Moment herrschte Stille. Plötzlich lachte der Archivleiter laut los.

»Was ist daran so lustig?«, fragte Jonas, der befürchtete, er habe einen naheliegenden Witz nicht kapiert.

»Die Hutschachtel ist kein Karton. Es ist der Spitzname für ein Gebäude, in dem sich der zweite Teil unseres Archivs befindet.« Enderlein lachte noch einmal auf, dann sagte er: »Entschuldigung, das konnten Sie natürlich nicht wissen.«

»Kein Problem«, entgegnete Jonas.

Enderleins Lachanfall war vorüber. »Wie kommen Sie überhaupt darauf?«, fragte er jetzt.

»Ich habe eine Notiz gefunden, von Frau Bachmann. Gibt es in dieser Hutschachtel weitere Unterlagen über die Feengrotten?«

»Aha. Komisch. Alles Wichtige liegt hier. In der Hutschachtel haben wir höchstens noch ein paar Verwaltungsvorgänge stehen, aus der Zeit, als die Stadt Mitbesitzerin der Feengrotten wurde. Ab 1932, glaube ich. Ist aber nur Abrechnungskram. Langweilig, wenn Sie mich fragen.«

»Darf ich trotzdem mal nachsehen?«, blieb Jonas hartnäckig.

»Von mir aus. Ich kann hier aber nicht weg. Gehen Sie ins Rathaus und lassen Sie sich den Schlüssel geben. Ich rufe drüben an.«

»Und wo ist die Hutschachtel?«

»Gleich dahinter. Ist rund, vergittert und sieht aus wie ein Gefängnis. War auch mal eins.«

»Okay. Danke. Ich melde mich wieder.« Jonas hängte den Hörer des Haustelefons in die Gabel, sortierte die Unterlagen, die er gelesen hatte, sorgfältig zurück, löschte das Licht und verließ den Gewölbekeller. Mittlerweile kannte er sich in dem Museumsgebäude leidlich gut aus, so dass er problemlos hinausfand.

Das Wetter hatte sich geändert. Es war erst kurz nach Mittag, aber der Himmel hing schwer und grau über der Stadt, so, als wolle es heute gar nicht richtig hell werden. Ein feiner, kalter Nieselregen stob den Passanten ins Gesicht, die mit verzogenen Mienen vornübergebeugt durch die Straßen eilten. Ein ungeliebter Vorbote des Winters, dachte Jonas, der den goldenen Herbst in seine Schranken wies. Wenigstens für heute.

Den kurzen Fußmarsch hinunter zum Rathaus legte er im Laufschritt zurück; nicht nur wegen des unwirtlichen Wetters, sondern vor allem wegen seiner Ungeduld. Endlich hatte er eine Spur. Nun konnte er es nicht mehr erwarten, ihr zu folgen.

Im Rathausfoyer kam ihm eine freundliche Fünfzigjährige entgegen und händigte ihm einen Schlüssel aus, zusammen mit einer dicken Broschüre, die sich als Übersicht über den Archivbestand in der Hutschachtel erwies.

Er wisse ja Bescheid, sagte sie, und Jonas vermutete dankbar, dass ihn Enderlein als Rechercheprofi angekündigt hatte.

Er bedankte sich für den Archivschlüssel, und die Frau bedankte sich, dass sie in diesem garstigen Regen nicht mit hinaus musste. Dann verschwand sie im Treppenhaus, und Jonas überquerte den Hof.

Die Hutschachtel besaß ihren Spitznamen nicht zu Unrecht, auch wenn er für eine ehemalige Haftanstalt ein wenig harmlos klang. Das Gebäude war rund wie eine Kaffeemühle und hatte über dem Erdgeschoss drei gedrungene Etagen, die von ebenso vielen Reihen kleiner, vergitterter Zwillingsfenster markiert wurden.

Nachdem er die schwere Flügeltür aufgeschlossen hatte, betrat der Student den eigentümlichen Bau. In der Mitte des runden Hauses konnte er hinauf bis zum Dach sehen, das mit einem Fensterkranz ausgestattet war und Tageslicht durch das ganze Gebäude schickte.

Jede Etage besaß einen eisernen Rundlauf, von dem die einzelnen Zellen des ehemaligen Gefängnisses abgingen. Eine Treppe führte nach oben.

Dank des Verzeichnisses, das er zusammen mit dem Schlüssel erhalten hatte, fand er schnell die richtige Kammer, die sich in der zweiten Etage befand. Unter dem kleinen Fenster, durch das milchiges Tageslicht hereindrang, gab es einen winzigen Arbeitstisch und einen Hocker. Links und rechts an der Zellenwand, dort, wo sich früher vermutlich die kargen Klappliegen der Häftlinge befunden hatten, erhoben sich jetzt Aluminiumregale, die bis zum letzten Zentimeter mit dicken Aktenordnern gefüllt waren.

In diesem Raum trugen sie alle das gleiche Stichwort.

Feengrotten. Verwaltung / Abrechnung.

Nur die Monate und Jahre änderten sich.

Wunderbar. Hier war er richtig.

Es dauerte nicht lange, bis er die zwei dicken Ordner gefunden hatte, die das Jahr 1944 repräsentierten. Zwei Jahreshälften, in Aktenmappen zusammengepresst, alle Vorgänge ordentlich und streng nach Datum abgeheftet. Jonas erstaunte es immer wieder, dass die Verwaltung banalster Angelegenheiten selbst bis in die letzten Kriegsjahre mit verbissener Akribie weitergeführt worden war.

Der Brief, den er im Archivkeller des Stadtmuseums gefunden hatte, war am 24. April 1944 geschrieben worden. Einem Montag. Er bezog sich auf die geplante Schließung der Feengrotten für sechs Wochen, und er hatte wie der Versuch eines letzten Einwandes geklungen. Also war die Schließung des Bergwerks entweder mit dem Brief doch noch verhindert worden, oder sie hatte kurz darauf begonnen. Vermutlich im Mai.

Um ganz sicher zu gehen, nahm er sich zuerst die letzten Apriltage vor. Aber alles deutete auf einen regulären Besucherbetrieb hin. Es gab die tägliche Abrechnung der Eintrittskarten, und auch die Produktion von Heil- und Mineralwasser war ohne die Erwähnung besonderer Vorkommnisse weitergelaufen, wenn auch in geringem Umfang.

Dann begann Jonas mit dem Mai.

Und da sah er es.

Es waren keine Aufzeichnungen, die ihn auf die Schließung stießen.

Es war das Fehlen von Aufzeichnungen.

Zwischen dem 15. Mai und 25. Juni 1944 gab es keinerlei Verwaltungsvorgänge. So, als hätten die Feengrotten in dieser Zeit überhaupt nicht existiert.

Ein weißer Fleck. 42 Tage lang.

Dann, am 26. Juni, einem Montag, setzte der normale Betrieb wieder ein, als wäre nichts gewesen.

Jonas blätterte weiter. Aber er fand nicht einen konkreten Hinweis darauf, was zwischen Mai und Juni 1944 in den Feengrotten passiert war.

Die Spur verlor sich in einem sechs Wochen großen Loch.

32

Die Suche mit einem großen Nichts fortzusetzen, schien auf den ersten Blick unmöglich. Doch Jonas lächelte kampfeslustig in sich hinein. Das war sein Feld. Hier fühlte er sich wohl. Und dieses Nichts bot ihm mehr, als er zu hoffen gewagt hatte.

Es gab ein konkretes Datum. Einen klar umrissenen Zeitraum, auf den Tag genau festgelegt. Beginnend mit Montag, dem 15. Mai 1944.

Es gab einen Ort. Die Feengrotten.

Und der Brief des Direktors hatte den Anlass genannt: die Erkundung des Altbergwerks.

Drei unumstößliche Fakten.

Hier hatte etwas stattgefunden, wozu es der Schließung der gesamten Anlage bedurft hatte. Nicht nur die Tropfsteinhöhlen, auch die Verwaltung und sämtliche Produktionseinrichtungen der Feengrotten hatten geruht. Warum?

Da sich weder in der Materialsammlung des Stadtmuseums, noch hier in den Verwaltungsunterlagen Hinweise finden ließen, musste Jonas einen Umweg gehen.

Bei einigen kniffligen Recherchen, die er ab und zu für sein Geschichtsstudium machen musste, hatte er gelernt, den Blick zu weiten. Wenn das Objekt der Begierde verhüllt war, musste man eben dem Weg der Hülle folgen.

Sein Professor hatte ihm einen wertvollen Rat gegeben.

Betrachte nicht das Ereignis. Betrachte den Effekt!

Den Abdruck, den es hinterlässt.

Und das tat er jetzt mit den fehlenden sechs Wochen in der Bilanz der Feengrotten.

Was geschieht, wenn ein so großer Betrieb für so lange Zeit schließt? Es gibt Menschen, Mitarbeiter, die zu Hause bleiben. Die etwas gehört haben. Oder Mutmaßungen anstellen.

Doch die dafür infrage kamen, waren lange tot.

Jonas bezweifelte, dass das Durchforsten der damaligen Tageszeitungen viel bringen würde, zumal es dann sicherlich auch Hinweise in den Feengrottenakten gegeben hätte. Wenn er an anderer Stelle nicht vorankam, konnte er es damit immer noch einmal versuchen.

Aber eine Frage erschien ihm im Augenblick interessanter zu sein. Wenn die ominöse Erkundungsmission in den Feengrotten über den Kopf des damaligen Direktors hinweg entschieden worden war, dann hatte jemand die Macht gehabt, das Vorhaben durchzusetzen. Und die Fachleute dazu, es durchzuführen.

Jemand von außen. Aus Saalfeld?

Oder Gäste der Stadt?

Ein spannungsgeladenes Kribbeln durchfuhr Jonas, als er das Archivverzeichnis noch einmal aufschlug, das ihm die Rathausmitarbeiterin in die Hand gedrückt hatte.

Er suchte nach den Hotels, die es zur damaligen Zeit in Saalfeld gegeben hatte. Doch die waren ausnahmslos privat geführt und hatten ihre Unterlagen selbst verwaltet.

Also versuchte er es mit den polizeilichen Meldeformularen. Hier hatte er mehr Glück.

Die amtliche Melderegistratur für Gäste der Stadt.

Nur zwei Zellen weiter. Er musste nicht mal Treppen steigen.

Jonas ordnete die Feengrottenakten zurück ins Regal und ging über den runden Laufgang hinüber zu der fraglichen Kammer. Sie glich dem Raum, aus dem er kam, wie ein Ei dem anderen. Nur die Beschriftungen auf den Aktendeckeln verrieten den Unterschied.

Es dauerte nicht lange, bis er den richtigen Ordner gefunden hatte. Neugierig zog er die dicke Mappe mit der Aufschrift *Meldebögen Fremdenverkehr April–Juni 1944* aus dem Regal und legte sie auf dem kleinen Arbeitstisch ab. Dann setzte er sich. Begann zu blättern.

Und landete einen Treffer.

Ab dem 12. Mai 1944 verbuchten alle Saalfelder Hotels und Pensionen einen plötzlichen Anstieg der Zimmerbestellungen. Einige von ihnen waren von einem Tag auf den anderen vollständig belegt.

Und – die Buchungen umfassten einen Zeitraum von genau sechs Wochen.

Was dem Studenten sofort ins Auge fiel: Fast alle Gäste kamen aus Berlin. Und einige von ihnen schienen hohe Ämter zu bekleiden.

Jonas holte sein Notizheft aus der Tasche und notierte sich die Namen, die ihm zuerst ins Auge sprangen.

Dr. Franz Rösselt, Chemiker, Reichsgesundheitsamt.

Dr. Neidhardt Schorr, Medizinischer Berater, Reichsgesundheitsamt.

Armin von Hagenburg, Sonderverwalter, Berlin.

Jonas fiel auf, dass sich auch unter den anderen Gästen aus der damaligen Reichshauptstadt auffallend viele Chemiker und Mediziner befanden.

Das konnte kein Zufall sein.

Ging es um das Heilwasser?

Jonas bedauerte, dass sich den schmucklosen Meldebögen außer Namen und Diensträngen nicht auch noch der Grund entnehmen ließ, der diese Wissenschaftler im Mai 1944 nach Saalfeld geführt hatte.

Aber die Beteiligung des Reichsgesundheitsamtes ließ vermuten, dass der Besuch wichtig war.

Jonas schlug den dicken Ordner zu.

Hier kam er nicht weiter. Die Spur führte nach Berlin.

Es war kurz nach siebzehn Uhr. Das düstere Wetter sorgte dafür, dass die Dämmerung heute früher einsetzte. Jedenfalls gewann Jonas diesen Eindruck, als er jetzt nach oben zum Himmel blickte. Es hatte ihn einige Mühe gekostet, das Büro der freundlichen Rathausmitarbeiterin zu finden, um ihr den Schlüssel zur Hutschachtel zurückzugeben. Schließlich fand er die Angestellte über einem Stapel Bilanzen brütend, die sie für eine Revision ordnen musste. Er vermutete, ohne diese Verschiebung des Feierabends wäre seine Archivrecherche schon vor einer Stunde beendet gewesen. Oder man hätte ihn einfach vergessen.

Jetzt stand der Student im Windschatten des Rathauses und nahm sein Smartphone aus der Tasche. Zuerst rief er Nils Enderlein in seinem Büro im Stadtmuseum an. Er erreichte den Archivleiter, der noch zu einem Termin musste und gehetzt klang, im letzten Moment und fragte ihn nach der merkwürdigen Erkundung des Bergwerkes. Enderlein wusste nichts davon. Doch er wurde aufmerksam, als er hörte, dass die Aktion 1944 stattgefunden hatte. »Im Dritten Reich? Das ist interessant. Über diese Zeit habe ich meine Diplomarbeit geschrieben. Ich würde mich gerne mit Ihnen darüber unterhalten. Aber heute schaffe ich es beim besten Willen nicht mehr, und morgen habe ich auch den ganzen Tag Termine. Morgen Abend vielleicht?«

»Ja, klar. Gerne.« Jonas freute sich. So langsam kamen die Dinge ins Rollen. »Wo kann ich Sie treffen?«

»Ich schlage vor, im Loch.«

»Oh«, antwortete Jonas vorsichtig. »Auch ein ehemaliges Gefängnis?« Nach der Nummer mit der Hutschachtel wollte er sich nicht schon wieder blamieren.

Enderlein lachte tatsächlich kurz auf. Dann erklärte er: »Nein, diesmal ist es eine Gaststätte. Kennt jeder in Saalfeld. Können Sie nicht verfehlen. Zwanzig Uhr?«

»Ich bin da.«

Jonas trennte die Verbindung, behielt das Telefon aber in der Hand. Diesmal wählte er eine Nummer in Berlin.

Aber niemand meldete sich.

Trotzdem hoffte Jonas, dass sein Kumpel Schorsch doch noch ans Telefon gehen würde.

Schorsch war Anfang dreißig und studierter Historiker. Er hatte früh seinen Doktor gemacht und arbeitete als wissenschaftlicher Mitarbeiter in der Berliner Niederlassung des Bundesarchivs. Dort, wo in der »Abteilung R« die Akten aufbewahrt wurden, die das Dritte Reich betrafen.

Eigentlich hieß Schorsch nicht Schorsch, sondern Dr. Georg Heiliger. Doch seit er die Studenten von Jonas' Seminargruppe bei einem Rechercheseminar im Bundesarchiv betreut hatte, was nicht ohne abendliche Besuche in diversen Berliner Kneipen abgegangen war, zogen sie ihn mit diesem bodenständigen Spitznamen auf. Denn wer hieß schon Georg Heiliger. Das konnte man so nicht stehen lassen.

»Schorsch« hatte es gelassen genommen; gegen studentische Blödelei kam sowieso niemand an, das wusste er von seinem eigenen Studium.

Jedenfalls half ihnen der junge Historiker, dem die Arbeit mit den engagierten Studenten Spaß machte, wann immer sie ein Anliegen hatten.

Und jetzt war es wieder so weit.

»Heiliger«, hörte Jonas endlich am anderen Ende der Leitung.

»Schorsch? Hier ist Jonas. Aus Jena.«

»Ach, hi Jonas. Gruß nach Thüringen.«

»Gruß zurück! Du, ich brauche deine Hilfe.«

»Worum geht's denn?«, fragte Heiliger, der schon ahnte, dass da Arbeit auf ihn zukam.

Jonas schilderte dem jungen Wissenschaftler in kurzen Zügen das Ergebnis seiner heutigen Recherche. Dann gab er ihm die Namen und Funktionen der Männer durch, die er von den Meldebögen abgeschrieben hatte. Vielleicht konnte er nachverfolgen, in welcher Mission sie im Mai 1944 nach Saalfeld geschickt worden waren.

»Okay, ich gebe dir Starthilfe. Aber suchen musst du selbst«, bot Heiliger an.

»Bist du noch im Archiv?«, fragte Jonas.

»Ich hab schon Feierabend.«

»Wann kann ich kommen?«

»Ohne Antrag?«

»Ohne Antrag.«

»Gut. Freitag. Zwölf Uhr. Ich schenk dir meine Mittagspause.«

Freitag, das war schon in zwei Tagen.

»Super! Hast ein Bier gut.«

»Kasten.«

»Okay. Kasten.«

»Na dann, bis Freitag.«

»Danke. Bis Freitag.«

Jonas war froh. Er wusste, Schorsch würde ihm helfen.

Und einen Kasten Bier musste er auch nicht bezahlen. Wahrscheinlich nicht einmal ein Glas. Meistens lud Heiliger die Studenten ein. Er war ein herzensguter Mensch. Eigentlich zu gut für diese Welt.

Außerdem trank er Wein.

Jonas ging zu seinem Auto. Er musste sich beeilen.

In einer knappen halben Stunde erwartete ihn Kathi am Ausgang des Feengrotten-Parkplatzes. Ihre geheimnisvolle Botschaft auf dem Werbeflyer hatte er eingesteckt. Wie eine Einladung. Jonas war gespannt, was ihm die Fee mitzuteilen hatte.

33

Er hatte sich versteckt, das war ihm lieber. Etwas unterhalb des Parkplatzes gab es einen kleinen Knick im Berghang. Von hier aus, im schattigen Halbdunkel, konnte er jeden sehen, der das Feengrottengelände verließ, ohne selbst sofort bemerkt zu werden. Jonas hatte sich die Stelle ausgesucht, um unangenehme Begegnungen zu vermeiden. Seit Richwiens Hausverbot war er unerwünscht auf dem Gelände, und nun, zum späten Feierabend, wollte er niemandem von der Verwaltung in die Arme laufen.

Es war gerade achtzehn Uhr geworden. In der Ferne ertönte der dünne Klang einer Kirchturmuhr. Katja war noch nicht aufgetaucht. Die kleine Straße, die zu dem Bergwerk hinaufführte, lag still und unbelebt im schweren Abenddunst. Es war schon fast dunkel, und feuchte Schwaden zogen langsam durch den diffusen Schein der orangegelben Straßenlaternen.

Plötzlich schälte sich eine einzelne Gestalt aus der diesigen Kulisse des Feengrottengeländes. Der Schemen überquerte den Parkplatz, und im Näherkommen erkannte Jonas die gedrungene Gestalt von Wilko Ehl. Der Hilfsschlosser verließ das Anwesen zu Fuß. Während er zuerst zielstrebig vorangeschritten war, wurde er nun langsamer.

Der Student trat einen Schritt tiefer in den Schatten der Felsnische zurück und hielt den Atem an.

Jetzt war Ehl stehen geblieben. Er sah sich um. Suchte er nach Jonas? Aber wenn er keinen sechsten Sinn hatte, konnte er nicht wissen, dass der Student hier wartete.

Ehl ging weiter. Seine Bewegungen hatten jetzt etwas Vorsichtiges, Verstohlenes. Er verließ die Straße auf der gegenüberliegenden Seite. Jonas verlor ihn kurz aus den Augen, als der Schlosser den mit Sträuchern bewachsenen Graben durchquerte, in dem der kleine Gebirgsbach floss. Dann sah er ihn auf der anderen Seite wieder emporsteigen und in Richtung der weiten Talsenke verschwinden.

Penibel darauf bedacht, kein Geräusch zu machen, gab Jonas seinen Beobachtungsposten auf und überquerte ebenfalls die Straße, wobei er es sorgfältig vermied, in die Lichtkegel der Straßenlaternen zu geraten. Im Schutze eines dicken Baumes blieb er stehen und suchte die vor ihm liegenden Weideflächen ab, die inzwischen fast komplett von der Dunkelheit verschluckt wurden. Nach einiger Zeit entdeckte er die kleine Gestalt des Schlossers erneut. Ehl hatte die Talsenke durchquert und stieg auf der gegenüberliegenden Seite wieder hinauf. Dort drüben gab es nichts außer einer einsamen Landstraße, die aus Garnsdorf hinausführte und sich eng an den Hang drängte, und einem riesigen verwilderten Areal, das sich schließlich im dichten Wald der Berge verlor.

Noch einmal blitzte die winzige Figur des Hilfsschlossers auf, als er kurz vom Fernlicht eines Autos erfasst wurde, dann verlor sich der Schemen endgültig in der Finsternis.

Was wollte Ehl um diese Zeit an diesem gottverlassenen Ort? Und warum hatte er sich immer wieder so verstohlen umgeschaut? So, als wolle er sich versichern, dass niemand sah, wohin er unterwegs war.

»Hi!« Jonas zuckte vor Schreck zusammen. Hinter ihm stand Kathi, in eine modische silberne Daunenjacke gehüllt und mit einem spöttischen Lächeln im Gesicht. »Was gibt's denn da unten Spannendes zu sehen?« Sie warf einen kurzen Blick in die Dunkelheit. »Außer Kuhweiden, natürlich.«

»Ach nichts. Ich hab mich nur gelangweilt und mir inzwischen die unheimlichen Jagdgründe von Saalfeld angesehen.« Jonas fühlte sich ertappt, aber es schien, als hätte Kathi den Schlosser nicht bemerkt, der inzwischen komplett mit der schwarzen Berglandschaft verschmolzen war.

»Bist du mit dem Auto hier?«, fragte Katja unternehmungslustig.

»Nein.« Jonas hatte seinen Opel bei Hünningers Haus zurückgelassen.

»Ich auch nicht. Also den Bus.«

»Fährt denn überhaupt noch einer?« Jonas hatte keine Ahnung. Aber Kathi kannte sich aus.

»Unten an der Hauptstraße. In sieben Minuten.«

»Und wo fahren wir hin?«, fragte Jonas, der von Kathis Energie etwas überrumpelt war.

»Pappenheimer?«, schlug sie vor.

»Meinetwegen. Pappenheimer.«

Der Bus fuhr tatsächlich. Während der kurzen Fahrt ins Stadtzentrum sprachen sie über belanglose Dinge, und in unverabredeter Einigkeit vermieden sie beide, auf Fenjas Verschwinden oder die Feengrotten zu sprechen zu kommen.

Von der Haltestelle am Markt brauchten sie nur fünf Minuten, um die Kneipe zu erreichen.

Der Barkeeper war der gleiche wie beim letzten Mal, und er begrüßte sie diesmal mit einem persönlichen Handschlag, so, als gehörten sie schon seit Jahren zur Stammkundschaft.

In einer kleinen Zwischenetage auf halber Treppe fanden sie einen Tisch, an dem sie ungestört waren.

Der Kneiper nahm die Bestellung auf. Ein Bier für Jonas, ein Saft für Kathi.

Einige Minuten vergingen. Noch immer Belanglosigkeiten. Noch immer kein Wort über Fenja.

Dann kamen die Getränke. Der Barkeeper verschwand.

Die Schonfrist war vorbei.

»Ich muss dir was erklären«, begann Kathi, und ihre Stimme war plötzlich sehr ernst. Schlagartig verstand Jonas, dass ihre Überschwänglichkeit auf dem Weg hierher Teil eines Rituals gewesen war. Eines Rituals, um ein unangenehmes Gespräch hinauszuschieben. »Ich weiß, was André Benedikt dir über Fenja erzählt hat. Aber es stimmt nicht. Es war genau umgedreht. Er wollte sie, nicht sie ihn. Er ist verrückt nach ihr. Hat sie angemacht, wo er nur konnte. Es war schon peinlich. Aber bekommen hat er sie nicht. Sie hat ihn abblitzen lassen. Wie jeden anderen auch.«

»Das wolltest du mir sagen?«

»Ja, ich möchte, dass du das weißt.« Während sie das sagte, sah Kathi Jonas mit klaren Augen an.

»Warum?«

»Weil André ein Arschloch ist.« Kathis zartes Gesicht bekam etwas Hartes, Abgeklärtes. »Und weil er es immer wieder schafft, dass andere ihm glauben.«

»Ich habe ihm nicht geglaubt.«

»Bist du dir sicher?«

»Ja«, antwortete Jonas. Die winzigen Zweifel, die in seinem Inneren gebohrt und gegraben hatten, wollte er sich nicht mal selbst eingestehen. Und schon gar nicht vor einer jungen Frau, die er kaum kannte. »Warum hat mir Benedikt denn so eine Scheiße erzählt?«, fragte er stattdessen.

»Weil er sich nicht vorstellen kann, einmal nicht zu gewinnen. Und weil er jeden hasst, der ihn zu einem Verlierer macht.«

»Und ich bin so ein Jemand? Ich kenne ihn nicht. Ich bin ihm vor einer Woche zum ersten Mal begegnet.«

»Er kennt dich. Oder zumindest das Bild, was er von dir hat. Fenja hat ständig von dir gesprochen. Und als er bei ihr nicht landen konnte, hat er dich genauso gehasst wie sie.«

»Hass ist ein großes Wort.«

»Du kennst André nicht. Die Frauen fliegen auf ihn. Jedenfalls am Anfang. Ein Nein gibt es nicht in seiner Welt. Und Fenja hat ihm gezeigt, wie gewaltig er sich damit irrt.«

Jonas dachte über die Worte der jungen Feendarstellerin nach. Dann fragte er: »Hat er keine anderen Angebote?«

»Daran mangelt es nicht.« Kathi machte eine abfällige Geste, die so gar nicht zu ihrem klaren Wesen passte. »Und jetzt, wo er für die große Kampagne zum Feengrotten-Jubiläum verantwortlich ist, wirft sich ihm auch noch die Letzte an den Hals.«

»Und eine feste Freundin?«

»Das interessiert ihn nicht. Er will nicht lieben. Er will siegen.«

Jonas schwieg eine Weile. Dann fragte er: »Kannst du dir vorstellen, dass er Fenja etwas angetan hat?«

Kathi schaute zu ihm hinüber. Ihr Blick hatte etwas Wehmütiges. Etwas zutiefst Verletzliches. »Nein«, sagte sie leise. »Das ist ausgeschlossen.«

»Wieso bist du dir so sicher?«

»Er hat ein Alibi für die Nacht, in der Fenja verschwunden ist.«

»Aha. Und woher weißt du das so genau? Hat die Polizei das erzählt?« Das wollte Jonas jetzt genau wissen.

»Nein.«

»Sondern?«

»Das Alibi bin ich.« Kathi senkte den Blick.

Jonas sagte nichts.

So vergingen einige Minuten.

»Es ist vorbei. Eine Episode. Ich habe es gut überlebt«, begann Kathi wieder, und sie versuchte, dabei unbeschwert zu klingen. Dann berührte sie Jonas behutsam am Arm und sagte eindringlich: »Fenja liebt dich. Und dafür gibt es keine Grenzen. Hör nicht auf, sie zu suchen.«

»Ja, das mach ich«, antwortete Jonas leise.

»Ich muss los. Der letzte Bus.«

»Soll ich dir ein Taxi rufen?« Jonas erinnerte sich, dass Kathi in einem Dorf außerhalb Saalfelds wohnte.

»Nein, ist schon in Ordnung. Der Bus hält vor der Tür.«

»Na dann. Danke.«

»Ja«, sagte Kathi. Sie stand auf und verließ die Gaststätte, ohne sich noch einmal umzusehen.

Jonas blieb noch eine Weile auf seinem Platz sitzen, dann ging er hinunter in den Gastraum und stellte sich an den Tresen.

Vor ihm floss die kleine Saale durch ihr Flussbett in der Marmorplatte.

»Noch ein Bier?«

»Ja, das wäre nett.«

Abwesend verfolgte Jonas die Bewegungen des Barkeepers, der jetzt begann, seine Gläser zu polieren, was er mit einer schweigsamen Ruhe und Sorgfalt tat.

Jonas dachte noch immer über das Gespräch mit Kathi nach.

Er hatte zwei wichtige Dinge erfahren.

Seine Fenja war keine männergierige und erfolgssüchtige Frau, wie ihm Benedikt weiszumachen versucht hatte.

Natürlich nicht.

Jonas hätte es sich auch nicht vorstellen können. Er hatte ihrer Liebe vertraut. Aber die Bestätigung verlieh ihm trotzdem ein unbeschreibliches Glücksgefühl.

Und: André Benedikt schied als Verdächtiger aus. Er war ein narzisstisches Arschloch, aber mit ihrem Verschwinden hatte er nichts zu tun.

Zumindest nicht direkt. Es blieb nach wie vor ungeklärt, wieso er sich auf dem Parkplatz vor dem Supermarkt mit Wilko Ehl getroffen hatte.

Welche undurchsichtige Rolle spielte der Hilfsschlosser? Was war mit dem heimlichen Foto von Fenja unter seinem

Umkleideschrank, das so plötzlich verschwunden war? Und wohin hatte Ehl heute Abend gewollt?

Aus einer Laune heraus fragte Jonas den Barkeeper: »Kennen Sie Garnsdorf?«

»Die Feengrotten?«

»Das Gelände gegenüber.«

»Gegenüber?«

»Drüben, auf der anderen Seite des Tales. Dort gibt es so ein verwildertes Grundstück.« Jonas beschrieb den zugewucherten Berghang, in dem Wilko Ehl am frühen Abend verschwunden war.

»Ach, der Sommerstein? Traurige Sache.«

»Wie meinen Sie das?« Der Student horchte auf.

»Wissen Sie nicht, was der Sommerstein ist?«

»Nein.«

»Das war eine Institution in Saalfeld. Eine berühmte Heilanstalt. Ein Sanatorium der Extraklasse. Vor dem Krieg hat sich dort die betuchte Gesellschaft kurieren lassen. Alles war vom Feinsten. Die Parks, die Villen, die gesunde Bergluft. Und gegenüber die Feengrotten mit dem Heilwasser. Hat gut zusammengepasst. Zu DDR-Zeiten wurde es dann eine Psychiatrie. Und jetzt fällt alles zusammen. Sind nur noch ein paar Ruinen übrig geblieben, in denen sich die Jugendlichen treffen, um Scheiben zu zerdeppern. Schade drum. Prost.«

Jonas war der Erklärung mit wachsender Aufmerksamkeit gefolgt.

Schon wieder tauchte das Heilwasser auf. Und ein Gelände, auf dem es verlassene Gebäude gab.

Ganz dicht bei den Feengrotten.

Das konnte kein Zufall sein.

34

Der melodische Weckton seines Handys sorgte dafür, dass er pünktlich um sieben Uhr munter wurde, so, wie er es sich vorgenommen hatte. Draußen war es noch dunkel, aber es konnte nicht mehr lange dauern, und die Morgendämmerung würde einsetzen.

Zeit aufzubrechen.

Nachdem er gestern Nacht in sein Quartier zurückgekommen war, hatte Jonas noch einige Zeit darüber nachgegrübelt, was Wilko Ehl in dem verwilderten Areal auf der anderen Seite des Tales gewollt haben könnte. Auf dem Gelände des alten Sanatoriums Sommerstein.

In seiner Fantasie hatten sich die verrücktesten Hypothesen gejagt, die ihn teilweise sogar in seine Träume begleitet hatten.

War dort etwas Wichtiges versteckt? Oder hielt der Schlosser gar Fenja in einer der alten Ruinen gefangen? Selbst die Polizei schloss eine Entführung nicht aus.

Jonas hatte sich vorgenommen, dem Geheimnis auf den Grund zu gehen. Gleich heute früh, mit dem ersten Licht des Tages. Die Fahrt ins Bundesarchiv nach Berlin stand erst morgen an, und Nils Enderlein vom Stadtmuseum traf er heute Abend im Loch. Es war also noch ausreichend Zeit.

In seinem Reisegepäck hatte er eine kleine, aber starke Taschenlampe, die er sich jetzt sicherheitshalber in die Jackentasche steckte. Mehr Vorbereitung war nicht nötig.

Mit der Morgendämmerung verließ Jonas Hünningers Haus, lief durch die engen Garnsdorfer Gassen, in denen noch die tiefblauen Reste der Nacht hingen, und hielt sich zunächst in

Richtung Feengrotten. Dann, kurz vor Erreichen des Besucher-
parkplatzes, bog er rechts von der Straße ab, überquerte den Bach
und wanderte quer über die Wiesen auf die gegenüberliegende
Talseite zu. Das stoppelige Gras auf der Weide war feucht und
morastig. Über der Niederung lastete die drückende Stille der
frühen Stunde. Jonas sah sich um und versuchte, die gleiche
Richtung einzuschlagen wie am Abend vorher Wilko Ehl, was
nicht ganz einfach war. Denn der Nebel, der in der weiten Senke
stand, ließ seinen Blick in eine milchige Leere laufen. Der gegenüberliegende Berg trat erst wieder deutlicher hervor, als er auf der
anderen Seite des Tals nach oben stieg.

Nachdem er die Landstraße erreicht hatte, blieb er stehen und
sah hinüber zu dem sanften Hang, der nun direkt vor ihm lag.
Er war von einem Meer undurchdringlicher Sträucher bedeckt,
aus denen einzelne Baumgruppen herausragten, bevor das Ganze
etwas weiter oben am Berg in dichten Wald überging. Ein gedul-
diges Auge konnte in der Bepflanzung noch eine frühere Ordnung
erkennen, die eine alte Parkanlage vermuten ließ; doch längst war
das Gelände aufgegeben und von der Natur zurückerobert. Hier
und da zeichneten sich die Ruinen von einzelnen Fachwerkvillen
ab, deren Mauern langsam zerfielen und aus deren zerschlagenen
Fenstern eine traurige Schwärze gähnte. Ein herrschaftliches
Anwesen in einem unumkehrbaren Stadium des Verfalls.

Sommerstein. Das vergessene Sanatorium.

Jonas überquerte die Landstraße. Zum Tal hin war das verwil-
derte Areal von einer alten Feldsteinmauer begrenzt, die an vielen
Stellen bröckelte oder ganz in sich zusammengefallen war. Etwas
weiter links entdeckte er ein großes Torhaus aus Sandsteinquadern,
dem ein zeitloser Stolz innewohnte, dessen windschiefe Flügel jetzt
aber nur noch von einer schweren Kette zusammengehalten wurden.

Daneben gab es eine Lücke in der Mauer. Jonas zog sich auf
den Sims, der erhalten geblieben war, quetschte sich durch den

offenen Spalt im Mauerwerk und sprang auf der anderen Seite wieder hinunter. Wer auch immer das Gelände auf diese Weise betrat, war nach einer halben Minute für alle Beobachter von außerhalb unsichtbar. Der Student vermutete, dass auch Wilko Ehl diesen oder einen ähnlichen Zugang genutzt hatte, als er gestern hierhergekommen war.

Vorsichtig drängte sich Jonas durch die feuchten Sträucher, die das gesamte Grundstück in Beschlag genommen hatten und die in der diesigen Feuchte des Morgens wie Gespenster aussahen. Oberhalb des Tores stieß er auf einen alten Pflasterweg, der sich in weiten Bögen den Hang hinaufwand und zwischen Moosen und Grasbüscheln nur noch bruchstückhaft zu erahnen war. Früher muss das einmal eine glanzvolle Allee gewesen sein, dachte Jonas, dem jetzt die hohen Bäume auffielen, die die Strecke noch immer auf beiden Seiten säumten, so, als würden sie dem alten Weg auch in schlechten Zeiten die Treue halten.

Überall im Halbdunkel zwischen Sträuchern und hohem Gras waren die verwitterten Fundamente ehemaliger Gebäude und Pavillons zu erkennen.

Am Ende einer schmalen Schneise in einem Urwald aus Dornenbüschen entdeckte Jonas die schemenhaften Umrisse einer Fachwerkvilla. Die Ausläufer des Herbstnebels hielten ihre Flanken noch verborgen, aber die dunklen Fensterhöhlen der oberen Stockwerke starrten Jonas wie die Augenhöhlen eines riesigen Schädels an.

Eine Geistervilla, schoss es dem Studenten durch den Kopf.

Er ging langsam darauf zu. Das Haus mit seinen verwinkelten Erkern und Türmchen faszinierte ihn.

Es dauerte nur eine Minute, und er stand vor dem Gebäude. Steil ragte die Fassade aus ehemals hellem Putz und dunkelroten Fachwerkbalken vor ihm in den milchig grauen Himmel auf. Die dreistöckige Villa schien noch relativ gut erhalten zu sein.

Alle Fenster im Erdgeschoss und auch die Eingangstür waren offensichtlich früher einmal mit dicken Sperrholztafeln vernagelt gewesen, vermutlich, um Neugierige und Vandalen von einem Hausbesuch abzuhalten. Aber sämtliche Platten lagen herausgerissen im ehemaligen Vorhof herum, wo sie nun als Trittflächen über Bruchsteine und Glasscherben dienten.

Den Eingang bildete ein breiter Türstock aus hellem Sandstein, von dem eine repräsentative Würde ausging, die selbst das Chaos von Verfall und Zerstörung überstrahlte.

Jonas betrat das Haus.

Unter seinen Schuhen knirschten Splitter und Putzreste, die den ganzen Boden bedeckten.

Er blieb stehen.

Alles um ihn herum war pure Finsternis. Erst allmählich gewöhnten sich seine Augen an die dunkle Umgebung. Jonas stand in einem kleinen Vorraum. Das Vestibül wurde durch einen weiteren Türrahmen von einem großzügigen Foyer getrennt, dessen Architektur jetzt schemenhaft hervortrat.

An den Wänden hingen die Reste der früheren Holztäfelung. Auf der gegenüberliegenden Seite führte eine geschwungene Treppe nach oben. Über den Boden verteilt lagen die Bruchstücke zerschlagener Möbel.

Jonas machte einen vorsichtigen Schritt nach vorn und trat in die Halle. Als er den Rahmen der inneren Tür durchquerte, streifte etwas Kühles über seine Hand.

Zunächst achtete er nicht darauf. Er blieb stehen und betrachtete das Chaos auf dem Fußboden. Dann, mit nur ein oder zwei Sekunden Verspätung, registrierte sein Gehirn die Berührung. Etwas war über seine Haut gefahren, das nicht zur harschen Umgebung einer Gebäuderuine passte.

Dazu war es zu weich gewesen. Und zu kalt.

Langsam drehte sich Jonas um.

Den Blick würde er niemals wieder vergessen.

Nur wenige Zentimeter von seinem Gesicht entfernt glotzten ihn die weit aufgerissenen Augen von Wilko Ehl an.

Der Mann stand direkt vor ihm. Steif gegen das innere Türblatt gelehnt.

Er bewegte sich keinen Zentimeter. Er konnte sich nicht bewegen. Zwischen seinen gebrochenen Augen ragte ein hässlicher dunkelbrauner Bolzen hervor. Dort, wo er in den Schädel eingedrungen war, hatte sich ein schartiger Saum aus Knochensplittern, Blut und einer gallertartigen graue Masse gebildet.

Die Arme des Schlossers hingen schlaff herab. Seine marionettenhaft verdrehte Haltung sorgte dafür, dass die linke Hand in die Türöffnung pendelte. Dorthin, wo Jonas sie gestreift hatte.

Der Bolzen in Ehls bleichem Kopf war aus kräftigem, schorfigem Holz, mit einigen hässlichen schwarzen Vogelfedern am Ende. Jonas hatte dieses furchtbare Geschoss schon einmal gesehen. Während eines Seminars über historische Waffen. Es war der Pfeil einer Armbrust, wie sie im Mittelalter verwendet wurden.

Der Student starrte fassungslos auf das Gesicht des Toten. Erst ganz langsam kam in seinem Bewusstsein an, was er da vor sich sah. Behutsam, Schritt für Schritt, wich er zurück, immer tiefer in die Mitte des Raumes.

Raus hier!

Aber nicht durch diese Tür. Wie ein Wächter lehnte die Leiche von Wilko Ehl neben dem Türrahmen. Fixiert mit diesem grauenhaften Pfeil.

Jonas' Reaktionsvermögen kehrte zurück. Panisch sah er sich um. Er rannte in einen Nebenraum. Stieg auf den scherbenübersäten Fenstersims. Sprang hinaus und sprintete los. Dann musste er sich übergeben.

Jedes Mal, wenn ein Auto auf der nassen Landstraße an ihm vorüberrauschte, spürte Jonas einen derben Gischthauch aus feinen Wassertropfen auf seinem Gesicht. Es machte ihm nichts aus. Er lehnte an der Mauer, die das Gelände des ehemaligen Sanatoriums umschloss. Vor fünf Minuten hatte er die Polizei gerufen. Nicht Anne Vareel, ihre Nummer lag irgendwo in Hünningers Haus. Er hatte die 110 gewählt, zum ersten Mal in seinem Leben, und irgendeine Notrufzentrale erreicht. Jetzt war ein Streifenwagen unterwegs. Er sollte warten.

Das düstere Gelände lastete wie ein Tonnengewicht in seinem Rücken. Und gegenüber, auf der anderen Seite der Talsenke, duckten sich die Gebäude der Feengrotten an den Berghang. Von hier aus wirkten sie winzig klein.

Er sah den Funkwagen schon von Weitem kommen. Das periodische Aufblitzen der Blaulichter hinterließ einen verwaschenen Lichtschweif im feinen Nieselregen. Ohne die Sirene wirkte es merkwürdig und beunruhigend.

Sie konnten ihn nicht verfehlen. Er war der einzige Mensch weit und breit. Der Wagen hielt knirschend im Kiesbett neben der Straße.

»Herr Wiesenburg?«

Die beiden Polizisten, ein junger Mann und eine junge Frau, stellten sich vor ihm auf. Sie fragten, wo er den Toten gefunden habe. Er erklärte es ihnen. Ein zweiter Funkwagen rollte heran, hielt hinter dem ersten.

Zwei weitere Uniformierte. Ein jüngerer und ein älterer Mann.

»Können Sie uns den Fundort zeigen?«

Klar konnte er. Aber wollte er das? Flankiert von den vier Polizisten betrat Jonas zum zweiten Mal das Gelände des Sanatoriums. Sie folgten dem gewundenen Hauptweg. An der Stelle, wo die Schneise in Richtung der alten Villa abzweigte, fragte ihn der ältere Beamte: »Ist es in diesem Gebäude?« Dabei deutete er den engen Pfad entlang. Zu dem Haus, in dem Wilko Ehl stand. Aufrecht und tot.

»Ja, das ist es.« Jonas setzte sich in Bewegung, um vorauszugehen. Doch der Polizist hielt ihn zurück. »Wo genau haben Sie den Toten gefunden?«

»Im Foyer, gleich wenn man reinkommt. Hinter der zweiten Tür. Er lehnt …«, Jonas musste schlucken, »… er lehnt rechts an der Wand.«

Der Beamte warf einen kurzen Blick zu seinen Kollegen, und dem Jüngeren nickte er zu. Dann sagte er zu Jonas: »Sie warten bitte hier.«

Darüber war Jonas nicht traurig.

Drei der Polizisten gingen los. Einer blieb bei ihm. Der, dem der Streifenführer zugenickt hatte.

Er soll auf mich aufpassen, dachte sich der Student. Noch wissen sie nicht, woran sie sind.

»Alles in Ordnung mit Ihnen?«, fragte der junge Beamte, nachdem sie eine Weile schweigend herumgestanden hatten. Es klang etwas unbeholfen; vielleicht war ihm die Situation unangenehm.

»Ist schon okay«, antwortete Jonas einsilbig. Was sollte er sonst sagen?

»Möchten Sie sich lieber setzen?« Die Frage hörte sich nach einem Standardprotokoll für erschütterte Zeugen an. Oder sehe ich wirklich so fertig aus?, fragte sich Jonas. Aber er lehnte ab. »Danke, geht schon.« Wohin hätte er sich auch setzen sollen. Ringsum gab es nur Bäume und Sträucher.

In der Ferne sah er jetzt, wie zwei der Polizisten die Villa betraten, während der dritte in einiger Entfernung vor dem Haus stehen blieb. Die Bewegungen der Uniformierten glichen einer stummen Choreografie. Sie hatten etwas Angespanntes und zugleich Behutsames. Eine besondere Art der Aufmerksamkeit. Die Polizisten waren vorsichtig. Erwies sich der Hinweis als zutreffend, dann wollten sie keine Spuren zerstören. Oder rechneten sie damit, dass sich der Mörder noch im Hause versteckt hielt? Daran hatte Jonas bisher überhaupt nicht gedacht. Bei der Vorstellung bekam er noch im Nachhinein Herzklopfen.

Die beiden blieben lange im Haus.

Inzwischen hielt unten auf der Straße ein weiteres Polizeifahrzeug. Ein Kleinbus. Gedämpftes Stimmengewirr wehte herauf. Drei neue Polizisten kamen zielstrebig nach oben.

Sie hatten eine Rolle rotweißes Absperrband und einen Alukoffer dabei. Offensichtlich waren sie von ihren Kollegen in der Villa heranbeordert worden, nachdem sich Jonas' Meldung als zutreffend erwiesen hatte.

Die Maschinerie rollte an.

»Herr Wiesenburg? Kommen Sie bitte mit nach unten?« Das kam von einem der Neuankömmlinge.

Jonas folgte ihm hinunter zur Straße.

Der Polizist öffnete die Schiebetür des Kleinbusses und deutete in das Innere des Wagens, in dem zwischen zwei Sitzbänken ein weißer Tisch eingebaut war. »Nehmen Sie bitte kurz Platz.«

Jonas folgte der Anweisung und setzte sich in das geräumige Fahrzeug. Sein uniformierter Begleiter zog die Tür von außen zu, blieb aber in der Nähe stehen.

Dass *kurz* in dieser Situation ein anderes Wort für *lang* war, wusste Jonas inzwischen. Also stellte er sich auf eine entsprechende Wartezeit ein.

Draußen begann sich der Streifen neben der Fahrspur allmählich zu füllen. Weitere Wagen trafen ein, jetzt waren es vorwiegend Zivilfahrzeuge, und auch der weiße Bus der Spurensicherung kam irgendwann dazu.

Die schiere Menge an Menschen hatte etwas Beruhigendes. Sie nahm dem düsteren, verwilderten Ort etwas von seiner bedrückenden Macht.

Es schien eine kurze Auseinandersetzung darüber zu geben, von welchem Ort aus das Gelände ab jetzt betreten werden sollte. Jonas konnte an den Mienen und Gesten der Kriminaltechniker ablesen, wie unerfreut sie darüber waren, dass alle über den Mauersims kletterten, den Ehl, und vielleicht auch der Täter, benutzt haben konnten.

Irgendwann wurde das alte Flügeltor geöffnet; wahrscheinlich hatte man den Verwalter des Grundstücks ausfindig gemacht.

Draußen herrschte jetzt eine ruhige, aber stete Betriebsamkeit. Ein Alltagsgeschäft, auf seine makabre Weise. Jonas fiel auf, dass sich immer ein Polizist in seiner Nähe aufhielt.

Man behielt ihn im Blick.

Es war ihm egal.

Jonas schloss die Augen. Vielleicht war alles, was da draußen passierte, nur ein Traum, der sich in Luft auflöste, sobald er die Augen nach einiger Zeit wieder öffnete. Doch so sehr er sich auch bemühte, er konnte die Gedanken nicht vertreiben. Und alle drehten sich nur um ein Bild: einen Leichnam mit einem Pfeil in der Stirn.

Plötzlich öffnete sich die Seitentür des Polizeibusses.

»Guten Morgen, Herr Wiesenburg.«

Jemand nahm auf der gegenüberliegenden Sitzbank Platz.

Jonas schlug die Augen auf.

Es war Anne Vareel.

35

Nach dem Regenfilm zu urteilen, der sich auf den Schultern ihres Mantels gebildet hatte, war die Kommissarin schon eine Weile vor Ort. Jonas hatte sie in dem Gewimmel rund um den Bus nicht bemerkt.

»Ich höre«, kam Anne Vareel sofort zur Sache. Jonas gewann fast den Eindruck, sie sei ärgerlich darüber, dass er Ehl gefunden hatte.

Weil sie es nicht für einen Zufall hielt.

Jonas berichtete ihr ausführlich von seinem grausigen Fund. Die Vorgeschichte ließ er erst mal weg, aber damit kam er nicht weit.

»Herr Wiesenburg, was hatten Sie heute Morgen auf dem Grundstück zu suchen?«, fragte Anne Vareel, und in ihrer Stimme lag jene zielstrebige Strenge, die der Student schon kannte.

»Ich wollte mir das Gelände anschauen.« Jonas würde nicht umhinkommen, ihr die Wahrheit zu sagen. Die Polizisten da draußen hatte er noch mit Allgemeinplätzen abspeisen können, von wegen, er sei zu Gast in der Stadt und hätte sich für die verwunschenen Ruinen interessiert. Aber Anne Vareel wollte klare Antworten. Deshalb fügte er hinzu: »Weil Wilko Ehl gestern auch hier gewesen ist.«

»Woher wissen Sie das?«

»Ich habe ihn zufällig gesehen. Gestern Abend. Als er hier rübergelaufen ist.« Er musste nicht einmal lügen. Dass er Ehl beobachtet hatte, war nicht geplant gewesen.

»Was fanden Sie daran so interessant?«

»Er hat sich irgendwie verdächtig benommen. Sich immer wieder umgesehen. So, als hätte er Angst, beobachtet zu werden.«

»Interessieren Sie sich für jeden, der sich ein paar Mal umsieht, wenn er über eine Kuhwiese geht?«, fragte die Kommissarin lakonisch.

Na klar, wir sind hier in Thüringen!, wollte Jonas schon gereizt zurückgeben, aber der Ernst der Situation hielt ihn zurück. Stattdessen sagte er: »Es war wegen dem Foto.«

»Welches Foto?« Anne Vareel wurde plötzlich hellhörig.

»Ein Foto von Fenja. Nackt. Nachts heimlich durch ihr Fenster fotografiert, als sie sich umgezogen hat. Ich habe es in der Werkstatt gefunden. Genau unter dem Schrank von Wilko Ehl.«

»Aha. Und wo ist das Foto jetzt?«

»Er hat es verschwinden lassen.«

»Ach. Ich dachte, Sie hätten das Foto gefunden?«

»Ich habe es nur gesehen. Später war es weg«, versuchte Jonas die Auseinandersetzung mit Ehl zu umschiffen. Ob er damit lange durchkommen würde, wusste er nicht. Aber fürs Erste wollte er seine Salamitaktik beizubehalten. Bisher hatte er nicht gelogen.

Einer der Kriminaltechniker in einem weißen Ganzkörperanzug, der sich schon eine Weile unentschlossen vor dem Fahrzeug herumgedrückt hatte, klopfte jetzt behutsam gegen das Fenster und deutete der Kommissarin mit einer Geste an, dass sie draußen gebraucht wurde.

Anne Vareel sah auf die Uhr, dann sagte sie: »Darüber reden wir noch. Ich muss jetzt wieder raus. Herr Poppe nimmt Sie nachher mit hinüber in die Dienststelle. Ist das für Sie in Ordnung?«

»Ja. Ich habe nichts weiter vor.« Jonas hatte das sichere Gefühl, dass ihm kaum eine andere Wahl blieb. Außerdem wollte er das unangenehme Gespräch mit der Polizei so schnell wie möglich hinter sich bringen.

Diesmal war es ein schmuckloser, kleiner Raum mit nicht viel mehr als einem Tisch und drei Stühlen. Ein Vernehmungszimmer, dachte Jonas. Ein unangenehmer, purer Ort. Nichts, was einen ablenken konnte. Nichts, was einem Halt gab.

Die Fahrt nach Rudolstadt war kurz und wortkarg gewesen, wie immer, wenn er mit Kriminalhauptmeister Poppe unterwegs war, aber immerhin hatte ihm der junge Kripo-Beamte verraten, dass es bei der Suche nach Fenja noch keine entscheidenden Fortschritte gab. Also auch keine schlimmen Nachrichten. Keine von all den grausamen Möglichkeiten, die Jonas seit Tagen aus seinem Kopf zu verbannen versuchte. Sonst wäre er verrückt geworden. Und unfähig, etwas zu tun. Noch war alles offen.

Im Kommissariat hatte er lange warten müssen.

Jetzt saß er hier, gegenüber von Anne Vareel und ihrem älteren Kollegen Gernot Grosch, in diesem kargen Raum.

Die Kommissare hatten aufgerüstet. Zwischen ihnen und Jonas stand ein kleiner Tonrecorder auf dem Tisch, der die gesamte Vernehmung aufzeichnete.

Zuerst hatten sie ihn gebeten, noch einmal in aller Ausführlichkeit zu beschreiben, wie er heute Morgen den toten Wilko Ehl gefunden hatte. Dabei war die Erinnerung an diesen schrecklichen Moment wieder auf brutale Weise plastisch geworden.

Jonas konnte nicht ahnen, dass das der angenehmere Teil des Gesprächs gewesen war.

»Herr Wiesenburg, bitte wiederholen Sie jetzt noch einmal genau, warum Sie heute Morgen auf das Grundstück des Sanatoriums Sommerstein gegangen sind«, fragte Anne Vareel am Ende seiner Schilderung.

»Wie ich schon gesagt habe: Ich hatte Herrn Ehl gestern Abend zufällig beobachtet. Er ist zu dem Gelände geschlichen. Das fand ich merkwürdig. Heute wollte ich nachschauen, was dort los ist.« Jonas berichtete zum zweiten Mal von seinem Verdacht gegen Ehl und von dem Foto, das er unter dessen Umkleideschrank gefunden hatte. Dabei versuchte er sich genau an das zu halten, was er der Kommissarin heute früh erzählt hatte.

Trotz der Tonaufzeichnung machten sich die Polizisten Notizen. Gedankenstützen. Munition für das Gespräch.

Dann wurde der Wind eisig.

»Ist das alles, was Sie uns dazu mitzuteilen haben?« Die Stimme der Kommissarin enthielt einen warnenden Unterton. So, als wisse sie etwas, von dem sie nun erwartete, dass der Delinquent es von selbst beichtete. Worauf wollte sie hinaus?

»Ja. Das ist alles«, antwortete Jonas.

»Dann erzählen Sie uns bitte, woher die Verletzung an Ihrem Kopf stammt.«

An die blöde Beule hatte er schon gar nicht mehr gedacht. Jonas spürte sie nicht einmal mehr. Schon wollte er sich eine passende Geschichte ausdenken, aber in den Gesichtern der beiden Kommissare sah er ein erwartungsvolles Funkeln. Heute früh hatte die Kommissarin noch keine Ahnung gehabt. Aber mittlerweile wussten sie Bescheid! Klar. Nach der Sache mit Ehl hatten sie wahrscheinlich als Erstes mit Direktor Richwien gesprochen.

Also räumte er ein: »Ich hab sie von Wilko Ehl. Es gab ein kleines Gerangel, als ich das Foto entdeckt habe.«

»Ein kleines Gerangel? Interessant. Wir haben Zeugenaussagen, die von einer schweren tätlichen Auseinandersetzung sprechen«, mischte sich Grosch in die Befragung.

»Er hat mich angegriffen, als ich das Foto von Fenja aufheben wollte. Ich wusste überhaupt nicht, wie mir geschieht.« Schon wieder musste sich Jonas rechtfertigen.

»Auch dazu gibt es andere Auffassungen.«

»Aber es war so. Ehl wollte mich fertigmachen. Der hätte mich fast umgebracht, wenn Jäckel nicht dazwischengegangen wäre!«, rief der Student aufbrausend.

»Und dann ist er auch noch Ihrer Freundin nachgestiegen. Das konnten Sie nicht auf sich sitzen lassen …«, spann Grosch den Faden für den Studenten weiter.

»Was?«, fragte Jonas perplex.

»Worum ging es bei der Auseinandersetzung, die Sie vergangen Freitag mit André Benedikt in der Gaststätte Pappenheimer hatten?«, wechselte Anne Vareel plötzlich das Thema.

»Was für eine Auseinandersetzung?«

»Oben. Auf dem Gang zu den Toiletten. Sie wurden beobachtet.«

»Benedikt? Der hat doch nur rumgesponnen. Dass Fenja alle Leute anmachen würde. Völliger Quatsch!«, gab Jonas zurück.

»Und da sind Sie natürlich ganz cool geblieben?« Grosch.

»Wie bei Wilko Ehl?« Vareel.

»Und Ihre Freundin? Hatte die auch einen Denkzettel verdient?« Grosch.

Die Fragen folgten schnell aufeinander.

Die beiden Kommissare nahmen ihn in die Zange.

Jonas rann der Schweiß von der Stirn.

»Das ist doch alles Schwachsinn!«, schrie er laut.

Dann herrschte Schweigen.

»Herr Wiesenburg, sind Sie ein eifersüchtiger Mensch? Werden Sie so richtig sauer, wenn sich jemand an Ihre Freundin heranmacht?«, fragte Grosch in die Stille hinein.

»Wieso …?« Jonas wusste nicht mehr, wie ihm geschah. Was wollten die nur von ihm?

Die Kommissarin wechselte einen Blick mit Grosch, dann sah sie kurz auf ihre Notizen und übernahm mit ruhiger Stimme die Gesprächsführung: »Jonas, sind Sie Wilko Ehl gestern Abend zum Sommerstein gefolgt?«

Jonas. Das klang so vertraut. So verständnisvoll. Der Student wurde vorsichtig. Verdächtigten sie ihn etwa ernsthaft, Ehl umgebracht zu haben? »Nein«, antwortete er.

»Warum nicht? Wenn Sie doch unbedingt wissen wollten, was er dort auf dem Gelände treibt.«

»Es wurde schon dunkel.«

»Das hat Herrn Ehl auch nicht abgehalten.«

»Außerdem war ich verabredet.«

»Aha. Mit wem denn?« Die Kommissarin blickte überrascht auf.

»Kathi.« Jonas gewann allmählich seine Selbstsicherheit zurück. Sie hatten es versucht. Aber er hatte sich nichts vorzuwerfen.

»Hat Kathi auch einen Nachnamen?«, fragte Anne Vareel weiter.

»Mayer, glaube ich.«

»Kathi Mayer aus den Feengrotten?«, wollte die Kommissarin wissen. »Warum waren Sie verabredet?«

»Eine neue Flamme?« warf Grosch hinterher, wurde aber von einem strengen Blick der Kommissarin ausgebremst.

»Sie ist eine Freundin von Fenja. Wir haben über André Benedikt gesprochen. Fragen Sie sie selbst«, antwortete Jonas ruhig und sah dabei ausschließlich die Kommissarin an, der er immer noch mehr vertraute als Grosch. Obwohl ihm klar war, dass hier bewusst mit verteilten Rollen gespielt wurde.

»Das werden wir«, sagte Anne Vareel. »Können Sie uns sagen, von wann bis wann genau Sie mit Frau Mayer zusammen waren?«

»Wilko Ehl habe ich kurz nach sechs gesehen. Kathi kam zwei, drei Minuten später. Wir sind dann mit dem Bus nach Saalfeld in den Pappenheimer gefahren. Irgendwann ist sie nach Hause gegangen, und ich bin noch geblieben, ich glaube bis halb zwölf. Der Wirt kann das bestätigen. Zurück bin ich gelaufen. Kurz nach Mitternacht war ich wieder in meinem Zimmer.«

Anne Vareel und Gernot Grosch sahen sich an. Obwohl sie versuchten, cool zu bleiben und ihr Pokerface aufrechtzuerhalten, bemerkte Jonas eine winzige Spur von Ratlosigkeit.

Aha. Vermutlich brachte sie das Alibi aus dem Konzept. Vielleicht deckte es sich mit der Zeit, zu der Wilko Ehl ermordet wurde. Dann wäre er aus dem Schneider.

»Kümmerst du dich mal schnell?«, bat die Kommissarin jetzt ihren Kollegen, und der verschwand aus dem Zimmer.

Tatsächlich rechnete Anne Vareel gerade nach. Wenn sich die Angaben des Studenten bestätigten, kam er als Täter nicht infrage. Die Gerichtsmedizinerin vom Universitätsklinikum in Jena hatte als wahrscheinlichen Todeszeitpunkt die Spanne zwischen siebzehn und einundzwanzig Uhr am gestrigen Abend angegeben. Vorbehaltlich weiterer Untersuchungen natürlich. Aber Wilko Ehl hatte die Feengrotten nach ersten Aussagen von Mitarbeitern tatsächlich genau um achtzehn Uhr verlassen, und wenn Jonas Wiesenburg ihm nicht gefolgt war, was Kathi Mayer natürlich noch bestätigen musste, dann konnten sie den Studenten als Verdächtigen mit ziemlicher Sicherheit auszuschließen.

Solange Gernot Grosch am Telefon erste Erkundigungen einzog, setzte Anne Vareel die Befragung alleine fort: »Warum haben Sie uns nicht über Ihren Verdacht gegen Herrn Ehl informiert?«

»Sollte ich Sie anrufen, nur weil er sich ein paar Mal umgesehen hat, als er über eine Kuhwiese gegangen ist?«, spielte Jonas auf ihre Frage im Polizeibus an.

Die Kommissarin musste schmunzeln und hoffte, der Student bemerkte es nicht. Eins zu eins. Nicht dumm, der Junge. Laut sagte sie: »Ich meine nicht gestern Abend. Ich meine, als Sie das Foto in der Werkstatt gefunden haben.«

»Ehl hat das Foto verschwinden lassen. Ich konnte nichts vorweisen. Hätten Sie mir geglaubt?«, fragte Jonas. Das war nicht als Ausrede oder Vorwurf gemeint. Er wollte es wirklich wissen.

Die Kommissarin überging die Frage. »Gibt es noch etwas, was Sie uns nicht gesagt haben?«

Jonas überlegte. »Ehl hat sich mit André Benedikt getroffen. Vor dem Supermarkt, letzten Samstag.«

»Ist das so ungewöhnlich?

»Sie haben gefragt.«

»Was haben die beiden gemacht?«

»Ich weiß es nicht. Ehl ist kurz zu Benedikt ins Auto gestiegen. Dann ist er abgehauen.«

Die Kommissarin machte sich eine kurze Notiz. Dann fragte sie: »Und was tun Sie hier den ganzen Tag, wenn Sie nicht gerade Mitarbeiter der Feengrotten verfolgen?«

»Ich recherchiere. Im Stadtarchiv. Historische Sachen.«

»Lassen Sie mich raten. Über die Feengrotten?«

»Ja.«

»Was soll das bringen?«, fragte Anne Vareel skeptisch.

Jonas sah sie an. »Ich versuche, Fenja zu finden. Auf meine Weise.«

In diesem Moment kam Gernot Grosch zurück ins Zimmer. Er setzte sich und schob der Kommissarin eine Notiz zu. Sie überflog die Zeilen, nickte und wandte sich wieder an Jonas: »In Ordnung. Sie können jetzt gehen. Aber eine Sache noch, Herr Wiesenburg.« Anne Vareel wurde noch eine Spur ernster. »Ich muss Sie eindringlich warnen. Mischen Sie sich nicht in unsere Ermittlungen ein. Damit helfen Sie Ihrer Freundin nicht.«

»Haben Sie Fenja gefunden?«, fragte Jonas provokativer, als er es beabsichtigt hatte.

Aber die Kommissarin blieb ruhig. »Nein, das haben wir nicht. Aber Sie behindern unsere Arbeit. Und im schlimmsten Fall gefährden Sie sich selbst.«

»Wenn ich im Archiv sitze?«

»Sie wissen, was ich meine.« Anne Vareel stoppte die Tonaufzeichnung, und Gernot Grosch sammelte die Notizzettel ein, die sich vor ihnen auf dem Tisch angesammelt hatten.

Jonas stand auf und zog seine Jacke an.

Zum Abschluss bat die Kommissarin: »Bitte halten Sie sich trotzdem zu unserer Verfügung.«

»Darf ich die Stadt verlassen?«, fragte Jonas zurück.

»Das können wir Ihnen nicht verbieten. Aber es wäre sehr freundlich, wenn Sie uns Bescheid geben könnten, wo wir Sie finden.«

»Morgen bin ich in Berlin.«

»Oh.« Das schien die Kommissarin zu überraschen.

»Im Archiv«, fügte Jonas mit einem schiefen Lächeln hinzu. »Das Handy habe ich dabei. Und am Abend komme ich zurück.«

36

Garnsdorf, am 24. Dezember im Jahre des Herrn 1913. Heiliger Abend. Etwas Schreckliches ist heute geschehen. Noch immer zittern meine Hände. Wenn dies kein Traum ist, war er hier. Ich habe einen alten Mann gesehen. Plötzlich stand er vor mir, mitten in der großen Halle. Als das scharfe Gleißen seines Grubenlichts etwas verflogen war, erkannte ich den Mann. Diese Augen könnt' ich nie vergessen. Mit einem Herzschlag kam mein ganzes armes Leben draußen in der Welt zurück. Vor mir stand mein Sohn!

Als ich ihn erblickte, rissen Sehnsucht und Vermissen mich in ihren Bann. »Wilhelm«, habe ich gerufen. Oder nur gehaucht. Denn meine Stimme war seit vielen Jahren ohne Sinn. Nun floss das pure Glück durch meine Adern. Doch wie schrecklich war der Augenblick, als er mich dann erkannte. Außer sich vor Angst und ohne Glauben stierte er zu mir herüber. Blieb in Starre stehen, bis er endlich schrie und weinend um sich schlug. Bevor ich noch versuchen konnte, ruhig auf ihn einzusprechen, oder ihn gar sanft in meinen Arm zu nehmen, war er in wilder Panik schon in seinen Gang zurückgekrochen. Er wimmerte und schrie auf seiner Flucht, als wähnte er ein wildes Tier auf seinen Fersen. Als ich dann meinen eignen Schrecken überwunden hatte, war er schon unerreichbar fort im Labyrinth des Berges. Ganz entfernt noch hörte ich die aufgewühlten Schritte hallen. Dann war der ganze Spuk vorbei. Hab ich das alles nur im Wahn erdacht? Doch schien es mir so klar. So unausweichlich. Nun ist es wieder still im Berg. Ich bin allein, wie all die Jahre auch. Mit Tränen in den Augen blicke ich mich in dem Quellsee an. Als Fratze grinst die Jugend mir entgegen. Mein Antlitz spottet meinem Alter ohne jeden Makel. Ich stand vor meinem Sohn, und er vor einem Monster.

Nun will ich die Entscheidung. Muss ihm nach, und sei der Preis auch noch so hoch. Doch als ich gehe und ihm folgen will, zwingt fürchterlicher körperlicher Schmerz mich augenblicklich nieder. Er will egal mir sein, und wenn es meine letzte Stunde soll bedeuten. Ich dringe weiter vor, doch schneidend brennt die Pein durch alle meine Glieder. Es ist, als suche diese Quelle die Entscheidung. Und sie kämpft mit Bärenkräften.

Ja, ich bin ein Feigling. Habe mich dem Schmerz am Ende doch gebeugt, und ich bin zurückgekrochen, flehend, um die Qual zu lindern, mutlos und zerstört. Ich will so nicht weiterleben. Stürze wütend und verzweifelt gegen spitzes Felsgestein. Doch außer neuem Schmerz bleibt die ersehnte Ruhe aus. Was immer ich mir tue, heilt der Berg sofort. Ich lebe hier in einem doppelten Gefängnis. Die Höhle ist die Festung, und die Zelle ist mein Kopf. Ich rette mich in quellensüße Träume. Doch wehe die Gedanken werden klar. Dann lacht mein Schicksal mich mit Häme an. Wie sehne ich Erlösung mir und Friede. Doch wird sie mir verwehrt auf gnadenlose Ewigkeit. Ich bin verzweifelt, und ich kann nichts tun. Wie wünsch ich mir den gnadenvollen Dämmer.

37

Die Dunkelheit hatte sich bereits über Garnsdorf ausgebreitet. Jonas war wieder in Hünningers Haus. Kriminalhauptmeister Poppe hatte ihm nach der Vernehmung angeboten, ihn nach Saalfeld zurückzubringen, aber Jonas war nur bis zum Rudolstädter Bahnhof mitgefahren und hatte den Zug genommen. In Saalfeld war er gelaufen. Er brauchte den langen Gang an der frischen Luft, um wieder etwas Klarheit in seinen Kopf zu bekommen. Jetzt saß er auf dem Bett in seinem kleinen Zimmer. Der Alte hatte sich nicht blicken lassen. Es war kurz vor halb acht.

Wenn er seine Verabredung mit Nils Enderlein einhalten wollte, musste er gleich wieder los. Er hatte kurz darüber nachgedacht, ob er dem netten Archivleiter absagen sollte, aber dann hatte er Angst vor den Geistern bekommen. Vor den Geistern in seinem Kopf. Immer, wenn er die Augen schloss, tauchte das Bild des toten Wilko Ehl vor ihm auf. Nur wenige Zentimeter von seinem Gesicht entfernt. Mit einem Bolzen zwischen den kalten Augen.

Nein, jede Ablenkung war ihm jetzt recht. Er musste unter Menschen sein.

Jonas verließ das Haus und ging hinauf zur Hauptstraße. Irgendwo links in der Dunkelheit, oberhalb des Ortes, schlummerte das alte Sanatorium. Jonas beschleunigte seine Schritte und versuchte, nicht hinüberzusehen. Auch wenn sie seinen Körper inzwischen weggebracht hatten; etwas von Wilko Ehl war noch dort. Der Abdruck einer bösen Erinnerung in einer verfallenen alten Villa.

Gerade als Jonas die Straße erreichte, kam der Bus. Genau wie am Abend zuvor fuhr der Student bis zum Saalfelder Markt. Der Fahrer erklärte ihm, wo sich die Gaststätte befand, die den ausgefallenen Namen »Das Loch« trug.

Der Regen hatte schon am Nachmittag aufgehört, aber die Straßen der Innenstadt glänzten noch immer feucht und schwarz im Schein der Straßenlampen. Jonas schlenderte durch die Fußgängerzone, die zwischen zwei altehrwürdigen Stadttoren lag und um diese Zeit fast menschenleer war.

Dann stand er vor dem Restaurant.

Die Fassade des jahrhundertealten Fachwerkhauses war von drei gelben Laternen beleuchtet, deren diffuser Schein neben dem großen ovalen Sandsteinportal auch eine historische Wandmalerei beleuchtete, auf der vier wilde Zecher ihre Bierkrüge in die Höhe reckten. Eigentlich nur drei von ihnen, denn einer der Kumpel war schon nicht mehr ganz so frisch. Altertümliche Lettern in einem verschnörkelten Schriftband bezeichneten den Namen der Lokalität: *Das Loch.*

Kein Zweifel, dachte Jonas. Hier bin ich richtig.

Er betrat das Haus. Gleich hinter der Eingangstür schloss sich ein langes Gewölbe an, das zugleich den ersten Gastraum bildete. Es herrschte gedämpftes Licht, Kerzen standen auf den einzelnen Tischen. Einige davon waren besetzt.

Jonas sah sich um. Nils Enderlein entdeckte er nirgendwo.

Tiefer im Haus zweigten weitere Räume ab. An den Wänden hingen alte Bilder oder Fotografien, oder sie standen auf den Steinsimsen, die sich entlang der betagten Gemäuer zogen. Alles vermittelte eine traditionelle Würde. Die Hausherren hatten einige Mühe darauf verwandt, den Charme eines mittelalterlichen Gasthauses lebendig zu halten, ohne dass die Gäste gleich mit Speckschwarten und abgenagten Knochen um sich werfen mussten.

Nachdem Jonas eine kleine Runde durch die Räume des Restaurants gedreht und den Archivleiter nicht gefunden hatte, setzte er sich an einen Ecktisch, von dem aus er den Eingang im Blick hatte.

Es war genau zwanzig Uhr.

Der Student bestellte sich ein Bier und holte sein abgegriffenes Schreibbuch aus der Tasche. Während er auf Enderlein wartete, notierte er sich in wenigen Stichworten die neuesten Ereignisse, die keineswegs erfreulich waren.

Fenja war noch immer nicht gefunden worden, und die Polizei hatte keine nennenswerte Spur.

Wilko Ehl lebte nicht mehr.

Er selbst stand bei der Kripo nach wie vor unter Verdacht. Für den Mord an Ehl hatte er ihn ausräumen können. Aber was Fenja betraf, nicht. Vor allem Grosch misstraute ihm, das hatte er heute wieder ganz deutlich zu spüren bekommen.

Sie hatten ihn nach wie vor auf der Liste.

Ein Schatten fiel auf die Tischplatte.

»Sorry für die Verspätung!«

Erschrocken sah Jonas auf. Vor seinem Platz stand Nils Enderlein. Unter dem Arm trug er eine dicke Aktentasche, und er sah blass und abgekämpft aus. »Ich hatte bis eben noch eine Beratung. Im Zunftsaal, eine Etage höher. Hat ein bisschen länger gedauert.« Enderlein hob entschuldigend die Schultern. »Ich bin schon früher rausgegangen. Die anderen sitzen immer noch.« Mit einem Seufzer ließ sich der Historiker auf einem Stuhl gegenüber von Jonas nieder. »Das Gleiche, bitte«, bedeutete er in Richtung des Gastwirts, der gerade vorbeikam, und wies auf den Bierkrug des Studenten. Dann verriet er Jonas aufgekratzt: »Oben ist die Hölle los. Eigentlich trifft sich das Festkomitee, um die

Hundertjahrfeier zu besprechen. Aber irgendein bedauernswertes Hascherl hat heute früh in den Sommerstein-Ruinen eine Leiche gefunden. Jetzt sind die Herrschaften in heller Aufregung.«

»Ich weiß. Kein Wunder«, sagte Jonas.

»Echt? Haben Sie auch schon davon gehört?«, fragte Enderlein.

»Wenn man so will. Das bedauernswerte Hascherl war ich.«

»Oh.« Dem Historiker verschlug es die Sprache. »Das tut mir leid.«

»Ist ja nicht Ihre Schuld«, sagte Jonas und berichtete Enderlein, wie er den Toten gefunden hatte. Er hoffte, dass einiges von der schrecklichen Last von seinen Schultern fallen würde, wenn er darüber sprach.

»Da beneide ich Sie nicht«, resümierte der Leiter des Stadtarchivs schließlich. Es war ihm offensichtlich unangenehm, dass er den Studenten auf den Mord angesprochen hatte, und er wechselte das Thema: »Um zu etwas Erfreulicherem zu kommen – Sie sind in unserer alten Hutschachtel also fündig geworden? Ich platze vor Neugier!«

»Ja«, antwortete Jonas. »Erst sah es gar nicht danach aus, aber dann habe ich die Sache mit der ominösen Erkundung entdeckt.« Jonas berichtete dem Historiker noch einmal ausführlich, wie er die sechs Wochen lange Lücke im Betrieb der Feengrotten aufgespürt hatte. Dann fragte er Enderlein: »Haben Sie eine Ahnung, was Berliner Chemiker und Mediziner 1944 im Bergwerk gesucht haben könnten?«

»Das ist in der Tat merkwürdig. Ich habe vorher nie davon gehört.« Enderlein prostete Jonas kurz zu und nahm einen Schluck Bier. »Da sind Sie echt auf eine kleine Sensation gestoßen. Seit Sie mir die Sache gestern am Telefon erzählt haben, zerbreche ich mir den Kopf, wer darüber vielleicht noch etwas wissen könnte.« Enderlein deutete mit dem Finger zur Decke des Gastraumes. »Ich dachte, Doktor Richwien. Der sitzt oben in der Runde. Ein passionierter Hobby-Historiker, der Gute. Zumindest was seine Feengrotten betrifft. Ich hab ihn vorhin gleich mal gefragt.«

»Oh.« Jonas war es unangenehm, dass der Archivleiter ausgerechnet den Feengrottendirektor angesprochen hatte.

»Leider Fehlanzeige. Er hat auch keine Idee.« Enderlein spürte das Unbehagen des Studenten und beruhigte ihn: »Ich habe schon gehört, Sie sind nicht so gut aufeinander zu sprechen. Aber ich hatte nicht den Eindruck, dass er Ihnen Steine in den Weg legen würde, wenn er Ihnen helfen könnte. Er ist ein sehr korrekten Mann.«

Ein korrekter Mann. Das hatte Jonas schon einmal gehört.

Er wollte das Thema Richwien nicht unbedingt vertiefen, deshalb fragte er: »Haben Sie denn eine Hypothese, was 1944 in den Feengotten passiert sein könnte? Was so geheim war, dass keinerlei Unterlagen darüber existieren?«

Enderlein schwieg eine Weile. Dann sagte er: »Ich denke, es gibt nur eine Möglichkeit. Es muss mit dem Heilwasser zusammenhängen.« Er ließ eine kurze Pause entstehen, dann fuhr er fort: »Sehen Sie, ich habe im Studium viel über das Dritte Reich gearbeitet. Ich bin mir sicher, wenn sogar das Berliner Reichsgesundheitsamt beteiligt war, dann hatte die Sache eine gewisse Bedeutung. Um diese Zeit gab es nur ein großes Thema, dem alles untergeordnet wurde. Und das war der Krieg.« Enderlein sah Jonas an. »Wenn Sie mich fragen, haben sie das Heilwasser untersucht. Ob es für die Front taugt. Oder für die Lazarette. Damals gab es die verrücktesten Ideen, die Wehrkraft zu erhöhen. Lauter angebliche Wunderwaffen. Die Generalität war verzweifelt. Sie brauchte Erfolge, egal wie.«

»Glauben Sie, dass man dabei einen Zugang zu dem alten Bergwerk entdeckt hat? Zu einer vierten Sohle?«, kam Jonas auf den Kern seiner verzweifelten Suche.

»Jonas, wenn ich ganz ehrlich sein soll – ich glaube, es gibt keine vierte Sohle.« Enderlein versuchte, seine Worte mit Bedacht zu wählen. »Vielleicht haben sie 1944 wirklich danach gesucht. Nach neuen Quellen. Größerer Ausbeute. Aber sehen Sie, ich bin mir sicher, dass so eine Entdeckung publik gemacht worden wäre. Irgendwann. Spätestens nach dem Krieg. Aber es gibt nichts, was darauf hindeutet.«

Plötzlich wurde es laut in der Gaststätte. Ein Pulk von Leuten kam heftig diskutierend die Treppe heruntergelaufen und durchquerte den Gastraum in Richtung Ausgang. Alle trugen Jacken und Mäntel, und viele hatten Mappen und Ordner unter ihren Armen klemmen.

Die Jubiläums-Kommission. Ungefähr zwanzig Personen. Die Sitzung war zu Ende.

Einige nickten Enderlein, der bis vorhin noch mit ihnen zusammengesessen hatte, flüchtig zu.

Plötzlich entdeckte der Student Richwien und Benedikt. Sie liefen in der Mitte der Gruppe und unterhielten sich intensiv über etwas, das Jonas nicht verstehen konnte. Dann bemerkten sie Nils Enderlein und kurz darauf auch ihn.

Während sich André Benedikt sofort abwandte, so, als wären die beiden Luft, schien Richwien für einen kurzen Augenblick überrascht, sie zusammensitzen zu sehen.

Dann war der Pulk zur Tür hinaus.

Nils Enderlein sah auf seine Uhr. »Ich muss leider auch«, sagte er, legte seine Geldbörse auf den Tisch und winkte dem Gastwirt zu, der sofort herbeigeeilt kam. »Es tut mir leid, dass ich Ihnen nicht wirklich helfen konnte.«

»Sie haben mir schon sehr geholfen«, bedankte sich Jonas. »Mir geht das Heilwasser auch nicht aus dem Kopf. Irgendetwas ist damit.«

»Sie kennen die Legende vom Mann im Berg?«, fragte der Wirt, der die letzten Sätze der beiden mitbekommen hatte, und nickte zu einer Stelle an der Wand hinter dem Studenten.

»Nein«, antwortete Jonas verwundert und folgte dem Blick.

Auf einem Sims entlang der Mauer standen mehrere gerahmte Bilder. Zwischen historischen Darstellungen der Gastwirtschaft und einigen Saalfeld-Motiven lehnte ein Rahmen mit einer alten Federzeichnung. Sie war sehr schlicht gehalten, fast schon stilisiert, einem Holzschnitt nicht unähnlich. Das Bild berührte Jonas auf merkwürdige Weise. Es zeigte einen Mann inmitten einer Höhle. Er war jung, doch seine Gestalt stand gebeugt. Als trüge er eine schwere, unsichtbare Last. Vor ihm, im Fels, entsprang ein kleiner Quell. Die Höhle lag im Herzen eines Berges. Einen Ausgang hatte sie nicht.

»Nach einer alten Legende gab es tief im Inneren der Saalfelder Berge eine verzauberte Quelle«, begann der Gastwirt einen Vortrag, den er wahrscheinlich öfter hielt. »Keiner wusste, wo sie war. Aber es hieß, wer sie fand und davon trank, der bliebe ewig jung. Aber das Wunder hatte seinen Preis. Der Berg ließ einen nie mehr los. Wer einmal von dem Wasser gekostet hatte, musste fortan gefangen im Felsen leben, bis ans Ende der Zeit.« Der Kneipier zwinkerte Jonas grinsend zu und deutete auf das Bild. »Die Saalfelder lieben schaurige Geschichten. Künstler und Dichter greifen sie immer mal wieder auf. Es ist die Legende vom Wasser des Lebens. Und von dem armen Schwein, das es gefunden hat.« Dann steckte er den Schein ein, den ihm der Archivleiter mit einem Stimmt-so-Nicken überreicht hatte, und sagte gut gelaunt: »Danke, die Herren, für den Besuch. Und beehren Sie uns bald wieder.« Und schon war er am nächsten Tisch.

»Was halten Sie davon?«, fragte Jonas seinen Begleiter.

Enderlein lachte vergnügt auf. »Fragen Sie mich als Historiker? Oder als Saalfelder?«

»Gibt's da einen Unterschied?«

Beide lachten.

»Eine schauerlich-schöne Vorstellung«, sagte Enderlein mit Blick auf die alte Federzeichnung. Dann drehte er sich wieder zu Jonas um und fragte interessiert: »Und wie wollen Sie jetzt weitermachen?«

»Morgen fahre ich ins Bundesarchiv. Vielleicht findet sich dort eine Spur.«

»Nach Berlin?« Enderlein war erstaunt. »Wie haben Sie da so schnell einen Termin bekommen?«

»Ich kenne jemanden. Der kann mir ein paar Türen öffnen. So wie Sie«, antwortete Jonas, und er gab Enderlein zum Abschied die Hand. »Morgen Abend bin ich schon wieder zurück.«

»Da machen Sie einen alten Historiker aber neidisch«, lachte Enderlein. »Ich wünsche Ihnen viel Glück. Heben Sie die Fachwelt aus den Fugen!«

»Danke, ich gebe mein Bestes.«

Und das meinte Jonas wörtlich.

38

Als der Expresszug am späten Freitagvormittag die Stadtgrenze von Berlin erreichte, erfasste Jonas eine kribbelige Aufregung. In einer Stunde erwartete ihn Schorsch im Bundesarchiv. Dort war er der Historiker Dr. Heiliger.

Die Zeit wurde langsam knapp. Heute vor einer Woche war Fenja verschwunden. Verletzt und ohne jede Spur. Auf der dreistündigen Zugfahrt hatte sich Jonas noch einmal Mut gemacht. Auch wenn niemand außer ihm an das geheimnisvolle Bergwerk glaubte, er würde nicht aufgeben. Die Polizei suchte Fenja wahrscheinlich im ganzen Land. Ihm blieb nur der Berg. Und die Spuren, die hineinführten. Die merkwürdige Geschichte von 1913, vom Schicksal des alten Bergmanns Wilhelm Brunner. Und ein blinder Fleck von sechs Wochen in der Jahresbilanz von 1944.

Unterwegs hatte er Ludwig Degglinger angerufen, seinen betagten Professor an der Jenaer Universität. Offiziell, um sich noch etwas Zeit zu verschaffen, denn in der nächsten Woche begann das neue Semester. Aber auch, weil er sich eine Rückenstärkung erhoffte. Einen Schwung Unverzagtheit gegen die Skeptiker, von denen er manchmal selbst der Größte war. Und wie immer hatte ihn der alte Degglinger nicht enttäuscht. Viel erklären musste Jonas nicht. Die Polizei war schneller gewesen und hatte die halbe Uni auf den Kopf gestellt. Nach Fenja gesucht. Und nach ihm gefragt. Der Professor hatte mit seinem Anruf gerechnet.

»Betrachten Sie Ihre Suche ab jetzt als meinen persönlichen Studienauftrag«, hatte Degglinger die Frage nach möglichen

Fehlstunden mit seinem unvergleichlichen Sinn für Pragmatismus vom Tisch gewischt. »Mehr Sachbezug kann ja wohl keiner von Ihnen verlangen. Was Sie da gerade tun, ist Ihre größte Prüfung, das wissen Sie selbst. Aber von mir bekommen Sie nur dann die volle Punktzahl, wenn Sie mit einem anständigen Ergebnis hier in meinem Büro erscheinen. Und dieses Ergebnis heißt Fenja Wolff.« Dann fügte der Professor in einer schnoddrigen Art hinzu: »Und jetzt verplappern Sie keine Zeit. Sie haben zu arbeiten.« Auch wenn es für einen Außenstehenden nicht diesen Anschein gehabt hätte – Jonas wusste, dass in diesen Worten mehr Mitgefühl lag als in jeder salbungsvollen Rede.

Als der Zug in den langen Tunnel zum Berliner Hauptbahnhof einfuhr, stand Jonas schon ungeduldig am Ende des Waggons. Was würde der heutige Tag bringen? Er betrachtete sein abgespanntes Gesicht in der schwarzen Scheibe der Tür, bevor es vom Neonlicht des unterirdischen Bahnsteigs beiseitegewischt wurde.

Obwohl er nicht das erste Mal in Berlin war, dauerte es eine Weile, bis er sich in dem mehrstöckigen Glasbau des Bahnhofs zurechtgefunden hatte. Dann nahm er eine S-Bahn von einem der oberen Bahnsteige und ließ sich durch die quirlige Hauptstadt fahren, zuerst zum Bahnhof Friedrichstraße und dann in südöstlicher Richtung bis nach Lichterfelde. Das letzte Stück der Strecke legte er in einem der berühmten gelben Doppelstockbusse zurück. Nach vierzig Minuten stand Jonas vor dem Eingangstor des Bundesarchivs in der Finckensteinallee.

Noch ehe er sein Smartphone aus der Jackentasche gefischt hatte, um anzurufen, winkte ihm schon ein gut gelaunter Georg Heiliger von der breiten Zufahrt entgegen, die links und rechts von zweistöckigen Backsteingebäuden eingefasst war.

»Willkommen in Berlin«, grüßte der Historiker.

»Hallo Schorsch«, erwiderte Jonas mit einem breiten Grinsen.

»Dein Zug scheint ja pünktlich gewesen zu sein«, stellte sein Gastgeber mit einem Blick auf die Armbanduhr fest.

»Ist das so ungewöhnlich?«, fragte Jonas, der selten Bahn fuhr. Heiliger warf ihm einen spöttischen Blick zu, verkniff sich aber eine Antwort.

Der Student folgte dem Historiker über das weitläufige Gelände. Die übergroße Mehrzahl der großen, quaderförmigen Gebäudekomplexe aus roten Ziegeln konnten ihre vormalige militärische Nutzung nicht verhehlen; zu unterschiedlichen Zeiten waren hier eine preußische Kadettenanstalt, die Leibstandarte Adolf Hitler und ein Stützpunkt des amerikanischen Militärs untergebracht gewesen, wie Jonas bei einem früheren Besuch erklärt worden war; und jede Epoche hatte ihre architektonischen Spuren hinterlassen. Ein neuer Magazinbau, der aus einem riesigen, lachsroten Würfel bestand, war durch Glasgänge mit einigen der alten Gebäude verbunden. Darauf hielt Jonas' Begleiter zu, bog dann aber in einen der historischen Seitenflügel ab.

»Mein neues Büro«, verkündete er stolz, nachdem sie einen schmalen, hohen Raum im ersten Stock erreicht hatten. Tatsächlich war er nicht größer oder schöner als Schorschs altes Arbeitszimmer, das Jonas von einem früheren Besuch her kannte.

»Näher am Magazin«, erläuterte Heiliger, der den skeptischen Blick des Studenten bemerkt hatte, und er betonte es so, als wäre das ein unschlagbarer Vorteil. Ohne zu fragen goss er zwei Kaffee ein und stellte sie auf den schmalen weißen Arbeitstisch, der den Raum dominierte.

»Also«, sagte der Historiker und zog das kleine Wort so lange hin, dass es unglaublich bedeutsam klang. »Ich habe tatsächlich etwas gefunden.« Damit holte er eine dünne grüne Dokumentenmappe aus einem Aktenregal und legte sie ungeöffnet auf der Tischplatte ab. Dann setzte er sich wieder.

»Zucker?«, fragte er und deutete auf eine angerissene Packung Würfelzucker, die weit außerhalb ihrer Reichweite auf dem Fensterbrett stand. Dabei grinste er und genoss es, die Offenbarung noch ein wenig hinauszuzögern.

»Nein. Nun spann mich nicht so lange auf die Folter«, gab Jonas ungeduldig zurück.

»Also«, begann Heiliger jetzt, und diesmal klang es sachlich und konkret, »ich habe gestern und heute schon ein bisschen recherchiert, was deine geheimnisvollen Wissenschaftler betrifft. Die drei Männer, von denen du gesagt hast, dass sie 1944 in Saalfeld dabei waren. Eine sehr merkwürdige Truppe!« Er schlug die Mappe auf, in der einige Computerausdrucke lagen. »Der Erste. Doktor Franz Rösselt. Er ist tatsächlich Chemiker. War lange Jahre ein kleiner, aber linientreuer Angestellter in einem Labor, das Nahrungsmittel im Auftrag der 1935 gegründeten Deutschen Gesellschaft für Ernährungsforschung untersucht hat. Eigentlich ein kleines Licht. Dann, im Februar 1944, wird er plötzlich dem unrühmlichen Reichsgesundheitsamt unterstellt. Von heute auf morgen, ohne Angabe von Gründen. Und, was noch seltsamer ist, auch ohne Angabe seines zukünftigen Aufgabengebiets. Ein reiner Verwaltungsakt.«

»Merkwürdig. Das ist ja erst kurz vor seiner Reise nach Saalfeld«, warf Jonas ein.

»Und das Merkwürdigste ist, dass es deinem Doktor Schorr genauso ergangen ist«, spann Heiliger den Faden weiter. Er blickte kurz auf seine Computerausdrucke. »Neidhardt Schorr war Arzt für Innere Medizin mit Schwerpunkt Blutkrankheiten. Hat in verschiedenen Berliner Krankenhäusern gearbeitet, seit 1941 an der Charité. Das zeugt von einer gewissen Qualifikation, aber auch er war keine schillernde Persönlichkeit. Eher ein unauffälliger, stiller Arbeiter. Und auch er wird im Februar 1944 ohne ersichtlichen Grund zum Reichsgesundheitsamt versetzt.

Dort verliert sich seine Spur, bis er bei dir in Saalfeld wieder auftaucht.«

»Und dann?«, fragte Jonas. »Was ist nach den sechs Wochen in den Feengrotten mit ihnen passiert?«

»Das ist ja das Komische. Spätestens ab dem Herbst 1944 tauchen sie in den Personalakten ihrer ursprünglichen Arbeitsstellen wieder auf. Als wäre nichts geschehen. Und über ihren Aufenthalt in Saalfeld findet sich nirgendwo auch nur der kleinste Vermerk.«

»Das gibt's doch nicht!«, entfuhr es Jonas. »Enden denn alle verdammten Spuren im Sand?«

»Nicht so ungeduldig, junger Kollege«, mahnte Heiliger, und dabei hatte er ein schalkhaftes Blitzen in seinen Augen. »Einen haben wir noch. Der geheimnisvolle Dritte. Und der ist der Spannendste. Über den habe ich nämlich am wenigsten.«

»Was heißt das?« Jonas war verwirrt.

»Das heißt, dass er ein wichtiger Mann sein könnte.« Der Historiker zog die zwei untersten Blätter aus der Mappe und legte sie obenauf. Einen Computerausdruck. Und ein vergilbtes Formular, das deutlich älter sein musste. »Armin von Hagenburg. Adlig, wie man unschwer erraten kann. Er ist ein studierter Ingenieur, muss dann aber irgendeine Art von politischer Karriere gemacht haben. Obwohl er kein Militär war, trug er einen Dienstrang der SS. Standartenführer, was ungefähr einem Oberst gleichkam. Seine Qualifikationen bleiben im Dunkel. Aber er muss eine wichtige Funktion innegehabt haben. In deinem Saalfelder Meldebogen stand Sonderverwalter. Das ist nicht ganz richtig.« Mit einer bedeutungsvollen Geste holte Heiliger den vergilbten Papierbogen nach oben. »Ich habe diese Vollmacht gefunden. Vom zehnten April 1944. Darin ist er Sonderbeauftragter der Reichsregierung.«

»Das heißt?«, fragte Jonas.

»Was sein Auftrag war, steht hier nicht. Aber der Brief ist ein Persilschein von ganz oben.«

»Und was nützt uns das?«

»Nichts.« Heiliger lächelte geheimnisvoll. »Nichts ohne diese kleine Notiz hier unten am Rand.« Er zeigte auf einen blassen Schriftzug, den man leicht übersehen konnte. »Eigentlich sind es nur zwei Wörter, die dort jemand mit Bleistift hingeschrieben hat.« Der Historiker ließ noch einmal eine kleine Spannungspause entstehen. Er wollte seinen Triumpf auskosten. Dann las er vor: »Operation Mercurius«.

Eine Weile saßen beide schweigend da. Jonas war aufgewühlt, weil diese Notiz endlich eine konkrete Spur sein konnte. Wenn sie überhaupt mit dem Aufenthalt in Saalfeld zu tun hatte. Aber die zeitliche Nähe konnte fast kein Zufall sein.

»Hast du eine Ahnung, worum es bei dieser ominösen Operation Mercurius geht?«, fragte er schließlich.

»So aus dem Stehgreif nicht«, antwortete Heiliger. »Es gab mal eine Operation Merkur, das war der Deckname für die Landung der Deutschen auf Kreta. Aber die fand schon 1941 statt. Und von Hagenburgs Vollmacht wurde erst im April 1944 ausgestellt. Ich glaube nicht, dass es da einen Zusammenhang gibt. Außerdem ist der Name lateinisch geschrieben.«

»Könnte es bei euch im Archiv etwas darüber geben?«

»Gut vorstellbar. So weit bin ich noch nicht gekommen. Aber lass uns erst mal was anderes versuchen.« Damit ging der Historiker zur schmalen Fensterwand des Zimmers, wo auf einem kleinen Arbeitsterminal ein Computer stand. Mit einem sanften Tastendruck weckte er das Gerät aus seinem Sparschlaf und rief eine Internetsuchmaschine auf.

»Operation Mercurius«, brabbelte er halblaut, während er die beiden Worte in die Suchmaske eingab. Sekunden später erschienen die Ergebnisse auf dem Bildschirm, die er schnell überflog. »Keine Treffer außer dem englischen Verweis auf Kreta«, bilanzierte er. Doch dann stockte Heiliger. »Warte mal, hier:

Mercuriuswasser oder auch Mercurialwasser. Ein universelles Lösungsmittel in der Alchemie. Man braucht es, um den Stein der Weisen herzustellen. Eine andere Bezeichnung für das sogenannte *Wasser des Lebens.* Nach der Volksdichtung kann es Krankheiten heilen, Tote erwecken und ewige Gesundheit schenken. Super.«

»Moment!«, rief Jonas aufgeregt und sprang auf, um selbst einen Blick auf den Bildschirm zu werfen. Die Erwähnung des Wassers hatte ihn elektrisiert.

»Erwacht da der düstere Mediävist in dir?«, fragte Heiliger mit einer leichten Ironie in der Stimme. Er wusste, dass sich Jonas auf mittelalterliche Geschichte spezialisieren wollte.

»In den Feengrotten wurde damals medizinisches Heilwasser gewonnen«, antwortete der Student stattdessen. »Ich hatte vorher schon überlegt, ob das nicht ein Grund für die Anwesenheit der Ärzte und Chemiker gewesen sein könnte.«

»Durchaus denkbar.«

»Der Leiter des Saalfelder Stadtarchivs hat auch schon so eine Vermutung geäußert. Dass es etwas mit dem Krieg zu tun haben könnte. Vielleicht war es die Suche nach einer Art Gesundheitsdroge für die Front.«

»Auch das ist vorstellbar«, gab ihm der Historiker recht. Doch nach einer kurzen Pause fügte er hinzu: »Aber ich denke noch in eine ganz andere Richtung. Dieser etwas mystisch angehauchte Name. Mercurius. Und der Bezug zur Alchemie. Das klingt jetzt ein bisschen verrückt, aber möglicherweise ist der Deckname wörtlich zu nehmen. Vielleicht haben sie tatsächlich das Wasser des Lebens gesucht?«

»Aber das ist ein Mythos. Ein Märchen«, gab Jonas zu bedenken. Er war skeptisch.

»Eben. Die Nazis waren verrückt danach. Alles Mystische und Okkulte zog sie magisch an. Es konnte gar nicht schräg genug sein. Und das ist kein Gerücht. Sie haben Expeditionen und

Grabungsteams nach allem suchen lassen, was wundersam und heilig war. Das versunkene Atlantis. Der Heilige Gral. Die Bundeslade. Warum nicht auch das Wasser des Lebens?«

»Um was damit zu tun? Ich meine, wenn sie es gefunden hätten?«

»Was weiß ich? Ein Lebenselixier für Adolf Hitler?«

Jonas schüttelte ungläubig den Kopf.

»Keine Angst«, raunte Heiliger, »wenn sie es gefunden hätten, würden wir es wissen.« Dann lachte er schelmisch und schlug dem Studenten kräftig auf die Schulter. »Und jetzt sehen wir mal, was wir hier im Hause haben.« Von einer Sekunde auf die andere verfiel der Historiker in einen konzentrierten Arbeitsmodus. Seine Finger flogen über die Computertastatur, und auf dem Bildschirm erschien die hausinterne Suchmaske des Bundesarchivs.

»So«, kommentierte er seine Suche. »Ich gebe erst mal die Stichworte ein, die wir sicher wissen: Operation Mercurius, Armin von Hagenburg, Sonderbeauftragter, Reichsregierung, und … los.« Er schlug unternehmungslustig auf die Enter-Taste.

Auf dem Bildschirm erschien eine kleine Uhr, während der angeschlossene Zentralrechner die Datenbänke des gesamten Archivbestandes durchforstete.

Einige Sekunden vergingen.

Eine halbe Minute.

Eine Minute.

»Bling!« Die Uhr verschwand, und ein Onlineformular erschien auf dem Monitor. Es war in viele kleine Fensterchen aufgeteilt, die sehr wenige Worte und eine Menge unverständlicher Kürzel enthielten. Jonas sah Heiliger ratlos an.

»Bingo!«, rief der Historiker, der die Zeichenflut sofort überblickte. »Hier haben wir eine ganze Akte. *Operation Mercurius, Saalfeld, 1944.* Ein Volltreffer!«

»Klasse!«, jubelte jetzt auch Jonas, der sein Glück kaum fassen konnte. »Kommst du da ran?«

»Ich versuche es gerade.« Georg Heiliger war jetzt vom Jagdfieber gepackt. Seine Finger galoppierten über die Tasten. Dann verharrte der Historiker plötzlich. »Oh!«, sagte er nur. Er wirkte überrascht.

Jonas hielt den Atem an. Hoffentlich waren das nicht die Vorboten einer schlechten Nachricht.

Doch das waren sie. »Das ist jetzt wirklich Pech«, brummte Heiliger. »Die Akte ist ausgeliehen.«

»Und an welche Abteilung?«, fragte der Student vorsichtig nach.

»An keine Abteilung. Ganz ausgeliehen. Außer Haus.«

»Macht ihr das überhaupt?«

»Nur in Ausnahmefällen. Zu technischen Untersuchungen. Und manchmal für Ausstellungen.«

»Kannst du sehen, wer die Akte ausgeliehen hat?«, fragte Jonas. Vielleicht konnte er die betreffende Institution kontaktieren.

»Warte, einen Moment.« Georg Heiliger gab ein paar Tastaturkürzel ein.

Dann erschien die Antwort, und Jonas erstarrte.

Der Historiker las laut vor: »Eine Manuela Bachmann. Vom Stadtarchiv Saalfeld.«

39

Schnell und schnurgerade glitt der Intercity-Express durch die flache Landschaft. Draußen setzte bereits die Dämmerung ein. Die flache Sonne schickte noch ein paar stechende goldgelbe Strahlen über die vorbeirauschenden Felder. Ein letztes Aufbäumen, bevor sie vollends vom Horizont verschluckt wurde.

Jonas saß an einem Fenster des vollbesetzten Großraumwaggons, sah hinaus und ließ die weite Ebene an seinen Augen vorbeirauschen, ohne dass er sie richtig wahrnahm. Er dachte nach. Seit er das Bundesarchiv verlassen hatte, versuchte er, den neuen Informationen eine Ordnung zu geben.

Seine Vermutung war richtig gewesen. Es hatte im Mai und Juni 1944 tatsächlich eine geheimnisvolle Unternehmung in den Feengrotten gegeben. Nun hatte sie auch einen Namen. Operation Mercurius. Und es gab eine Akte darüber.

Welchen Zweck diese Operation gehabt hatte, darüber konnte er nach wie vor nur spekulieren. Und ob ihr Ziel ein vergessener Bergwerksteil gewesen war, blieb eine unbewiesene Hypothese. Aber alles, was er bisher in Erfahrung gebracht hatte, deutete auf eine große Sache hin. Ein geheim gehaltenes Unternehmen mit unbekanntem Ausgang.

Ein Geheimnis, für das jemand auch nach knapp siebzig Jahren noch ein Verbrechen beging?

Manuela Bachmann besaß den Schlüssel dazu, auch wenn sie es wahrscheinlich gar nicht wusste. Die Saalfeder Archivmitarbeiterin hatte die Mercurius-Akte für die Jubiläums-Ausstellung der Feengrotten ausgeliehen. Er war überzeugt, dass sie ihm bei seinen Fragen helfen konnte.

Nun wollte er nicht mehr abwarten, bis sie wieder gesundgeschrieben war. Er nahm sich vor, so schnell wie möglich mit ihr zu sprechen. Und wenn er sie dafür zu Hause belästigen musste. Morgen war Samstag. Ein guter Tag für einen Versuch.

Als der Fernzug in Saalfeld einfuhr, hatte sich die Dunkelheit längst über der Stadt ausgebreitet.

»Danke fürs Warten, Fred«, begrüßte er sein Auto auf dem Bahnhofsparkplatz, so, als hätte der klapprige Corsa eine Wahl gehabt. »Für heute reicht's. Spring mal schön an. Jetzt geht's ins Quartier.« Fred tat ihm den Gefallen, wie er es immer tat, seit sein Besitzer mit ihm sprach, und in weniger als zehn Minuten bog Jonas in die kleine krumme Straße vor Hünningers Haus ein. Im Vorbeifahren sah er schon die übliche Festbeleuchtung in der oberen Etage, und er war gespannt, ob er seinen Vermieter heute noch einmal zu Gesicht bekommen würde. Aber das Licht musste nichts heißen, der Alte ging gewöhnlich früh schlafen und ließ es einfach brennen.

Jonas stellte das Auto am Ende der Straße in die kleine Nische, die inzwischen schon zu seinem festen Parkplatz geworden war, schloss den Opel ab und ging die wenigen Meter zum Haus zurück. Jetzt erst merkte er, wie erschöpft er eigentlich war und wie viel Kraft ihm die Recherche in Berlin abverlangt hatte. Er öffnete die schiefe Gartentür, die wie gewohnt in den Angeln ächzte, und ging durch den verwilderten Vorgarten. Auf dem kleinen Pfad, der hinüber zur Haustür führte, lag ein frisch gehacktes Holzscheit. Aha, dachte der Student, dann hat der Alte heute sein Holz wieder draußen gespalten. So, wie es sich gehörte.

Müde bückte sich Jonas nach dem liegengebliebenen Scheit. Während er danach griff, hörte er ein merkwürdiges Zischen, das sich kurz darauf mit einem lauten hölzernen Schlag irgendwo hinten auf dem Grundstück mischte.

War der Alte etwa immer noch beim Hacken?

Jonas lauschte. Sehen konnte er niemanden. Und weitere Geräusche gab es nicht. Also betrat er die Eingangshalle und schloss die Tür hinter sich.

»Herr Hünninger?«, rief er halbherzig und versuchte, dabei nicht allzu laut zu sein, falls sein kauziger Vermieter schon schlief. Er erhielt keine Antwort.

Auch gut, dachte Jonas. Er warf das Holzscheit in den großen Weidenkorb, der noch immer am Fuße der Treppe stand, und ging in sein Zimmer.

Dort heizte er den gusseisernen Ofen an, um die kriechende Kälte aus seiner kleinen Unterkunft zu vertreiben. Dann fiel er müde in sein Bett. Es dauerte nicht lange, und die Gedanken an den heutigen Tag mischten sich mit seinen Träumen.

Am nächsten Morgen stand Jonas früh auf. Als Erstes ging er hinauf zu dem kleinen Supermarkt an der Hauptstraße, um seine spärlichen Vorräte aufzufüllen. Dann rief er mit seinem Smartphone ein Internet-Telefonbuch auf und gab als Stichworte *Manuela Bachmann* und *Saalfeld* ein.

Für Saalfeld bekam er keinen Treffer, aber für ein kleines Dorf in der Nähe.

Manuela Bachmann. Eyba. Forstweg. Eine Hausnummer war nicht angegeben. Dafür ein Telefonanschluss.

Jonas rief an. Aber niemand hob ab. Stattdessen sprang der Anrufbeantworter an.

Eine halbe Stunde später probierte er es noch einmal, mit dem gleichen Ergebnis.

Diesmal hinterließ Jonas eine kurze Nachricht. Doch dann entschloss er sich, gleich selbst nach Eyba zu fahren und es direkt zu versuchen. Er wollte jetzt keine Zeit mehr vertrödeln, nur weil Manuela Bachmann nicht an ihr Telefon ging.

Zuerst fuhr er die kurze Strecke bis zur Hauptstraße, dann verließ er Garnsdorf in Richtung der Berge. Nach wenigen Minuten passierte Jonas das Gelände des alten Sanatoriums Sommerstein, was in seiner Brust eine unterschwellige, aber heftige Beklemmung auslöste. Die kalten Augen von Wilko Ehl hatten ihn auch in der letzten Nacht immer wieder heimgesucht. Jetzt war er froh, als die Mauer des düsteren Grundstücks zurückwich und einem dichten Wald Platz machte. Am Hang über einem schmalen Tal zog sich die Straße stetig aufwärts und erreichte schließlich einen Höhenzug, der mit einem weiten Panoramablick über die Thüringer Bergland-schaft aufwartete. Umgebrochene Äcker glänzten in der warmen Herbstsonne, und vor ihm erschien ein malerisches kleines Dorf.

Arnsgereuth, las er und fuhr langsam durch den kleinen Ort. Einige der Häuser waren mit schwarzen Schieferplatten verklei-det, aus den Gärten leuchteten Herbstblumen, und der kleine Flecken strahlte eine freundliche Ruhe aus.

Etwa in der Ortsmitte entdeckte er ein Hinweisschild mit dem Namen Eyba, das nach links wies. Jonas nahm die Abzweigung und folgte der schmalen Straße über die Saalfelder Höhen, vor-bei an Feldern und Waldflecken, bis zur nächsten beschaulichen Ortschaft.

Eyba. Sein Ziel.

Zuerst fuhr er ein wenig hilflos in der idyllischen Ansiedlung herum, auf der Suche nach dem Forstweg, in dem Manuela Bach-mann wohnen sollte. Sogar ein romantisches Schloss gab es hier, umstanden von hohen Bäumen. Aber die gesuchte Straße konnte er nicht entdecken.

Eyba schien eines dieser Dörfer zu sein, die keine Straßenna-men, sondern nur Hausnummern besaßen, was Jonas eigentlich sehr sympathisch fand, im Moment jedoch verfluchte.

Nachdem er zweimal im Kreis gefahren war, entdeckte er zwei ältere Damen, die auf zwei unterschiedlichen Seiten eines Gartenzaunes standen und in ein Gespräch vertieft waren. Das Grundstück begann nicht direkt an der Straße, sondern lag eingerückt hinter einer schmalen Wiese, was es ihm unmöglich machte, dicht an die Frauen heranzufahren. Aus der Entfernung rufen wollte er auch nicht, das hätte er für unhöflich gehalten, also stellte er sein Auto am Straßenrand ab, stieg aus und ging hinüber.

»Guten Morgen«, grüßte er, »ich suche den Forstweg. Vielleicht können Sie mir helfen?«

»Oh, da sind Sie aber ganz verkehrt«, kam es freundlich von einer der Frauen.

»Das ist außerhalb«, ergänzte die andere, und das klang so, als läge die gesuchte Straße auf einem weit entfernten Kontinent.

»Da müssten Sie hinten aus Eyba wieder rausfahren«, wurde die Erste konkreter. »Zu wem wollen Sie denn?«

»Manuela Bachmann.«

»Ach, die Bachmann, die wohnt doch in dem alten Forsthaus.« Die Frau sah ihre Nachbarin an, als wolle sie eine dorfbekannte Tatsache noch einmal quittiert haben.

»Ja, genau«, kam es auch prompt.

»Können Sie mir sagen, wie ich da hinkomme?«

»Oh, wie erkläre ich das jetzt am dümmsten?«, fragte sich die erste Frau. »Am besten da hinten aus dem Ort wieder raus, und dann kommt rechts ein Plattenweg. Den fahren Sie rein, immer der Nase nach, am Waldrand entlang, und dann sehen Sie links eine kleine Waldstraße. Der folgen Sie, bis es nicht mehr weitergeht.«

»Wenn Sie an den alten Ställen vorbeikommen, sind Sie zu weit gefahren. Das ist die ehemalige Otrassel-Zucht«, ergänzte ihre Bekannte. »Solche exotischen Pelztiere sind das gewesen. Das hat nach der Wende mal einer versucht. Ist aber nichts geworden.«

»Ah, interessant. Also jetzt rechts aus dem Ort, dann wieder rechts und dann links«, resümierte Jonas, höflich bemüht, das Gespräch etwas abzukürzen.

»Ja. Genau. Da kann eigentlich nichts schief gehen«, kam die muntere Bestätigung.

»Super! Danke.«

Zwei Minuten später verließ Jonas Eyba und bog wenig später auf den alten Plattenweg ein, der dicht an der Waldkante entlangführte. Er folgte dem Weg eine ganze Weile, ohne einen weiteren Abzweig zu entdecken, so dass er schon befürchtete, zu weit gefahren zu sein. Da entdeckte er links hinter einem riesigen wilden Brombeerstrauch eine schmale Forststraße, die ins Dickicht führte.

Er bog ab und schaukelte in Schrittgeschwindigkeit über den schmalen Hohlweg, der lediglich aus zwei aufgewühlten Fahrspuren bestand.

Unter dem Dach aus dichtem Herbstlaub war es sofort merklich dunkler. Jonas fuhr noch etwa zweihundert Meter durch den Wald, dann öffnete sich der natürliche Tunnel auf eine große Lichtung. Verwitterte Torbalken links und rechts des Weges kündigten an, dass hier ein Privatgrundstück begann. In der Mitte der freien Fläche stand ein großes, zweistöckiges Haus, dessen Außenwände komplett mit rotbraun gestrichenen Holzbrettern verkleidet waren. Die Fenster hatten Läden aus einem verwitterten Grün, und ganz oben am Giebel grüßte ein ausgeblichenes Hirschgeweih, dessen rechte Stange leicht nach unten hing.

An das Hauptgebäude schlossen sich unterschiedlich große Schuppen und Garagen an, die dicht aneinandergedrängt standen und sich gegenseitig festzuhalten schienen. Daneben ruhten einige ausgeblichene Holzstapel, die fast komplett von hohem, gelblichem Waldgras eingewachsen waren. Über die nur fragmentarisch vorhandene Umzäunung hatten sich wilde Ranken gelegt. Ein neues Gewächshaus und ein weiträumig angelegtes Blumen- und Gemüsebeet zeigten, dass die Bewohnerin des Hofes Prioritäten setzte. Wenngleich die Pflanzen im Moment ein wenig die Köpfe hängen ließen.

Unter einem Vordach stand ein sauber gewaschener Ford Fiesta, dessen glänzend roter Lack eine liebevolle Pflege erkennen ließ.

Also konnte Manuela Bachmann nicht weit weg sein. Der Adresseintrag legte nahe, dass sie hier allein lebte, aber Jonas war sich nicht sicher.

Er stellte seinen Corsa auf einer Fläche aus alten Betonplatten ab und ging hinüber zum Wohnhaus. In der Hand hielt Jonas eine kleine Schachtel Pralinen, die er heute früh im Supermarkt gekauft hatte, um sich damit bei der kranken Archivmitarbeiterin für den unangemeldeten Besuch zu entschuldigen.

Eine überdachte Treppe führte an der rechten Seite des Gebäudes nach oben, wo sich die Eingangstür befand, die mit einem liebevoll ausstaffierten Ring aus Strohblumen verziert war. Jonas nahm die Stufen mit wenigen großen Schritten. Neben der Tür entdeckte er einen weißen Klingelknopf, unter dem hinter einer kleinen Plastikscheibe der handgeschriebene Name *M. Bachmann* stand.

Der Student drückte auf den Knopf.

Im Inneren des Hauses schepperte eine laute Klingel.

Niemand reagierte.

Er versuchte es ein zweites Mal. Wieder ohne Erfolg.

»Frau Bachmann?«, rief er laut. Aber auch das war vergeblich.

Die Tür hatte keinen Knauf, sondern eine gewöhnliche Klinke, aber er traute sich nicht, zu probieren, ob die Tür abgeschlossen war. Stattdessen stieg er auf ein hölzernes Blumenbänkchen, um das kleine schmale Fenster zu erreichen, dass sich rechts neben dem Eingang befand.

Er drückte sein Gesicht an die staubige Scheibe und versuchte, einen Blick ins Innere des Hauses zu erhaschen. Nur langsam gewöhnten sich seine Augen an das Dämmerlicht. Hinter der Tür befand sich ein geräumiger Vorraum. Allmählich schälten sich eine Garderobe und eine schwere bemalte Holztruhe aus dem Dunkeln hinter der Scheibe. Ganz am Ende des Raumes konnte er eine Treppe ausmachen, die in die obere Etage führte.

Im Haus brannte kein Licht, und keine Bewegung deutete auf die Anwesenheit der Bewohnerin hin. Jonas wollte schon aufgeben, da entdeckte er am Fuße der Treppe eine merkwürdige, weiche Kontur. Von einem unguten Gefühl getrieben, stellte er sich auf die Zehenspitzen, drückte seine Knie durch und presste sich noch dichter an das kleine Fenster.

Jetzt wurde zur Gewissheit, was ihm sein Unterbewusstsein längst signalisiert hatte.

Der Schemen war keine Täuschung.

Es war ein Schuh. Ein Schuh am Ende eines Beins.

Am Fuße der Treppe lag jemand.

Unbeweglich. Hilflos.

Jonas sprang von der Blumenbank und griff entschlossen nach der Türklinke. Vielleicht war Manuela Bachmann gestürzt. Er musste ihr helfen!

Die Tür war unverschlossen.

Aber schon, als er seinen ersten Schritt ins Haus machte, war Jonas klar, dass hier keine Hilfe mehr benötigt wurde.

Die Heizung musste auf höchster Stufe laufen. Im Gebäude herrschte eine geradezu tropische Hitze. Wie eine Wand schlug ihm ein betäubender, süßlicher Gestank entgegen. Und es war laut. Jonas brauchte einen Moment, um zu begreifen, dass es sich bei dem Geräusch um das unbarmherzige Surren Hunderter Fliegen handelte, die bei seinem Erscheinen wild durcheinanderstoben.

Am Fuß der Treppe lag ein menschlicher Körper. Nach der Kleidung zu urteilen musste es sich um eine Frau handeln. Alles an ihr war unnatürlich verdreht; ein Bein ragte die Stufen hinauf, das andere stand nach der Seite ab. Ein Arm war angewinkelt und unter der Brust vergraben. Der zweite wies quer über das abgeschabte Holzparkett in Richtung Tür.

Dort, wo der Kopf sein musste, erkannte Jonas nur einen wirren Strudel aus verfilzten braunen Haaren, aus dem ein zerfressenes, bräunlich-weißes Etwas hervorsah, in dem dichte Knäuel von Maden wimmelten und das unmöglich einmal ein Gesicht gewesen sein konnte.

In Bruchteilen von Sekunden brannten sich die grausamen Eindrücke in das Hirn des Studenten.

Er stürzte aus dem Haus, rannte die Treppe hinunter und lehnte sich schwer gegen das Gebäude. Zum zweiten Mal in dieser Woche musste er sich übergeben. Zum zweiten Mal in dieser Woche war die Ursache dafür eine Leiche.

Die wenigen Meter bis zu seinem Auto kamen ihm vor wie ein surrealer Spaziergang von unmessbarer Länge. Die kräftige Herbstsonne schien ihm ins Gesicht. Die heimeligen Geräusche des Waldes umgaben ihn. Er stand auf der sanften Lichtung eines idyllischen Anwesens.

Und doch war alles falsch.

40

Diesmal benötigten sie länger. Jonas war den tunnelartigen Waldweg zurück bis zum Feldrand gefahren und hatte sein Auto auf dem Plattenweg abgestellt.

Hier konnten sie ihn von Weitem sehen.

Hier wagte er es, endlich durchzuatmen.

Der zweihundert Meter breite Waldgürtel war eine ausreichend dichte Mauer. Ein Schutzwall, den er jetzt brauchte, zwischen sich und jenem Ort da drinnen.

Seit seinem Anruf bei der Polizei war eine knappe halbe Stunde vergangen, da entdeckte er auf der entfernten Landstraße hinter dem Acker den ersten Streifenwagen. Wenig später schaukelte er über den Plattenweg auf ihn zu. Jonas hob halbherzig seinen Arm, um den Polizisten anzuzeigen, dass sie hier richtig waren.

Zwei junge Uniformierte stiegen aus dem Auto. Sie stellten ihm ein paar knappe Fragen, wer er sei und wo er die Tote gefunden hatte. Jonas antwortete automatisch und wie betäubt.

Die beiden Polizisten holten sich lange Taschenlampen aus ihrem Funkwagen und einen kleinen Fotoapparat, wie ihn sonst Urlauber benutzen und der in den Händen der Ordnungshüter merkwürdig deplatziert wirkte. Dann baten sie Jonas, hier bei seinem Auto zu warten, und marschierten los.

Es verging eine weitere halbe Stunde. Dann kamen die beiden zurück, und ihre kalkigen Gesichter ließen erkennen, dass sie der Gang ins Haus auch nicht kalt gelassen hatte.

»Kein schöner Anblick, was?«, sagte einer der Polizisten zu Jonas, mit dem Versuch eines aufmunternden Lächelns. Eine Antwort war nicht nötig.

Dann verfielen die jungen Beamten in ihre Routine. Während sich der eine auf den Beifahrersitz des Streifenwagens setzte und irgendetwas in einen Formularblock eintrug, der von einer abgenutzten Klemmmappe gehalten wurde, schritt sein Kollege mit dem Handy am Ohr am Feldrain auf und ab.

Den Wortfetzen nach, die Jonas ab und zu verstehen konnte, ließ der Polizist seine Zentrale gerade den Kriminaldauerdienst informieren, einer Art Bereitschaftsteam der Kripo, das sich der Sache annehmen sollte, da die beiden Uniformierten nicht einschätzen konnten, wie die Frau im Haus zu Tode gekommen war. Ein Unfall vielleicht, ein Sturz von der Treppe. Aber festlegen wollten sie sich nicht. Die Todesursache mussten andere klären.

Dann stieg der Beamte mit der Klemmmappe aus dem Wagen und bat Jonas zu sich. Er ließ sich noch einmal etwas ausführlicher erzählen, wie der Student die Tote gefunden hatte und was ihm dabei möglicherweise aufgefallen war. Diesmal protokollierte er die Aussage penibel in einem seiner Vordrucke. »Woher kannten Sie Frau Bachmann?«, fragte er zum Schluss.

»Ich kannte sie nicht. Nicht persönlich. Sie arbeitet im Saalfelder Stadtarchiv.«

»Und weshalb haben Sie sie heute aufgesucht?« Die Frage war ganz sachlich und ohne Misstrauen gestellt, weshalb Jonas auch möglichst allgemein entgegnete: »Ich wollte sie ein paar Dinge über Saalfeld fragen. Über früher. Ich studiere Geschichte. Frau Bachmann wurde mir im Stadtmuseum empfohlen.« Er wollte diesen bedrückenden Ort so schnell wie möglich verlassen und nicht schon wieder eine unendliche Kette von Nachfragen auslösen, von denen er die Hälfte sowieso nicht beantworten konnte. »Wie lange muss ich hier warten?«, fragte er.

»Wir sind gleich fertig. Wo können wir Sie erreichen?«

Jonas gab dem Polizisten seine Handynummer und die Adresse von Hünningers Haus. »Ich habe gehört, dass Frau Bachmann krank war«, fiel ihm noch ein. Vielleicht hatte ihr Tod ja damit zu tun. Fast hoffte er es, denn das wäre etwas Nachvollziehbares. Ein klarer, wenn auch tragischer Vorfall. Aber ganz hinten in seinem Unterbewusstsein beschlich ihn die düstere Ahnung, dass Manuela Bachmann keines natürlichen Todes gestorben war. Nur vermied er es tunlichst, diesen Verdacht laut auszusprechen.

»Wissen Sie, was für eine Krankheit das war?«, hakte der Polizist nach.

»Nein, keine Ahnung. Ich hab's nur so gehört. Im Museum.«

Kurz darauf durfte Jonas fahren.

Auf der Landstraße zwischen Eyba und Arnsgereuth kam ihm ein kleiner Konvoi entgegen, der aus zwei vollbesetzten Pkw und einem weißen, fensterlosen Transporter bestand.

Die Kripo.

Fast unterlag er dem automatischen Impuls, die Hand zu heben und zu grüßen, so viel und so regelmäßig hatte er in den letzten Tagen mit der Kriminalpolizei zu tun gehabt.

Jonas schüttelte den Kopf über sich selbst. Allmählich verlor er den Boden unter den Füßen. Überall dort, wo er sich bewegte, gab es jetzt Tote. Sicherlich, Manuela Bachmann konnte ihre Treppe von selbst hinabgestürzt sein. Und es sah auch so aus, als hätte sie schon längere Zeit tot in ihrem Haus gelegen. Es musste keinen Zusammenhang geben. Aber die Archivarin hatte mit den Feengrotten zu tun gehabt. Und sie war im Bundesarchiv gewesen, um die Mercurius-Akte auszuleihen. Jonas glaubte nicht mehr an einen Zufall.

Als er Hünningers Haus erreichte, kam ihm der Alte mit Gehstock und seinem abgetragenen, schwarzen Sonntagsmantel entgegen. Jonas fühlte sich ein wenig beruhigt; schließlich hatte er seinen Vermieter seit dem merkwürdigen gemeinsamen Abend in dessen Wohnzimmer nicht mehr persönlich zu Gesicht bekommen.

Nicht, dass ihm der grantige Alte so direkt fehlen würde. Aber im Moment war Jonas jede Art von Normalität und Gewohnheit recht; und wenn es die Schimpfkanonaden eines verschrobenen Eigenbrötlers waren.

Vermutlich brach Hünninger gerade zu einem seiner langen Spaziergänge auf. Bei diesem schönen Herbstwetter war das nicht verwunderlich. An der Gartenpforte begegneten sich die beiden.

»Guten Tag, Herr Hünninger!«, grüßte Jonas, und er bemühte sich trotz seiner gedrückten Stimmung um einen freundlichen Ton.

»Guten Tag«, gab der Alte wesentlich unfreundlicher zurück. Aber immerhin. Der Student trat zur Seite, und sein Vermieter stolzierte vorbei.

Als Jonas schon mitten im Vorgarten war, rief ihm Hünninger von der Straße aus mit seiner krächzenden Stimme zu: »Ich hab Ihnen ein Stück Apfelkuchen hingestellt«, wobei er es so betonte, als wäre es ein Vorwurf. »Und –«

»– krümeln Sie mir nicht den Tisch voll«, ergänzte Jonas und lächelte seinen Vermieter entwaffnend an.

»Ach!«, brabbelte der Alte barsch, winkte mit einer brüsken Handbewegung ab, drehte sich um und spazierte in Richtung Wald davon.

Gleich als der Student sein Zimmer betrat, sah er den altertümlichen Teller mit einem flachen Stück Apfelstrudel auf dem Tisch stehen. Der Kuchen duftete frisch und sah aus wie selbstgebacken. Jonas schmunzelte. Das hätte er dem alten Hünninger gar nicht zugetraut. Daneben lag ein kleiner, sorgfältig gefalteter Umschlag aus dickem Papier, in dem sich verschiedene getrocknete Kräuter befanden und auf dem in akkurater, altertümlicher Handschrift das schlichte Wort *Tee* geschrieben stand.

Der Anblick dieses kleinen Arrangements rührte Jonas.

Er schüttete etwas von den Kräutern in eine Tasse, kochte sich Wasser auf und goss es über die Blätter. Sofort war der kleine Raum von einem aromatischen Duft erfüllt, der nach Garten und Sonne roch. Der Student setzte sich an den Tisch, sah zum Fenster hinaus, und etwas von dem Grauen seines morgendlichen Fundes fiel für einen Moment von ihm ab.

Am nächsten Morgen wachte Jonas zeitig auf. Er hatte einige Stunden traumlos und ruhig geschlafen, aber lange vor Tagesbeginn waren die schrecklichen Bilder zurückgekehrt, in denen sich nun die verzerrten Fratzen von Wilko Ehl und Manuela Bachmann zu einem beängstigenden Zwitter vermischten.

Jetzt, mehr oder weniger munter, starrte Jonas an die Zimmerdecke und versuchte, sich an der Vorstellung von Fenjas zartem Gesicht, ihrem Lächeln und ihrer Zuversicht festzuklammern, während draußen allmählich der neue Tag heraufdämmerte.

Es war Sonntag.

Es würde wieder ein freundlicher Tag werden. Äußerlich.

Als die Sonne mit ihren flachen goldenen Strahlen gänzlich über den Bergen aufgegangen war, heizte Jonas seinen Kanonenofen kräftig an, damit er den Raum in den nächsten Stunden gründlich durchwärmte. Dann fuhr er ins Saalfelder Stadtzentrum. Die Stille in Hünningers großem Fachwerkhaus war nicht mehr auszuhalten gewesen, und er wollte eine Bäckerei suchen, um einige Brötchen zu kaufen. Etwas Normales machen. Mit Fenja hatte er an den Sonntagen immer eine Münze geworfen, wer Brötchen holen musste und wer noch eine Weile in ihrem gemütlichen Daunenbett liegen bleiben durfte.

Da er bei Glücksspielen so gut wie nie etwas gewann, erwischte es in der Regel ihn, den ungeliebten Einkauf zu machen. Jetzt war er froh über diesen Gang. Über ein wenig Ablenkung.

Außerdem wollte er Hünninger mit einigen frischen Brötchen überraschen, um sich für den Apfelstrudel zu revanchieren, über den er sich gestern wirklich gefreut hatte.

Inzwischen war es halb zehn. Gerade als er über den Marktplatz ging, klingelte sein Handy.

Eine unterdrückte Nummer.

»Wiesenburg«, meldete er sich.

»Vareel.« Die Kommissarin. Das Spiel begann erneut. »Die Kollegen haben Sie gestern ein bisschen früh gehen lassen.«

Jonas wusste nicht, was er darauf antworten sollte.

Das war auch nicht nötig, denn die Polizistin sprach gleich weiter: »Wir möchten uns noch einmal mit Ihnen unterhalten. Morgen früh, neun Uhr. Bei uns in Rudolstadt.« Das war keine Bitte. Das war eine Ansage.

»Okay«, antwortete Jonas einsilbig.

»Dann bis morgen«, fasste die Kommissarin kurz zusammen. Und schon war die Verbindung wieder getrennt.

Zurück blieb ein mulmiges Gefühl.

Wahrscheinlich hatte sein Name nach der gestrigen Zeugenaussage irgendwo im System die Alarmglocken läuten lassen. Eine neue Leiche im Umfeld der Feengrotten. Und wieder war ein Student namens Jonas Wiesenburg darüber gestolpert.

Jonas war es leid, noch einmal im Kommissariat antreten zu müssen. Aber er ging davon aus, dass er keine Wahl hatte.

Gedankenversunken, aber mit einer Tüte duftender Brötchen auf dem Rücksitz, fuhr er kurz darauf zurück nach Garnsdorf. Hünningers Haus lag jetzt voll im Licht der warmen Herbstsonne, was dazu führte, dass die Feuchtigkeit der Nacht aus den Wiesen und Büschen des wilden Gartens empordampfte und das angrenzende Unterholz in einen sanften Nebel hüllte.

Als er nicht mehr weit vom Grundstück entfernt war, konnte er sehen, dass die Tür zum Holzschuppen weit offen stand. Hünninger huschte gerade um die Ecke und betrat das Wohnhaus. Seine Haltung und seine Bewegungen wirkten angespannt und so, als sei er in Eile. Offensichtlich hatte er den Studenten nicht bemerkt.

Jonas, der seinen Vermieter noch erwischen wollte, um ihm die Brötchen zu überreichen, die er ihm mitgebracht hatte, sputete sich hinterherzukommen. Mit wenigen großen Schritten sprintete er durch den Vorgarten und trat ins Halbdunkel des Hauses.

Vor ihm, auf halbem Weg zur Treppe, erstarrte Hünninger mitten in der Bewegung. Er stand bewegungslos wie eine Statue in der Foyerhalle.

Jonas wunderte sich. Hatte er den Alten so erschreckt?

»Herr Hünninger?«, sagte er so freundlich und ruhig wie möglich. »Nicht erschrecken. Ich bin's nur.«

Hünninger drehte sich langsam zu ihm um. Er hatte einen merkwürdigen Gesichtsausdruck. Als wäre er bei etwas ertappt worden.

»Ist alles in Ordnung mit Ihnen?«, fragte Jonas besorgt. Er hob die Tüte mit den Brötchen in die Höhe. »Sehen Sie mal. Ich habe Ihnen aus der Stadt ein paar –« Jetzt stockte auch Jonas. Sein Blick fiel auf die rechte Hand seines Vermieters.

Die faltigen Finger des Alten hielten einen kurzen, dunklen Holzstab umkrallt.

Jonas hatte so einen Stab erst vor Kurzem gesehen.

Zwischen den Augen von Wilko Ehl.

Das war der Bolzen einer Armbrust.

Ein paar Sekunden lang sagte keiner der beiden einen Ton. Der Alte blieb in seiner leicht geduckten Haltung stehen und funkelte den Studenten böse an. Jonas starrte abwechselnd auf Hünningers kantiges, zerfurchtes Gesicht und den schorfigen Pfeil in seiner Hand. Der Bolzen war alt, das konnte er sehen, und wies an seinem Ende die gleiche schlanke Befiederung auf wie das Geschoss, das Ehl getötet hatte. Auf dem vorderen Ende saß eine derbe, dreikantige Eisenspitze. Jonas wusste, dass diese gedrungenen Pfeile im Mittelalter den Brustpanzer einer Rüstung problemlos durchschlagen hatten.

»Wo haben Sie den her?«, hörte er sich leise sagen.

»Pah«, stieß der Alte hervor, »was wollen Sie von mir?«

»Den Bolzen. Wo haben Sie den her?«, fragte Jonas jetzt laut und energisch. Im Moment hatte der Alte nur den Pfeil und keine Armbrust. Jonas hoffte, dass er ihm damit nicht gefährlich werden konnte. In seinem Rücken spürte er die geöffnete Haustür, durch die er notfalls schnell verschwinden würde.

»Was soll das?«, beschwerte sich der Alte, ohne eine Antwort zu geben.

»Mit so einem Pfeil ist Wilko Ehl erschossen worden.« Jonas staunte über sich selbst. Wie kühl und sachlich er plötzlich klang.

»Wer?«, krächzte Hünninger abweisend.

»Wilko Ehl. Der Schlosser von den Feengrotten.«

»Der da drüben im Sommerstein? Das hab ich gelesen. Da stand nichts von einer Armbrust.« Der Alte machte wieder eine von seinen verächtlichen Handbewegungen. So, als wolle er die nervige Diskussion fortwischen.

»Ich habe ihn gesehen. Mit so einem Pfeil im Kopf«, erwiderte Jonas kalt und sah Hünninger direkt in die Augen.

War der alte Eigenbrötler ein Mörder? Ein Wahnsinniger? Schlagartig standen dem Studenten alle Merkwürdigkeiten in diesem düsteren Fachwerkhaus wieder vor Augen.

»Ihr Ehl interessiert mich nicht«, brummte Hünninger.

»Ich rufe jetzt die Polizei.« Jonas griff mit der rechten Hand in seine Jackentasche, machte einen Schritt rückwärts und tastete mit dem linken Arm hinter seinem Rücken nach der Haustür.

»Halt!«, brüllte der Alte hysterisch auf, und seine Stimme bekam einen hohen und flehenden Klang. »Nicht die Polizei!«

Jonas hielt inne, blieb aber aufs Äußerste angespannt. Ganz langsam und überdeutlich, so, als würde er mit einem kleinen Kind sprechen, verlangte er: »Dann beantworten Sie meine Frage. Woher – haben – Sie – den – Pfeil?«

Für einen kurzen Moment herrschte Schweigen.

»Das könnte ich genauso gut Sie fragen!«, giftete der Alte dann statt einer Antwort zurück.

»Was?« Jonas war einen Moment aus dem Konzept gebracht und wusste nicht, wie sein Gegenüber das meinte.

»Der Pfeil hat hinten in meinem Schuppen gesteckt. Der war halb durch die Wand. Meinen Sie, ich hab ihn da reingebohrt?«, erklärte Hünninger fuchtig.

»Seit wann hat der Pfeil da gesteckt?« Jonas wurde blass. Er hatte plötzlich einen furchtbaren Verdacht.

»Was weiß ich. Ich krieche da nicht jeden Tag rum. Vorgestern Nachmittag war er noch nicht da«, knurrte der Alte, der schon wieder Oberwasser bekam.

Jonas rechnete nach. Vorgestern, das war Freitag. Irgendwann nach Freitagnachmittag.

Am Abend war er aus Berlin gekommen. In der Dunkelheit. Er hatte sein Auto abgestellt. War zu Hünningers Haus gegangen. Hatte das Holzscheit auf dem Weg liegen sehen. Sich danach gebückt.

Dann das sausende, flirrende Geräusch. Der hölzerne Schlag irgendwo hinten im Garten. War das der Armbrustbolzen gewesen? Hatte ihn das tödliche Geschoss nur wegen eines primitiven Holzscheits am Boden verfehlt? Weil er im entscheidenden Moment zufällig in die Hocke gegangen war?

Er hatte das Haus unmittelbar danach betreten. So schnell konnte der Mörder die Armbrust nicht ein zweites Mal laden.

Gegenüber von Hünningers Haus gab es genügend Hecken, dunkle Winkel und Gassen, um einem Schützen ein Versteck zu bieten.

Jonas ließ Hünninger nicht aus den Augen, als er fragte: »Freitagabend. Kurz nach neun. Wo waren Sie da? Ich habe Sie gerufen. Im Haus waren Sie nicht.«

»Um neun? Da hab ich geschlafen, wie sich das gehört«, antwortete Hünninger.

»Woher weiß ich, dass das stimmt?«

»Ha!« Der Alte lachte spröde auf. »Denken Sie, *ich* habe auf Sie geschossen? Direkt vor meiner Haustür? Da hätte ich aber bessere Gelegenheiten gehabt!« Er untermalte seinen Spott mit einem diabolischen Grinsen.

Jonas war durcheinander. Er musste seine Gedanken ordnen.

»Bitte geben Sie mir den Pfeil. Es ist besser, wenn ich jetzt die Polizei anrufe«, forderte er Hünninger auf, streckte den Arm aus und ging auf seinen Vermieter zu. Doch als er kurz vor ihm stand, spannte der Alte plötzlich seine Muskeln an und huschte flink wie ein Wiesel an ihm vorbei. Ehe der Student begriff, was geschah, hatte Hünninger Jonas' Zimmer erreicht, glitt hinein, riss die gusseiserne Klappe des Kanonenofens auf und warf den Armbrustbolzen in die lodernden Flammen. Innerhalb von Sekunden verglühte der Pfeil zu einem funkenstiebenden Nichts.

»Sind Sie wahnsinnig?«, schrie Jonas den Alten an.

Doch der machte zwei entschlossene Schritte auf ihn zu und zielte mit seinem knorrigen Zeigefinger auf den Studenten. »Sie sind Gast in meinem Haus. In diesem Haus gibt es keine Armbrustbolzen. Und erst recht keine Polizei!«, zischte ihn Hünninger an, und er hielt dem wütenden Blick des Studenten stand. »Und jetzt wünsche ich Ihnen einen schönen Sonntag!«, fügte er sarkastisch hinzu und grinste schief, aber Jonas sah, dass seine Hände zitterten.

Aus den Worten seines Vermieters sprach keine Bosheit, sondern Angst.

41

Die warme Sonne schien ihm direkt ins Gesicht. Sein Rücken lehnte an einem breiten Baumstamm. Dahinter rauschte es wohlig in den Wipfeln der Fichten. Vor ihm breitete sich ein lichtdurchflutetes Panorama von bewaldeten Bergen und verzweigten Tälern aus. Auf der Wiese zu seinen Füßen wiegte sich feingliedriges Waldgras in einem sanften Wind.

Jonas sah in die Ferne. Wo er war, wusste er nicht. Jedenfalls nicht genau. Und das war gut. Denn dann wusste es auch kein anderer.

Nachdem der alte Hünninger sich in die obere Etage verzogen hatte, war Jonas mit seinen wichtigsten Habseligkeiten, die er schnell zusammengepackt hatte, davongefahren. Seine Reisetasche und den Rest seiner Sachen ließ er zurück; er wollte es für Hünninger nicht wie eine Flucht aussehen lassen. Aber er brauchte Zeit zum Nachdenken, und er wollte sich aus der Schusslinie bringen. Im wahrsten Sinne des Wortes.

Der Mörder wusste, wo er wohnte.

Und aus dem Alten wurde er nicht schlau. Auch wenn Jonas nicht so recht glauben konnte, dass er der Schütze war – warum wollte Hünninger keine Polizei im Haus? Wovor hatte er solche panische Angst?

Jonas hatte die Ausfahrt in die Berge genommen und war eine Weile ziellos über die Landstraßen auf den Höhenzügen gefahren, so, wie sie kamen, ohne einen konkreten Plan. Dann hatte er sein Auto auf einem kleinen Waldparkplatz abgestellt und war den

Wanderwegen gefolgt, bis er das idyllische Plätzchen gefunden hatte, an dem er jetzt saß.

Hier fand er die Ruhe, die jetzt sein wichtigstes Kapital war. Und sein einziges, wie er mit einem bitteren Lächeln zugeben musste.

Die Polizei hatte er nicht angerufen.

Das hatte viele kleine und einen großen Grund.

Zu den kleineren Gründen, von denen er sich selbst eingestand, dass sie bei ehrlicher Betrachtung nur vorgeschoben waren, zählte wieder einmal die Frage des Beweises.

Das Corpus Delicti, der Armbrustpfeil, war vor seinen Augen verbrannt. Er hatte nichts in der Hand. Was natürlich nicht ganz stimmte, denn zumindest die charakteristische Metallspitze musste das Holzfeuer überstanden haben. Wenn Hünninger sie nicht inzwischen aus der Asche des Ofens gefischt und beiseitegeschafft hatte.

Aber es gab noch andere Gründe, die ihn bewogen, die Polizei zunächst außen vor zu lassen. Was, wenn sie ihn selbst verdächtigten? Hünninger hatte den Pfeil auf seinem Grundstück gefunden. Dort, wo Jonas derzeit auch wohnte. Wie konnte er beweisen, dass der Bolzen nicht ihm selbst gehörte? Er war Student für mittelalterliche Geschichte. Er hatte ein Seminar für Waffen dieser Zeit besucht, zu denen auch Armbrüste gehörten. Was die Polizisten sicher inzwischen wussten, nachdem sie an seiner Uni ermittelt hatten.

Sicher, er besaß ein Alibi. Den Abend mit Kathi im Pappenheimer. Aber kannten sie den Zeitpunkt für den Mord an Ehl wirklich so genau? Die Kommissarin hatte selbst angedeutet, dass das Ergebnis der Gerichtsmedizin nur vorläufig war. Und Kommissar Grosch traute ihm sowieso nicht. Vielleicht warf er Jonas am Ende auch noch vor, er hätte im Garten von Hünninger Schießübungen abgehalten?

Und genauso wenig konnte er beweisen, dass der Anschlag ihm gegolten hatte. Das wusste er ja nicht einmal selbst mit Gewissheit. Würden sie ihn daraufhin beschützen? Oder wäre es nicht viel wahrscheinlicher, dass sie ihn zurück nach Jena schickten, zum Studium, weg von den Ereignissen in Saalfeld.

Und das war der große, der gewichtigste Grund gewesen, Kommissarin Vareel nicht über die Sache mit dem Pfeil zu informieren: Egal, was die Polizei glaubte oder tat – ob sie ihn verdächtigte oder beschützte – sie würden ihn aus dem Rennen nehmen. Dann gab es niemanden mehr, der die geheimnisvollen Spuren aus der Vergangenheit der Feengrotten verfolgte. Von denen er mehr denn je überzeugt war, dass sie ihn zu einem Geheimnis führen würden. Und damit zu Fenja.

Er musste jetzt mutig sein.

Er durfte nicht aufgeben.

Und er musste es klug anstellen.

Der erste Schritt war getan. Er hatte sich unsichtbar gemacht, wenigstens für eine Weile. Heute Abend würde er nicht zu Hünninger zurückkehren.

Jonas zog sein Notizbuch aus der Tasche. Seine wichtigsten Spuren konnte er mit wenigen Worten auf einer einzigen Seite zusammenfassen, die auch sein weiteres Vorgehen bestimmen würde.

In die Mitte des Blattes schrieb er das Ziel seiner weiteren Nachforschungen. Es waren nur drei Worte.

Altes Bergwerk / Geheimnis?

Links und rechts daneben notierte er die zwei verbliebenen Wege, die ihn dorthin führen konnten.

Die Mercurius-Akte, 1944.

Wilhelm Brunners geheimnisvolle Odyssee, 1913.

Beide Spuren wiesen in irgendeiner Weise auf die Existenz einer vierten Sohle, eines bisher unbekannten, alten Bergwerksteils hin.

Die Mercurius-Akte war dabei eindeutig der erfolgversprechendere Weg. Aber der hatte sich im Moment in eine Sackgasse verwandelt. Die Spur der Akte verlor sich bei Manuela Bachmann. Die Archivmitarbeiterin war tot. Vielleicht konnte er morgen früh bei Kommissarin Vareel in Erfahrung bringen, ob sie die Papiere in ihrem Haus gefunden hatten.

Die Geschichte von Wilhelm Brunner hatte er in seinem Mercurius-Fieber bisher nicht weiterverfolgt. Auch sie besaß konkrete Ansätze. Ingrid Wohlmuth, die Grottenführerin, hatte eine amtliche Untersuchung erwähnt, die nach Brunners tagelangem Verschwinden im Bergwerk angestrengt worden war. Der Bergmann galt ab Heiligabend 1913 als verschollen und tauchte einige Tage später überraschend wieder auf. Die Untersuchung der Rettungsmaßnahmen dürfte Anfang 1914 stattgefunden haben. Darüber musste es Akten geben. Gewöhnlich lagerte diese Art von Vorgängen in den Landesarchiven. Wie Jonas wusste, befand sich die für diesen Teil Thüringens zuständige Einrichtung in Rudolstadt. In der Stadt, in der er morgen früh um neun Uhr eine unfreiwillige Verabredung hatte.

Jonas war überpünktlich. Er wollte sich nichts vorwerfen lassen. Seit zehn Minuten stand er an der Torwache des Polizeigeländes in der Cottastraße, und noch immer waren einige Minuten Zeit. Der Diensthabende in dem Häuschen hatte schon zwei Mal im Kommissariat 1 angerufen, und zwei Mal war ihm versprochen worden, dass der Student gleich abgeholt würde. Aber noch war niemand erschienen. Jonas stand unter einem kleinen Vordach und beobachtete den feinen Landregen, der ohne Unterlass vom milchig grauen Rudolstädter Himmel fiel.

Die letzte Nacht hatte er in einem kleinen, gemütlichen Landgasthof verbracht, von dem er jetzt schon nicht mehr wusste, wie er hieß, und auch an den Namen des kleinen Dörfchens konnte er sich nicht mehr erinnern. Die Stunden davor war er kreuz und quer durch die Berge gefahren, immer bemüht, die unmittelbare Nähe Saalfelds zu meiden, was ihm letztendlich das Gefühl gegeben hatte, vor dem geheimnisvollen Armbrustschützen sicher zu sein. Leider hatte er feststellen müssen, dass seine geringen Geldreserven nun endgültig zur Neige gingen, was seinen Handlungsspielraum für die nächsten Tage erheblich einschränken würde.

In diesem Moment kam Kriminalhauptmeister Poppe im Laufschritt über den Platz geeilt und brachte ihn in das Gebäude, in dem die verschiedenen Abteilungen des Kommissariats 1 untergebracht waren.

Leib und Leben.

Nach den Ereignissen der letzten Tage bekam diese schlichte Bezeichnung einen beunruhigenden Beigeschmack.

Als die beiden vom Treppenhaus in den langen Flur abbogen, in dem die Sonderkommission ihre Räume hatte, stießen sie fast mit einem jungen Mann zusammen, der ihnen gedankenversunken entgegeneilte. Jonas drehte sich überrascht um. Es war André Benedikt. Das Selbstbewusstsein des smarten Marketingassistenten hatte sich komplett in Luft aufgelöst. Er schien am Boden zerstört. Jonas war sich nicht einmal sicher, ob Benedikt ihn überhaupt wahrgenommen hatte, so schnell war er im Treppenhaus verschwunden.

Komisch, dachte der Student.

Dann brachte ihn Poppe in das kleine Vernehmungszimmer, in dem er schon beim letzten Mal befragt worden war. Heute saß Kommissarin Vareel allein vor ihm.

Das kleine Aufzeichnungsgerät stand in der Mitte des Tisches.

»Guten Morgen, Herr Wiesenburg. Ich bin mir nicht sicher, ob ich mich freuen soll, Sie zu sehen, seit Sie uns von einer Leiche zur anderen führen.« Die Kommissarin meinte das nicht ironisch.

»Guten Morgen«, gab Jonas zurück. Da es zu der Bemerkung der Polizistin nichts zu sagen gab, stellte er stattdessen die Frage, die für ihn immer noch die wichtigste war: »Haben Sie etwas von Fenja gehört?«

»Nein, haben wir nicht. Ich hätte mich gemeldet. Wir halten uns an unsere Versprechen. Im Gegensatz zu Ihnen.«

»Ich habe nichts versprochen.«

»Wir hatten Sie gebeten, auf eigenmächtige Aktionen zu verzichten.« Die Kommissarin sah Jonas scharf an. »Aber gut. Fangen wir an.«

Jonas nickte. Er spürte, dass die Kommissarin gereizt war. Offensichtlich stand sie unter erheblichem Druck. Aber auch er durfte sich nicht provozieren lassen. Sein oberstes Ziel musste sein, hier schnell wieder rauszukommen, um seine Suche fortsetzen zu können.

Anne Vareel nahm einen Computerausdruck aus einer Mappe mit Papieren und legte ihn vor sich hin. »Ich habe hier das Protokoll Ihrer Aussage gegenüber dem Kollegen von der Schutzpolizei. Sie geben an, dass Sie das Grundstück von Frau Bachmann am Samstag aufgesucht haben, weil Sie, ich zitiere, ›etwas über Saalfeld wissen wollten. Weil Sie Geschichte studieren‹. Was wollten Sie denn über Saalfeld wissen?« Die Frage war sachlich und ohne Ironie gestellt.

»Ich mache eine Recherche über die Vergangenheit der Feengrotten. Ich versuche etwas herauszubekommen, was Fenja helfen könnte.«

»Das haben Sie mir letztes Mal schon gesagt«, hakte die Kommissarin ein. »Jetzt möchte ich es genauer wissen. Was hat Sie auf den Gedanken gebracht, dass ausgerechnet Frau Bachmann Ihnen helfen könnte?«

Jonas sah ein, dass er die Polizistin heute keinesfalls mit Allgemeinplätzen abspeisen konnte, und das wollte er auch nicht.

Vielleicht gelang es ihm sogar, die Polizei zu überzeugen, seiner Theorie zu folgen. »Frau Bachmann hat sich vor einiger Zeit eine Akte aus dem Bundesarchiv in Berlin ausgeliehen. Sie trägt den Titel *Operation Mercurius* und bezieht sich auf eine Unternehmung in den Feengrotten im Mai und Juni 1944. Und zwar unter der Führung des Reichsgesundheitsamtes.« Jonas berichtete der Kriminalistin, wie er auf diese Spur gestoßen war. Über seine Suche in der Hutschachtel und von der Fahrt nach Berlin.

Die Kommissarin unterbrach ihn nicht. Trotz der laufenden Tonaufzeichnung machte sie sich Notizen. Als Jonas zu Ende gekommen war, fragte sie: »Um was für eine Unternehmung genau hat es sich 1944 gehandelt?«

»Ich habe keinen blassen Schimmer«, antwortete Jonas deprimiert. »Deswegen wollte ich Frau Bachmann sprechen. Sie hat die Akte.«

»Wir haben bei Frau Bachmann keine Akte gefunden, die diesen Namen trägt.«

»Oh«, entfuhr es Jonas enttäuscht. Seine wichtigste Spur löste sich gerade in Nichts auf. »Sie muss aber da sein«, beharrte er.

»Herr Wiesenburg, haben Sie noch einen anderen Raum betreten als das Foyer, als Sie Frau Bachmann gefunden haben?«, wollte die Kommissarin wissen.

»Nein!«, brauste Jonas auf. »Glauben Sie, ich hab die Unterlagen geklaut?«

»Sie waren nicht im Haus?«

»Wenn Sie das da …«, er suchte nach einer Beschreibung, die er nicht fand, »wenn Sie Frau Bachmann da liegen gesehen hätten, dann wären Sie auch nicht einfach durch die Wohnung spaziert.« In seiner Erinnerung blitzte das schreckliche Bild der verwesenden Leiche auf, und für einen Augenblick kam es ihm vor, als würden alle seine Sinne wieder auf den warmen, stinkenden Raum voller Fliegen gerichtet sein.

»Ich frage aber Sie.« Anne Vareel taxierte Jonas nachdenklich. Sie konnte sich immer noch nicht entscheiden, was sie von dem Studenten halten sollte, der von einem Zeugen in einem Vermisstenfall zum einzigen Verbindungsglied mehrerer schwerer Verbrechen avanciert war. Der Fall wurde immer verworrener. Heute früh hatte sie neben dem Fundortbericht der Kollegen vom Kriminaldauerdienst auch die erste Einschätzung der hinzugezogenen Gerichtsmedizinerin erhalten. Alles deutete darauf hin, dass Manuela Bachmann keines natürlichen Todes gestorben war. Die tiefe, schartige Trümmerwunde in ihrem Schädel ließ sich mit einem Sturz auf die weichen Holzdielen nicht vereinbaren, auch wenn der Täter geglaubt haben mochte, sein Arrangement sei plausibel. Da hatte es auch nichts genützt, die Heizung im gesamten Haus auf die höchste Stufe zu stellen, um die Verwesung zu beschleunigen.

»Ich war nicht im Haus«, wiederholte Jonas noch einmal.

»In Ordnung«, sagte die Kommissarin. »Wissen Sie, wann genau sich Frau Bachmann die Akte in Berlin ausgeliehen hat?«

»Nein. Aber das kann Ihnen sicher Doktor Heiliger sagen.« Jonas gab der Polizistin die Telefonnummer von Schorsch. Der Historiker würde sich wundern, wenn er plötzlich von der Kripo angerufen wurde. Jonas hatte ihm nichts über den wahren Grund seiner Recherche erzählt.

»Weshalb sind Sie so sehr davon überzeugt, dass diese Mercurius-Akte helfen könnte, Ihre Freundin zu finden?«, fragte Anne Vareel. »Wenn Sie noch nicht einmal wissen, was drinsteht.«

»Es gibt einen Brief des Feengrottendirektors von 1944, in dem er sich über die bevorstehende Schließung beschwert«, versuchte Jonas seine Theorie darzulegen. »So bin ich überhaupt erst auf die Sache aufmerksam geworden. Darin spricht er von der Durchsuchung des Altbergwerks. Ich möchte rausbekommen, ob wirklich noch irgendwo ein unbekannter Bergwerksteil existiert.«

»Weil Sie dort was zu finden hoffen?«

»Fenja natürlich. Vielleicht hat sie sich im Bergwerk verirrt, auf der Flucht vor irgendjemandem, der sie angegriffen hat. Sie wäre nicht die Erste.« Jonas erzählte der Kommissarin, was er über das Schicksal Wilhelm Brunners erfahren hatte.

Diesmal machte sie sich keine Notizen. »Und Sie glauben nicht, dass Sie sich da in etwas verrennen?«, versuchte Anne Vareel jetzt einen vorsichtigen, aber entschiedenen Einwand. »Wir haben die Feengrotten mehrmals gründlich durchsucht. Ohne Erfolg. Was sehr bedauerlich ist.«

»Und wenn Sie noch einmal suchen?«, insistierte Jonas.

»Herr Wiesenburg, ich wiederhole mich –«

»1913 haben sie es auch probiert. Mehrere Tage lang.«

»Das ist eine alte Geschichte. Irgendwelche Erzählungen von irgendwelchen Leuten. Glauben Sie mir, den Berg können Sie abhaken.«

»Und wenn die Akte etwas enthält, das so bedeutend ist, dass jemand Menschen dafür umbringt?«, versuchte es der Student noch einmal.

»Das ist schon eher möglich«, gab Anne Vareel zu. »Aber was könnte das Ihrer Meinung nach sein?«

»Ich weiß es nicht.« Jonas verzichtete darauf, jetzt auch noch die Sache mit dem ominösen Wasser des Lebens anzuführen. Dann würde er sich in den Augen der Kommissarin komplett lächerlich machen.

Anne Vareel sah ihn an und zuckte demonstrativ mit den Schultern, was so viel hieß wie: Sie sehen selbst, wie dünn Ihre Theorie ist.

Dabei hatte sie selbst schon in solch eine Richtung gedacht. In der Sonderkommission waren sie sich noch nicht einig geworden, wie sie die Vorgänge der letzten Tage bewerten sollten Als eine zufällige Verkettung unabhängiger Ereignisse oder als einen einzigen großen Fall? Immerhin gab es jedes Mal einen Bezug zu den Feengrotten. Weshalb die Sonderkommission inzwischen auch den beschönigenden Namen »SOKO Fee« bekommen hatte. Sie selbst tendierte immer mehr dazu, die Dinge in einem Zusammenhang zu sehen. Zumindest wünschte sie sich das, nachdem die einzelnen Ermittlungsansätze bisher recht dürftig waren. Aber was der Student hier erzählt hatte, klang ihr alles zu mystisch. Zu verklärt. Verbrechen waren einfacher. Banaler. Jedenfalls hatte sie das oft erlebt.

Jonas schwieg. Er war geknickt, dass seine Überlegungen offensichtlich niemanden überzeugten. Hatte er sich denn mit allem geirrt? Aber was er herausgefunden hatte, waren doch nicht nur Hirngespinste. Vieles davon basierte auf Fakten und historischen Spuren.

»Mit Wilko Ehl lagen Sie übrigens nicht ganz falsch«, erklärte die Kommissarin jetzt. »Wir haben auf einem Computer in seiner Wohnung Fotos von Fenja gefunden. So, wie Sie es beschrieben haben. Nachts durch das Pensionszimmerfenster aufgenommen. Und die passende Kamera lag gleich daneben. Aber das waren nicht die einzigen Bilder dieser Art. Er muss das Spiel schon monatelang getrieben haben, auch mit anderen weiblichen Pensionsgästen. Und keine von ihnen wird vermisst. Es ist also kein Beweis, dass er mit Fenjas Verschwinden etwas zu tun haben muss.« Anne Vareel formulierte ihre Sätze vorsichtig. Eigentlich war es nicht üblich, einem Zeugen Ermittlungsergebnisse mitzuteilen. Aber sie empfand es als fair, Jonas wenigstens darüber zu informieren, dass sie seine Geschichte mit dem Nacktfoto nicht mehr für ein Hirngespinst hielten. Was sie ihm allerdings verschwieg, war der zweite Teil der Geschichte. Dass André Benedikt ebenfalls an der Sache beteiligt war, wenn auch auf andere Weise. Er hatte sehr aufreizende Fotos von einigen der Feendarstellerinnen gemacht, die sich von dem Fotoshooting offensichtlich eine

Bevorzugung bei der Auswahl für die Feengrotten-Kampagne versprachen. Und einen Teil der Fotos hatte er dann unter der Hand an Ehl verkauft, von dem er wusste, dass er auf solche Bilder stand. Die jungen Frauen waren aus dem Staunen nicht mehr herausgekommen, als sie von der Kripo mit ihren pikanten Aufnahmen konfrontiert wurden, zumal jede von ihnen dachte, sie wäre die einzige Auserwählte. André Benedikt hatte heute Morgen alles zugegeben, und nun musste er sich nicht nur ein paar gute Erklärungen für die wutschnaubenden Feen ausdenken, sondern auch für seinen Arbeitgeber. Fotos von Fenja Wolff waren keine dabei gewesen. Sie hatte sich auf solche Spiele offenkundig nicht eingelassen, was nicht nur für ihren Charakter sprach, sondern ihren Freund Jonas Wiesenburg ein Stück weit vom Verdacht einer Eifersuchtstat befreite. In dem Vermisstenfall standen sie nun allerdings wieder ganz am Anfang der Ermittlungen.

Die Polizistin schaltete den kleinen Tonrecorder aus und legte ihn auf den Papierstapel mit ihren Aufzeichnungen.

Die Vernehmung war beendet. Doch sie blieb sitzen.

»Herr Wiesenburg, was soll ich mit Ihnen machen?« Anne Vareel sah den Studenten lange und ernst an, und Jonas begriff, dass der Satz keine Unmutsfloskel gewesen war. Die Kommissarin wusste tatsächlich nicht, was sie tun sollte. Es gab keine eindeutigen Verdachtsmomente gegen ihn. Und sie hatte keine Handhabe, um seine abenteuerlichen Recherchen zu unterbinden.

»Kann ich gehen?«, fragte er.

»Ja, wir sind fertig«, antwortete sie und ergänzte: »Und machen Sie bitte keinen Ärger. Zwei Tote reichen«, wobei sie Fenja bewusst ausklammerte, obwohl sie ganz in ihrem Inneren befürchtete, dass das sympathische Mädchen längst ein drittes Opfer war.

Jonas stand auf, gab der Polizistin die Hand und ging in Richtung Ausgang.

An der Tür blieb er plötzlich stehen und sah sich noch einmal um. »Frau Vareel?« Für den Bruchteil eines Moments spielte er mit dem Gedanken, der Kommissarin von dem Armbrustpfeil bei Hünninger zu erzählen. Doch dann sagte er nur: »Vertrauen Sie mir. Auf Wiedersehen.«

Er musste beweglich bleiben.

42

Er konnte das Schloss schon von Weitem sehen. Jonas hatte die Saale überquert und sein Auto im Stadtzentrum abgestellt. Jetzt lief er über den Rudolstädter Markt und bog in eine kleine Kopfsteinpflasterstraße ein, die sanft anstieg, bevor es dann richtig aufwärts ging. Auf den sechzig Meter hohen Berg inmitten der Stadt, auf dem die mächtige Heidecksburg thronte. An der hohen Fassade des Barockschlosses zogen jetzt die dünnen weißen Schwaden eines beharrlichen Hochnebels vorüber, der sich mit dem feinen Sprühregen zu einem weißgrauen Schleier verband. Wenn sich das Wetter weiter verschlechterte, würde das Wahrzeichen der Stadt bald nur noch als dunkler Schemen zu erahnen sein.

Im Schutz eines alten Torbogens erledigte Jonas zwei wichtige Telefonate. Als Erstes rief er in der Verwaltung des Thüringischen Staatsarchivs an, das sich, quasi über den Köpfen der Rudolstädter, in den dicken Mauern der Heidecksburg befand. Er stellte sich als beauftragter Rechercheur der Universität Jena vor, was ein wenig übertrieben sein mochte, mit der Rückendeckung seines Professors aber auch keine direkte Lüge war. Er bekam sofort einen Termin.

Dann versuchte er, den Leiter des Saalfelder Stadtarchivs zu erreichen. Nachdem Jonas einige Male weiterverbunden worden war, ging Nils Enderlein endlich ans Telefon. Er klang zerstreut und konfus; sie hatten gerade erfahren, dass ihre Kollegin Manuela Bachmann verstorben war, und die Polizei stellte das halbe Archiv auf den Kopf. Jonas verzichtete darauf, Enderlein darüber aufzuklären, dass wiederum er es gewesen war, der die Tote gefunden hatte. Stattdessen drückte er etwas unbeholfen sein Beileid aus. Dann berichtete er in wenigen Worten von seiner Fahrt nach Berlin und fragte, ob die Mercurius-Akte noch irgendwo im Museum liegen könnte. Aber das war nicht der Fall, wie ihm der Archivleiter leicht gekränkt mitteilte: »Davon wüsste ich. Originale aus anderen Museen und Einrichtungen kommen bei uns prinzipiell in den Panzerschrank oder direkt in die Ausstellung«, erklärte er. Jonas bedankte sich und unterbrach die Verbindung. Nun war die Mercurius-Spur endgültig kalt.

Der Student schlug den Kragen seiner Windjacke hoch und ging los. Sein nächstes Ziel hieß Heidecksburg.

Ein verwunschenes Geflecht von Wegen und Treppen führte hinauf zum Schloss. Bei schönem Wetter waren diese Aufgänge sicher wunderbare Wanderwege mit einem atemberaubenden Blick über die Stadt. Jetzt blies Jonas der feuchte, kalte Wind entgegen, der immer unerbittlicher wurde, je höher er kam.

Als er den riesigen Schlosshof erreichte, blieb er einen Moment stehen und sog den Eindruck des erhabenen gelben Gebäudekomplexes in sich auf.

Dann ging er quer über den Platz auf den Gebäudeflügel zu, der das Thüringer Staatsarchiv Rudolstadt beherbergte. Als er wenig später an die dunkelbraune Holztür des Geschäftszimmers klopfte, wurde er von einem sympathischen »Herein« empfangen. Er betrat den Raum.

An einem großen Arbeitstisch saß eine etwa fünfzigjährige Frau im braunen Kostüm. Sie trug ihre dunkelblonden Haare als frechen Pagenschnitt. Ihre Augen blitzten unternehmungslustig, als sie aufsprang und Jonas die Hand entgegenstreckte. »Hallo. Sie sind bestimmt der junge Mann von der Universität.«

»Ja. Hallo. Wiesenburg«, stellte sich Jonas noch einmal vor. »Danke, dass es so schnell geklappt hat.«

»Renate Göbel. Setzen Sie sich. Wie kann ich Ihnen helfen?«, fragte die untersetzte Frau, die eine unglaubliche Energie versprühte. Jonas vermutete, dass sie selbst Rechercheurin oder Wissenschaftlerin war und dieses seltsame Gen in sich trug, das Historiker befähigte, sich so lange in fensterlosen Magazinen durch staubige Akten zu wühlen, bis sie einen sensationellen Fund ans Tageslicht förderten.

»Ich suche Ermittlungsakten zu einem Bergwerksvorfall in den Feengrotten im Jahre 1913. Es geht um einen Bergmann namens Wilhelm Brunner.« Jonas schilderte der Archivmitarbeiterin, was ihm Ingrid Wohlmuth über das traurige Schicksal des alten Bergmanns erzählt hatte.

»Sie haben Glück«, erklärte Renate Göbel, nachdem er seinen kurzen Vortrag beendet hatte. »Alles, was die amtlichen Vorgänge für Saalfeld in dieser Zeit betrifft, ist schon in unserer elektronischen Datenbank katalogisiert. Ich schau gleich mal nach. Möchten Sie inzwischen einen Kaffee?«

Jonas nahm das Angebot dankbar an. Nach der langen Befragung bei der Kriminalpolizei war er ziemlich k.o. Was er der netten Archivarin natürlich nicht auf die Nase band.

Während Jonas seinen Kaffee genoss und aus dem Bürofenster über die nassen Dächer der Stadt blickte, durchsuchte Renate Göbel an einem Computerterminal die Datenbanken des Archivs. Es ging doch nicht so schnell, wie sie gehofft hatte, aber nach zwanzig Minuten intensiver Suche notierte sie sich eine Signatur.

»Ich habe da möglicherweise was für Sie«, berichtete die freundliche Archivmitarbeiterin. »Ich gehe mal runter ins Magazin.«

»Soll ich mitkommen?«, fragte Jonas, den jetzt wieder das Jagdfieber gepackt hatte.

Doch Renate Göbel winkte ab. »Ich bring die Sachen hoch.« Und schon war sie durch die Tür verschwunden.

Zehn Minuten später setzte die Archivarin einen alten, ocker-farbigen Karton auf der hellen Arbeitsplatte vor Jonas ab. »Bitte-schön. Das ist die Bergunfallakte Wilhelm Brunner.« Dann setzte sie sich wieder an ihren Rechner fuhr mit der Arbeit fort.

Jonas löste die derben Schnüre, die das Aktenbündel zusam-menhielten, und breitete die dünnen Mappen und Blätterstöße vor sich aus. Alle Papiere hatten die gelbliche Patina alter Doku-mente. Die Schrift, teilweise mit Schreibmaschine und teilweise in alter Handschrift ausgeführt, war noch gut zu erkennen.

Es handelte sich um eine Sammlung von Zeugenaussagen, die das Verschwinden und spätere Auffinden des vermissten Berg-manns Wilhelm Brunner zum Inhalt hatten. Die meist kurzen Berichte waren in unterschiedlichen Mappen zeitlich geordnet.

Die erste Mappe war dünn. Sie enthielt einige spärliche per-sönliche Angaben zu Herkunft und Familie. Wilhelm war der einzige Sohn des Steigers Jakob Brunner und dessen Frau Greta gewesen, er war 1849 in Garnsdorf geboren worden. Sein Vater Jakob arbeitete in der Grube »Jeremias Glück« und galt seit dem Jahr 1860 als im Berg verunglückt. Man hatte ihn noch im selben Jahr für tot erklärt. Trotz einer finanziellen Unterstützung aus der Knappschaftskasse war die Witwe mit dem elfjährigen Wil-helm gezwungen gewesen, das Haus in der Nähe des Bergwerks zu verlassen und sich ihre Unterkunft in kleineren Ortschaften der Umgebung zu suchen, wo sie in der Landwirtschaft als Magd aushelfen und etwas Geld verdienen konnte.

In der Akte folgte nun eine unvollständige Liste von Gruben in der Saalfelder Region, in denen Wilhelm in jungen Jahren sein Handwerk als einfacher Bergmann lernte und dann gear-beitet hatte. Darüber hinaus gab es eine Abschrift aus einem Kirchenregister, die seine spätere Hochzeit mit einer gewissen Elsbeth Schaefer aus Saalfeld bestätigte. Als Letztes lag der Akte noch ein Vertrag über seine Einstellung als Gehilfe bei der Adolf

Mützelburgschen Erschließungsunternehmung bei, der bis 1913 mehrmals verlängert worden war.

Jonas legte den kleinen Blätterstapel zurück in die Mappe. Das meiste davon hatte ihm Ingrid Wohlmuth bereits erzählt. Jetzt nahm er sich die etwas dickere Akte vor, die sich der Suche nach Wilhelm Brunner im Bergwerk zum Weihnachtsfest 1913 widmete. Eine amtliche Kommission aus städtischer Polizei und der für den Bergbau zuständigen Behörde hatte den Schwerpunkt der Untersuchung auf die Frage gelegt, ob die Rettungsmannschaft Brunner schneller hätte finden können.

Hier wurde es interessant.

Laut einer zeitlichen Übersicht, die aufgrund verschiedener Zeugenaussagen und einiger weiterführender Mutmaßungen aufgestellt worden war, fuhr Wilhelm Brunner zum letzten Mal offiziell am Montag, dem 22. Dezember 1913 in das Bergwerk ein. Es war jenes denkwürdige Ereignis, bei dem die Männer die spätere Märchendomgrotte entdeckten. Danach waren die Erforschungs- und Beräumungsarbeiten für die Zeit des Jahreswechsels offiziell eingestellt worden.

Später hatte man rekonstruiert, dass Brunner am 24. Dezember noch ein weiteres Mal, diesmal allein und ohne Genehmigung, in das marode Stollensystem aufgebrochen war. Nachdem ihn seine todkranke Frau, die sich unendlich sorgte, mithilfe ihres Arztes als vermisst gemeldet hatte, bemerkte ein Kontorangestellter das Fehlen des Bergwerksschlüssels. Daraufhin meldeten sich zwei glaubhafte Zeugen, die Wilhelm Brunner am Heiligen Abend beim Betreten des Bergwerks gesehen hatten.

Doch als die Zeugen vernommen wurden, war Brunner schon zweiundsiebzig Stunden im Berg.

Die sofort eingeleitete Suche, die an mehreren aufeinanderfolgenden Tagen immer wieder neu aufgenommen wurde, brachte zunächst keine Ergebnisse. Am fünften Tag der Suchaktion, nach insgesamt acht Tagen im Bergwerk, fanden sie Brunner erschöpft in einem Stollen in der Nähe des späteren Märchendoms. Eine verwertbare Aussage zu dem, was ihm passiert war, konnte er nicht machen. Die Retter berichteten übereinstimmend vom unzusammenhängenden, wirren Stottern des Geretteten.

Die amtliche Kommission ging nun der Frage nach, wieso der Bergmann trotz einer intensiven Suche von fünf Tagen nicht entdeckt worden war, obwohl er in einem bereits beräumten Teil des Bergwerks gelegen hatte.

Nach eidlicher Vernehmung aller Männer, die an der Rettungsmission beteiligt gewesen waren, sowie der leitenden Angestellten des Grubenbesitzers Adolf Mützelburg gelangte die Kommission zu dem Schluss, dass keine Versäumnisse vorgelegen hatten, zumal die Retter anhand von Tagesprotokollen einwandfrei nachweisen konnten, dass sie den fraglichen Bereich an zwei davorliegenden Tagen schon einmal abgesucht hatten. Wilhelm Brunner war zu diesem Zeitpunkt definitiv noch nicht dort gewesen.

Jonas zog ein vergilbtes Blatt hervor, das eine Art Zusammenfassung darstellte.

Hier wurde er endlich fündig. Denn auf diesem Bogen Papier las er: *Aufgrund des Fehlens jeglicher überlieferter Kartografie der seit dem Jahre 1910 aufgewältigten Grube Jeremias Glück kann – insbesondere wenn die bis dato unvollständige Beräumung und Erschließung der Strecken in Betrachtung gezogen wird – nicht ausgeschlossen werden, dass sich der geschädigte Brunner, Wilhelm, mindestens für gewisse Zeiten in einem für die Hilfeleistenden unzugänglichen oder unbekannten Bereich des Grubengebäudes aufgehalten hat, dessen Lage und Größe sich der vollständigen Kenntnis der Eigentümer entzieht. Dem augenblicklichen Zustand der Grube Rechnung tragend, kann den infrage stehenden Männern kein Versäumen nachgewiesen werden.*

Im Klartext stand hier, dass die Größe des Bergwerks nur fünf Monate vor seiner Eröffnung als *Feengrotten* am 31. Mai 1914 keineswegs in seiner Gesamtheit bekannt war. Vermutlich hatten sie die schönsten Tropfsteinhöhlen mit dem dazugehörigen Stollen freigelegt und gesichert. Aber die Existenz weiterer, unbekannter Bereiche war nicht nur denkbar, sondern sogar wahrscheinlich.

Es gab nur ein Problem. Keiner kannte den Weg dahin. Und wäre er so offensichtlich, dann hätte man ihn längst entdeckt.

Den Rest der Unterlagen hatte Jonas schnell durchgesehen. Es handelte sich um zwei Dokumente. Das eine war ein gerichtlicher Beschluss, der verfügte, dass der Ehefrau des Bergmanns, Elsbeth Brunner, aufgrund des eigenmächtigen Betretens der Grube durch Wilhelm Brunner am 24. Dezember 1913 keine Entschädigung aus der Versicherung des Unternehmens zustand.

Das zweite Blatt regelte die Überstellung des geistig verwirrten Bergmannes in das städtische Irrenhaus Rudolstadt.

Einen Hinweis, wo sich ein möglicher Zugang in den unbekannten Bergwerksteil befinden könnte, suchte Jonas vergeblich.

»Na, sind Sie durch?«, hörte er die fröhliche Stimme von Renate Göbel, als er die Akten sorgfältig übereinanderstapelte und verschnürte. »Haben Sie gefunden, was Sie gesucht haben?«, fragte sie, als sie nun neben ihn trat.

»Na ja, zum Teil schon, danke«, antwortete Jonas, und er bemühte sich, zufrieden zu klingen, obwohl er sich im Grunde seines Herzens mehr versprochen hatte.

»Na, begeistert klingt das aber nicht«, merkte die Archivarin auch sofort. »Ja, bei so alten Akten weiß man nie, was man bekommt. Ich finde es trotzdem immer wieder spannend. Es gibt Dokumente, die sind seit damals nicht mehr gelesen worden. Die Brunner-Akte hier zum Beispiel wurde seit 1914 erst ein einziges Mal ausgeliehen.« Sie griff nach einer kleinen abgeschabten

Pappkarte, die in einer umgeschlagenen Pappleiste des oberen Ordners steckte.

»Und wer war das?«, fragte Jonas, mehr aus Höflichkeit.

»Das war eine private Einsichtnahme. Augenblick, hier steht auch der Name.«

Renate Göbel kniff die Augen zusammen, um die verschnör-kelte Handschrift entziffern zu können.

Dann las sie den Namen vor.

»Der Mann heißt Johann Hünninger.«

43

Das konnte nicht sein. Jonas war sich nicht sicher, ob er sich gerade verhört hatte. Deshalb fragte er lieber noch einmal nach: »Steht da wirklich Johann Hünninger.«

»Ja, kein Zweifel. Johann Hünninger, Saalfeld«, bestätigte Renate Göbel, die etwas überrascht war, dass sich ihr Gast plötzlich dermaßen dafür interessierte.

»Wie viele Tage ist das her?«, wollte Jonas wissen. Der Alte wurde ihm immer unheimlicher.

»Tage?« Die Archivarin schüttelte schmunzelnd den Kopf. »Eher Jahrzehnte. Dieser Herr Hünninger hat die Akten am siebzehnten März 1965 gelesen.«

»Oh.« Jonas war zum zweiten Mal überrascht. Was hatte sein kauziger Vermieter mit dem Bericht über das Schicksal von Wilhelm Brunner gewollt?

»Die Unterlagen können wieder zurück ins Magazin?«, vergewisserte sich die Archivmitarbeiterin.

»Ja, danke. Ich habe alles gelesen«, bestätigte der Student.

»Die Krankenakten interessieren Sie ja sicher nicht, oder?«, fragte Renate Göbel jetzt.

»Welche Krankenakten?« Jonas wurde hellhörig.

»Es gibt noch ein paar Unterlagen über die Zeit von Wilhelm Brunner in der damaligen Irrenanstalt. Aber das hat mit den Feengrotten eigentlich nichts zu tun. Das war hier, in Rudolstadt.«

»Kann ich trotzdem mal reinschauen?« Jonas wollte keine mögliche Spur übersehen, auch wenn die Krankenakte eines völlig verwirrten Wilhelm Brunner nicht unbedingt ernstzunehmende Erkenntnisse versprach.

»Na klar. Kein Problem. Nehmen Sie sich inzwischen noch einen Kaffee«, antwortete die Archivarin gut gelaunt, schnappte sich das Aktenbündel vom Tisch und verschwand wieder im Magazin. Diesmal dauerte es etwas länger, aber nach etwas mehr als einer halben Stunde kam sie zurück, und sie trug den nächsten kleinen Dokumentenstapel unter dem Arm.

»Super«, freute sich der Student und nahm die Papiere entgegen. Diesmal waren es nur zwei einzelne Mappen.

Die obere enthielt den Aufnahmebefund des 65-jährigen Patienten Wilhelm Brunner vom 27. Januar 1914 und einige sporadische Bulletins des Anstaltsarztes, der den alten Bergmann in losen Abständen begutachtet hatte.

Jonas blätterte die Berichte durch. Es war auffällig, dass sich Brunners Zustand seit der Einlieferung kaum verändert hatte. Ihm wurde eine schwere Form traumatischer Hysterie diagnostiziert, ausgelöst durch sein tagelanges Umherirren in dem alten Bergwerk, wobei niemand jemals herausbekommen hatte, was ihm dort wirklich widerfahren war. Von einer Therapie hatte man nach einigen halbherzigen Versuchen abgelassen. Der Bergmann galt als hoffnungsloser Fall.

Je länger Jonas in den hundert Jahre alten Akten las, umso mehr Mitleid empfand er für diesen unbekannten Mann. Scheinbar durchlebte Brunner in der Anstalt die Zeit seiner Odyssee durch die verfallenen Stollen wieder und wieder, hatte schweißgebadet um sich geschlagen oder apathisch und zitternd in einem dunklen Winkel seiner Zelle gelegen. In den seltenen wachen Momenten, in denen er sich etwas klarer artikulierte, bestand der alte Bergmann flehentlich darauf, im Bergwerk seinem jungen Vater begegnet zu sein. Der Irrenarzt führte das darauf zurück, dass Wilhelm Brunner, der seinen Vater schon mit elf Jahren verloren hatte, nun in einer wirren Neurose dieses Erlebnis mit dem Trauma seines Bergunfalls verband.

Das letzte Bulletin vom 16. November 1917 beschränkte sich auf die kurze Notiz, dass der Patient Wilhelm Brunner in den frühen Morgenstunden des selbigen Tages verstorben sei.

Jonas legte die Blätter zurück und klappte den staubigen Pappdeckel zu.

Dann öffnete er die zweite Mappe.

Und schreckte zurück.

Er hatte weitere Dokumente erwartet. Dünne Seiten voller sauber geschriebener Zeilen. Oder amtliche Protokolle mit winkligen Tabellen. Aber was ihm hier entgegenblickte, war etwas ganz anderes.

Gesichter. Eingefrorene Schreie, festgehalten im Moment höchster Qual.

Es waren Zeichnungen. Schreckliche Bilder, die alles ausdrückten, was ein Mensch in panischer Angst empfinden konnte.

Es waren die Bilder von Wilhelm Brunner.

Ein dickes Paket Kohle-Zeichnungen auf derben Blättern, überzogen mit ruhelosen schwarzen Linien, die sich zu düsteren Motiven überlagerten. Scheinbar hatte man dem Patienten in der Anstalt diese Beschäftigung zugestanden.

Es gab ein Grundmotiv, das sich in Variationen ständig wiederholte. Eine Person, eingesperrt in eine enge Höhle, mit wirren Gliedmaßen um sich schlagend, Augen und Mund weit aufgerissen, fast zerquetscht im geschlossenen Maul eines finsteren Berges. Es war eine Gestalt, die in ihrem Kampf gegen die Enge einer animalischen Kreatur glich und in ihrem Leid doch etwas zutiefst Menschliches besaß.

Erst jetzt erkannte Jonas, dass es im Hintergrund jeder Zeichnung noch eine zweite Figur gab. Viel kleiner, fast nicht zu erkennen, aufrecht stehend und dadurch jünger und klarer wirkend. Ein stiller Beobachter, der die grausame Höhle wie ein Geist bewohnte.

Waren das Vater und Sohn? Oder zwei Lebensalter ein und desselben Mannes?

Fragen, auf die es keine Antworten mehr geben würde. Jonas hatte ähnliche Zeichnungen in einer Ausstellung über die Opfer von Naturkatastrophen gesehen. Die eindringlichen, wortlosen Äußerungen von Verschütteten, Verschollenen, halb Ertrunkenen.

Was auch immer damals im Berg passiert war – Brunners Ängste hatten ihren Weg auf mehrere Duzend Bögen Papier gefunden.

Jonas überlegte, woran ihn diese Blätter erinnerten. Zuerst fiel es ihm nicht ein, doch dann entsann er sich. Die Zeichnung in der Gaststätte. Im Loch. Der Mythos vom Mann im Berg. Ein mittelalterliches Märchen, viel harmloser und verspielter als Brunners Seelenbilder, die jetzt hier vor ihm ausgebreitet lagen. Aber in ihrem Kern erzählten beide von einer tiefen Furcht und Einsamkeit.

Nachdem der Student einige der Zeichnungen betrachtet und jeweils behutsam auf die Seite gelegt hatte, bemerkte er, dass es weiter hinten im Stapel noch ein zweites, ganz anderes Bildmotiv gab, das sich fast ebenso oft wiederholte.

Er legte einen der Bögen vor sich auf die Arbeitsplatte.

Hier gab es keine Gesichter. Keine menschlichen Figuren. Eine Weile konnte er nichts mit den verschlungenen Linien anfangen, die sich wie wüste Schlangen über die Papieroberfläche bewegten.

Doch dann sah er es plötzlich ganz klar.

Jede einzelne von diesen Linien hatte einen Sinn.

Die Zeichnung vor ihm war ein Plan.

Während die anderen Bilder Brunners Empfindungen und Ängste ungestüm herausgeschrien hatten, waren hier mit geradezu manischer Gründlichkeit Wege durch das alte Stollensystem nachgezeichnet.

In der linken unteren Ecke bemerkte Jonas eine kleine Anhäufung von Hügeln und Zapfen, in denen er eindeutig den berühmten Märchendom erkannte. Dann folgte ein kleines Labyrinth von unterirdischen Wegen, die rechts der berühmten Grotte ihren Anfang nahmen. Und aus der Mitte dieses Knäuels löste sich eine einsame Linie, die, wie als hätte sie ihren eigenen Kopf, diagonal nach oben strebte. Und erst als sie eine weite Distanz zurückgelegt hatte, verästelte sie sich erneut in ein Gemenge aus Höhlen und Gängen, das keine sichtbare Ähnlichkeit mit den heutigen Bergwerksplänen mehr aufwies.

Die vierte Sohle.

Das unbekannte, vergessene Bergwerk.

Aufgeregt verglich Jonas alle Bilder, die jetzt noch in der Mappe lagen. Sie ähnelten sich so stark, dass das kein Zufall mehr sein konnte.

All diese Zeichnungen waren in einer dunklen Zelle des Irrenhauses entstanden. In den drei Jahren, die er noch lebte, war Brunners gequältes Hirn wieder und wieder die Wegstrecke abgeschritten, die er in seinen Unglückstagen einsam und allein im Berg zurückgelegt hatte. Und irgendwann begann er damit, sie aufzumalen, wieder und wieder. Wie zum Beweis, dass er noch existierte.

Natürlich war Jonas klar, dass alles, was er hier vor sich sah, einem kranken Geist entsprungen war. Und dennoch hatte er das sichere Gefühl, dass dieser Geist sich nichts ausgedacht, sondern etwas reproduziert hatte.

»Brauchen Sie noch sehr lange?«, fragte Renate Göbel behutsam. »Wir haben nämlich seit vierzig Minuten Feierabend.«

»Oh, Entschuldigung.« Jonas hatte vor Aufregung ganz vergessen, dass sie auch noch da war. »Ich gehe sofort. Aber eine Bitte hätte ich noch. Könnten Sie mir diese Zeichnung kopieren?« Der Student hielt den Plan hoch, der ihm am detailliertesten erschien.

»Klar, kein Problem«, antwortete ihm Renate Göbel in ihrer unkomplizierten Herzlichkeit. »Das machen wir gleich hier.«

Fünf Minuten später war die Kopie fertig.

Der Student bedankte sich, und die Archivarin begleitete ihn hinaus. »Jetzt sehen Sie so aus, als hätten Sie wirklich etwas Brauchbares gefunden«, sagte sie zum Abschied und lächelte breit.

»Das können Sie laut sagen«, entgegnete Jonas. Er musste sich beeilen. Jetzt ging es um alles.

Es dämmerte bereits, und das Wetter war noch einmal deutlich unwirtlicher geworden. Jetzt peitschte der kalte Landregen in kurzen, kräftigen Böen über das Meer aus Dächern. Jonas beeilte sich, vom Schloss hinunter in die Stadt zu kommen. Dann überquerte er den Marktplatz, der im Moment wie leergefegt war, und saß kurze Zeit später in seinem Auto.

Während er zurück nach Saalfeld fuhr, wurde es komplett dunkel. Wie immer war sein Ziel Garnsdorf, aber diesmal stellte er sein Auto in einer dunkeln Seitenstraße ab, die einige Ecken von Hünningers Haus entfernt lag. Er löschte das Licht und blieb in der Dunkelheit sitzen. Der feine Regen trommelte auf die Windschutzscheibe, und ab und zu rüttelte eine fauchende Sturmbö am Wagen.

Seit gestern Mittag war er nicht mehr hier gewesen. Letzten Freitag hatte ihm der ominöse Armbrustschütze vor Hünningers Fachwerkhaus aufgelauert. Wenn es nicht der Alte selbst gewesen war, was Jonas zwar nicht wirklich glaubte, aber auch nicht ausschließen konnte.

Er musste noch einmal in das Haus hinein. In sein Zimmer. Dort hatte er einige Dinge zurückgelassen, die er heute Abend brauchen würde. Festes Schuhwerk, eine Lampe, ein Taschenmesser.

Etwas zusätzliches Werkzeug befand sich hier im Wagen.

Jonas hatte einen Entschluss gefasst. In dieser Nacht würde er sich im Bergwerk auf die Suche machen. Nach Fenja oder nach dem Geheimnis, das die Ursache für ihr Verschwinden war.

Mit Brunners Plan.

Er hatte überlegt, ob er Hilfe holen sollte. Aber niemand würde ihm glauben, wenn er mit der Kohlezeichnung ankäme. Dem Gekrakel eines Verrückten, der seit hundert Jahren tot war. Die Kommissarin würde ihn auslachen.

Die anderen hatten das Bergwerk abgehakt. Für Jonas war es der Schlüssel zu allem, was sich in der letzten Woche hier ereignet hatte. Fenja war verletzt. Wo auch immer sie sich gerade aufhielt – die Zeit lief unerbittlich ab. Schon seit Tagen tickte die Uhr. Jonas wollte nicht mehr warten.

Er stieg aus dem Auto und näherte sich Hünningers Haus von der anderen Seite. Seine Augen hatten sich an die Dunkelheit gewöhnt, aber Sturm und Regen nahmen ihm bei jeder neuen Bö die Sicht.

Soweit er es einschätzen konnte, war er weit und breit der Einzige, der bei diesem Wetter durch die Gassen irrte. Aber die vielen Büsche, Winkel und Schuppen der Höfe boten genügend Verstecke für jeden, der ihm hier auflauern wollte.

Die letzten hundert Meter bis zum Haus rannte er und schlug dabei Haken, selbst wenn er sich dadurch vor einem zufälligen Beobachter lächerlich machte und es ihm auch selbst ein wenig paranoid vorkam.

Die oberen Fenster leuchteten matt. Hünninger war also da.

Jonas betrat vorsichtig die Eingangshalle. So sehr er sich dabei bemühte, leise zu sein – die schwere Haustür ächzte deutlich vernehmbar in den Angeln. Einen Moment blieb er still stehen und lauschte, aber aus der Etage über ihm war nichts zu hören. Dann ging er in sein Zimmer. Seine Sachen lagen noch so da, wie er sie verlassen hatte. Jonas lehnte die dünne Tür an und begnügte sich mit dem Licht, das durch den geöffneten Spalt aus der Halle hereinfiel. Im Halbdunkel packte er alles zusammen, was ihm für seine Expedition in den Berg nützlich sein konnte. Dann zog er sich die festen Wanderschuhe an, griff nach seiner Tasche und schlich hinaus.

Schon beim ersten Schritt ins Foyer spürte er es. Etwas war anders. Beunruhigt blickte er sich um.

Ganz hinten in der Halle, am Fuße der Holztreppe, stand eine reglose Gestalt. Es war Johann Hünninger. Er hatte ihn nicht herunterkommen hören. Der Alte trug seinen abgenutzten Sonntagsanzug und sah den Studenten an, ohne etwas zu sagen. Jonas, der sich furchtbar erschrocken hatte, fühlte sich auf eine eigenartige Weise ertappt. Hünninger war vermutlich nicht entgangen, dass er nach dem Vorfall mit dem Armbrustpfeil nicht mehr hier geschlafen hatte. Jetzt nickte Jonas dem Alten nur knapp zu und beeilte sich, aus dem düsteren Fachwerkhaus zu kommen. Es gab kein Zurück mehr. Jetzt wollte er es durchziehen, egal was kam.

Sofort verfiel er wieder in seinen slalomhaften Laufschritt, um es einem vermeintlichen Armbrustschützen schwerer zu machen, ihn zu treffen. Er hörte nur das monotone Trommeln des Regens auf dem Pflaster und den leisen Hall seiner eigenen Schritte, als er jetzt durch die letzte Gasse rannte und kurz darauf in die Straße bog, die hinauf zum Gelände der Feengrotten führte.

Die ganze Zeit dachte er an die merkwürdige Begegnung mit seinem Vermieter. Der hatte einfach nur dagestanden. Der Blick Hünningers verfolgte Jonas. Da waren weder Hass noch Bedrohung gewesen. In den Augen des alten Mannes hatte eine tiefe Traurigkeit gelegen.

Aber jetzt war es zu spät, um noch einmal umzukehren. Morgen würde er mit ihm reden.

Jonas erreichte den Parkplatz. Der Regen peitschte über den Asphalt. Das Gelände des Schaubergwerks lag dunkel und glänzend vor ihm. Ringsum erhoben sich die schwarzen Schemen der dunstverhangenen Berge.

Wie immer außerhalb der Dienstzeiten wurde das Areal nur von einigen matten Laternen beleuchtet. Er bog nach links ab und erreichte den Hohlweg, der zum oberen Stolleneingang führte. Die Strecke stieg jetzt merklich an, aber Jonas rannte nicht langsamer. Erst als er oben angekommen war, gönnte er sich eine kurze Verschnaufpause.

Dann stand er vor der schweren braunen Pforte, die in den Berg hineinführte. Wie nicht anders zu erwarten, war die Tür verschlossen. Aber er hatte schon beim letzten Mal gesehen, dass das alte Schloss kein ernstzunehmendes Hindernis darstellte. Jetzt zog er einen kleinen Steckkasten mit abgewinkelten Inbusschlüsseln aus der Tasche, den er vorhin in seinem Auto gefunden hatte, obwohl er eigentlich zu seinem klapprigen Fahrrad gehörte. Damit versuchte er sein Glück. Mit einem der winkligen Metallstäbe angelte Jonas in dem Schlüsselloch herum, was nicht ohne Fehlversuche und schmerzende Finger abging, aber nach einigem Probieren gelang es ihm schließlich, den groben Schließmechanismus zu öffnen. Die schwere Tür schwang knarrend auf.

Aus dem Tunnel quoll ein milchiger Dunst in Schwaden hinaus in die kalte Nacht, der an eine Waschküche erinnerte.

Jonas drückte auf die Knöpfe in dem kleinen Schaltkasten, an den er sich noch von seinem ersten Besuch erinnerte, und die trübe Bergbeleuchtung flammte auf.

Für einen kurzen Moment zögerte der Student. Alles, was er hier tat, war merkwürdig unreal. Als lebte er in einem verstörenden Traum. Aber die Ereignisse der letzten Tage hatten nichts mit einem Traum zu tun.

Fenja war jetzt seit elf Tagen verschwunden.

Jonas betrat das Bergwerk.

44

Er folgte dem langen Eingangsstollen. Den Weg der Besucherführungen hatte er inzwischen im Kopf. Er durchquerte die ersten Höhlen und stieg dann über die scheppernde Metalltreppe hinunter in die zweite Sohle. In den Quellgrotten hielt er kurz inne und lauschte dem steten Tropfen des Bergwassers. Er orientierte sich und fand den Eingang zu dem langen Gang, der ihn weiter zur dritten Sohle brachte. Die 180 Meter legte er in einem gebückten Laufschritt zurück. Dann stieg er die nächsten Treppen hinunter und trat in die große Höhle des Märchendoms.

Wie immer, wenn man diese Grotte betrat, gebot sie auch jetzt eine Ruhe und Ehrfurcht, der man sich schwer entziehen konnte. Still und doch präsent erhob sich die leuchtende Gralsburg hinter der glasklaren Spiegelfläche des unterirdischen Sees. Dieser Ort strahlte etwas aus, das über den Dingen stand.

Jonas riss sich von dem Anblick los. Bis hierher hatte er nur wenige Minuten gebraucht. Doch das war der offizielle Weg gewesen. Den nächsten Schritt setzte er in eine unbekannte Welt.

Er zog die Kopie von Brunners Bergwerksplan hervor und richtete den bläulich-weißen Strahl seiner Taschenlampe auf das Papier. Die Zeichnung war eindeutig. Tief in der Märchendomgrotte, verborgen hinter einer Felsbiegung, musste es auf der rechten Seite einen weiteren Abzweig geben. Nicht gesichert und unzugänglich für die Besucher. Es war der Einstieg in die verbotene Zone, in das System von blinden Stollen, von denen auch der technische Leiter der Feengrotten gesprochen hatte.

Nur dass laut dieser Zeichnung einer dieser Stollen weiterführte …

So sehr Jonas auch seinen Hals reckte; von hier aus war nichts zu erkennen. Und einen bequemen Pfad gab es nicht. Der Weg hinter den Felsvorsprung führte durch den See.

Der Weiher war hinter einer etwas mehr als kniehohen Mauer angestaut, die den Touristen im vorderen Bereich der Höhle gestattete, den Märchendom vom Trockenen aus zu bewundern. Jetzt trat Jonas an die kleine Brüstung und hielt die Hand in das Wasser. Es war kalt. Die Tiefe konnte er nicht einschätzen. Am rechten Rand des Sees schimmerte der steinige Grund durch; wahrscheinlich war es dort flach genug, um einen Gang zu wagen.

Er zog Schuhe und Socken aus und band sie an seine Umhängetasche. Dann krempelte er seine Jeans so weit wie möglich nach oben, kletterte auf die Mauer und stieg vorsichtig in das eisige Bergwasser. Er hatte sich nicht getäuscht. Am rechten Ausläufer des Sees konnte er ohne große Probleme entlangwaten. Schritt für Schritt tastete er sich voran. Das Wasser wurde etwas tiefer, aber solange er an der Seite blieb, war das kein Problem. Die kleinen Wellen, die er bei seinem vorsichtigen Marsch auslöste, zogen sich langsam durch den gesamten See, bis sich die gespiegelte Tropfsteinwelt in sanften Ringen zu einem vielfarbigen Flimmerbild vermischte.

Als er der unregelmäßigen Wölbung der rechten Felswand eine Weile gefolgt war, trat die Gesteinsfront auf einmal zurück, und dahinter wurde ein Schotterkegel sichtbar, der bis zu einer runden, dunklen Öffnung anstieg.

Jonas hatte den Einstieg in das kleine Labyrinth gefunden, das nur von Marco Jäckel und seinen Kollegen betreten werden durfte. Die maroden Reststollen der Feengrotten.

Auf den ersten Metern des Geröllhügels machte er eine kurze Rast, um sich die Socken und Bergschuhe wieder anzuziehen.

Dann band er sich seine Tasche quer über den Rücken und kraxelte über die kantigen Steine nach oben.

Wie ein dunkles Maul glotzte ihm das schartige Loch von der Felswand entgegen. Im Bereich der gesperrten Stollen gab es offensichtlich keinerlei elektrische Beleuchtung. Ab hier begann das Reich der Finsternis.

Jonas schaltete die Taschenlampe ein und betrat den niedrigen Felstunnel. Schon nach wenigen Metern musste er sich bücken, und noch etwas weiter vorn ging es nur noch auf allen Vieren weiter. Er kroch vorsichtig durch eine quadratische Öffnung, die mit ein paar wenig Vertrauen erweckenden Holzstempeln abgestützt war, und erreichte einen engen, senkrechten Schacht.

Wie auf dem Grund eines verfallenen Brunnens, dachte Jonas und richtete sich langsam auf, immer bemüht, sich den Kopf nicht an einem der schroffen Felsvorsprünge blutig zu stoßen, die überall im Dunkel versteckt lauerten. Im schmalen Lichtkegel seiner Lampe erschien jetzt eine rostige Eisenleiter, die senkrecht nach oben führte. Er rüttelte mehrmals an dem rotbraunen Gestänge und entschloss sich schließlich, mehr aus Pragmatismus als aus Überzeugung, der angegriffenen Metallkonstruktion zu vertrauen. Behutsam zog er sich Sprosse für Sprosse nach oben. Die Stiege ächzte und schwankte, aber sie hielt. Nach vier oder fünf Metern erreichte er eine seitliche Höhlung, von der drei waagerechte Stollen abgingen. In jeden davon richtete Jonas seine Lampe. Zwei der Gänge endeten schon nach wenigen Metern in undurchdringlichen Geröllkegeln, die sich bis zur Decke auftürmten. Der dritte Tunnel schien weiterzugehen, schraubte sich jedoch in einer sanften Drehung nach links oben, so dass nicht zu sehen war, wohin er führte.

Eine Alternative gab es nicht, also folgte Jonas diesem Gang, der immer weiter an Höhe gewann, dafür aber selbst allmählich flacher wurde. Der Untergrund, der bis eben noch aus festem Gestein bestanden hatte, war jetzt zunehmend mit kleinteiligem Trümmerschutt angefüllt und verwandelte sich dann in eine unberechenbare Geröllhalde. Nach wenigen Minuten Fußmarsch war der Student gezwungen, Meter für Meter über den ansteigenden Boden zu kriechen. Die spitzen Steine drückten schmerzhaft durch seine Jeans, und er musste aufpassen, nicht den Halt zu verlieren und über die Halde zurück in die Tiefe zu rutschen.

Er war froh, als er endlich die nächste Terrasse erreichte, von der drei weitere Stollen abzweigten. Sie schienen alle begehbar, so dass der Student kurz entschlossen den linken wählte. Nach ein paar Metern wandte sich der Gang in einer sanften Kurve nach rechts, und kurz danach stand er wieder auf der Terrasse. Er war im Kreis gegangen. Also nahm er jetzt den letzten verbliebenen Tunnel. Nach einer überschaubaren Wegstrecke mündete der Gang in ein größeres Gewölbe.

Hier würde er eine kurze Pause einlegen, um sich auf dem Plan neu zu orientieren. Jonas trat in die Höhle. Seine Lampe produzierte einen gebündelten Lichtstrahl, der scharf ins Dunkel schnitt, aber sie war nicht geeignet, ganze Räume auszuleuchten. Deshalb dauerte es eine Weile, bis er die Konturen des vor ihm liegenden Hohlraumes mit dem engen Lichtpunkt abgetastet und ein Gefühl für das dunkle Nichts bekommen hatte, das ihn umgab. Die Höhle war relativ hoch, wie das Innere einer riesigen Birne. Ringsum gingen weitere Stollen ab. In einigen Vertiefungen auf dem Boden sammelte sich von Bergwasser durchtränkter Grubenschlamm. Es war eine Kreuzung vieler Wege, eine Art Mittelpunkt, der wie ein unterirdischer Hexenplatz anmutete. Nicht alle Tunnel begannen ebenerdig; einige schienen wie eingegrabene Röhren tiefer zu liegen, andere begannen in Kopfhöhe, und ihre schroffen Austrittskanten ließen darauf schließen, dass die Halle vor langer Zeit durch einen Zusammenbruch entstanden war.

Er musste sich jetzt irgendwo oberhalb des Märchendoms befinden. Jonas richtete die Lampe wieder auf Brunners Plan. Er erkannte den charakteristischen Raum sofort, offensichtlich hatte er auch 1913 schon in dieser Form existiert.

Jonas sah auf die Zeichnung.

Es war eindeutig. Von dieser Kreuzung ging der lange Tunnel ab, der zu dem unbekannten Bergwerksteil führte.

Aber welcher der Stollen war der Richtige? Der Student drehte das Blatt Papier mehrmals hin und her. Er fand jedoch keinen eindeutigen Bezugspunkt. Es gelang ihm nicht, die Richtungen der Wege in Karte und Wirklichkeit deckungsgleich übereinander zu bringen.

Ein besonderes Merkmal gab es. Der gesuchte Tunnel ging im spitzen Winkel von einem anderen Stollen ab, der zunächst ein Stück in die falsche Richtung führte und dann verschüttet war. Ähnlich wie bei einem Widerhaken. Wenn er Brunners Zeichnung richtig interpretierte.

Also musste er zuerst den falschen Stollen finden.

Es half nichts – er kam nicht umhin, alle Möglichkeiten nacheinander auszuprobieren. Von links beginnend, schritt er Öffnung für Öffnung ab. Die meisten Stollen schieden sofort aus. Einige, weil sie wirklich blinde Stollen waren, bei denen die mittelalterlichen Bergleute nach wenigen Metern aufgegeben hatten. Diese Schneisen endeten an einer sauberen, senkrechten Wand. Dann gab es eine Reihe von Gängen, die schon nach einer kurzen Strecke komplett verschüttet waren. Jonas musste sich zusammenreißen, beim Anblick der Geröllberge nicht den Mut zu verlieren. Hoffentlich war Brunners Stollen nicht einer von ihnen. Immerhin waren seit damals einhundert Jahre vergangen. Dann wäre er chancenlos.

Andrerseits hätte es dann auch für Fenja nichts zu entdecken gegeben und damit keinen Anlass für den Täter, aktiv zu werden. Wenn seine Theorie stimmte …

Am Ende blieben nur zwei dunkle Gänge übrig, die so weit in die Tiefe reichten, dass sie überhaupt infrage kamen. Durch den einen war der Student hereingekommen. Der andere begann in der gegenüberliegenden Ecke des Felsenraumes und bog in einem weiten Bogen nach links ab, so dass man nicht genau sehen konnte, wohin er führte.

Die Ränder des Eingangs waren kantig und ausgeschlagen.

Schwarz und feindselig starrte der enge Schlund in den Raum.

In diesem düsteren Loch lag jetzt all seine Hoffnung.

Jonas verstaute die Karte in seiner Tasche, drückte sich selbst die Daumen und marschierte los.

Erst ging es ungefähr zwanzig Meter geradeaus, dann begann allmählich die Linksbiegung. Der Student marschierte zügig weiter, doch plötzlich stieg der Boden im Gang immer weiter an. Jonas merkte, dass er schon einige Meter weit auf einer Halde aus Geröll lief, die nun immer steiler wurde. Er blieb stehen und richtete seine Taschenlampe nach vorn. Der scharfe Lichtstrahl wurde von einer Front aus scharfkantigen Felsbrocken und den Trümmern jahrhundertealter Grubenhölzer zurückgeworfen. Jonas stand vor einer dichten Wand aus Bruchwerk, die den Stollen wenige Meter vor ihm bis unter die Decke ausfüllte. Hier kam er nicht weiter, das war eindeutig.

Aber genau so war es in der Karte auch beschrieben.

Vorsichtig bewegte sich Jonas ein Stück zurück, drehte sich um und untersuchte den Stollen in der Richtung, aus der er gekommen war. Zunächst sah er überall nur schwarzes Gestein, nass glänzend von dem Grubenwasser, das hier überall von der Decke tropfte. Doch dann entdeckte er es. Versteckt in der Biegung gab es eine unscheinbare kleine Felsnische, die nur auszumachen war, wenn man sich umblickte und bewusst danach suchte. Und oberhalb der Nische führte ein niedriger Stollen in eine schwarze Tiefe.

Jonas durchfuhr ein aufgeregtes Kribbeln. Noch einmal holte er die Karte von Wilhelm Brunner hervor. Der versteckte Abzweig lag exakt so, wie es die Kohlestriche auf dem Papier anzeigten.

Er hatte den Einstieg in den entscheidenden Tunnel gefunden. Den unterirdischen Pfad in das mysteriöse Stollensystem, von dem keiner glaubte, dass es überhaupt existierte.

Voller Tatendrang zog er sich auf den Gesteinssims hinauf, der den Beginn des verheißungsvollen Weges markierte. Dann bückte er sich und trat in den dunklen Gang. Erst führte er einige Meter geradeaus. Jonas konnte es jetzt kaum mehr erwarten. Doch gerade, als er zügig voranschreiten wollte, fiel das Licht seiner Lampe auf Stein.

Vor ihm lag eine Wand aus behauenem Fels.

Hier endete der Weg. Abrupt und unbarmherzig.

Es war ein blinder Stollen.

Enttäuscht verharrte Jonas in der dunklen Röhre. Brunners eigentümliche Zeichnung hatte sich als Sackgasse erwiesen. Im bittersten und wahrsten Sinne des Wortes. Ein Hirngespinst auf Papier, das hier und jetzt an der Realität gescheitert war.

Betrübt ließ der Student seinen Blick über die schroffe Oberfläche wandern. Betrachtete die unbarmherzige Struktur. Er wollte umkehren, aber eine Mischung aus Enttäuschung und Ratlosigkeit lähmte ihn.

So stand er mehrere Minuten da. Regungslos.

Fast wäre es ihm entgangen.

Die Fläche vor ihm sah aus wie alle anderen Steinwände auch. Und doch wies sie eine merkwürdige Symmetrie auf, die sich nur erschloss, wenn man lange genug hinsah.

Jonas trat ganz nahe an das vermeintliche Stollenende heran. Und da entdeckte er es. An den Rändern des Tunnelbogens, versteckt in den schartigen Winkeln des grob behauenen Felsens, führte ein Riss rund um die Wand herum.

Nur, dass es kein Riss war, sondern ein regelmäßiger Spalt. Von Menschenhand erschaffen.

Was hier vor ihm lag, war eine Tür.

45

Es gab weder einen verborgenen Mechanismus, noch ein irgendwie geartetes Schloss. Die Steinwand ließ sich einfach aufdrücken, wenn man sich nur kräftig genug dagegenlehnte. Es kostete Jonas nur ein bisschen Kraft, und schon schwang die Geheimtür auf, die seine Pläne fast vereitelt hätte. Er trat hindurch und besah sich die Konstruktion. Es war eine einfache, behauene Steinplatte, die in einem rostigen Metallrahmen saß und in einem Torlager aufgehängt war. Eine simple Idee. Und eine perfekte Tarnung.

Dahinter setzte sich der Stollen schnurgerade fort. Jonas konnte sofort erkennen, dass der Gang ab hier gesichert und solide ausgebaut war. An manchen Stellen hatte man Stahlträger eingezogen, und einige Passagen waren sogar mit Beton verschalt. Allerdings musste all das schon vor langer Zeit passiert sein, denn die spröden Träger hatten eine rostbraune Färbung angenommen, und der Beton war von einem schmierigen schwarzen Belag überzogen.

Der Student überlegte. Zu Zeiten von Wilhelm Brunner gab es diese Tür mit Sicherheit noch nicht, sonst hätte sie in seinen Zeichnungen eine Rolle gespielt. Und Jonas war sich sicher, dass auch der massive Ausbau des Stollens jüngeren Datums war. Jemand hatte Brunners Gang entdeckt, gesichert und wieder verborgen.

Jonas konnte seine Aufregung nur schwer zügeln. Sechs ausradierte Wochen im Frühjahr 1944. Näherte er sich dem Geheimnis der Operation Mercurius?

Er folgte dem Stollen. Es ging schnurgerade voran, immer tiefer in den Berg hinein. Minutenlang. Der Student konnte die Länge der Stecke schwer einschätzen, aber er hatte das Gefühl, sehr weit gegangen zu sein, als die Seitenwände plötzlich zurückwichen und der Gang in eine große Höhle mündete.

Er blieb stehen, hob seine Lampe und versuchte, die Größe der unterirdischen Halle zu ermessen. Doch das winzige Licht verlor sich in der Schwärze. Die Umrisse, die er nach und nach erahnen konnte, ließen ihn staunen. Das hier war kein einheitlicher Raum, sondern ein verschachteltes System aus vielen Grotten und Tunneln. Ein komplettes Bergwerk, das den Felsen aushöhlte wie ein Schweizer Käse.

Er spürte einen leichten Luftzug. Es roch nach feuchtem Stein, und Jonas atmete ein paar Mal tief ein. Scheinbar gab es hier sogar eine natürliche Belüftung, von wo auch immer sie sich speiste.

Fasziniert begann der Student, die Anlage zu erkunden, doch schon nachdem er wenige Meter gegangen war, besann er sich. Er durfte den Bezug zu dem Gang nicht verlieren, durch den er gekommen war. Sonst war er in diesem unbekannten Labyrinth verloren. Er ließ den Strahl seiner Lampe über die schwarzen Felswände zurückwandern. Zum Glück fand er das sorgfältig ausgemauerte Stollenende ohne Probleme wieder.

Doch dann entdeckte er noch etwas anderes. Rechts neben dem Stollen gab es Konturen, die in der schroffen Umgebung der Höhle wie Fremdkörper wirkten. Da waren Ecken. Linien. Symmetrien. Zuerst dachte er an eine Häuserwand. Doch das konnte nicht sein. Er trat näher.

Vor ihm lag eine einzelne Grotte, deren Vorderseite komplett zugemauert war. Nur in der Mitte hatte sie ein großes, zweiflügliges Tor aus schweren Eisengittern. Das unterirdische Bauwerk besaß trotz seiner Schlichtheit etwas Monströses. Etwas Tempelhaftes.

Jonas war gerade dabei, sein Licht über die sauber verfugten Wände streifen zu lassen, da hörte er es. Erst dachte er, es wäre das Plätschern der Rinnsale, die, gespeist vom Bergwasser, überall durch die unterirdische Halle führten.

Doch dann wiederholte sich das Geräusch.

Es kam aus dem Betonbau vor ihm.

Er machte einen Schritt nach vorn.

Und mit einem Mal erkannte er es als das, was es wirklich war: das Schluchzen eines Menschen.

Jonas rannte zu dem Tor und rüttelte daran. Doch es bewegte sich keinen Zentimeter. Er leuchtete hektisch die Mittelstreben ab. In Augenhöhe war eine Metallstange eingehängt, die links und rechts weit über die vergitterten Torflügel hinausreichte. Ein riesiger Querriegel, der in Haken aus flachen Bandeisen ruhte. Jonas griff unter die lange Strebe und drückte sie entschlossen nach oben. Doch nichts passierte. Mit der Lampe folgte er dem Riegel. Vor der rechten Wand saß er auf einer eisernen Öse und war mit einem rostigen Splint gesichert. Hastig riss der Student die Arretierung heraus und zog die Stange aus der Halterung. Das Gleiche wiederholte er auf der anderen Seite.

Mit einem hellen Scheppern schlug das lange Metall auf dem steinernen Boden auf.

Das Tor war offen.

Jonas zog den rechten Flügel auf, der sich quietschend in seinen Angeln drehte. Dann richtete er den scharfen Strahl der Taschenlampe in das Innere der Grotte.

Zuerst sah er nichts als riesige Stapel dunkelgrüner Holzkisten, die den gesamten Innenraum der Seitenhöhle in symmetrischen Reihen ausfüllten. Doch dann hörte er erneut ein leises Wimmern und blickte nach rechts.

Dort, auf dem Boden zwischen den Kisten, lag eine zusammengekrümmte Gestalt.

Jonas' Hände zitterten, als er den Strahl der Lampe seinem Blick folgen ließ. Er sah in ein schmutzverschmiertes Gesicht. Von einer Sekunde auf die andere durchfuhr ihn ein unbeschreibliches Glücksgefühl.

Alles an diesem Gesicht war ihm vertraut.

Er hatte seine Liebste gefunden.

Und sie lebte!

»Fenja!«, entfuhr es Jonas. Er ging in die Hocke und nahm seine Freundin behutsam in die Arme. »Wie geht es dir? Was ist passiert? Bist du verletzt?« In seiner Euphorie spie er die Fragen förmlich aus, doch Fenja war viel zu entkräftet, um zu antworten. Stattdessen hob sie den Kopf ein wenig an, lächelte schwach und hauchte ihm drei leise Worte entgegen: »Ich liebe dich!« Für Jonas war es die schönste Liebeserklärung, die er je gehört hatte. Dann glitt Fenja erschöpft in seine Arme zurück. Jonas wiegte seine Freundin sanft hin und her, redete beruhigend auf sie ein und suchte unterdessen ihren Körper nach Verletzungen ab. An der Schläfe entdeckte er eine großflächige Platzwunde, die sich bis unter die Haare zog, aber schon weitgehend verschorft und zugeheilt war. Ansonsten fand er nichts. Zumindest nichts, was ihm äußerlich aufgefallen wäre.

Auf dem Boden lagen einige graue Decken aus derbem Stoff, mit denen sich Fenja offensichtlich in der unwirtlichen Höhle gewärmt hatte. Jonas legte ihr eine davon über den ausgemergelten Körper und drückte seine Freundin vorsichtig an sich, um sie zu wärmen und um ihr nahe zu sein. In seinem Kopf überschlugen sich unterdessen die Gedanken. Er wusste nicht, wie lange Fenja noch durchhalten würde. Sie war extrem kraftlos und ausgehungert; das Einzige, was es hier in den Grotten scheinbar ausreichend gegeben hatte, war Wasser. Das und die Decken hatten ihr vermutlich das Leben gerettet. Nun musste er sie irgendwie aus dem unwegsamen Bergwerk schaffen. Oder Fenja noch einmal alleine lassen, um Hilfe zu holen.

Während er fieberhaft überlegte, was er tun sollte, vernahm er hinter seinem Rücken plötzlich ein kurzes, fauchendes Geräusch. Im gleichen Moment wurde die Höhle in ein helles, weißgelbes Licht getaucht.

Jonas fuhr erschrocken herum und blinzelte verwirrt. Die plötzliche Lichtflut kam von einer großen, tragbaren Gaslaterne, die jetzt im Eingang der Grotte stand. Als sich seine Augen an die unerwartete Helligkeit gewöhnt hatten, bemerkte er die Gestalt, die unbeweglich im Halbdunkel hinter der Lampe stand.

Da erkannte er den Mann.

Es war Nils Enderlein, der Leiter des Saalfelder Stadtarchivs.

Und er hatte eine Armbrust auf Jonas gerichtet.

»Meinen Glückwunsch! Sie haben das Rätsel gelöst. Und leider viel schneller, als ich gedacht hatte. Auch wenn ich nicht genau weiß, wie.« Enderlein grinste, aber seine Züge waren von einem fast krankhaften Hass verzerrt. Er kam langsam näher. Seine Bewegungen wirkten fahrig und angespannt. »Sehen Sie sich um«, fuhr er fort und ließ seinen Blick durch die Grotte schweifen, »Sie haben es geschafft. Sie sind reich! Genauso wie Ihre kleine Schlampe!«

Jonas starrte den Archivleiter entgeistert an. Er begriff überhaupt nichts.

Enderlein lachte laut los. »Was? Das glaube ich jetzt aber nicht.« Für einen Moment erschien ein überraschter Ausdruck auf seinem Gesicht. Dann zog er die Stirn kraus, so, als würde ihm in diesem Moment eine unfassbare Erkenntnis bewusst werden. »Sie wissen es nicht! Sie wissen es wirklich nicht!« Seiner Kehle entfuhr ein glucksendes Geräusch. »Sie haben mir alles versaut, ohne überhaupt zu wissen, worum es geht?« Jetzt lachte er grell auf. »Dann sterben Sie ja für nichts!« Er schüttelte sich vor Lachen, aber es hatte nichts Vergnügtes. Es war die Entladung einer unglaublichen Anspannung. »Jonas, nun enttäuschen Sie mich aber gewaltig.«

»Was wollen Sie von mir?«, fragte der Student vorsichtig. Er konnte seine Erinnerung an den sympathischen Archivleiter noch immer nicht mit dem hysterischen Schauspiel verknüpfen, das sich gerade vor seinen Augen abspielte. Instinktiv hatte er nur eines begriffen. Das war kein Scherz. Hier ging es um Leben und Tod.

»Ich will nichts von Ihnen. Ich will überhaupt nichts von Ihnen. Sie wollen etwas von mir!« Jetzt schrie Enderlein fast. »Alle wollen mir die Tour vermiesen. Erst die Bachmann. Danach Ihre neugierige Freundin. Dann kommt auch noch der raffgierige Ehl. Und zum Schluss Sie! Aber der Einzige, dem das verdammte Gold zusteht, bin ich!«

Das Gold.

Was hatte das hier mit Gold zu tun?

Enderlein schwieg.

Die Pause wurde länger.

Jonas überlegte. Bereute der Mann gerade, zu viel verraten zu haben? Aber das Wort war ausgesprochen. Jetzt war es in der Welt. Plötzlich veränderte sich die Miene des Archivleiters vollständig, er lächelte und legte seinen Kopf schräg. In seine Gesichtszüge mischte sich eine sanfte Selbstzufriedenheit. Frag mich doch, schien sein Gesicht zu sagen.

Jonas tat ihm den Gefallen. Er musste Zeit gewinnen. »Was für Gold?«

»Sie haben wirklich keine Ahnung!« Enderlein sah Jonas an und zog eine bedauernde Grimasse. Doch dann bekamen die Augen des Archivleiters einen entrückten Glanz. »Der berühmte

Goldschatz der Nazis! Verschollen seit dem Untergang des Reichs. Spurlos verschwunden. Ein Mythos! Tonnen von Gold. Eingeschmolzen zu handlichen Barren mit der Prägung der Reichsbank.« Er machte eine Kunstpause, dann flüsterte er wie ein Schauspieler am vorderen Rand der Bühne, der seinem Publikum ein großes Geheimnis verrät: »Und nun sehen Sie sich um! Sie sitzen genau davor.«

Jonas sah hinter sich. Die olivgrünen Kisten, die sich überall in der Grotte stapelten, hatte er bisher nicht weiter beachtet. Seine Gedanken drehten sich nur um Fenja, und wie er es schaffen konnte, gemeinsam mit ihr aus dieser unterirdischen Hölle zu entrinnen.

Nun ließ er seinen Blick über die langen Stapel gleiten.

»Sehen Sie es sich an. Keine Angst! Gold beißt nicht«, forderte ihn Enderlein auf. »Nur zu. Öffnen Sie eine Kiste. Bedienen Sie sich.«

Das ließ sich Jonas nicht zweimal sagen. Nicht wegen des Goldes, der Gedanke daran war so absurd wie die gesamte Situation. Aber es verschaffte ihm die Gelegenheit, Fenja ein wenig aus der Schusslinie zu bringen. Als er jetzt aufstand, ließ er sie zurück auf den Boden gleiten, und zwar so, dass ein Großteil ihres Körpers hinter einer der Holzkisten zu liegen kam, zwischen denen sie ihr Lager eingerichtet hatte. Eine Kiste voll Gold konnte auch ein Armbrustbolzen nicht so schnell durchschlagen.

Jonas trat an einen Stapel. Die länglichen Kästen waren mit Metallverschlüssen gesichert. Sie hatten eine Patina aus feinem Rost, aber es gelang dem Studenten ohne Mühe, die Schnappbügel zurückzuschlagen. Dann klappte er den Deckel der obersten Kiste auf. Als Erstes sah er nur grauen Stoff. Eine Decke, wie sie Fenja benutzt hatte, um in dem zehn Grad kalten Bergwerksgefängnis zu überleben.

Er zog das steife Tuch beiseite. Darunter lagen, sauber nebeneinander einsortiert, reihenweise glänzende Goldbarren. Jungfräulich. Makellos. Verheißungsvoll.

Jonas ließ seinen Blick langsam durch die riesige Grotte schweifen. Wenn alle diese Kästen dasselbe enthielten, dann lagerte hier ein unglaublicher Schatz.

»Unternehmen Mercurius!«, rief Enderlein jetzt, und der Stolz des Wissenden war nicht zu überhören. »Vom fünfzehnten Mai bis fünfundzwanzigsten Juni 1944. Die geheimnisvollen sechs Wochen. Sie waren so dicht dran, mein Lieber.« Er nickte Jonas anerkennend zu. »Aber dann sind auch Sie auf den großen Bluff hereingefallen.«

»Welchen Bluff?«, fragte Jonas.

»Das Heilwasser.« Enderlein grinste. »Die Idee war ebenso einfach wie genial. 1944. Es sah schon lange so aus, als ginge der Krieg gründlich in die Hose. Zeit, die Beute zu verstecken. Warum nicht in den Feengrotten? Dort, wo alle hinschauen, ist bekanntlich das sicherste Versteck. Die Gerüchte von einem unbekannten Bergwerksteil geisterten seit 1913 herum. Ein gutes Lager also für das Gold der Reichsbank. Es gab nur ein Problem. Die Feengrotten waren kein Bergwerk, sondern ein Showbetrieb. Immer gab es Publikum. Was also tun?« Der Archivleiter sah Jonas herausfordernd an, setzte seinen Vortrag aber gleich fort. »Sechs Wochen brauchten die Kommandos, um das Gold im Berg zu verstecken. Die Schließzeit war unvermeidlich. Aber egal wie geheim die Operation war – es würde Gerüchte geben. Und Fragen. Warum also nicht gleich die Antworten mitliefern? Die falschen, natürlich.« Enderlein hielt kurz inne. Er gefiel sich zunehmend in seiner Rolle als Erzähler. »Also wurden ein paar unwichtige Ärzte und Chemiker zum Reichsgesundheitsamt versetzt und dann nach Saalfeld geschickt. Hier mussten sie nur geheimnisvoll und wichtig tun und darauf achten, dass sie bemerkt wurden. Dabei haben sie sich die ganze

Zeit die Eier geschaukelt. Sie waren nur Statisten. Teil des großen Bluffs. Denn alle würden hinter vorgehaltener Hand schwören, es wäre um das Heilwasser gegangen.«

Jetzt verstand Jonas, worum es bei diesen merkwürdigen Personalverschiebungen zum Reichsgesundheitsamt gegangen war, die nirgendwo Spuren hinterlassen hatten.

»Wer dann immer noch Zweifel hatte«, beendete der Archivleiter seinen Vortrag, »für den haben sie sogar den passenden Titel gefunden. Operation Mercurius. Schön mystisch und rätselhaft. Und die Neunmalklugen stießen wieder nur auf das Heilwasser.« Aus Enderleins Worten sprach jetzt echte Anerkennung. »Es war einfach brillant. Alle dachten, sie holen etwas aus dem Berg. Und keiner ist auf die Idee gekommen, dass sie stattdessen etwas hineingeschafft haben. Die ahnungslosen Saalfelder sitzen seitdem auf einem goldenen Ei, und sie haben bis heute nichts davon gemerkt!« Der Archivleiter lächelte versonnen in sich hinein. »Tja, Herr Wiesenburg. Das war schon die ganze Geschichte.«

In der kalten Felsenhalle breitete sich ein angespanntes Schweigen aus.

Enderlein blickte auf die schwere historische Armbrust in seiner Hand. Bis eben hatte er in der Euphorie des Vortrags lässig damit hin und her gewackelt, aber jetzt konzentrierte er sich wieder auf das, was er da hielt, und richtete die Waffe genau auf die Brust des Studenten.

»Wissen Sie das alles aus der Mercurius-Akte?«, fragte Jonas, um das Gespräch wieder in Gang zu bringen.

»Die Akte.« Enderlein lächelte bitter. »Ohne die stünden wir jetzt gar nicht hier.«

»Wieso?«, hakte Jonas schnell nach, bevor Enderlein wieder in Schweigen verfiel.

»Eines Tages kommt die Bachmann ganz aufgeregt zu mir ins Büro. Sie hätte eine Sensation entdeckt. Es war schon weit nach Feierabend, wir haben beide Überstunden gemacht, und ich wollte nach Hause. Da legt sie die Akte vor mir auf den Tisch. Sie hätte ein bisschen für die Ausstellung recherchiert und wäre da im Bundesarchiv auf etwas gestoßen. Und dann lässt sie die Bombe platzen: Der lang gesuchte Goldschatz der Nazis lagert in den Feengrotten. Bei uns, in Saalfeld. Ich hab sie ausgelacht!« Der Archivleiter lächelte gequält. »Und dann hat sie den Ordner aufgeschlagen. Auf den ersten Blick alles langweiliges Zeug. Die Akte war getarnt wie das ganze Projekt. Dreihundert Seiten voller sinnloser Quellwasseranalysen. Aber dazwischen, ganz versteckt, lag der Plan mit dem Weg zum Gold. Bei flüchtiger Betrachtung wäre keiner drauf gekommen. Niemals. Aber die Bachmann hat ihn gefunden. Sie musste ja immer so genau sein. Überall hatte sie schon ihre dämlichen grünen Klebezettel drin.« Enderlein redete sich immer mehr in Rage. »Und dann kommt der Hammer. Plötzlich greift sie zum Telefonhörer und ruft vergnügt, dass sie jetzt Professor Degglinger in Jena anrufen will. Den ach so berühmten Historiker! Der Fund wäre ja sooo sensationell. Den müsse eine echte Koryphäe präsentieren, so richtig mit Presse und Fernsehen. Das wäre eine Nummer zu groß für unser kleines Stadtmuseum!« Jetzt sah er Jonas hasserfüllt an. »Stellen Sie sich das mal vor. Da stehe ich daneben, als ihr Chef, als studierter Historiker, und die blöde Kuh glotzt mich treuherzig an und kommt gar nicht auf die Idee, ich wäre dafür auch qualifiziert. Stattdessen greift sie zum Telefon und beginnt zu wählen. Das konnte ich doch nicht zulassen!«

Trotz dieser Hasstirade entdeckte Jonas in dem verzerrten Antlitz des Archivleiters einen tiefen Schmerz. Fast hatte er das Gefühl, Enderlein wolle sich den Vorfall von der Seele reden. Wie eine Beichte, an einer Stelle, wo sie nicht schaden konnte. Weil er sich sicher war, dass weder Fenja noch Jonas das Bergwerk jemals lebend verlassen würden.

»Und was war mit Fenja?«, fragte Jonas behutsam. Vielleicht konnte er irgendwie an Enderleins weiche Seite appellieren, die es zweifellos noch irgendwo tief in ihm geben musste. Aber sein Plan ging nicht auf.

»Ihre Freundin? Die hat sich alles selber zuzuschreiben! Die ist genau so eine neugierige Plage wie Sie es sind.« Der Archivleiter redete sich schon wieder in Rage. »Eine Woche, nachdem ich das Problem mit Frau Bachmann gelöst hatte, bin ich mit dem Plan aus der Mercurius-Akte in das Bergwerk gegangen. So wie Sie heute. Nachts, lange nach Feierabend. Nur dass ich einen Schlüssel hatte, der noch bei uns im Museum rumlag. Es funktionierte wunderbar. Ich finde die Geheimtür, steige hier herunter und Halleluja: vor meinen Augen das Gold. Und dann steht sie plötzlich hinter mir!« Enderlein warf einen verächtlichen Blick zum Boden, dorthin, wo Fenja zusammengekrümmt hinter der Holzkiste lag. »Ich weiß nicht, wo sie plötzlich hergekommen ist. Sie muss mir gefolgt sein. Ich konnte es nicht fassen. Und wie ich auf sie zustürze, schreit das kleine Biest und rennt weg. Hätte es fast bis nach draußen geschafft. Erst kurz vor dem Brunnentempel habe ich sie eingeholt. Ich hab sie gegen die Wand geschlagen, dann war Ruhe. Nun gut, jetzt ist sie auch noch tot, hab ich gedacht und sie den ganzen Weg zurückgeschleppt. Hier unten lag sie ja gut. Aber dann fängt sie plötzlich an zu stöhnen und zu röcheln. Da habe ich sie erst mal zu meinem Gold gesperrt.« Enderlein wurde von einem freudlosen Lachen geschüttelt.

Jonas blickte ihn stumm an.

Der Archivar zuckte mit den Schultern. »Und ein paar Tage später ruft mich ein gewisser Wilko Ehl an und verkündet, er hätte mich an dem Abend auf dem Gelände gesehen. Und jetzt wäre hier überall Polizei. Was mir denn sein Schweigen wert sei.« Enderlein funkelte den Studenten an. »Da habe ich ihm eine ordentliche Summe angeboten und ihn zur Übergabe eingeladen. Das Sanatorium fand ich passend.«

Wieder breitete sich ein bedrückendes Schweigen aus, und diesmal hatte es etwas Endgültiges.

»So. Die Geschichtsstunde nähert sich dem Ende«, verkündete Enderlein plötzlich.

»Eine Frage noch«, sagte Jonas schnell. »Haben Sie auf mich geschossen?«

»Als Sie mir gesagt haben, dass Sie ins Bundesarchiv nach Berlin fahren wollen, da wusste ich, dass Sie niemals aufgeben werden. Sie sind einer von diesen Sturköpfen, die immer weiter und weiter graben.« Er lachte verächtlich auf. »Und dann bücken Sie sich genau im falschen Augenblick nach diesem dämlichen Holzscheit. So viel Schwein kann man gar nicht haben.« Der Archivleiter schüttelte den Kopf, als könne er es immer noch nicht glauben. »Und vorhin, mit den Schlangenlinien vor dem Haus, das war auch nicht schlecht. Aber dann habe ich gesehen, wie Sie heimlich ins Bergwerk gehuscht sind. Diesmal war das Glück auf meiner Seite!« Enderlein lachte, und diesmal hatte es etwas Diabolisches. »Ich muss mich bei Ihnen bedanken. Sie haben sich gleich selbst entsorgt.«

Der Student begann zu zittern.

Der Archivleiter zog die Stirn in Falten, als wäre ihm noch etwas Wichtiges eingefallen. »Wie haben Sie das eigentlich geschafft? Ohne die Mercurius-Akte.«

»Wilhelm Brunner. Der Bergmann von 1913. Er hat Pläne gezeichnet, in der Irrenanstalt«, antwortete Jonas tonlos.

»Bravo! Mit den Plänen eines Irren. Das gefällt mir!« Nils Enderlein straffte seinen Körper und ging mit der Armbrust im Anschlag langsam auf den Studenten zu. Leise, geradezu höflich, verkündete er: »Ich gehe davon aus, dass jetzt alle Fragen zur allgemeinen Zufriedenheit beantwortet sind. Zeit, Abschied zu nehmen. Sie stehen vor meiner Zukunft.«

Jonas war nicht in der Lage, zu reagieren oder auch nur irgendetwas zu sagen.

Das ist es dann also gewesen, schoss es ihm durch den Kopf.

Es fühlte sich an wie ein Traum.

Der Archivleiter hob die Waffe und zielte ihm mitten ins Gesicht. Jonas nahm jedes Detail mit überdeutlicher Klarheit wahr. Der gebogene Stahlbügel war weit zurückgezogen, und die Sehne, eine derbe Kordel, klemmte zum Äußersten gespannt am Ende der Armbrust in einer kleinen Arretierung. Der Abzug, der wie ein ungeschlachter Bügel aussah, lag etwas abgespreizt an der Seite des Schaftes. Aber das Schlimmste war der Bolzen, der ihn mit seiner grob geschmiedeten, dreikantigen Spitze aus schwarzem Eisen direkt anstarrte.

Sein Blick fiel auf das Gesicht von Nils Enderlein. Es hatte jetzt einen kühlen, fast abwesenden Ausdruck.

Fenja schluchzte leise.

Jonas schloss die Augen.

»Nein!« Plötzlich ein lauter, energischer Schrei.

Er kam von hinten, irgendwo aus dem Dunkel der Höhle.

Jonas schlug die Augen auf.

Enderlein, der genauso überrascht war, fuhr herum. Eine schwarze Gestalt kam aus der Tiefe der Höhle auf sie zugehastet. Jonas erkannte den Mann. Es war der alte Hünninger. Mit entschlossenem Gesicht hielt er auf den Archivleiter zu. »Sie hören jetzt damit auf!«, brüllte der Alte mit einer knarrenden, aber entschlossenen Stimme.

Nils Enderlein riss die Waffe herum.

Hünninger hatte ihn fast erreicht. Er streckte seinen Arm aus.

Da drückte Enderlein ab.

Mit einem surrenden Geräusch schnellte der Bolzen aus der Waffe. Er traf Johann Hünninger mitten ins Herz. Noch im

Moment des Todes machte der Alte einen letzten Schritt und taumelte gegen seinen Mörder.

In dieser Sekunde reagierte Jonas. Ganz automatisch griff er in die Kiste neben sich, riss einen Goldbarren heraus, überwand die kurze Distanz zu ihrem Peiniger und schlug Enderlein den kühlen Metallquader auf den Kopf.

Mit einem kurzen Stöhnen sackte der Archivleiter in sich zusammen. Die Armbrust ratterte über den Schotterboden und schlug klappernd auf die Seite.

Jonas sah Hünninger vor sich am Boden liegen. Mit gebrochenen Augen. Der Alte war tot.

Im Bruchteil eines Moments entschied der Student die Reihenfolge der Dinge, die jetzt zu tun waren. Als Erstes rannte er zu Fenja und zog sie mitsamt ihren Decken hinaus aus der Goldgrotte in die große Felsenhalle. Dann trat er auf Enderlein zu, packte ihn unter den Armen und schleppte den Mörder aus dem Schwenkbereich der Metalltür tiefer in die Seitenhöhle, was Jonas ungleich mehr Anstrengung kostete. Er legte den Archivleiter zwischen den Kistenstapeln ab und nahm die Armbrust an sich.

Enderlein stöhnte, und er begann bereits, sich zu bewegen.

Hastig zog Jonas die großen Torflügel zu und legte den breiten Riegel von außen in die Ösen. Dann arretierte er die Enden, trat einen Schritt zurück und überprüfte die Konstruktion.

Das Tor war wieder perfekt verriegelt.

Was auch immer passierte – Nils Enderlein saß mit seinem Gold in der Falle.

Als Jonas sich umdrehte, stolperte er beinahe über die zusammengekrümmte Gestalt Johann Hünningers. Brutal ragte der derbe Bolzen aus seiner Brust. Der Student kniete sich neben den Alten hin und sah ihn lange an. Der greise Mann hatte ihnen gerade das Leben gerettet. Er musste Enderlein gefolgt sein. In die Tiefe des Bergwerks, vor dem er solche Angst gehabt hatte. Jetzt, im Tode, war alle Bitterkeit aus seinen Gesichtszügen gewichen. Merkwürdig, dachte Jonas. Trotz seines grausamen Endes strahlte Hünninger eine merkwürdige Sanftheit und Zufriedenheit aus. So, als wäre er in Frieden gegangen. Als hätte er etwas zu Ende gebracht.

»Danke«, flüsterte Jonas. Dann deckte er den Alten behutsam mit einer der grauen Decken zu.

Fenja war bei Bewusstsein und lächelte schwach. Jonas setzte sich neben sie. Er wagte es nicht, sie in ihrem Zustand durch die engen Stollen zu schleppen. Liebevoll streichelte er ihr über die Wange, drückte sie an sich und achtete darauf, dass sie warm eingepackt war.

»Ich bin gleich wieder da. Ich liebe dich.«

Zeit, Hilfe zu holen.

46

Garnsdorf, am 6. September 1964. Ein Wunder ist geschehen. Ich bin frei! Ich atme klare Waldluft, sehe auf zur Sonne, sanfte Wolken ziehen über einen unendlichen Himmel. Keine Felswand, die den Blick verstellt. Keine steingefasste Düsternis und keine falschen Träume. Viele Stunden könnte ich so sitzen. Und ich tu' es auch. Blicke in die Ferne, angelehnt auf einer alten Bank. Glücklich über diesen Blick, den alles Geld der Welt nicht aufzuwiegen in der Lage ist. Ich bin frei.

Mein neues Schicksal verdanke ich dem Niedergang der Quelle. Und einer kurzen Zeit voll grauenhafter Furcht. Erst Wochen ist es her, da weckte mich in meinem höhlentiefen Schlummer fernes Lärmen, das meinen Berg in seinem Innersten erschüttern wollte. Der Felsen stöhnte, so, als würde er mit spitzen Eisen schwer geschunden. Ein Menschenwerk, doch was genau geschah, blieb mir verborgen. Nach ein paar Tagen nur war es vorbei. Rein äußerlich blieb alles, wie es immer war. Nur langsam spürte ich den Unterschied. Das stete Tropfen, das in vielen Jahren wie Musik in meiner Felsenhalle spielte, verlor den Takt. Das Wasser, das mich nährte, floss mit jedem Tage etwas schwächer aus dem Stein. Und seine wundersame Kraft ließ stetig nach. Die wonnevollen Träume, die mein Leben in der Finsternis versüßten, wurden kürzer. Mit gieriger und ungelenker Hand versuchte ich, das dünne Rinnsal zitternd aufzufangen. Doch konnte ich die Augen vor der Wahrheit nicht verschließen. Die Quelle starb!

Verzweiflung packte mit kalter Macht all meine Sinne. Und alte Zwänge stiegen schleichend in mir auf. Ich spürte plötzlich Hunger. Ein Gefühl, das lange ich vergessen glaubte. Wenn ich nicht jämmerlich zugrunde gehen wollte, so musste ich den Berg verlassen. Doch wusste ich aus leidiger Erfahrung, dass ich das nicht konnte. Die Qualen meiner früheren Fluchtversuche waren mir im Körper eingebrannt. So schleppte ich mich durch die Tage, bis ich eines Morgens darbend, ohne jede Zuversicht mit dieser Welt zu Ende war. Da gab ich mich ein letztes Mal in Gottes Hände und lief einfach los. Und welch ein Wunder. Ohne Schmerzen gab der geschwächte Quell mich frei. Der Steiger Jakob Brunner kehrte aus dem Berg zurück! Ein Mann von 31 Lenzen. Nach über hundert Jahren in der Dunkelheit.

Ich fand mein altes Haus verlassen und verwahrlost vor, so dass es ohne Argwohn als Versteck mir dienen konnte. Staunend ging ich durch die alte Heimat, doch sah ich mich bei jedem Schritte vor, dass niemand mich bemerkte. Was ich war, das gab es nicht in dieser Welt. Ich nährte mich von dem, was ich in Gärten und auf Feldern finden konnte. Und langsam fing ich an, die Sinne neu zu ordnen.

Der eherne Entschluss steht fest. Der Berg soll mich in seinem Innern niemals wiedersehen. Ich lasse einen unermesslich großen Schatz zurück. Doch hat er mir in meinem Kerker nichts genutzt. So soll die Grube ruhen und mit ihr ein jegliches Geheimnis. Für mich ist das ein Abschied ohne Wiederkehr. Das Tagebuch in meinem Hirn lässt all die vielen Jahre nun vorüberziehen. Ich spreche zu mir selbst, wie es im Berge jeden Tag geschah. Doch gibt es einen Unterschied. Vor mir liegt eine Mappe voll Papier. Jetzt zeichnet meine Hand die Worte auf. Dann will die Zeilen ich vor fremden Blicken wohl verwahren, bis eines Tages ihre Zeit vielleicht gekommen ist. Ich muss vergessen, brauche Raum in meinem Kopf. Die Welt ist fremd und neu. Die Menschen kleiden sich auf eine andre

Art. Die Droschken haben keine Pferde. Und viele Dinge muss ich erst erkunden. Ich bin nicht frei von Furcht. Doch eine grenzenlose Neugier treibt mich an. Es gibt so viele Fragen, die mich drängen. Ich muss erfahren, was mit meinem Sohn dereinst geschah.

Ich bleibe hier, versteckt in meinem alten Haus. Vielleicht kann ich es eines Tages zurückerwerben. Und dann als Fremder unter fremden Nachbarn leben, deren längst verwehte Ahnen meine Freunde in der Kindheit waren.

Heute früh fand ich im Hause einen alten Spiegel. Ich sah hinein. In meinem jungen Antlitz zeigt sich eine winzige Veränderung. Ein kleines Fältchen nur, das vormals nicht zu sehen war. Ein zarter Hauch der Zeit, ein kleines bisschen nur, doch ist's mir nicht entgangen. Die Uhr war angehalten, doch jetzt läuft sie von Neuem. Mein wiedererlangtes Leben setze ich als Sterblicher nun fort. Ich werde altern! Werde leben wie ein jeder unter diesem endlos weiten Himmel. In dem verstaubten Spiegel sehe ich mich weinen, doch vor Glück. Denn das ist mir das wertvollste Geschenk!

47

Die Rettungsaktion war zügig und reibungslos angelaufen. Schon kurz nachdem Jonas am Stollenausgang der Feengrotten den Notruf gewählt hatte, trafen die ersten Polizeifahrzeuge und Rettungswagen ein. Wenig später war auch Marco Jäckel, der technische Leiter der Feengrotten, zu ihnen gestoßen und hatte die Bergungsaktion koordiniert. Er war nicht der Einzige gewesen, der angesichts des unbekannten Stollensystems aus dem Staunen nicht mehr herauskam.

Einer der Rettungswagen brachte Fenja sofort in das große Saalfelder Krankenhaus, mit Jonas an ihrer Seite. Nils Enderlein hatte das Bergwerk in Handschellen verlassen.

Seitdem waren einige Tage vergangen. Für den Studenten hatte es lange Befragungen bei der Polizei gegeben, die meisten mit Kommissar Grosch, der sich immer noch etwas reserviert, alles in allem aber deutlich freundlicher gab. Anne Vareel war Jonas in dieser Zeit nur kurz begegnet. Nach der Auflösung des komplexen Falles steckte sie bis zum Hals in Arbeit; unter anderem leitete sie die Vernehmungen von Nils Enderlein.

Fenja hatte sich erstaunlich schnell erholt. Sie war offensichtlich mit einer unkaputtbaren Konstitution und Zähigkeit ausgestattet, wie die Ärzte immer wieder mit Bewunderung feststellten. Jonas war ihr außerhalb der polizeilichen Befragungen nicht von der Seite gewichen. Überglücklich. Verliebt. Und stolz.

Professor Degglinger hatte den beiden einen großen Strauß Rosen geschickt. Ein kleines Röllchen Papier hing daran. Es war ein Seminarschein. Mit seinem trockenen Humor hatte Degglinger in die Zeile für das Studienthema geschrieben: *Ausgrabung in den Feengrotten. Volle Punktzahl.*

Außer ihren Eltern, die für einige Tage in einer Saalfelder Pension wohnten, um nahe bei ihrer Tochter zu sein, hatten viele Mitarbeiter der Feengrotten Fenja in der Klinik besucht. Neben Direktor Richwien, Marco Jäckel und Ingrid Wohlmuth war auch Kathi Mayer, die schwarzhaarige Grottenfee, unter ihnen gewesen. Sie hatte sogar eine aufregende Neuigkeit zu berichten. Die junge Frau war, völlig überraschend für sie selbst, vom Festkomitee zum Werbegesicht der Jubiläumskampagne gewählt worden. Fenja und Jonas freuten sich für sie. André Benedikt hatte allerdings keinen Anteil mehr an der Entscheidung gehabt. Wegen des Verkaufs der schlüpfrigen Feenfotos musste er seinen Schreibtisch im Marketingbüro räumen.

Die sensationelle Entdeckung des Nazigoldes war seit Tagen Thema in allen Medien. Direktor Richwien hetzte von einem Pressetermin zum nächsten. Zwar ließ es sich nicht vermeiden, die Tropfsteinhöhlen während der aufwändigen Dokumentation und Bergung des Goldschatzes für den Besucherverkehr zu schließen. Aber aufgrund der neuen weltweiten Berühmtheit der Feengrotten konnte er das leicht verschmerzen. Ein spektakuläreres Geschenk hätte es zum hundertsten Jahrestag des Schaubergwerks nicht geben können. Es würde einige Zeit dauern, bis Saalfeld wieder zum Alltag zurückkehren konnte.

»Bitte verlass mich nicht. Nicht jetzt!«, bat Jonas inständig und strich ängstlich über das Armaturenbrett von Fred, seinem treuen Opel. Der Motor des alten Wagens stotterte und verschluckte sich, dann ruckte der kleine Wagen mit einem Satz nach vorn, doch als

Jonas schon dachte, die Maschine würde ganz und gar versagen, ertönte plötzlich wieder ein annehmbar gleichmäßiger Motorenton.

»Geht doch. Mit ein bisschen Zuneigung ...«, schmunzelte Fenja und sah verschmitzt vom Beifahrersitz herüber. Langsam fuhren sie den Berg hinauf, in Richtung Garnsdorf. Heute war ihr letzter Tag in Saalfeld.

Sie hatten sich mit Kommissarin Vareel verabredet. Hünningers Haus war nach seinem gewaltsamen Tod von der Polizei durchsucht und versiegelt worden. Heute wollte Jonas seine restlichen persönlichen Sachen dort abholen. Und Abschied nehmen, auf seine Weise.

Die beiden sahen Anne Vareel schon von Weitem. Sie stand am Zaun vor Hünningers großem Fachwerkhaus. Jonas stellte den Wagen an der gewohnten Stelle am Ende der Gasse ab. Dann stiegen sie aus und liefen hinüber zum Grundstück. Die Kommissarin begrüßte sie mit einem kräftigen Händedruck. Sie wirkte aufgeräumt und gut gelaunt, aber die Ringe unter ihren Augen zeugten vom Ausmaß der Arbeit, die sie in diesen Tagen zu bewältigen hatte.

»Wie geht's Ihnen?«, fragte sie zuerst Fenja.

»Ganz gut. So halbwegs jedenfalls. Aber ich bin froh, dass es vorbei ist«, antwortete Fenja ehrlich. Die Zeit der Ängste in ihrem dunklen Bergverlies würde sie auch in Zukunft nicht so einfach ablegen können.

»Sie haben einen hartnäckigen Freund«, sagte Anne Vareel, und Jonas konnte nicht heraushören, ob die Bemerkung ausschließlich positiv gemeint war. Doch dann fügte sie mit einem Anflug von einem Lächeln hinzu: »Drei Tötungsdelikte und ein Vermisstenfall in elf Tagen, das ist keine schlechte Quote. Für einen Historiker, der eigentlich noch studiert.«

Jonas lächelte verschämt zurück. Das Lob rührte ihn. Dann fiel sein Blick auf den windschiefen Schuppen, der schräg hinter der Kommissarin im hohen Gras des Grundstücks stand.

»Hat er hier mit der Armbrust auf dich geschossen?«, fragte Fenja, die bemerkt hatte, dass ihr Freund still geworden war.

»Ja. Ein blöder Holzklotz hat mich gerettet.«

»Drei Tote. Und das alles wegen dem Gold«, sagte Fenja leise.

»Ich glaube nicht, dass es hier um Gold ging.« Anne Vareel überlegte. »Jedenfalls nicht im engeren Sinne. Es war der Mythos. Der Ruhm, der mit seiner Entdeckung verbunden ist.«

»Jetzt hat Jonas das Gold gefunden. Aber er hätte dafür niemanden umgebracht«, bemerkte Fenja mit Nachdruck.

»Menschen sind unterschiedlich«, antwortete die Kommissarin. »Nils Enderlein ist ein zutiefst gekränkter Mann. Wussten Sie, dass er auch bei Professor Degglinger in Jena studiert hat?« Sie sah Jonas fragend an.

»Was?« Das war ihm neu.

»Eine ganze Weile vor Ihnen. Er war ein mustergültiger Student. Ein kleiner Star an der Universität, mit glänzenden Zukunftsaussichten. Degglinger hat seine Doktorarbeit betreut. Und kurz nach der Verteidigung herausgefunden, dass sein Zögling abgeschrieben hatte. Da war der ehemalige Musterstudent den Titel los, ehe die Tinte auf der Urkunde trocken war.«

Jonas kam aus dem Staunen nicht heraus. Er konnte es sich genau vorstellen. Degglinger förderte seine Studenten, wo er nur konnte. Aber wenn jemand sein Vertrauen missbrauchte, war er unerbittlich.

»Mit Degglingers Urteil war Enderleins Ruf in der Fachwelt erledigt. Seine erträumte große Karriere dahin«, sprach die Kommissarin weiter. »Er hat sich im Saalfelder Stadtarchiv vergraben, wo ihn niemand kannte, und seine Wunden geleckt. Und dann kommt eines Tages seine Mitarbeiterin und legt ihm die ultimative Schatzkarte auf den Tisch. Das verlorene Gold der Nazis. Er wittert seine große Chance. Aber seine Mitarbeiterin will den Ruhm ausgerechnet Degglinger zuschanzen, dem er die Schuld für seine zerstörte Karriere gibt. Da sind ihm die Sicherungen durchgebrannt.« Anne Vareel machte eine fatalistische Geste. »Er hat sie totgeschlagen, in ihr einsames Haus gebracht und es wie einen Unfall aussehen lassen. Die Krankmeldung konnte er selbst ausschreiben. Den Rest sollte die Zeit erledigen. Manuela Bachmann lebte allein. Wenn Sie sie nicht gefunden hätten, läge sie da heute noch.«

»Und dann?«, fragte Jonas.

»Und dann haben Enderlein die Ereignisse überrollt. Er wollte sehen, was dran ist an der Sache. Mit dem Plan aus der Mercurius-Akte geht er also im Bergwerk auf Erkundungstour. Und da passiert die Panne. Ihre Freundin erwischt ihn mit dem Gold, als sie abends noch in den Grotten arbeitet. Er ist völlig überfordert und sperrt sie erst mal im Berg ein. Kommt Zeit, kommt Rat. Nur dass die Feengrotten dann dank Ihrer Anzeige tagelang von meinen Kollegen belagert wurden. Ich glaube, er hat das Problem irgendwann einfach verdrängt.« Die Kommissarin zuckte mit den Schultern.

Jonas musste schlucken. Fenja hatte ihm alles erzählt. Sie wollte gerade im Märchendom Tropfsteine vermessen, da fiel ihr Enderlein auf, der am späten Abend in die alten Stollen einstieg. Von Neugier gepackt, war sie ihm einfach gefolgt, gedankenlos und gut gelaunt. Sie hatte ihn für einen Mitarbeiter gehalten. Als er sie bemerkte, ging er plötzlich auf sie los. Die wilde Jagd durch das Bergwerk hatte sie fast gewonnen. Kurz vor dem rettenden Brunnentempel traf sie sein Schlag am Kopf. Später war sie aufgewacht. Allein. In der Finsternis. Ihr unterirdisches Verlies konnte sie nur durch Tasten erkunden. Mit Wasser und ein paar Decken aus den Kisten hatte sie in der steinernen Gruft überlebt. Irgendwie. Und die Hoffnung nie aufgegeben.

»Und dann noch die Sache mit Wilko Ehl«, ergänzte die Kommissarin. »Der Schlosser hat Enderlein an dem Abend ebenfalls gesehen und dann erpresst. Wahrscheinlich saß er wieder im Gebüsch vor den Pensionsfenstern, mit seiner kleinen Kamera, Sie wissen ja. Fragen können wir ihn leider nicht mehr.«

»Und mich? Warum hat er mich nicht gleich getötet? Als ich im Museum war?«, wollte Jonas wissen.

»Warum sollte er? Er hatte Sie unter Kontrolle. Konnte Ihr hilfreicher Mentor sein. Sie sogar auf falsche Fährten locken. Zu härteren Bandagen hat er erst gegriffen, als Sie dem Geheimnis zu nahe kamen. Er hatte keinen Spaß am Töten. Es wurde für ihn nur irgendwann zu einer akzeptablen Lösungsmethode. Das ist es, was ihn von anderen Menschen unterscheidet.«

Eine Weile sagte niemand etwas. Jonas drückte Fenja fest an sich. Es war vorbei.

Sie sahen hinüber zu der hohen Fachwerkfassade.

»Der arme Johann Hünninger«, sprach Jonas aus, was alle dachten. »Er war ein merkwürdiger Kauz. Zwischendurch dachte ich sogar, er steckt hinter allem. Aber ohne ihn wären wir jetzt beide tot.«

»Nehmen Sie ihm seine Schrulligkeit nicht krumm«, sagte die Kommissarin, und ihre Stimme bekam einen respektvollen Ton. »Er hatte ein schweres Schicksal. Wir haben ein bisschen in seiner Vergangenheit recherchiert. Ein paar alte Nachbarn kannten ihn noch. Von ganz früher. Er war ein kluges, aufgewecktes Kind. Als Saalfeld am Ende des Krieges im April 1945 bombardiert wurde, haben sich viele Garnsdorfer in den Feengrotten versteckt. Ein natürlicher Luftschutzbunker. Da war Johann elf oder zwölf. An einem dieser Tage ist etwas passiert. Die Kinder haben sich in den Grotten immer die Zeit vertrieben. Versteckt gespielt und solche Sachen. Sie mussten ja oft stundenlang in den Höhlen ausharren. Und plötzlich war Johann verschwunden. Hatte sich irgendwo in den Stollen verirrt. Sie haben ihn erst nach Stunden wiedergefunden, und er war völlig verängstigt. Hat am ganzen Leib gezittert und wollte nur noch raus an die Luft.«

»Der Arme«, sagte Fenja betroffen, die nach ihrer Tortur im Berg genau nachempfinden konnte, wie beängstigend und bedrohlich das dunkle Bergwerk war. Wie musste sich da erst ein eingeschüchtertes Kind gefühlt haben.

Jetzt verstand Jonas vieles. Warum Hünninger keine Türen abschloss. Warum er immer das Licht brennen ließ. Und warum er so panische Angst vor den Feengrotten hatte. Er wollte nie wieder eingeschlossen sein.

»Die Geschichte geht noch weiter. Leider«, fuhr die Kommissarin fort. »An diesem bewussten Tag hatten ihn seine Eltern mit den Nachbarn mitgeschickt, als der Voralarm kam. Sie wollten wenig später nachkommen. Doch dann hat ihr Haus einen Volltreffer abgekriegt. Als Johann endlich wieder aus dem Bergwerk kam, war er Vollwaise.«

»Was ist mit ihm passiert?«, fragte Jonas.

»Nach der Beerdigung seiner Eltern kam er weg von Saalfeld. In verschiedene Kinderheime, bis er achtzehn war. Dann verliert sich seine Spur. Er hat sich wohl irgendwie so durchgeschlagen. Später, 1964, ist er nach Garnsdorf zurückgekommen. Hatte ein bisschen Geld gespart und sich davon das alte Fachwerkhaus gekauft, das damals eine wertlose Ruine war, und es sich ganz allmählich ausgebaut. Niemand interessierte sich für ihn, kaum jemand erkannte ihn wieder. Das Trauma aus seiner Kindheit trug er immer mit sich herum. Er ist zeitlebens ein Einzelgänger geblieben. Hat nie wieder Anschluss gefunden. Wahrscheinlich waren Sie sein erster Vertrauter. Auch wenn er das vielleicht nicht ausdrücken konnte.«

Und dann hatte er seine lebenslangen Ängste überwunden und war in das Bergwerk gelaufen, um ihn, Jonas, vor dem Mörder zu schützen. »Er muss Enderlein vor dem Haus gesehen

haben. Wie er mich verfolgt hat. Und dann ist er hinterherge-
gangen, um mir zu helfen.« Jonas dachte an seine letzte Begegnung mit Hünninger. Der kurze Moment im Hausflur, als er
aufgebrochen war. Der traurige, schmerzerfüllte Blick seines
Vermieters.

»Was passiert jetzt mit dem Haus? Mit den ganzen Büchern?«,
fragte Fenja, der Jonas von seinen merkwürdigen Begegnungen
mit Hünninger erzählt hatte.

»Das liegt bei der Stadt«, antwortete Anne Vareel. »Erben gibt
es keine. Das Haus wird vielleicht ein Museum, jetzt, nach der
Sache mit dem Goldschatz. Hier soll früher nämlich Jakob Brunner gewohnt haben. Und Wilhelm Brunner wurde hier geboren.
Aber das wussten Sie sicher von Ihrer Recherche.« Anne Vareel
blickte Jonas an, doch der schüttelte erstaunt den Kopf. Davon
hatte er keine Ahnung gehabt.

»Die Bücher kommen vermutlich in die Bibliothek«, überlegte
die Kommissarin weiter. »Er hat sie ein Leben lang zusammengetragen. Meist geschenkt bekommen, aus Nachlässen und von
Trödlern, die nichts mehr damit anfangen konnten.«

»Ich glaube, seine Bücher waren ihm sehr wichtig. Es wäre
nicht schlecht, wenn sie noch einen Sinn bekämen«, sagte Jonas.
Vielleicht war dies das Einzige, was er über Hünninger wirklich
wusste.

»Das glaube ich auch«, stimmte die Kommissarin zu. »Seine
Eltern waren beide Lehrer. Eine alte Saalfelderin, die mit Johann
damals in die Schule gegangen ist, hat uns erzählt, dass er schon
als Kind ein Büchernarr war. Und dass er nach dem Tod seiner
Eltern an ihrem Grab versprochen hat, irgendwann mal ein eigenes Buch zu schreiben. Schade, dazu ist es leider nie gekommen.
Dabei hätte er bestimmt viel zu erzählen gehabt.« Die Kommissarin warf noch einen Blick zu dem alten Fachwerkgebäude, dann
gab sie Fenja und Jonas die Hand. »Ich verabschiede mich schon

mal. Sie können sich Ihre Sachen jetzt aus dem Haus holen. Ihr Zimmer haben wir so gelassen wie es war. Nehmen Sie sich so viel Zeit wie Sie benötigen. Mein Kollege ist noch oben in der Wohnung. Er versiegelt dann alles wieder.«

Jonas war dankbar, dass sie ihm diesen persönlichen Moment in Hünningers Haus ließ. »Auf Wiedersehen«, sagte er.

»Na, möglichst nicht«, entgegnete Anne Vareel mit einem ironischen Lächeln. Dann drehte sie sich um und ging davon.

»Also dann«, sagte Jonas, öffnete die alte Gartenpforte und betrat mit Fenja das Grundstück. Es war so viel passiert, seit er Anfang Oktober hierher nach Saalfeld gekommen war.

Die schwere Haustür lehnte nur an. Jonas drückte sie ganz auf. Das vertraute Ächzen erklang. Dann betraten sie die düstere Vorhalle. Das altertümliche Deckenlicht, das immer gebrannt hatte, war jetzt ausgeschaltet. Der alte Hünninger fehlt, dachte Jonas betrübt. Bei ihm hätte es das nicht gegeben.

Als sie das kleine Zimmer betraten, fiel Jonas als Erstes die Sonnenblume ins Auge, die er im Supermarkt gekauft hatte. Jetzt ließ sie braun und welk ihren Kopf hängen.

»Oh, tut mir leid«, sagte Jonas und sah seine Freundin mit einem entschuldigenden Lächeln an. Ihre Lieblingsblume gab ein grauenhaftes Bild ab.

»Für mich ist das die schönste Blume der Welt«, sagte Fenja glücklich. Und dann fügte sie schmunzelnd hinzu: »Sie braucht nur mal wieder ein anständiges Bier.« Die beiden umarmten sich und hielten sich auf diese Weise auch aneinander fest. Die dramatischen Ereignisse in den Feengrotten waren für beide noch zu frisch, um ihren Alltag völlig unbeschwert zu bestreiten.

»Ich beeil mich.« Jonas sammelte alle Sachen, die noch irgendwo im Zimmer verteilt waren, zusammen. Dann holte er seine Reisetasche aus dem Regal und stellte sie auf das Bett. Als er sie öffnete, um seine Habseligkeiten hineinzupacken, stutzte er.

Eigentlich hätte die Tasche leer sein müssen. Aber etwas lag da ganz unten auf dem Boden.

Es war eine einfache Mappe aus dunkelbraunem Karton. Jonas nahm sie heraus und legte sie auf den Tisch. Ins Licht. Die Mappe enthielt einen dicken Packen einzelner Bögen. Leicht vergilbtes Papier, auf beiden Seiten klein und dicht beschrieben. Er erkannte die Handschrift seines Vermieters.

Ganz oben auf dem Stapel lag ein Brief. Es waren nur wenige Zeilen, geschrieben an Johann Hünningers letztem Tag. Am Tag von Fenjas Rettung.

Lieber Jonas,
wenn Sie diese Zeilen vor sich haben, bedeutet das, dass mein Leben heute ein Ende gefunden hat. Sie kennen mich nicht, obwohl Sie es vielleicht glauben. Mein wirklicher Name ist Jakob Brunner. Ich wurde hier in Garnsdorf geboren. Am 2. Februar, im Jahre des Herrn 1829. Sie brauchen nicht nachzurechnen. Es sind 184 Jahre. Als ich Sie vor ein paar Tagen im Supermarkt gesehen habe, ist mir klar geworden, dass wir Seelenverwandte sind. Ich habe Sie beobachtet. Wie Sie an der Tafel mit den Sonnenblumen gestanden haben. Mit einem Blick, so weit entfernt von jenem Raum. So tief in Ihr Innerstes gerichtet. So in Sorge um Ihre geliebte Gefährtin, die im Bergwerk verschwunden ist. Ich kenne diesen Blick. Auch ich habe jemanden an den Berg verloren. Was Sie jetzt in den Händen halten, ist mein Tagebuch. Ich übergebe es Ihnen zu treuen Händen. Es ist meine Lebensbeichte. Ich wünsche Ihnen mehr Glück, als ich es hatte.
Ergebenst, Jakob Brunner

Hünninger muss mich heimlich beobachtet haben, dachte Jonas, und er schüttelte traurig lächelnd den Kopf. Da hatte ihm der alte Kauz auch noch an seinem letzten Tag ein Ei ins Nest gelegt, das an Schrägheit und Sonderlichkeit nicht zu übertreffen war.

Fenja trat heran und las. »Ein merkwürdiger Brief«, sagte sie.

»Typisch Hünninger«, schimpfte Jonas, aber es war nicht böse gemeint.

»Weißt du, was das soll?«

»Ich vermute, so war sein Humor.«

Jonas legte den Brief behutsam beiseite und sah sich den dicken Packen beschriebener Seiten genauer an. Sie sahen aus wie die Einträge in einem Tagebuch. Die Absätze waren kürzer oder länger, die Beschaffenheit von Papier und Schrift ließ darauf schließen, dass sie schon vor längerer Zeit niedergeschrieben worden waren. Alle trugen ein anderes Datum. Der erste Eintrag stammte vom 8. Juli 1860, der letzte vom 6. September 1964.

Gemeinsam begannen sie, die Texte zu überfliegen. Die Worte zogen Jonas und Fenja in ihren Bann. Sie blieben immer wieder an einzelnen Passagen hängen und lasen genauer. Es war die Geschichte eines merkwürdigen, abenteuerlichen Lebens.

Die Geschichte vom Mann im Berg. Ein Märchen.

Nur, dass die Ereignisse, die in diesen Zeilen festgehalten waren, nicht im fernen Mittelalter spielten. Sie begannen vor etwas mehr als 150 Jahren.

Vor ihnen lag der faszinierende und zugleich bedrückende Lebensbericht des jungen und ehrgeizigen Bergmanns Jakob Brunner, dessen Karriere abrupt endete, als die Grube »Jeremias Glück« geschlossen wurde, und der im Berg das Wasser des Lebens fand. Einen Quell, der ihn jung und gesund bleiben ließ, um den bitteren Preis, von da an nur noch in der Tiefe der dunklen Stollen zu leben. Er wurde zum Mann im Berg, der sich von der Kraft des Wassers betören ließ. Und der von Seelenqual zerrissen wurde, nachdem er in dem verfallenen Bergwerk seinem alten Sohn begegnet war.

»Eine traurige Geschichte. Hünninger schreibt so eindringlich, als hätte er es selbst erlebt«, sagte Fenja.

»Er hat gut recherchiert. Die Schließung des alten Bergwerks. Der vermisste Steiger Jakob Brunner. Die Geschichte von seinem Sohn Wilhelm, der im Berg den Verstand verloren hat. Bis hin zum Versiegen der Heilquellen 1964. Das sind alles Fakten«, gab Jonas beeindruckt zu.

»Die Kommissarin hat angedeutet, er wollte ein Buch schreiben. Er hatte es seinen Eltern am Grab versprochen.«

»Er muss gleich 1964 damit begonnen haben, als er wieder in Saalfeld auftauchte und in Brunners altes Haus zog. Jetzt weiß ich auch, warum er in Rudolstadt die Akten über das Schicksal von Wilhelm eingesehen hat. Er wird in allen Archiven gesucht haben. Wer weiß, worauf er dabei noch alles gestoßen ist. Wie ein Besessener.«

»Genau wie du«, warf Fenja mit einem schelmischen Seitenblick ein.

»Die Geschichte der Brunners hat ihn fasziniert.« Jonas staunte immer noch darüber, was ihm Johann Hünninger da vermacht hatte.

»Es ist eine Geschichte über Einsamkeit. Ich befürchte, damit kannte er sich aus«, sagte Fenja.

»Vielleicht können wir einen Weg finden, es zu veröffentlichen. Jetzt, wo alle nur noch von den Feengrotten sprechen. Ich denke, das schulden wir ihm«, beschloss Jonas in diesem Moment. »Ich frage mich nur, was er damit gemeint hat, wenn er hier in seinem letzten Eintrag schreibt: *Ich lasse einen unermesslich großen Schatz zurück. Doch hat er mir in meinem Kerker nichts genutzt. So soll die Grube ruhen, und mit ihr ein jegliches Geheimnis. Das* klingt doch merkwürdig. Fast so, als hätte er etwas von dem Gold-schatz gewusst. Aber das kann nicht sein.«

»Er muss damit die Quelle gemeint haben. Der Schatz des ewigen Lebens, der keinen Wert hat, wenn man im Bergwerk gefangen ist. Es war seine Art, seine Ängste auszudrücken. Er hatte sich als Kind darin verlaufen. Das muss einen tiefen Ein-druck hinterlassen haben. Glaub mir, das tut es«, antwortete Fenja bewegt. »Der Rest war Fantasie.«

»Ja, eine andere Möglichkeit gibt es nicht.« Jonas' Blick glitt über den Brief auf dem Tisch.

Mein wirklicher Name ist Jakob Brunner ...

Dank

Für die außerordentlich freundliche und tatkräftige Unterstützung, die mir bei diesem Buch seitens der Mitarbeiterinnen und Mitarbeiter der Feengrotten sowie des Stadtarchivs und vieler Saalfelder zuteil wurde, möchte ich mich sehr herzlich bedanken. Ebenso beim Erfurter Sutton Verlag für die gute Zusammenarbeit. Der größte Dank gilt meiner geduldigen Familie, die mir auch dann noch unbeirrt zur Seite stand, als ich wie ein müder stummer Geist vor meinem Computer festgewachsen war.

Alice Frontzek

Blaues Gold
Ein Erfurter Waid-Roman

ISBN 978-3-95400-605-2 | 13,99 € [D]

GESCHICHTE DER STADT

ERFURT

Steffen Raßloff

Steffen Raßloff

Geschichte der Stadt Erfurt

ISBN 978-3-95400-044-9 | 12,99 € [D]